RE
TURN
리
턴

# 리턴

초판 1쇄 찍은 날 | 2015년 7월 23일
초판 1쇄 펴낸 날 | 2015년 7월 29일

지은이 | 이서린
펴낸이 | 예경원

편집 | 유경화

펴낸곳 | 예원북스
등록번호 | 제396-2012-000132호
등록일자 | 2012. 7. 25
YRN | 제1-0110호

주소 | 경기도 고양시 일산동구 무궁화로 8-28 삼성메르헨하우스 1118호 (우) 410-837
전화 | 031-819-9431 팩스 | 031-817-9432
http://cafe.naver.com/yewonromance
E-mail | yewonbooks@naver.com

ISBN 979-11-5845-005-2 03810

이 · 서 · 린 · 장 · 편 · 소 · 설

리턴

RE
TURN

YEWONBOOKS ROMANCE STORY

예원북스

RETURN

C · O · N · T · E · N · T · S

## 프롤로그

장마가 끝난 하늘은 모처럼 촉촉한 푸른빛이다. 바람이 살랑살랑 부는데도 놀이터 한구석에 쪼그리고 앉아서 모래 장난을 하고 있는 여자아이의 이마엔 땀방울이 송골송골 맺혔다.

"입술이 삐뚤어졌네."

혼자서 중얼거린 아이는 작은 손바닥으로 모래 위에 그린 그림을 마구 섞었다.

"다시 그릴 거야."

앙다문 입술에 고집이 느껴졌다. 다시 정성스럽게 손가락을 움직이는 아이의 눈빛이 사뭇 진지했다. 어느새 미끄럼틀의 긴 그림자가 옆으로 비껴가 머리 위로 따가운 태양빛이 쏟아지고 있는데도 아이는 그림 그리는 데만 열중했다.

"와, 이제 똑같다."

완성된 그림을 쳐다보는 눈빛이 반짝반짝 빛났다. 아주 만족스러운 표정이었다.

"어이, 꼬마. 뭐 해?"

갑자기 들려온 목소리에 아이는 고개를 번쩍 들고 눈을 동그랗게 떴다. 제법 키가 큰 남자 둘이서 몸을 건들거리며 다가오고 있었다. 아이는 혹시나 그림이 망가질까 얼른 손으로 가렸다.

"오우, 꽤 중요한 걸 그렸나 보네."

"가까이 오지 마요."

조롱기 가득한 목소리에 아이가 앙칼지게 소리쳤다. 남자 하나가 싱글싱글 웃으며 조금 더 가까이 다가왔다. 한 걸음 뒤에 서 있는 남자는 주변을 두리번거리며 휘파람을 작게 불었다.

"여기 네가 전세 냈냐?"

남자의 발끝이 그림 한쪽을 쓱 건드렸다. 모래 위에 그려진 반듯한 이마가 흐트러졌다. 아이는 금세 울 것 같은 표정이면서도 눈빛을 표독스럽게 치켜떴다.

"어쭈, 눈빛이 장난 아닌데?"

"……."

"이 오빠가 다시 그려줄까?"

남자가 몸을 숙이며 손가락 하나를 쭉 세웠다. 여자아이는 입술을 꽉 물고 남자가 그림을 건드리지 못하게 고사리 같은 손가락을 쫙 펼쳐서 막았다.

"손 치워야지. 오빠가 다시 그려준다니까."

"싫어욧!"

"싫어? 이 잘생긴 오빠가 그림을 직접 그려준다는데 싫다고 하면 안 되지."

남자가 손가락으로 아이의 이마를 툭 밀었다. 뒤로 쿵 넘어진 아이는 황급히 몸을 일으키면서 남자를 노려보았다.

"조그만 게 눈빛이 장난 아니네."

"……."

"오빠가 친절하게 알려줄 게 있는데 음, 정말 소중한 건 이런 모래 위에 그리는 게 아니야. 그림이 금세…… 망가지거든."

씨익, 남자가 입꼬리를 끌어 올리며 모래를 한 움큼 그러쥐고는 손에서 조금씩 흘러내렸다. 정성스럽게 그린 눈이 사라지고 코가 망가지고 입술이 처음부터 그 자리에 없었던 듯 모래가 소복이 쌓여갔다.

여자아이의 커다란 눈망울에 맑은 눈물이 가득 차올랐다.

"이제 알았지?"

눈물이 주르륵 흘러내리는 눈을 사납게 치켜뜬 여자아이가 발딱 일어나 남자에게 덤벼들었다. 확 밀쳤지만 남자는 꿈쩍도 하지 않았다.

"워 워. 그렇게 덤벼들면 이 오빠가 못 참잖아."

"언제까지 그러고 있을 거야. 빨리 움직여."

뒤에 서서 지켜보고 있던 남자가 짜증스럽게 웅얼거렸다.

"뭘 그렇게 보채? 혼자 나온 거 같은데."

"그래도 시간 끌어서 좋을 것 없잖아."

"그렇기는 하지."

남자가 여자아이를 번쩍 안아 올렸다. 씨익 웃으며 눈을 마주쳤다.

"오빠가 재미있게 해줄 테니까 같이 가자."

"놔. 놓으란 말이야. 놔."

남자는 발버둥치는 여자아이의 몸을 꽉 끌어안았다.

"얌전히 있어야 착하지."

여자아이는 작은 주먹으로 남자를 때리고 손톱으로 할퀴면서 발로 걷어찼다.

"앙탈이 너무 심하네."

"소리 못 지르게 입 막아."

"음, 얌전히 데려가고 싶었는데 아무래도 그래야겠는걸?"

남자가 여자아이를 한 팔로 가두고 호주머니에서 손수건을 꺼내 들었다. 아이가 몸부림을 치자 인상을 찌푸리며 바닥에 내려놓고 어깨를 꽉 움켜잡았다.

"이리 줘. 내가 할게."

손수건을 홱 낚아챈 남자가 아이의 뒤로 다가섰다. 그 순간 다급한 발자국 소리가 들리고 퍽퍽, 연거푸 몸을 강타하는 소리가 들렸다. 뒤에 있던 남자가 바닥으로 꼬꾸라졌고 이내 아이를 잡고 있던 남자의 얼굴이 사납게 일그러졌다.

"씨발, 넌 뭐……."

남자가 채 말을 끝내기도 전에 저만치 나가떨어졌다.

"윤경이 뒤로 물러나 있어."

화를 억누른 목소리에 아이는 덜덜 떨며 그 자리에서 꼼짝을 하지 못했다. 제 앞을 가로막은 강석을 쳐다보는 아이의 눈빛은 안도와 원망이 섞여 있었다.

"감히 누구 몸에 손을 대? 죽고 싶어 환장했어?"

소리치는 강석의 눈빛에 냉기가 뚝뚝 흘렀다. 몸을 일으킨 두 남자가 고개를 까닥거리며 다가왔다.

"너야말로 죽고 싶어서 환장했냐? 어린놈이……."

긴 다리가 가차 없이 남자의 턱을 걷어찼다. 뒤로 주춤 물러난 남자가 덤벼들었고 다른 남자가 교복을 입고 있는 강석의 배에 주먹을 날렸다. 가뿐히 몸을 피했지만 연거푸 날아오는 주먹에 얼굴을 맞고 쓰러졌다.

"너 오늘 제삿날인 줄 알아, 새끼야."

때리고 맞고, 또 때리고 맞고.

하얀 와이셔츠 교복이 핏빛으로 물들고 있는데도 강석은 연신 덤벼들었다. 하지만 성인 남자 둘을 상대하기는 무리였다. 지켜보는 여자아이의 눈이 절망으로 일그러졌다.

그때 어디선가 호루라기 소리가 들렸다.

"씨발, 야, 튀어."

남자 둘이 황급히 놀이터를 벗어났다. 여자아이는 엉망으로 망가진 강석이 거친 숨을 토해내며 다가오자 뒤로 한 걸음 물러났다.

"괜찮아?"

묻는 말에 대답은 못하고 덜덜 떨고 있었다.

"윤경아, 괜찮은 거야?"

손에 피가 묻어서 차마 만지지는 못하고 걱정스럽게 물었지만 입을 앙다물고 주먹 쥔 작은 손을 바들바들 떨기만 했다.

"이제 나쁜 사람들 갔어. 혹시 다친 데는……."

"미워!"

매섭게 노려보던 아이가 몸을 홱 돌려서 뛰어갔다. 강석은 곧장 뒤를 쫓아갔다. 혹시나 넘어지기라도 할까 봐 모퉁이를 돌아서 골목을 달려가는 동안 한시도 아이에게서 눈을 떼지 않았다. 뒤 한 번 돌아보지 않는 아이가 커다란 대문 안으로 사라지자 강석은 나직이 안도의 한숨을 내쉬었다.

"후우, 괜찮은가 보네."

다행히 다친 곳은 없는 모양이다. 강석은 욱신거리는 몸을 이끌고 넓은 정원을 가로질러 걸었다.

"세상에. 이게 무슨."

현관 안으로 들어서자 그를 본 순천댁이 놀라서 입을 다물지 못했다.

"강석아, 이게, 이게 다 무슨 일이야?"

"전 괜찮습니다. 윤경이가 많이 놀랐을 겁니다. 가서 살펴봐 주세요."

"2층으로 올라갔는데 아가씨도 다친 거야?"

"그런 것 같지는 않은데. 윽."

강석은 턱을 잡고 신음을 삼켰다. 입술도 터지고 눈 주위는 부어올랐으며 이마에서 피가 주르륵 흘렀다. 아픈 줄도 몰랐는데 집 안으로 들어서자 그제야 통증이 느껴졌다.

"무슨 일이야?"

서재 문이 열리고 근엄한 표정을 하고 있는 최 회장이 거실로 나왔다. 강석을 바라보는 눈빛이 서늘했다.

"싸운 게야?"

"……."

"윤경이는?"

최 회장은 피를 뚝뚝 흘리고 있는 강석을 보면서도 얼마나 다쳤는지, 괜찮은 건지 묻지 않았다.

"같이 있었던 거 아니야? 설마 윤경이도 다쳤어?"

"아가씨는 2층에 계세요. 다친 것 같지는 않……."

순천댁이 말을 하는 사이 최 회장은 이미 2층 계단을 오르고 있었다.

"윤경아, 왜 이래? 왜 이러는 거야?"

최 회장의 목소리가 거실까지 들렸다. 강석은 황급히 2층 계단을 뛰어 올라갔다. 반쯤 열린 문틈으로 바락바락 소리치는 윤경의 모습이 보였다.

"싫어. 싫단 말이야. 힘도 없고, 날 지켜주지도 못하는 저런 인간은 필요 없어."

"알았어. 알았으니까 진정 좀 해."

"꼴 보기 싫어. 나가라고 해. 내쫓으란 말이야."

시선이 마주쳤다. 윤경은 경멸과 독기를 품은 시선으로 그를 노려보고 있었다.

"윤경아, 도대체 무슨 일이 있었는데 그래?"

"멍청해. 바보 같아. 다시는 보고 싶지 않아. 안 내쫓으면 아빠랑 안 살 거야. 밥도 안 먹고 이 방에서 꼼짝도 안 할 거야."

"알았어. 네가 원하는 대로 할게. 그러니까 그만 진정해."

"지금 당장 나가라고 하란 말이야. 지금 당장……."

소리치던 윤경의 몸이 축 늘어졌다. 최 회장이 윤경의 이름을 부르며 당장 김 박사를 부르라고 소리쳤다. 순천댁이 계단을 내려가는 소리가 들리고 강석은 천천히 무너졌다. 무릎이 꺾이고 이내 바닥으로 쿵 소리와 함께 쓰러졌다.

얼마의 시간이 지났을까. 지독한 통증이 몰려왔다. 강석은 인상을 찌푸리며 겨우 눈꺼풀을 끌어 올렸다. 익숙한 천장이 시선 안으로 들어왔다. 이내 무슨 일이 있었는지 빠르게 기억이 떠올랐다.

점심 먹은 게 잘못되었는지 계속 배가 아팠다. 참고 참다가 놀이터 주변을 둘러보고 가까운 화장실로 달려갔다. 윤경이 혼자 있는 게 신경이 쓰였지만 어쩔 수가 없었다. 놀이터에 간다고 할 때만 해도 잠깐 있다 들어오겠지 했는데 꽤 오랫동안 모래 장난을 했다. 시험 기간이라 공부도 해야 하는데 어린 게 어찌나 고집이 센지 당할 재간이 없었다. 화장실에서 나와 놀이터를 살폈는데 미끄럼틀이 가로막고 있어서 윤경이 보이지 않았다. 그래도 당연히 그 자리에 있을 줄 알았다.

몇 걸음 걷다 말고 윤경이 남자 둘한테 둘러싸여 있는 모습을 본 순간 심장이 철렁 내려앉았다. 아무 생각도 할 수 없었다. 무작정 달려가 남자들에게 덤벼들었지만 성인 둘을 상대하기엔 무리였다. 미처 피하지 못하고 얻어맞을 때마다 지독한 통증이 밀려왔다.

누군가 호루라기를 불지 않았다면 무슨 일이 생겼을지 생각만 해도 끔찍했다. 강석은 나직이 한숨을 내쉬며 침대에서 일어섰다. 목이 너무 말라서 도저히 누워 있을 수가 없었다. 혀로 입술을 핥자 두툼하게 부풀어 오른 입술이 혀끝에 닿았다. 쓰리고 아팠다.

"꼭 그렇게까지 해야 하신대요? 아직 중학생인데."

방문을 살짝 열자 부모님의 목소리가 들렸다.

"어쩔 수 없지. 하라는 대로 할 수밖에."

"당신이 회장님께 이야기 좀 잘해봐요. 이건 정말 내쫓는 거나 다름없잖아요."

"내쫓기는. 그냥 나가라는 게 아니잖아."

"그래도 이건 아니죠. 다친 건 우리 강석인데."

"당신도 알잖아. 아가씨 한번 고집부리면 아무도 못 말린다는 거."

"강석이 보내고 어떻게 살라고……."

울먹이는 목소리가 들리자 강석은 조용히 방문을 닫았다.

'꼴 보기 싫어. 나가라고 해. 내쫓으란 말이야.'

바락바락 소리치던 윤경의 목소리가 귓가에 들리는 것 같았다. 강석은 거울에 비친 자신의 모습을 차갑게 노려보았다.

"날 쫓아내겠다고?"

퉁퉁 부어오른 눈 주위가 꿈틀거렸다. 주먹을 꽉 쥐자 통증이 심장까지 파고들었다.

"최윤경."

강석은 이마를 칭칭 감고 있는 붕대를 벗겨냈다. 붉은 피가 스며든 하얀 거즈가 바닥으로 툭 떨어졌다. 찢겨진 오른쪽 이마가 움푹 팬 것처럼 골이 느껴졌다. 셔츠를 벗자 시퍼렇게 멍이 든 어깨와 가슴이 드러났다.

"네가 나를, 나를……."

어깨를 꽉 움켜잡자 지독한 통증이 느껴졌다. 강석은 이를 악물고 신음을 삼켰다.

머릿속으로 까무룩 정신을 잃던 윤경의 모습과 놀이터에서 겁에 질려 벌벌 떨고 있던 모습이 번갈아 떠올랐다. 눈빛이 불안하게 흔들렸다.

"그래도 이건 아니지."

강석은 바닥에 털썩 주저앉았다.

# 1

11년 후.

강의실 곳곳에서 한숨과 기쁨의 탄성이 쏟아져 나왔다. 드디어 1학기 기말고사가 끝났다. 윤경은 책상을 정리하고 강의실을 빠져나왔다.

"최윤경, 어디 가?"

어느새 뒤따라 나온 소미가 그녀의 팔짱을 끼며 잡아 세웠다.

"애들 다 클럽 간다는데 넌 안 갈 거야?"

"준비해야지."

"준비? 무슨 준비?"

또 까마귀 고기를 먹었네. 시험 끝나면 여행 간다고 말했는데.

윤경은 가방을 어깨에 메고 소미의 머리를 손가락으로 톡톡 건드렸다.

"누가 깜박이 아니랄까 봐 그새 잊은 거야?"

"아, 너 여행 간다고 했지?"

그제야 생각이 났는지 소미가 나직이 한숨을 내쉬었다.

"언제 돌아온다고?"

"한 달 정도 생각하는데 모르겠어. 중간에 이모 만나서 함께 움직일 생각이거든."

"좋겠다."

부러움 가득한 목소리에 윤경은 빙그레 웃었다.

"할 일도 있고 준비할 게 있어서 그만 가봐야 해."

"그래도 이렇게 헤어지는 건 좀 아쉽다."

"여행에서 돌아오면 바로 연락할게. 그때 놀면 되지."

"아으응, 나도 네 가방에 넣어서 가면 안 돼?"

"그렇게 큰 가방이 없어서 안 되겠는걸?"

"있으면 데려가기는 할 거고?"

"글쎄."

소미가 믿지 않게 그녀를 흘겨보았다. 마음을 터놓고 지내는 유일한 친구였다. 친하게 지내려고 다가오는 친구들은 꽤 있었는데 이상하게 마음이 움직여 주질 않았다. 귀찮기도 했고 그냥 조용히 학교생활을 하고 싶은 마음뿐이었다. 그런 그녀를 유독 소미만 가만 내버려 두지 않았다. 소미는 감정을 숨길 줄도 모르고 솔직하고 따뜻했다. 그녀를 대하는 모습도 늘 한결같았다.

'보고 싶은 영화도 있고, 먹고 싶은 음식도 있는데 돈이 없어. 그래서 말인데 영화는 내가 보여줄 테니까 저녁은 네가 사는 게 어때?'

영화를 혼자 보면 될 것을 꼭 함께 가려고 했다. 먹고 싶은 것 또한 대단한 것도 아니었다. 신당동 떡볶이. 순대국밥. 평소 그녀가 먹지 않는 것들만 골랐다.

"올 때 내 선물 사오는 거 잊으면 안 된다."

"노력해 볼게."

"무슨 노력까지. 그냥 무조건 사와."

윤경은 소미가 가볍게 안아주고 뒤로 물러나자 굳은 듯 서 있다가 빙긋 웃었다. 가끔 소미는 이렇게 서슴없이 그녀를 안아주곤 했다. 어릴 때 외에는 누군가한테 안긴 적이 없던 터라 몇 년을 함께했는데도 적응이 되지 않았다. 아, 있기는 하지.

문득 떠오른 생각에 윤경의 표정이 밝아졌다.

"나 그만 가봐야겠다."

"알았어. 건강하게 잘 다녀와."

캠퍼스를 가로질러 걷는 윤경의 발걸음이 한결 가벼웠다. 일부러 찾아간다는 연락은 하지 않았다. 집에도 이야기하지 않고 조용히 다녀올 생각이었다. 다른 곳은 몰라도 그곳은 기사가 운전하는 차를 타고 가고 싶지 않았다.

곧장 지하철을 타고 고속터미널로 향했다. 마침 금방 출발하는 버스가 있었다. 음료수를 하나 사서 버스에 오른 윤경은 핸드폰을 꺼내서 이어폰을 연결했다. 귀에 꽂고 자주 듣는 음악 파일을 열었다. 잔잔한 클래식 음악이 들리자 의자에 몸을 기대고 음료수를 한 모금 마셨다. 그동안 시험공부를 하느라 지쳐서인지 몸이 나른했다. 버스가 고속도로로 접어들 때까지 음악은 클래식과 가요를 번갈아가며 연신 귀를 즐겁게 했다.

충주에 도착할 때까지 윤경은 음악을 듣고 커피를 마시며 책을 읽었다. 벌써 몇 번이나 본 책인데도 볼 때마다 느낌이 새로웠다.

―다음에, 나중에 라는 말로 비겁해지지 마라. 시간과 기회는 당신을 기다려 주지 않는다. 지금, 바로 결정하고 행동으로 옮겨라. 머뭇거리거나 핑계를 대는 사이 당신은 또 하나의 기회를 놓치는 것이다.

좋은 글귀를 보면 가슴이 벅차오른다. 윤경은 형광펜으로 밑줄까지 그어놓은 문장을 몇 번 반복해서 읽었다.

시간은 금세 지나가서 어느새 충주에 도착했다.

"아, 좋다."

1년에 두 번밖에 오지 않는 곳, 그사이 몇 번 왔다고 어느새 익숙하고 편안한 느낌이 들었다. 윤경은 근처 마트에 들러서 커다란 봉지 두 개가 넘치도록 물건을 산 뒤 택시를 탔다.

"아저씨, 칠금동으로 가주세요."

20분쯤 지나서 마을 어귀가 보이자 기사에게 마을 회관 앞에서 세워달라고 했다. 가방을 어깨에 걸친 윤경은 양손에 짐을 들고 걸음을 서둘렀다. 얼마 지나지 않아 높지 않은 담과 파란색 지붕이 보였다.

"아줌마."

툇마루에서 나물을 다듬고 있던 순자의 눈이 놀라서 커다래졌다. 이내 손을 털고 달려와 그녀를 품에 안았다. 언제나처럼 따뜻하고 푸근했다.

"연락이라도 하고 오지."

손에 들고 있는 짐을 받아 든 순자는 반가운 기색이 역력했다. 윤경은 방그르 웃으며 툇마루에 올라가 걸터앉았다.

"뭘 이렇게 많이 샀어? 그냥 오라니까."

"제가 먹고 싶어서 산 거예요."

"먹고 싶은 게 있으면 미리 전화를 하고 오면 되지."

"제가 좀 변덕스럽잖아요. 전화했다가 힘들게 준비하셨는데 먹고 싶은 게 바뀌면 괜히 아줌마만 고생하시잖아요."

"뭘 얼마나 준비한다고. 무슨 닭을 세 마리나……. 세상에, 고기 생선 과일까지. 정말 아가씨는 못 말린다니까."

"아이 참, 아가씨라고 부르지 말라니까 또 그러시네. 아저씨는 어디 가셨어요?"

윤경은 아직도 자신을 아가씨라 부르는 게 못마땅해 툭툭거리다 안방 쪽을 힐끔 쳐다보았다.

"잠깐 바람 좀 쐰다고 나갔어. 올 때가 되긴 했는데."

"아저씨 건강은 좀 어떠세요?"

"만날 그렇지 뭐. 아프다가 괜찮기도 하고 참, 내 정신 좀 봐. 뭐 마실 거라도 줄까?"

"아니요. 오면서 음료수 마셨어요. 시금치 다듬는 중이었나 봐요. 나도 해야겠다."

그녀가 나물을 집어 들려고 하자 화들짝 놀란 순자가 얼른 다가와 한쪽으로 밀어냈다.

"하기는 뭘 해? 괜히 손에 묻히지 마."

"나도 이 정도는 할 줄 알아요. 같이해요."

"됐어. 오느라 힘들었을 텐데 방에 가서 쉬고 있어."

"왜요? 지난번처럼 또 그럴까 봐요?"

겨울방학 때도 이곳을 왔었다. 반찬으로 나물을 다듬는다고 하기에 도와준다고 덤볐다가 기의 버리고 말았다. 하필 손질을 한다는 게 냉이였는데 제철이 아니라서 그런지 누런 떡잎이 많았다. 하나둘 떼다 보니 뿌리만 남았고 그마저도 똑똑 끊어버리는 바람에 버리는 게 대부분이었다.

순자도 그때 일을 떠올렸는지 빙그레 웃었다.

"그건 냉이라서 그렇고 이건 손질할 것도 없어 보이는데요. 뭐."

"다 한 거야. 이제 데쳐서 무치기만 하면 돼."

딱 봐도 손질할 게 남아 있는 것 같은데 순자는 한사코 손을 못 대게 했다. 아예 바닥에 깔아놓은 비닐을 통째 들고 주방으로 들어갔다.

윤경은 혼자 남게 되자 다리를 건들건들 흔들다 마당으로 내려섰다.

"아줌마, 저 동네 한 바퀴 돌고 올게요."

"멀리 가지 마. 얼른 저녁 준비할 테니까."

"천천히 하세요. 배 안 고파요."

대문은 처음부터 없었다고 했다. 윤경은 담 밑으로 쪼르르 심어져 있는 봉숭아와 채송화, 키가 큰 해바라기를 쳐다보다 밖으로 나왔다. 마을 입구에 있는 커다란 느티나무까지 갔다가 낮은 산으로 향하는 골목길로 접어들었다. 얼마 걷지 않았는데도 따가운 햇살 때문에 이마에 송골송골 땀방울이 맺혔다. 그래도 간간이 불어오는 바람이 시원해서 기분은 좋았다.

지난번 왔을 땐 탄금대를 갔다 왔는데 오늘은 저녁만 먹고 올라 갈 생각이었다.

문씨 부부가 이곳으로 내려온 지 벌써 4년이 넘었다. 건강이 안 좋아진 아저씨 때문에 어쩔 수 없이 결정이 된 거라 섭섭했지만 가지 말라고 할 수가 없었다.

이곳은 고등학교 1학년 여름방학 때 처음 와봤다. 최 회장이 일 때문에 충주로 내려간다는 소리를 듣고 데려가 달라고 졸랐다. 낮은 산도 있고 조용한 동네라 마음에 쏙 들었다. 몇 번 와봤더니 이젠 낯선 느낌이 전혀 들지 않았다.

산을 조금 올라가다 왔던 길을 다시 내려왔다. 길게 이어진 고추밭 길을 내려오고 있는데 핸드폰이 울렸다. 통화버튼을 누르자 시끄러운 음악 소리가 들렸다.

"응. 소미야."

[네가 없으니까 허전해.]

"별로 그런 것 같지 않은데?"

목소리가 꽤 활기찼다. 소미는 그녀와 달리 주변 사람들과 잘 어울렸다. 친구 선후배, 만나는 사람들도 다양했다.

'인맥이 자산이라잖아. 그렇게 생각하면 내가 너보다 훨씬 부자인데 말이지.'

생각을 숨길 줄도 모르고 감정 표현도 서슴없다. 싫고 좋고가 너무 분명해서 가끔은 오해를 살 때도 있었다. 그런 면이 마음에 들긴 하지.

어렸을 때는 자신도 그랬었다. 싫은 건 죽어도 싫고 좋은 건 숨기지 않았다. 그러다 어느 순간 깨달았다. 감정을 숨길 줄도 알아야 한다는 걸.

깨닫고 나니 그동안 잃어버린 게 너무 많다는 걸 알았다. 윤경은 바람에 흩날리는 긴 머리카락을 귀 뒤로 넘겼다. 걸음을 멈추고 하늘을 올려다보자 눈부시게 푸른 하늘이 물감으로 그려놓은 것처럼 펼쳐져 있었다.

[너 많이 보고 싶을 거야.]

어휴, 닭살. 누가 알면 아주 떠나는 줄 알겠네.

윤경은 피식 웃으며 다시 걸음을 옮겼다.

[왜 말이 없어? 너는 나 안 보고 싶을 것 같아?]

소미가 불만이 가득한 목소리로 물었다. 음, 뭐라고 할까. 보고 싶다는 말은 나오지 않을 것 같은데.

'네 성격은 정말 알다가도 모르겠어. 어느 땐 선이 분명한 것 같다가도 또 어느 순간 보면 감정 표현을 너무 안 해서 뜨뜻미지근한 것 같기도 하고.'

싫은 건 딱 자르면서도 좋아한다거나 보고 싶다는 말을 한 번도한 적이 없다면서 언젠가 소미가 툴툴거렸었다. 그걸 꼭 말로 해야 아느냐고, 척 보면 모르냐고 되물었을 때 소미는 말 안 하면 귀신도 모른다고 했다.

[최윤경, 너 정말 못된 거 알아?]

"아마 모를걸?"

[흥, 너처럼 똑똑한 애가 모를 리 없지.]

"고마워. 칭찬해 줘서."

[이거 칭찬 아니거든?]

"난 칭찬으로 들렸는데 아닌 거였어?"

[나쁜 계집애.]

"그런 말 하지 말라고 했지?"

[왜? 틀린 말 한 것도 아닌데. 그리고 계집애가 어때서? 정답고 좋기만 하구만.]

별개 다 정답단다. 다른 사람이 그런 말을 했으면 기분이 나빴을 수도 있지만 소미니까 괜찮다. 생각해 보면 소미한테만 허용되는 게 꽤 많다.

면역이 돼서인가. 곁을 허락한 유일한 친구다 보니 소미의 과장된 표현과 행동이 아주 싫지는 않았다.

[나 생각해 봤는데…….]

"뭘?"

[선물.]

"선물은 하는 사람 마음이지."

[네 마음이 너무 작거나 클까 봐 그러지.]

별걸 다 걱정하네. 웃음을 머금은 윤경은 느티나무 아래 놓인 평상에 엉덩이를 걸치고 앉았다.

"말해봐. 뭐가 받고 싶은데?"

[진짜 갖고 싶은 건 노랑머리 남자.]

"뭐?"

[하지만 그건 불가능하니까 향수 사다 줘.]

"향수? 무슨 향으로?"

[그건 선물하는 사람 맘이지. 꼭 고르라고 하면 너 지금 쓰고 있는 걸로.]

진작 갖고 싶다고 말했으면 하나 사줬을 텐데. 윤경은 알았다고 말하고 몸을 일으켰다. 나온 지 시간이 꽤 지난 터라 순자가 찾고 있을지도 모른다는 생각이 들었다.

몇 번 와봐서 길을 잃을 일도 없는데, 지난번에도 아침 일찍 일어나 산책을 다녀왔더니 그사이 찾고 난리도 아니었다. 핸드폰까지 놓고 나와서 연락이 안 되는 바람에 많이 놀랐단다.

"나 그만 들어가 봐야 해. 재미있게 놀고 다녀와서 봐."

전화를 끊고 걸음을 서둘렀다. 마당에 들어서자 삼계탕 냄새가 진동을 했다.

"아저씨."

"안 그래도 지금 막 찾아 나서려던 참인데."

마침 방에서 나오던 지봉이 그녀를 보고 환하게 웃으며 마루를 내려섰다. 윤경은 얼굴 가득 미소를 머금고 얼른 다가가 지봉의 손을 맞잡았다.

"우리 아가씨, 오는데 힘들지 않았어?"

"두 분 다 너무하시는 거 아니에요?"

"응? 뭐가?"

"아가씨 소리 좀 그만하라고 했잖아요. 그냥 윤경아, 하고 이름 부르라니까요."

"난 또, 습관이 돼나서."

윤경은 멋쩍게 웃음을 짓는 지봉의 손을 잡은 채 마루로 올라가 앉았다.

"건강은 좀 어떠세요?"

"아가씨가 걱정……."

"또 아가씨래, 나 삐칠 거예요?"

"하하, 몇 년 동안 입에 붙었는데 쉽게 고쳐지나."

어렸을 때는 존댓말까지 했었다. 그땐 최 회장의 운전기사이기도 했고 당연하다고 생각했던 것 같다. 철이 들고 난 후 한참 어른한테 존대를 받는다는 게 불편해 말씀을 편하게 하라고 했더니 그럴 수 없다고 했다. 두 분 모두 충주로 내려오고 나서 몇 번 말을 하고 난 뒤 존댓말은 하지 않는데 호칭은 여전히 아가씨였다.

"연락도 없이 어떻게 온 거야? 회장님한테는 여기 온다고 말씀은 드렸어?"

"저녁 먹고 올라갈 거라서 말 안 했어요."

"저런, 걱정하시라고."

"바빠서 나 걱정할 틈 없는 거 아시잖아요."

"말씀은 안 하시지만 회장님이 아가씨 걱정을 얼마나 하시는데. 다음부터는 말씀드리고 와."

"네, 네. 아저씨는 나만 보면 잔소리셔."

시간은 금방 지나갔다. 맛있는 삼계탕 한 그릇을 뚝딱 비우고 과일까지 먹고 나니 숨 쉬는 것도 힘들었다.

"너무 많이 먹어서 일주일은 굶어도 되겠어요."

"그런다고 굶으면 쓰나. 지금도 바람 불면 날아가게 생겼는데."

윤경은 태풍이 불어도 절대 그런 일은 없을 거라고 했다. 어느덧 떠나야 할 시간이었다.

"가기 싫다."

"다음엔 회장님께 말씀드리고 내려와서 하룻밤 자고 가."

"네, 그럴게요."

택시가 기다리고 있어서 어쩔 수 없이 집을 나섰다. 두 분이 터미널까지 함께 간다고 하는 걸 극구 말리고 혼자 택시에 올라탔다.

이곳만 오면 사람 사는 냄새가 난다. 함께 있기만 해도 사랑받고 있다는 느낌이 절로 들었다. 두 분은 어렸을 때나 지금이나 여전히 변함이 없었다. 윤경은 유리창을 내리고 고개를 삐죽 내밀었다.

"안녕히 계세요."

손을 흔들고 소리치자 약속이라도 한 듯 두 분도 함께 손을 흔들었다. 나란히 서 있는 모습을 보자 마음이 짠했다. 너무 큰 죄를 지었기에 늘 마음 한편이 불편했다. 미울 텐데, 한번도 그런 내색을 하지 않아 더 고맙고 죄송했다.

윤경은 택시가 모퉁이를 돌아 두 분의 모습이 보이지 않을 때까지 고개를 내밀고 쳐다보았다. 너무 늦지 않게 도착해야 한다면서 서둘러 저녁을 먹는 바람에 아직도 밖은 환했다

'그만 돌아오라고 하면 안 돼요? 공부도 다 끝났을 텐데 왜 안 부르세요?'

철없던 어린 시절 그녀의 잘못으로 부모와 생이별을 하고 있는 사람, 내내 심장에 박힌 돌처럼 죄의식을 품고 살았다. 그래서 이제 그만 돌아왔으면 하고 최 회장한테 말을 한 적이 있었다.

'강석이가 가라면 가고 오라면 오는 집에서 기르는 똥개야? 돌아올 때 되면 알아서 오겠지.'

그녀가 어렸을 때라면 두말 않고 그러겠다고 했을 텐데, 아예 말도 꺼내지 못하게 했다. 최 회장은 어느 순간부터 어린아이의 말도 안 되는 투정을 모두 받아주는 다정한 아빠의 모습이 아니었

다. 차갑고 냉정해졌다. 그게 서러워서 참 많이도 울었었다.

'갈 때는 그렇게 갔지만 어쨌든 공부도 제 욕심대로 했으니 강석이도 널 원망하지 않을 거야. 그러니까 이제 그만 마음 쓰지 마.'

그렇게 다독인 사람은 최 회장이 아니라 강석의 부모였다. 일부러 조기유학도 보내는데 중학생이면 다 큰 거라고, 회장님 덕분에 편안하게 공부할 수 있었다는 말까지 했다. 윤경은 가방에서 지갑을 꺼내 들고 한숨을 푹 내쉬었다. 제일 안쪽 깊숙한 곳에 있는 사진 한 장을 꺼내서 손으로 가만가만 쓸었다.

강석은 딱 한 번 한국에 들어왔었다. 그때 윤경은 강석을 보지 못했다. 이틀 머물면서 최 회장과 그의 부모님 얼굴만 보고 돌아갔다고 했다. 그 사실을 그녀는 한참 지난 후에야 들었다.

"지독해."

그녀는 강석의 원망이 어느 정도인지 상상도 되지 않았다. 그저 철없는 어린아이의 실수라고 받아들이기를 간절히 바랄 뿐이었다.

사진은 시골에 내려가서 하룻밤 자고 오던 날, 강석의 앨범을 보다가 몰래 한 장 빼온 거였다. 예전에도 사진 찍는 걸 꽤나 싫어하더니 반도 채워지지 않은 앨범엔 대부분 학교 졸업식 때 찍은 모습들이었다.

강석은 그다지 달라지지 않았다. 아니, 많이 변했다. 더 남자다워지고 훨씬 멋있어졌다.

중학교 때도 키가 컸었는데 더 큰 것 같고, 짙은 눈썹과 날카로운 눈매, 중심을 잡고 있는 콧날 아래 꾹 다문 입술은 그때나 지금이나 꽤 고집 있어 보였다.

살짝 각이 진 듯한 턱 선과 두툼한 목, 운동을 계속했는지 떡 벌어진 어깨, 사진인데도 탄탄해 보이는 남자다운 몸매가 그대로 느껴졌다.

"누군지 진짜 잘났네."

이렇게 멋있는데 여자 친구는 있겠지.

그 생각만 하면 괜스레 가슴 한편이 싸했다. 아무 상관도 없는데, 왜 그런 기분이 드는지 알 수가 없었다.

그녀가 내려올 때마다 순자는 지나가는 말처럼 강석의 이야기를 하곤 했다. 그때마다 윤경은 가만히 듣고만 있었다. 혹시 사귀는 여자가 있는지 묻고 싶었던 적도 있지만 끝내 말은 하지 못했다.

"도착했습니다. 서울 간다고 했죠? 바로 들어가면 금방 출발하는 버스 있을 겁니다."

친절한 택시 기사의 말에 윤경은 얼른 사진을 넣고 가방을 챙겨 들었다. 그러지 않아도 된다고 했지만 이미 순자가 택시비를 지불했기 때문에 인사만 하고 내렸다.

집에 도착했을 땐 밤 10시가 가까워져 있었다.

한정식당 솔내음 앞에서 차가 멈추자 윤경은 곧장 내려서 직원의 안내를 받고 룸으로 들어갔다.

아침까지도 아무 말이 없던 최 회장이 갑자기 점심을 함께하자며 비서를 통해서 연락을 해왔다. 최 회장은 먼저 와서 기다리고 있었다.

"준비는 다 한 거야?"

"아주머니가 생각보다 짐을 많이 싸놔서 다시 정리를 해야 할 것 같아요."

"필요한 만큼 쌌겠지."

무심한 최 회장의 말에 윤경은 말을 더 하려다 말았다. 한 달이지만 이모네 집에서 며칠 머물 텐데 제일 큰 캐리어 두 개에 박스도 몇 개 있었다. 한겨울도 아니고 무슨 짐을 그렇게 많이 쌌는지 모르겠다.

"이번에 가면 네 이모가 집을 구해놨을 거다."

"집이요?"

윤경은 눈을 동그랗게 떴다. 이 주만 혼자 여행을 하고 그 이후엔 이모네 집에 들렀다가 함께 움직일 예정이라 따로 숙소를 정하지는 않았다. 처음 며칠은 멀리 다닐 게 아니라서 그때마다 가까운 곳에서 머물 생각이었다.

"학기 시작하려면 아직 시간 있을 테니까 그전에 여행도 다니고 필요한 것 있으면 미리 준비해 놔."

"그게 무슨…… 말씀이세요?"

"학교엔 미리 연락해 놨다."

"아빠, 지금 저보고 유…… 학을 가라는 말씀이세요?"

"난 처음부터 여기서 공부하는 거 반대했었다. 어차피 공부를 할 거면 늦장 부릴 필요 없지."

윤경은 제대로 들은 게 맞나 귀를 의심했다. 여행을 가겠다고 했을 때 최 회장은 별다른 말은 하지 않았다. 이렇게 길게 간 적은 없지만 방학 때마다 다녔으니까.

그런데 갑자기 무슨 유학이란 말인가.

"아빠."

"이미 결정했으니까 그런 줄 알아."

"그래도 이건……."

너무 기가 막혀서 말도 나오지 않았다. 유학을 꼭 가야 한다는 생각은 없지만 공부를 더 하고 싶은 마음이 생기면 대학을 졸업하고 가도 늦지 않는다.

이렇게 쫓겨나듯 가고 싶지 않았다. 미리 말을 한 것도 아니고 단지 여행을 계획했을 뿐인데 느닷없이 유학이라니, 이건 너무하지 않는가.

"제가 또 뭘 실수한 게 있나요?"

최 회장은 그녀가 실수를 했다고 생각할 때마다 그만큼의 대가를 치르게 했다. 성적이 조금이라도 떨어지면 그 배를 올려야 했고, 약속한 시간보다 늦게 집에 들어가면 늦은 시간만큼 외출을 금지했다. 다 받아들였다.

'대충할 거면 아예 시작도 하지 마. 남들처럼 살 거면 애초에 포기하란 소리다.'

서운그룹 후계자로 살 거 아니면 하고 싶은 대로 하면서 살라고 했다. 딱히 그녀가 포기할 건 없었다. 학생이니까 공부했고 여느 아이들처럼 어울려서 노는 건 그다지 흥미가 없었다. 딱 하나, 그림 그리는 것만 제외하면 최 회장이 원하는 대로 살았다. 그렇게 믿고 있었는데 갑자기 왜 유학을 가라는 건지 알 수가 없었다.

"제가 그림 그리는 것 때문에 이러시는 거예요?"

최 회장은 그녀가 그림에 관심 갖는 걸 싫어했다. 어느 날 학교에서 돌아왔는데 지하실에 있는 그림 도구들이 말끔히 치워져 있었다. 따로 그림을 배우지는 않았고 그야말로 여가 시간을 활용한 것뿐인데 그마저도 싫어했다. 처음으로 울면서 대들었다. 숨 쉴 틈은 줘야 하지 않느냐고.

'네 엄마처럼 살 거면 이 집에서 나가.'

그녀가 어렸을 때 돌아가신 엄마는 거의 작업실에서 살다시피 했었다. 결혼을 하면서 화가의 길을 접었는데, 완전히 포기를 할 수 없었는지 손에서 붓을 놓지 않았다.

최 회장은 약한 몸으로 임신을 하고도 그림을 그리는 아내를 탐탁지 않게 여겼다. 딱히 살가운 부부는 아니었지만 그렇다고 사이가 나쁘지도 않았었다. 가끔 큰소리가 날 때면 늘 그림 때문이었다. 엄마는 숨이 막힌다고 했고, 최 회장은 빈껍데기와 산다면서 목소리를 높였다.

그리고 어느 날 교통사고로 다시는 돌아올 수 없는 곳으로 떠났다. 윤경은 지난날을 떠올리며 나직이 한숨을 내쉬었다.

"그림은 그냥 그리는 거예요. 아무 의미 없어요."

"그 시간에 정말 필요한 걸 했어야지."

더 이상 뭘 어떻게 한단 말인가. 학교 도서관 집, 매일 매 순간 깨어 있을 땐 공부를 했다. 일주일에 두 번 다니던 태권도 도장도 그만둔 지 오래였다.

할 수 있다는 걸 보여주기 위해. 여자라서 나약하다는 편견에 정면으로 맞서기 위해 정말 열심히 공부만 했다.

그런데도 부족하신 겁니까.

"절 집에서 내쫓고 싶은 거군요."

그렇지 않고는 이럴 수가 없다. 미리 언질이라도 줬으면 이런 기분까지는 들지 않았을 것이다. 윤경은 화가 나서 참을 수가 없었다.

"내쫓는 게 아니라 공부를 하라는 거다."

"하고 있잖아요."

"고작 그 성적으로? 서운이 동네 구멍가게인 줄 알아?"

"아빠."

"난, 네가 좀 더 똑똑하고 야무지기를 바라. 내가 지금까지 지켜 온 서운을 네 손에서 망가뜨리는 건 볼 수 없다."

"왜 제가 망가뜨릴 거라고 생각하세요? 전 아직 아무것도 하지 않았잖아요."

고작 20살, 또래 아이들처럼 살지 않았다. 차근차근 최 회장이 원하는 대로 살겠다고 결심을 한 이후 다른 생각은 한 적도 없었다. 회사, 경영. 그래 못할 것 없지.

욕심도 있고, 해보고 싶다는 마음도 있었다.

한때는 회사엔 관심 없다고, 하고 싶은 일을 하면서 살겠다고 말하고 싶을 때도 있었다. 그러나 끝내 그 말은 하지 못했다. 말을 하는 순간 최 회장이 어떻게 나올지 알고 있으니까.

"유학은 좀 더 있다가 갈게요."

윤경은 화를 억누르고 조용히 말했다.

"시간 낭비할 거 뭐 있어. 어차피 해야 할 공부면 더 넓은 데 가서 하는 게 좋아."

"저한테도 생각이 있고 계획도 있어요. 아무 생각 없이 살고 있지 않아요."

"네 생각은 하나도 중요하지 않아. 정 네 마음대로 할 거면 지금이라도 그만두겠다고 하면 돼."

윤경은 얼굴이 붉어질 정도로 씩씩거렸다. 한 번이라도, 단 한 번이라도 딸이 무엇을 원하는지 생각해 줄 수는 없는 걸까. 아니, 그냥 딸, 자식으로 생각할 수는 없는 것일까.

최 회장한테 자신은 딸이 아니라 서운을 이어갈 후계자일 뿐이었다. 한다고 했고 할 것이다. 그런데도 믿어주지를 않는다.

'정신 똑바로 차려. 아직도 네가 철부지 어린애야? 중학생이나 됐으면서 왜 그렇게 생각이 없어? 당장 일어나서 책상에 앉아.'

갑자기 쏟아진 소나기를 흠뻑 맞고 집으로 돌아온 날이었다. 몸에 한기가 돌고 열도 오르는 것 같아 내내 책상에 앉아 있다 잠시 쉬려고 침대에 누웠는데 하필 그때 최 회장이 들어왔다. 눈물이 찔끔 날 정도로 서럽고 억울했지만 윤경은 아무런 설명도 하지 않았다. 변명으로 치부해 버릴 게 뻔할 테니까. 결국 다음날 학교를 가지 못할 정도로 끙끙 앓아누웠다.

"난 분명히 너한테 말했었다. 네가 살고 싶은 대로 살 거면 서운을 가질 생각은 하지 말라고. 넌 하겠다고 했어."

"할 거예요. 할 겁니다. 하지만 유학은……."

"더 일찍 간 사람도 있어."

윤경은 숨이 턱 막혔다. 최 회장이 누구를 두고 하는 말인지 알기 때문이었다. 문강석, 자신으로 인해 쫓겨나다시피 떠난 사람. 강석을 생각하면 그녀 또한 마음이 불편했다.

'꼴 보기 싫어. 나가라고 해. 내쫓으란 말이야.'

고작 9살, 미친 듯이 화가 났고 참을 수가 없었다. 강석이 자신을 지켜주지 못했다는 생각밖에 들지 않았으니까.

학교 끝나면 어린 그녀를 그림자처럼 따라다녀야 하는데 그날 강석은 그녀의 곁에 없었다. 무서움에 떨게 했고 더러운 남자들의 손이 그녀를 만지게 했다. 그 바람에 한동안 학교도 가지 못하고 악몽에 시달렸다. 그리고 며칠 후 강석이 단순히 집을 나간 게 아니라 유학을 갔다는 사실을 알았다.

강석을 떠올리자 누군가 심장을 쥐어짜는 것처럼 아팠다.

"제가 정말 당장 유학을 가기를 바라세요?"

"……."

최 회장은 대답하지 않았다. 윤경 또한 한참 동안 말없이 최 회장을 쳐다보고만 있었다. 유학을 가더라도 지금은 아니라고 더 말을 해야 하는데, 강석을 떠올린 순간 마치 전투를 상실한 사람처럼 머릿속이 텅 빈 것 같았다.

"어디로 가는데요?"

"영국."

눈빛이 파르르 떨렸다. 영국엔 강석이 있다. 도대체 최 회장의 의도를 알 수가 없었다.

"자세한 건 네 이모가 알려줄 거다. 필요한 것도 다 준비해 놨을 거야."

"그렇군요."

무슨 말을 해도 최 회장의 생각은 변하지 않을 테지.

이미 모든 걸 결정해 놓고 통보할 때는 일말의 여지도 없다는 뜻일 거다.

윤경은 차분히 물 잔의 물을 들이켠 뒤 잔을 내려놓고 가방을 집어 들었다.

"식사는 못하겠어요. 먼저 일어나 보겠습니다."

"……."

최 회장은 말없이 자리에서 일어서는 윤경을 쳐다보았다. 얼굴이 하얗게 질린 모습을 보니 안쓰러운 마음이 드는 건 어쩔 수 없었다.

하나밖에 없는 핏줄, 아들이었으면 더할 나위 없이 좋겠지만 아내는 달랑 윤경이 하나만 낳고 아이를 더 낳지 못했다. 눈에 넣어도 아프지 않은 딸이라 어렸을 때는 여느 아빠들처럼 예뻐했었다. 그러나 언제까지 그럴 수는 없었다. 강하고 단단하게 키워야 했다. 물어뜯기고 상처 입어서 만신창이가 되는 꼴은 볼 수 없으니까.

다행히 윤경은 약하지 않았다. 똑 부러지게 제 할 일을 잘했고, 그의 기대를 저버리지 않았다. 20살, 아직 어린 나이지. 그렇다고 언제까지 곁에 두고 시간이 가기만을 기다릴 수는 없었다. 자신도 그렇게 컸고 혹시나 나약한 제 엄마를 닮기라도 할까 봐 모진 소리도 많이 했다는 걸 알고 있다.

과정이라고 생각하면 좋을 텐데. 제발 그러기를 바랄 뿐이었다.

"방학 때는 집에 들어와."

"아니요. 공부 끝날 때까지 들어오지 않을 겁니다."

"한두 해 할 것도 아닌데……."

"그래서 안 들어온다는 겁니다. 한두 해 공부할 것도 아닌데 회장님이 만족할 때까지 있으려고요."

최 회장은 짙은 눈썹을 쓰윽 끌어 올렸다. 딸의 입에서 아빠가 아닌 회장이라는 호칭이 나오자 심장이 뻐근했다.

"그럼 가보겠습니다."

뒤도 돌아보지 않고 나가는 딸을 보는 최 회장의 표정은 어둡게 가라앉았다. 조금의 머뭇거림도 없이 룸을 나가 버리는 딸의 뒷모습을 보고 있으려니 마음이 짠했다. 하지만 이내 눈빛이 서늘하게 번뜩였다.

'아빠가 아닌 것 같아. 다른 사람이 아빠 얼굴을 하고 내 앞에 있는 것 같단 말이야. 왜 그러는 건데? 내가 미운 거야? 보기 싫어서 그래?

다니던 태권도 도장을 그만두게 하고, 지하실에 있는 그림 도구를 다 치워 버렸을 때 윤경이 닭똥 같은 눈물을 뚝뚝 흘리며 소리쳤었다. 미워하다니, 보기 싫다니. 절대 아니라고 말해주고 싶었다. 그러나 마음을 다잡았다. 어디서 응석을 부리냐면서 더 매몰차게 대했다.

"음."

최 회장은 묵직한 한숨을 내쉬며 표정을 갈무리했다.

"식사는 우리 둘이 해야 할 것 같구만."

잠시 후, 최 회장 뒤로 문이 소리도 없이 열렸다. 블랙 슈트로 완벽하게 옷을 차려입은 남자가 긴 다리로 걸어와 최 회장 앞에 앉았다.

"다 들었을 테니 따로 말은 하지 않아도 되겠지."

"……."

"원하는 게 그것뿐이야?"

"미리 말씀을 안 하셨나 봅니다."

"굳이 그럴 필요가 없었으니까."

남자는 고개를 끄덕이며 한 치의 흐트러짐 없는 시선으로 최 회장을 바라보았다.

"출근은 내일부터 하는 걸로 해. 김 실장이 필요한 건 다 준비해 놨을 거야."

"아직 집에 연락을 못했습니다."

"식사하고 내려갔다가 와. 오래 머물 것 없잖아."

"그렇게 하겠습니다."

식사를 하는 내내 두 사람은 아무 말도 없었다. 최 회장이 술을 한 잔 건넸지만 남자는 잔을 받아놓고 마시지 않았다. 최 회장도 딱히 마시라고 권하지는 않았다.

식사를 마치고 밖으로 나오자 김 실장이 남자에게 자동차 열쇠를 건넸다. 말없이 열쇠를 받아 든 남자는 최 회장이 먼저 떠나자 두 손을 호주머니에 찔러 넣고 하늘을 올려다보았다. 구름 한 점 없는 하늘은 지독하게 푸르렀다. 남자는 오랫동안 움직이지 않았다. 굳게 다문 입술 끝이 시니컬하게 비틀렸다. 이내 은색 승용차에 올라타서 주차장을 빠져나왔다.

❖

벌써 한국을 떠나온 지 3년이라는 시간이 지났다. 그동안 윤경은 한 번도 한국에 돌아가지 않았다. 작년 이맘때쯤 최 회장이 찾아왔었다. 일 때문에 왔다고 하지만 자세한 건 묻지 않았다. 같이 식사 한 번 하고 떠날 때도 공항까지 가지도 않았다.

이제 더는 서운하고 야속한 마음은 없었다. 쫓겨나듯 유학을 왔지만 막상 와보니 나쁘지 않았다. 아는 사람이 없다는 건 나름 장단점이 있었다. 나쁜 건 모든 걸 직접 해야 한다는 것뿐, 혼자 있는 시간이 많다 보니 공부에 더 집중할 수 있었으니까.

필요한 게 있으면 뭐든 직접 움직여야 했다. 가끔 이모가 들러서 장도 봐주고 청소도 해줬는데 1년 정도 있다가 한국으로 돌아가는 바람에 그마저도 사라졌다. 밖에서 식사를 해결하는 것도 귀찮아서 이제는 그녀가 장도 보고 식사 준비도 한다.

"윤경, 오늘 저녁 어때?"

강의실을 빠져나오자 언제나처럼 제임스가 그녀의 어깨에 다정하게 손을 얹었다.

"제임스, 손 치워."

"아, 쏘리."

윤경은 두 손을 반짝 올리며 사과하는 제임스를 밉지 않게 흘겨보았다. 쓸데없는 스킨십은 절대 사양이라고 몇 번을 말했건만 제임스는 마치 그녀의 구박을 즐기는 것 같았다.

"너무 그러지 마. 습관인 거 알잖아."

"그 못된 습관 싫다고 말했잖아."

"알았어. 알았다고."

처음 제임스가 유창하게 한국말을 했을 때 꽤 놀랐었다. 훤칠한 키에 완벽한 금발 머리면서 발음까지 정확했다. 나중에 모친이 한국분이라는 말을 듣고 이해는 갔지만 목소리만 들으면 영국에서 나고 자랐다는 게 믿기지 않을 정도였다.

"저녁 같이 먹을 수 있지?"

"아니. 미안한데 오늘은 바빠."

"시험도 끝났는데 바빠?"

"한국에서 친구가 오기로 했거든."

"남자친구?"

"글쎄."

윤경은 방그레 웃으며 계단을 내려왔다. 제임스가 궁금해 죽겠다는 표정을 하고 뒤따라왔지만 모른 척하고 캠퍼스를 걸었다.

"정말 남자친구야?"

"왜 그렇게 관심이 많아?"

"나야 늘 윤경한테 관심이 많지. 설마 모른다고 할 건 아니지?"

"제임스, 나한테 그런 말 하지 말라고 했지?"

"또 사과해야 하는 거야?"

윤경은 과하게 상처 입은 표정을 짓는 제임스를 보고 나직이 한숨을 내쉬었다. 처음 영국에 와서 낯선 환경에 적응하느라 조금 힘들었지만 오래 걸리지 않았다. 공부에만 신경 쓰느라 사람들과 잘 어울리지 않았는데 의외로 제임스와는 금세 친해졌다.

가까운 곳에 살기도 했고 제임스의 성격이 워낙 밝고 유쾌해서 소미를 떠올리게 한 탓도 있었다.

"사과는 안 해도 돼."

"대신 혼자 있게 놔두라는 말을 하려는 거지?"

"응."

"오케이. 아쉽지만 어쩔 수 없지."

"나 먼저 갈게. 나중에 봐."

윤경은 제임스를 두고 걸음을 서둘렀다. 그냥 갈까 하다가 시간을 확인하고 정문과 반대 방향으로 몸을 돌렸다.

"아, 좋다."

바람은 싸늘했지만 소미를 만난다는 생각에 기분이 살짝 들떠 있었다. 윤경은 옷깃을 여미며 캠강 주변을 천천히 걸었다. 수학의 다리라고 일컫는 목조 다리 중간쯤에 멈춰 서서 유유히 흐르는 강물을 쳐다보았다.

'글쎄, 난 잘 모르겠는데. 왜 궁금하니?'

학기가 시작하기 전 시간이 있었지만 원래 계획했던 여행은 가지 않았다. 그러다 어느 날 혹시 만날지도 모른다고 은근히 기대했던 강석에 대해서 이모한테 물었는데 모른다는 대답을 들었다. 한 학기가 다 끝날 때까지 강석은 만날 수가 없었다.

나중에 그가 영국에 없다는 걸 알고 얼마나 실망을 했는지. 한 번쯤 만나면 말하려고 했었다. 그때 정말 미안했다고.

윤경은 한숨을 푹 내쉬며 왔던 길을 되돌아왔다. 하필 오늘 같은 날 차가 시동이 걸리지 않아 수리를 맡겼더니 영 불편했다.

"윤경아!"

버스에서 내려 집 앞에 도착했을 때쯤 택시 하나가 멈추고 소미가 내렸다. 윤경은 두 팔을 벌리고 달려오는 소미를 꼭 끌어안았다.

"어떻게 벌써 왔어?"

좋아서 어쩔 줄 몰라 하며 팔딱팔딱 뛰어오르던 소미가 그녀의 볼에 쪽 입을 맞췄다.

"어우, 야. 뭐 하는 거야?"

"입술도 아닌데 뭐 어때?"

"너 내가 남자인 줄 착각하는 거 아니야?"

"웃기고 있네. 내가 남자면 이렇게 안고만 있을 것 같아?"

톡톡 튀는 소미의 목소리는 여전했다. 그동안 통화도 하고 메일도 주고받았는데 직접 만나고 나니 너무 반가웠다.

"음, 최윤경 냄새."

윤경의 어깨에 코를 묻은 소미가 그녀의 체취를 음미라도 하듯 숨을 들이마셨다.

"못 살아. 그만해."

"싫어. 더 맡을래."

"짐 안 내릴 거야?"

"짐? 아, 짐 내려야지."

짐은 이미 택시 기사가 내려놓고 기다리고 있었다. 소미가 계산을 하는 사이 윤경은 짐을 들고 계단을 올랐다.

"피곤하지 않아?"

"처음 탄 비행기가 12시간이라니. 되게 떨렸는데 공항에 내리니까……."

"내리니까 어땠어?"

"생각보다 더 많이 떨리더라."

"왜? 국제 미아 될까 봐?"

"네가 있는데 미아 될 일은 없지. 버스도 잘 탔고 택시 기사도 무척 친절했어. 역시 영국 신사라는 말이 괜히 있는 게 아닌 것 같아."

윤경은 피식 웃었다. 얼핏 본 기사가 꽤 잘생긴 것 같은데 그 때문이 아닌가 하는 생각이 들었다. 안으로 들어오자 소미가 감탄을 하며 말했다.

"와, 꽤 깔끔한데?"

"너 온다고 청소 좀 했지."

"평소 모습 아니고?"

"뭐, 그렇게 생각해 주면 고맙고."

어깨를 으쓱해 보이자 소미의 눈이 가늘어졌다.

"왜 그렇게 봐?"

"집에 있으면 손에 물도 안 묻힐 텐데, 혹시 우렁각시 있는 거 아니야?"

"우렁각시가 나한테 있겠어? 어느 잘생긴 남자한테 가 있겠지."

"그런가? 음, 어쨌든 너무 좋다. 최윤경, 한 번 더 안아보자."

싫다고 했지만 소미는 막무가내로 그녀를 않고 폴짝폴짝 뛰었다. 결국 포기하고 윤경은 소미의 품에서 까르르 웃음을 터트렸다. 이런 기분이 얼마 만인지 정말 까마득했다.

"참, 내가 뭐 가져왔는지 볼래?"

갑자기 그녀를 놓아준 소미가 입구에 둔 가방을 끌고 와 커다란 봉지 하나를 꺼냈다.

"짠!"

"그게 뭐야?"

"너 좋아하는 거."

"바나나?"

"딩동댕."

"이곳에도 있는데 뭐 하러 가져왔어?"

"내가 가져온 거랑 이곳에 있는 거랑 같아? 이게 훨씬 더 맛있을 거야."

"그래도 무거웠을 텐데."

"무겁기는 무슨. 가방에 넣어두기만 하면 되는데."

윤경은 괜히 울컥했다. 흔한 바나나가 아니라 소미의 마음을 보는 것 같아 너무 고마웠다. 봉지에서 하나를 꺼내 향을 맡고 혀로 날름 핥았다.

"음, 맛있다."

"넌 생긴 것 같지 않게 입이 참 저렴해. 좋아하는 과일이 바나나라니."

"내가 생긴 게 어떤데?"

"최고급만 먹게 생겼잖아."

"이 정도면 수수하거든?"

"수수한 얼굴이 다 얼어 죽었나 보지. 많이 먹지 마. 저녁 먹어야지."

"그럴게."

마음 같아서는 저녁 대신 바나나로 배를 채우고 싶지만 소미가 왔는데 그럴 수는 없었다. 어려서부터 그녀는 유독 바나나를 좋아했다. 얼려서 먹기도 하고 으깨서 달콤한 소스에 버무려서 먹기도 했지만 날것으로 먹는 걸 제일 좋아했다.

"나 어디 어디 구경시켜 줄 거야?"

"오늘은 피곤할 테니까 저녁 먹고 쉬고 내일부터 돌아다니자."

"음, 너무 기대된다. 저녁 먹으면서 와인 한잔 어때?"

"한잔 가지고 되겠어?"

"물론 안 되지."

둘은 마주 보며 연신 웃음을 터트렸다. 웃을 일도 아니건만 자꾸 웃음이 나왔다.

"참, 나 서운에 이력서 냈어."

"그래? 미리 말을 하지 그랬어?"

"말하면 네가 백이라도 쓰게?"

"넌 내 백 없어도 합격할 거야."

"물론이지. 나 같은 인재를 뽑지 않으면 서운의 미래는 없는 거야."

윤경은 피식 웃었다. 서운의 미래, 소미가 장난처럼 말을 했지만 어쩐지 어깨에 무거운 돌덩이가 내려앉는 기분이었다.

'아무리 내 딸이지만 난 서운의 미래를 나약한 너한테 맡길 생각 없다. 네가 할 수 있다는 확신이 설 때까지는 어림없어.'

최 회장은 늘 그녀한테 강해야 한다고 했다. 강하지 않으면 아무것도 할 수 없다고.

한 번도 자신이 나약하다고 생각한 적 없고, 그런 모습을 보여준 적도 없는데 왜 자꾸 그런 말을 하는지 매번 들을 때마다 속상했었다.

그랬는데 먼 이국땅에서 생활하면서 조금씩 변했다. 막연히 할 수 있을 거라고 생각했던 것들이 좀 더 현실적으로 느껴졌고, 최 회장이 왜 그렇게 자신을 몰아세웠는지 어렴풋이 알 것도 같았다. 그렇다고 온전히 이해한다는 건 아니다. 가끔 그런 생각이 들 때마다 오히려 씁쓸한 기분이 들었다. 꼭 그렇게까지 해야 했을까.

그냥 지켜봐 주고 기다려 줄 수는 없었던 걸까.

"표정이 갑자기 왜 그래? 무슨 안 좋을 일 있었어?"

"응? 아니. 어디를 다녀야 우리 소미가 좋아할까 생각 좀 했지."

"생각은 다음에 해. 그보다 내가 너보다 먼저 졸업하니까 선배가 되는 거 알지?"

"선배 같은 소리 하고 있네. 졸업 먼저 한다고 선배야?"

"당근 선배지. 사회생활을 먼저 시작하는데."

"한번 친구는 영원한 친구야."

"선배도 하고 친구도 하고."

"아니. 친구만."

서로 친구, 선배를 외쳐 대다 마주 보고 깔깔거렸다. 윤경은 바나나를 입으로 쪽 빨면서 소미를 물끄러미 쳐다보았다.

"소미야?"

"응? 왜?"

"공부 더 할 생각은 없어?"

"아유, 그런 말 하지도 마. 나 공부에 취미 없는 거 알잖아. 대학 4년으로 충분해."

"더 하고 싶으면……."

"됐어. 지난번에도 말했지만 우리 집 능력도 안 되고 그럴 마음도 없어."

소미는 손까지 휘저으며 싫다고 했다. 공부에 취미가 없다고 하지만 성적도 좋고 조금만 욕심을 부리면 못할 것도 없을 텐데, 마음을 굳힌 것 같았다.

"사람은 다 자기 그릇이 있는 거야. 난 취직해서 돈 벌고 넌 공

47

부하고 싶은 만큼 하고. 그럼 되는 거지."

"그래. 그 이야기는 그만하자."

"첫 월급 타면 내가 근사한 선물 사줄 테니까 기대하고 있어."

"뭐 사줄 건데?"

"글쎄, 그건 취직부터 하고 고민해 볼게."

저녁을 먹기는 이른 시간이라 주변을 한 바퀴 돌기로 했다. 멀지 않은 곳에 공원이 있어서 커피를 마시며 한 시간 가까이 쉴 새 없이 떠들었더니 배가 고팠다. 날씨가 제법 싸늘했지만 소미와 함께 있으니 더할 나위 없이 좋았다.

"근데 서운은 외모를 보고 뽑나 봐."

식당에서 와인까지 곁들인 식사를 배부르게 먹고 난 뒤 집으로 돌아오는 길에 소미가 뜬금없는 말을 했다.

"왜? 서운 직원들이 잘생겼어?"

"그냥 잘생긴 게 아니라 모델 저리 가라더라고."

소미의 눈빛이 어찌나 반짝반짝한지 호기심이 일었다.

"누가 그렇게 잘생겼는데?"

"면접 보는데 와, 정말 눈이 부시더라."

"여자?"

"내가 여자보고 이렇게 감탄하겠니?"

"그렇게 잘생긴 남자가 있어?"

"말도 마. 하마터면 넋 놓고 보다가 질문에 대답도 못할 뻔했잖아."

"누군데?"

"이름까지 볼 정신이 없었다니까. 다섯 명이 앉아 있었는데 하나같이 잘생겼더라고. 그중에 한 명이 유독 멋있기는 했지. 다비드상이 와서 앉아 있는 줄 알았어."

윤경은 쿡쿡 웃었다. 소미가 저렇게까지 말을 할 정도면 정말 잘생긴 사람인가 보다 하는 생각이 들었다.

"그렇게 넋 놓고 볼 정도면 이름 정도는 알아놔야지."

"어차피 합격하면 볼 기회가 있겠지."

"그러다 떨어지면?"

"그럼 서운이 좋은 인재 하나 놓치는 거고."

"그건 맞는 말이네."

"나 떨어지면 나중에 네가 불러줘."

"내 백 싫다며?"

"그거야 합격한다는 전제하에 자존심 세우는 거지. 그럴 일은 절대 없겠지만 만에 하나 떨어지면 그땐 하는 수 없이 네 백을 써야지 뭐."

윤경은 거실로 들어서자마자 소파에 털썩 주저앉았다. 배가 너무 불러서 꼼짝도 하기 싫었다. 소미도 나른한 표정을 하며 맞은편 소파에 앉았다.

"내가 좀 너무 뻔뻔한가?"

"아니. 지극히 바람직한 태도야."

"역시 내 친구다운 말이네."

"이력서 서운만 낸 거야?"

"아니, 두 군데 더 냈지. 어디든 합격하면 이 한 몸 충성할 생각이야."

"그러다 세 군데 다 합격하면?"

"당연히 서운으로 가야지."

"서운이 마음에 들어?"

"네 앞이라서가 아니라 서운은 직원들 복지시설이 특히 좋잖아. 나 말고 서운에 이력서 낸 동기들 꽤 있다고 들었어."

윤경은 고개를 끄덕였다. 최 회장은 직원들 관리에 철저한 반면 그만큼 충분히 누릴 수 있는 환경을 만들었다. 결혼한 직원들을 위해 탁아 시설도 있고, 승진의 기회도 남녀 차별 없이 능력과 실력을 우선시했다.

그런데 유독 딸인 그녀한테만 모질다. 최 회장을 떠올리자 한껏 들떠 있던 기분이 무겁게 가라앉았다.

'공부는 당연한 거고 경영은 이론으로만 되는 게 아니야.'

최 회장은 하나를 하면 둘을 바라고 둘을 해내면 그 이상을 바랐다. 만족을 모르니 앞으로 어떤 시간이 기다리고 있을지 생각만 해도 머리가 지근거렸다.

"그날 나 회장님 봤어."

"면접 볼 때?"

"아니, 면접 보고 나와서 1층에서. 인사만 했지."

최 회장은 대놓고 소미를 싫어하지는 않았지만 은근히 말을 돌려서 격에 맞는 사람을 만나야 한다는 말을 했었다.

'사람은 끼리끼리 어울려야 하는 거야. 너무 혼자 겉돌지 말고 적당히 사람들과 어울리도록 해.'

사람과 사람 사이에 격이라니, 더구나 소미와는 그런 생각은 눈곱만치도 하고 싶지 않았다.

비슷한 환경의 자제들끼리 모임이 있다는 건 알고 있었다. 대학교에 입학하고 딱 한 번 모임에 나갔는데 전혀 어울리고 싶은 생각이 들지 않았다. 이후로는 연락이 와도 참석하지 않았다. 하기는 그럴 기회도 없었지. 달랑 1학기를 보내고 떠났으니까.

이곳에서도 마찬가지였다. 제임스 때문에 몇 번 모임에 참석을 하기는 했지만 그런 분위기를 좋아하지 않는다. 오로지 공부에만 매달렸다.

"윤경이 너 조금 변한 것 같아."

"내가? 어떻게?"

"뭐랄까. 분위기가 변했다고 해야 하나? 딱 꼬집을 수는 없는데 좀 더 어른스러워진 것 같기도 하고. 그나저나 진짜 남자친구는 없는 거야?"

소미가 소파에 몸을 길게 누우며 물었다. 윤경은 어깨를 으쓱해 보이며 전혀 관심 없다고 말했다.

"노랑머리 남자 좀 사귀지. 넌 너무 인생을 재미없게 사는 거 같아."

"나 노랑머리 안 좋아해. 그렇다고 인생이 재미없지도 않고."

"쯔쯧, 그러다 시집이나 갈 수 있을지 모르겠다. 혹시 집안끼리 결혼 뭐 그런 거 할 생각인 거야?"

"그것도 나쁘지 않을 것 같고."

"무슨 그런 말을, 네 인생이야. 다른 건 몰라도 결혼만은 네가 사랑하는 사람과 해야지."

"사랑? 그런 거 꼭 해야 해?"

사랑하는 남자와 알콩달콩 사는 모습은 상상한 적 없었다. 막연히 때가 되면 결혼하겠지. 안 해도 상관없고. 결혼에 대해서 크게 관심도 기대도 없다.

지금은 공부하는 데만 신경 쓰고 싶다는 생각뿐이었다.

"가끔 보면 네가 무슨 생각을 하는지 알 수가 없어."

"너무 많은 걸 알려고 하지 마. 다쳐."

"다쳐도 좋으니까 이왕 말이 나왔으니까 네 생각 좀 들어보자."

"무슨 생각?"

"네 이상형은 어떤 남자야?"

이상형이라. 그런 생각도 해본 적이 없다. 입학하고 신입생들끼리 미팅을 한다고 할 때도 그녀는 시큰둥했다. 가끔 과모임에는 나갔지만 그마저도 귀찮았다. 그러고 보면 정말 재미없게 사는 것 맞네.

"이상형도 없어? 외모 조건, 뭐 그런 거 있을 거 아니야?"

"글쎄, 음, 이왕이면 키는 큰 게 좋고, 잘생기면 더 좋고, 조건은 그다지……."

말을 하다 말고 윤경은 피식 웃었다. 문득 떠오른 얼굴이 있어서였다. 이내 웃음을 멈추고 소미처럼 소파에 등을 기대고 누웠다.

"혹시 여자를 좋아하는 거 아니야?"

"음, 좋아하는 여자가 있기는 하지."

"너 설마."

"이소미, 도대체 무슨 상상을 하는 거야?"

"아니지? 그래. 아닐 거야."

소미는 그럴 리 없다는 듯 고개를 설레설레 흔들었다.

"설마 말도 안 되는 상상을 하면서 그게 너일 거라고 생각하는 건 아니지?"

"아무리 너라도 난 커밍아웃 같은 거 할 생각 없다는 것만 알아둬."

"나 또한 없어. 다만, 아직은 결혼에 대해서 아무 생각이 없을 뿐이야. 아직 어리잖아."

"어리기는 무슨, 우리 엄마는 그 나이에 결혼하셨거든?"

"그래서 너도 일찍 하려고?"

"뭐, 좋은 남자만 있다면."

"좋은 남자가 어떤 남자인데?"

윤경은 옆으로 돌아누운 채 소미를 쳐다보았다. 무슨 생각을 하는지 입매가 부드럽게 휘었다.

"나만 보고 사랑해 주고 날 행복하게 해주는 남자."

"너라면 그런 남자 꼭 만날 거야."

"당근이지. 내가 꽤 매력적이잖아."

참 할 말 없게 만드는 데 일가견이 있다니까. 도무지 겸손이라는 걸 모른다. 그래도 소미는 밉지 않았다. 오히려 그런 면을 좋아하지.

"우리 와인 한잔 더 할까?"

## 2

4년 만에 찾아온 집은 낯선 느낌마저 들었다. 거실은 숨소리도 들리지 않고 조용했다. 움직이는 사람도 없었다. 윤경은 멍한 시선으로 창밖을 바라보았다. 정원 한쪽에 심어 있는 커다란 감나무엔 초록색 감이 꽤 많이 달려 있었다. 햇볕을 많이 받은 쪽은 벌써 주홍빛이 살짝 감돌았다.

"지금부터 유언장을 공개하겠습니다."

박 변호사의 말이 떨어지기가 무섭게 누군가 마른침을 꿀꺽 삼키는 소리가 들렸다. 윤경은 천천히 고개를 돌렸다. 친가 외가댁 식구들 그리고 이 상황과 전혀 어울리지 않는 한 남자.

남자는 팔짱을 끼고 벽에 비스듬히 기댄 채 시선을 내리깔고 있었다. 장례를 치르는 동안 영안실을 지키고 납골당에서 돌아온 이 시간까지 떠나지 않고 있었다.

"그전에 이 자리에 없어야 할 사람이 있는 것 같은데."

사람들의 시선이 일제히 남자에게 향했다. 남자는 무슨 생각을 골똘히 하는지 고개도 들지 않았다.

"이봐, 문 실장."

숙부인 최 부장이 부르는 소리에 사람들의 시선이 자신한테 향해 있다는 걸 알았는지 그제야 몸을 바로 세웠다. 표정은 덤덤했다.

"그동안 수고했어. 그만 나가봐."

남자는 입을 꾹 다물고 짙은 눈썹을 쓰윽 치켜떴다. 덤덤한 표정과 달리 눈매가 어찌나 날카로운지 모두들 의아한 눈빛으로 남자를 쳐다보았다.

"문강석 실장님도 계셔야 합니다."

박 변호사의 말에 최 부장이 무슨 뜻이냐고 물었다.

"그건 유언장이 공개되면 아시게 될 겁니다."

"유언장에 문 실장도 들어가 있다는 말인가?"

점잖게 나가달라고 말할 때와는 다른 목소리였다. 사람들이 웅성거리기 시작했다.

"그냥 기다려 봐요. 들어보면 알겠죠."

누군가 짜증스럽게 말했다. 윤경은 유언장에 온 관심이 쏠려 있는 친척들이 사람처럼 보이지 않았다. 먹이를 앞에 두고 침을 질질 흘리고 있는 맹수의 무리처럼 느껴졌다.

불과 몇 시간 전만 해도 슬픈 표정이던 사람들이 언제 그랬냐는 듯, 먹이를 조금이라도 더 먹고 말겠다는 듯 눈빛이 비열하게 번들거렸다.

윤경은 눈을 감고 소파에 몸을 기댔다. 아무 생각도 하고 싶지 않고 보는 것도 듣는 것도 귀찮았다. 손가락 하나도 까닥하기 싫었다. 몸에서 수분이 모조리 빠져나가 심장까지 바싹 말라비틀어진 느낌이었다.

"빨리 끝내고 갑시다. 다들 힘들 텐데 이제 그만 가서 쉬어야지."

슬픔은 살아 있는 자의 몫이라고 했던가. 그런데 어째서 단 한 명도 이 슬픔을 함께 나눌 사람이 없단 말인가.

입원했다는 연락을 받고 꾀병이겠지 했었다. 전화도 받지 않고 문자 확인도 않은 채 이틀을 그냥 보냈다.

김 실장이 찾아오는 바람에 허겁지겁 공항으로 향했고 도착하자마자 곧장 병원으로 달려갔다. 병실 문을 여는 순간 삐이, 하고 기계음이 들릴 때도 그녀는 무슨 상황인지 금세 이해하지 못했다.

'왜 이제 왔어. 네 아빠가 널 얼마나 기다렸는데.'

윤경은 이모가 그녀를 부둥켜안고 눈물을 흘리는데도 아무 생각도 할 수 없었다. 영안실에 있는 내내 눈물 한 방울 흘리지 않았다. 사람들이 독하다며 손가락질을 하는 걸 모르지 않았지만, 도무지 현실처럼 느껴지지 않아 납골당에서 돌아온 지금까지 눈물이 나지 않았다.

"미리 말씀을 드리자면 유언장은 회장님의 자필 증서와 음성으로 녹음된 것 두 개로 작성되었는데 내용은 동일합니다."

박 변호사가 가방에서 녹음기와 서류 봉투를 꺼내 들었다.

"녹음된 걸 먼저 듣겠습니다."

윤경은 부친의 음성이 들리자 속에서 뜨거운 것이 울컥 솟구쳤다. 누군가 꼬챙이로 위를 쑤셔대는 것처럼 뒤틀렸다.

"으. 우엑."

결국 입을 틀어막고 욕실로 달려갔다. 며칠 동안 먹은 게 없어서 누런 액만 목을 타고 넘어왔다. 문 여는 소리도 듣지 못했는데 누군가 들어와서 등을 쓱쓱 문지르고 토닥토닥 두드리기까지 했다.

"괜찮아?"

쭈그리고 앉아 있다 겨우 몸을 일으켜 세웠는데 생각지도 못한 목소리가 들렸다. 윤경은 깜짝 놀라서 고개를 획 돌렸다.

"진정되면 천천히 나와. 먼저 나가 있을게."

강석이 나가자 윤경은 멀뚱멀뚱 닫힌 문을 쳐다보았다. 기획실장 문강석, 영국에 없다는 것만 알았지 그가 서운에서 일을 한 지 꽤 오래되었다는 걸 어제야 알았다. 아무도 말을 해주는 사람이 없었으니까.

아주 많이 놀랐지만 영안실에 있는 내내 아무 생각도 할 수 없었다.

대충 입을 헹구고 밖으로 나오자 강석의 모습은 보이지 않았다. 괜찮은지 묻는 사람도 없었다.

"윤경이 넌 유언장에 대해서 알고 있었던 거니?"

그사이 유언장이 공개가 되었는지 사람들의 시선이 모두 그녀에게 쏠려 있었다. 하나같이 벌레 씹은 표정이었다.

들은 척도 않고 소파에 가서 털썩 주저앉았다.

"말을 해봐. 알고 있었던 거야?"

최 부장이 다그치듯 다시 물었다.

"큰아빠가 묻잖니. 왜 대답을 안 해?"

누군가 따지듯이 물었다. 윤경은 대꾸하기도 귀찮다는 듯 인상을 찌푸리며 주방 쪽으로 시선을 돌렸다.

"물 좀 주세요."

당연히 순천댁인 줄 알았는데 컵을 들고 나온 사람은 강석이었다.

생각해 보니 집에 들어와서 아주머니를 못 봤던 것 같다. 윤경은 말없이 컵을 받아 들었다. 얼음까지 들어 있는 물을 쭉 들이켜고 나서 테이블 위에 내려놓았다.

"왜 말을 안 해. 너도 알고……."

"박 변호사님. 유언장에 무슨 문제 있어요?"

최 부장의 말을 가로챈 윤경은 박 변호사를 힘없이 쳐다보았다.

"유언장은 문제없어. 회장님 음성과 자필로 작성한 거니까."

"들으셨죠? 다들 확인한 것 같은데 이제 그만 나가주세요."

"윤경이 너도 확인해야지."

"전 됐어요."

윤경은 자리에서 일어섰다. 뭐가 그렇게 급하다고 납골당에서 돌아오자마자 유언장을 서둘러 공개하는지 마음에 들지 않았다.

"이게 말이 된다고 생각해? 회사 지분을 윤경이한테 전부 넘기는 건 그렇다고 쳐. 그런데 경영권을 문 실장한테 주다니, 그러려고 그동안 사장 자리를 공석으로 남겨둔 거였어? 그리고 둘이 언제 결혼을 했다는 거야?"

2층으로 올라가는 계단 앞에 섰는데 최 부장이 버럭버럭 소리를 질렀다. 윤경은 듣고도 무슨 소리인지 금방 이해를 하지 못했다. 결혼?

결국 돌아섰다.

"지금 결혼…… 이라고 했어요?"

"그래. 결혼! 두 사람이 혼인신고가 되어 있는 것도 몰랐는데 문강석 실장한테 회사 경영권을 물려준다니, 이게 대체 무슨 소리인거냐? 집과 건물도 이미 공동소유로 다 해놨다고 하는데 윤경이네가 설명을 해봐."

"그러니까 제가 결혼, 혼인신고가 되어……."

"너도 모르고 있었다는 거야? 그럼 박 변 자네가 설명을 해봐. 당사자도 모르는 혼인신고라니. 이게 도대체 어떻게 된 일이야?"

사람들의 시선이 일제히 박 변호사에게 향했다. 오직 윤경만 강석을 쳐다보았다. 그는 이 소란의 중심에 자신이 있다는 걸 전혀 개의치 않는 표정이었다. 팔짱을 낀 채 이방인처럼 골똘히 생각에 잠겨 있는 듯했다.

"박 변호사님, 혼인신고가 언제쯤 되어 있던가요?"

"4개월 전."

"4개월 전이라면……."

윤경은 불현듯 떠오르는 생각에 인상을 찌푸렸다. 한밤중에 전화가 왔고, 술 취한 상태에서 통화를 했다. 평소 그렇게 마신 적이 없는데 그날은 도저히 자리를 빠져나올 수가 없어서 꽤 많이 마셨었다. 뜬금없이 결혼 어쩌고 하는 소리에 마음대로 하라고 짜증을 부렸었다.

'그럼 이대로 진행할 테니까 그런 줄 알아.'

이후로 결혼에 대한 이야기는 없었다. 한국에 들어오지도 않았고 통화를 한 것도 손에 꼽을 정도였다.

"그렇군요."

말도 안 되는 일이라고 발끈할 기운도 없고 결혼 아니라 더 한 걸 했다고 해도 지금은 아무 생각도 하기 싫었다. 서 있는 것도 힘들고 누군가 어깨를 내리눌러서 땅속으로 밀어 넣는 것 같았다. 발이 묻히고 무릎 어깨까지 깊이 파묻혀 얼굴만 겨우 내밀고 있는 기분이었다.

"뭐가 그렇다는 거야?"

그녀가 혼자서 하는 말을 들었는지 최 부장이 눈을 부라리며 노려보았다.

"전 그만 올라가서 쉬어야겠어요. 다들 돌아가세요."

터벅터벅 2층 계단을 올라가는데 시끄러운 소리가 들렸다. 하나같이 말도 안 된다며, 뭔가 음모가 있는 게 분명하다는 소리였다.

그러나 정작 강석의 목소리는 한마디도 들리지 않았다.

윤경은 꼬박 하루를 침대에서 꼼짝도 않고 기절한 듯이 잠을 잤다. 몇 번 순천댁이 식사를 하라고 했지만 음식엔 손도 대지 않았다. 물만 마셔도 속이 울렁거려서 아무것도 먹을 수가 없었다.

지근거리는 머리를 꾹 누르며 침대에서 일어나 앉았다. 깊은 물속에 잠긴 것처럼 욕실까지 걷는 것도 힘들었다.

"꼴좋다. 최윤경."

거울 속에 낯선 여자가 서 있었다. 머리는 엉망으로 헝클어져 있고, 창백한 얼굴에 입술은 메마르고 눈은 푹 들어가서 며칠 굶은 여자처럼 보였다.

'이미 결정했으니까 그런 줄 알아.'

갑자기 유학을 가라고 해서 갔고 원하는 대로 열심히 공부했다. 마지막 학기를 남겨두고 졸업하면 들어오라고 했지만 더 공부를 하겠다고 싫다고 했었다. 그게 최 회장과 마지막 통화였다. 이왕 하기로 마음먹은 거 섣불리 시작하는 건 싫었으니까. 보란 듯이 제대로 하고 싶었다.

'심장이 안 좋으셨어. 그동안 계속 약을 드시고 계셨는데 1년 전부터 갑자기 더 안 좋아지셨지. 난 알고 있는 줄 알았는데.'

박 변호사가 영안실에서 말을 해줄 때까지 약을 드시는 것도 몰랐다. 곁에 있을 때도 최 회장은 아파서 병원을 찾는 적이 거의 없었다. 그런 분이 갑자기 병원에 있다고 해서 돌아오게 하려고 꾀병을 부리는 거겠지 했는데 아니었다. 정말 생각도 못했다.

윤경은 헝클어진 머리카락 속으로 손을 집어넣고 꽉 움켜잡았다.

"왜 이렇게 나한테만 모진 거예요. 왜요? 왜!"

뜨거운 눈물이 볼을 타고 주르륵 흘렀다. 지금껏 내내 흐르지 않던 눈물이 이제야 터졌는지 쉴 새 없이 흘러내렸다.

"그렇게 몰아붙였으면 끝을 봐야죠. 제대로 하는 거 보지도 못할 거면서."

차라리 곁에 두고 가르치지. 굳이 유학까지 보낼 필요 뭐가 있단 말인가.

가슴이 너무 아팠다. 무작정 유학을 가라는 최 회장이 원망스러워 연락도 먼저 한 적 없었다. 원하는 대로 열심히 공부는 했지만 서운한 마음을 그렇게 표현했다.

'아직도 날 원망하는 거냐?'

딱 한 번 최 회장이 영국으로 찾아왔을 때 물었었다. 이미 원망하는 마음은 다 사라졌지만 아니라는 말은 하지 않았다.

이럴 줄 알았으면 아니라고 말을 해줄걸. 전화도 자주 하고 방학 때는 한국에 들어올 것을. 후회가 물밀듯이 몰아쳤다.

어릴 때와 달리 한없이 다정한 아빠는 아니었지만 그렇다고 온전히 미워하는 마음만 있는 게 아니라는 건 알고 있었다. 그래도 서운하고 속상했는데 이젠 그런 마음조차 품을 수도 없다. 세상 한가운데 홀로 뚝 떨어진 기분이었다.

"아빠."

윤경은 무너지듯 주저앉아 펑펑 울었다. 샤워를 하면서도 눈물이 멈추지를 않았다. 가운만 입고 욕실을 나왔을 땐 눈이 퉁퉁 부어 있었다. 머리를 말리고 누워야 하는데 귀찮아서 침대에 한참동안 멍하니 앉아 있었다. 이젠 뭘 어떻게 해야 하는 거지.

갑자기 쭉 뻗은 길이 뚝 끊긴 것처럼 모든 게 너무 막막했다. 오직 결승점만 보고 달렸는데 목표가 사라진 느낌이었다. 얼마나 그렇게 앉아 있었는지 어느새 주변이 어둑해졌다.

똑똑 노크 소리가 들리고 문이 열렸다.

"나 왔어."

순척댁이겠지 했는데 소미가 얼굴을 빠끔히 내밀었다.

"왔어?"

소미는 들고 온 쟁반을 테이블에 내려놓고 그녀의 곁으로 다가와서 앉았다.

"너 계속 아무것도 먹지 않았다면서?"

"못 먹겠어."

"그래도 먹어야지. 아주머니가 죽 끓여놨다고 해서 내가 가져왔어. 조금이라도 먹어."

"소미야, 나 어떻게 해. 어떡하면 좋아."

겨우 멈췄던 눈물이 다시 볼을 타고 흘렀다. 소미가 그녀를 품으로 꼭 끌어안고 등을 토닥거렸다.

"그래. 울어. 너 내내 울지 않아서 내가 얼마나 걱정했는지 알아? 슬프면 울어야지. 그렇게 꾹꾹 누르고 있으면 병 돼."

운다고 아무것도 해결되는 건 없는데 자꾸 눈물이 나왔다. 몸에 있는 수분이 모두 빠져나가 빈껍데기만 남은 것 같았다.

얼마나 울었는지 고개를 들었을 땐 소미의 티셔츠가 흥건히 젖어 있었다.

"이제 다 울었어?"

윤경은 대답 대신 고개를 끄덕였다. 소미가 젖은 머리카락을 귀 뒤로 넘겨주고 안쓰럽게 쳐다보았다. 같이 울고 있었는지 벌게진 눈동자가 촉촉했다.

"우는 것도 기운이 있어야 울지. 뭐 좀 먹자."

"나중에 먹을래."

"그러다 쓰러진단 말이야. 너 이러는 거 회장님도 원치 않으실 거야."

약한 모습을 보인다면서 호통을 치셨겠지. 최 회장이 봤다면 분명 그랬을 것이다. 소미가 그녀의 손을 잡고 테이블로 이끌었다.

"내가 먹여줄까?"

고개를 흔들었는데도 소미는 수저로 죽을 떠서 그녀한테 내밀었다. 어쩔 수 없이 받아먹기는 했는데 모래를 입에 가득 물고 있는 느낌이었다. 도저히 삼킬 수가 없었다.

"억지로라도 먹어. 오늘하고 내일은 내가 함께 있을게."

"그래도 돼?"

"오늘 토요일이잖아."

소미는 당당하게 입사를 해서 서운에서 일을 하고 있었다. 합격했다고 메일을 보내왔을 때 그녀는 당연한 결과라며 좋아했다. 친구라서가 아니라 소미는 충분히 자격이 되니까.

가끔 보내온 메일을 보면 힘들다고 툴툴거리면서도 꽤 잘 적응하는 것 같았다.

"자, 아, 해."

"아니야. 나중에 먹을게."

"안 먹으면 맴매할 거야."

소미가 엄한 표정으로 눈에 힘까지 주면서 하는 말에 윤경은 기가 막혀서 소리 없이 웃었다.

"내가 중학교 때 우리 늦둥이 막냇동생 밥 안 먹으면 옆에 회초리 갖다 놓고 먹였거든."

"난 네 동생이 아니잖아."

"알아. 내 소중한 친구지."

"……."

"그러니까 내가 친구를 협박하는 일 없도록 일단 먹어. 회초리는 없지만 저기 야구방망이 있으니까."

윤경은 무심코 야구방망이를 쳐다보고 인상을 찌푸렸다. 몇 년째 가지고 있던 거였다. 옷장 속에 넣었다가 다시 꺼내놓기를 수도 없이 했었다.

"누구 건지 아직도 말 안 해줄 거야?"

"그냥 아는 사람 거라니까."

"그런데 저렇게 소중히 가지고 있단 말이야?"

"소중히는 무슨. 그냥 버리지 않은 것뿐인데."

버리려고 들고 나간 적도 있었다. 그런데 왠지 버릴 수가 없었다. 결국 도로 가지고 들어와 화장대 옆에 뒀는데, 그녀가 없는 동안 아주머니도 치우지 않았는지 아직도 그 자리에 있었다.

"참, 나 이야기 들었어. 너 혼인신고 했다는 거."

"응."

"응? 반응이 그게 다야?"

"말 그대로 혼인신고야."

모든 게 너무 갑작스러워서 정신이 하나도 없었다. 유언장이 공개된 후 혼인신고에 대해서 진지하게 생각도 하지 못했다.

강석은 무슨 생각이었던 걸까. 어째서 모든 걸 받아들인 것일까.

윤경은 나직이 한숨을 내쉬고 고개를 흔들었다. 지금은 아무것도 생각하기 싫었다. 그냥 자고만 싶었다.

"일단 생각은 나중에 하고 더 먹자. 나 팔 떨어지겠어. 어서 아, 해."

어쩔 수 없이 또 죽을 받아먹었다. 입안이 텁텁하고 입맛은 없지만 소미 때문에 몇 수저를 더 먹고 물을 마셨다.

"이제 정말 그만 먹을래."

"조금만 더 먹지."

"나중에 먹을게."

"그래 그럼. 누울래?"

"아무래도 그래야겠어."

"난 이거 내려다 놓고 1층에 있을 테니까 아무 생각하지 말고
자."

"그러지 말고 나 잠들 때까지 옆에 있어줘."

"같이 누울까?"

"그럼 더 좋고."

나란히 눕자 소미가 그녀의 손을 꼭 잡았다. 손끝을 타고 따듯
한 온기가 느껴졌다.

"다 지나가리라. 우리 엄마가 가끔 하는 소리야."

"……."

"처음엔 그 말이 무책임하게 들렸는데 나이 드니까 이해되더
라. 아무리 힘들어도 언젠가는 다 지나가게 되니까. 아빠가 돌아
가시고 우리 집 한동안 힘들었거든. 지금은 그럭저럭 살 만하지만
사실 대학을 가야 하나 고민 많이 했었어."

친한 친구인데도 소미가 그 정도로 힘든 시간을 보냈는지는 몰
랐다. 늘 밝고 사람들과 잘 어울려서 형편이 넉넉한 줄 알고 있었
다.

"엄마가 대학은 나와야 한다고 고집을 부려서 가긴 했지만 동
생들 생각하면 사치가 아닌가 싶었지. 대학교 2학년 때부터 집안
형편이 조금 나아졌어. 아빠 병원비 때문에 진 빚도 다 갚고 많은
보탬은 되지 않았지만 나도 과외에 아르바이트를 계속했잖아."

"그래서 그렇게 열심히 일을 한 거였어?"

"처음엔 용돈은 내가 벌어서 써야지 하는 생각으로 시작했는데 하다 보니까 엄마를 도와줄 정도는 되더라고."

"……."

"이젠 취직했으니까 엄마도 한시름 놓았고."

그런 줄도 모르고 공부를 더 하라고 했으니 괜히 미안한 생각이 들었다.

"윤경아, 넌 잘해낼 거야. 그게 뭐가 되었든 난 네가 잘할 거라고 믿어."

아, 소미가 곁에 있어서 얼마나 다행인지. 윤경은 소미의 손을 꼭 잡고 눈을 감았다. 너무 피곤해서 금세 깊은 잠 속으로 빠져들었다.

온통 하얀색으로 뒤덮인 곳을 하염없이 걸었다. 고개를 들고 올려다봐도 보이는 건 하얀색뿐이었다. 다리가 너무 아파서 주저앉고 싶은데 어서 이곳을 벗어나야겠다는 생각밖에 들지 않았다.

'누구 없어요? 아무도 없어요?'

겨우 나오는 목소리로 몇 번을 불러봐도 인기척도 들리지 않았다. 주변이 온통 하얗다 보니 계속 같은 곳을 맴도는 것 같았다. 어느 순간 커다란 나무 하나가 보였다. 하얀 천 위에 그림을 그려놓은 것처럼 나무만 우뚝 서 있었다.

윤경은 지친 몸을 이끌고 달려갔다. 그러나 아무리 달려도 나무까지 닿지를 않았다. 어렴풋이 나무 밑에 누군가 서 있는 게 보였다. 남자인지 여자인지 분간을 할 수가 없었다.

'도와주세요. 길을 잃었어요.'

나무 밑에 서 있는 사람이 그녀를 향해 손을 내밀었다. 잡고 싶었다. 손을 내밀고 달렸지만 여전히 닿지 않았다. 오히려 점점 더 멀어지는 느낌이었다. 애가 타서 눈물이 그렁그렁 맺혔다.

'제발 도와주세요. 제발.'

'네가 와.'

먼 이명처럼 목소리가 들렸다. 분명 남자 목소리인데 얼굴을 알아볼 수가 없었다. 남자는 그 자리에서 꼼짝도 않고 손만 내밀고 있었다.

'네가 올 때까지 기다릴게.'

그 목소리가 너무 슬프게 들렸다. 윤경은 털썩 주저앉아서 울음을 터트렸다. 그쪽에서 오면 안 돼요? 와서 날 좀 데려가면 안 돼요?

간절한 눈빛으로 바라보고 있자 남자의 모습이 점점 흐릿해졌다.

윤경은 벌떡 일어나 다시 달렸다. 그대로 있다가는 하얀 세상에 홀로 갇혀 있을 것 같아 무섭고 두려웠다. 겨우 나무까지 갔는데 남자는 사라지고 없었다. 아무리 둘러봐도 손을 내밀고 기다리겠다던 남자의 모습은 보이지 않았다.

"가지 마요. 돌아와. 돌아오라고요."

애처롭게 바라보며 소리쳤지만 텅 빈 공간에 그녀의 목소리만 메아리처럼 울렸다. 그때 누군가 그녀의 어깨를 잡고 흔들었다. 윤경은 어깨를 누르는 손을 꽉 움켜잡고 매달렸다.

"도와주세요. 제발."

"윤경아, 왜 그래? 꿈꿨어?"

눈을 번쩍 뜨자 걱정 가득한 소미의 모습이 보였다. 윤경은 한참 동안 아무 말도 하지 못하고 멍한 시선으로 소미를 바라보았다.

"무슨 꿈을 꿨기에……. 세상에, 이 땀 좀 봐."

"꿈…… 이었구나."

"가지 말라고 사정하던데 어떤 개자식이 널 버리고 도망간 거야?"

"응?"

"어떤 놈이야. 말만 해. 내가 저 야구방망이 들고 가서 사정없이 패줄 테니까."

윤경은 흥분한 소미의 말에 기운 없이 피식 웃고 말았다. 차라리 그랬으면 좋겠다. 그렇게 사정했는데 아무리 꿈이지만 어쩌면 그렇게 매정할 수가 있는지. 얼굴을 제대로 보지 않았기를 망정이지 기억한다면 두고두고 원망했을 것이다.

"아는 사람이었어?"

"얼굴은 기억이 안 나."

"아깝다. 내가 모처럼 힘쓸 기회였는데. 남자야?"

"그런 것 같아."

"분명 못생기고 눈도 나쁜데다 성질까지 더러운 놈이었을 거야. 그렇지 않고는 너처럼 예쁜 애를 그냥 두고 갔을 리가 없잖아."

"내가 마음에 안 들었나 보지."

"그러니까 눈이 나쁘다는 거지. 꿈속이니까 사정을 했지, 현실에서는 절대 그런 일 따위 없을 텐데 그놈 누군지 제 복을 발로 찬 거지 뭐."

기운은 하나도 없는데 소미 때문에 웃음이 나왔다. 웃고 있으면서도 이게 정말 웃는 건가 하는 생각도 들었다.

"마실 거라도 가져다줄까?"

"아니."

"그럼 더 자."

눈을 감고 다시 누웠는데 잠이 오지 않았다. 도무지 현실 같지 않은 이 상황을 어떻게 받아들여야 할지 모든 게 너무 막막했다.

아빠가 돌아가셨다. 채찍처럼 앞만 보고 달려오게 만든 다그치는 목소리를 이제 더는 들을 수 없다. 가슴이 뻥 뚫린 것 같았다. 윤경은 아랫입술을 꽉 깨물고 천장을 노려보았다.

'이대로 주저앉아 있을 거야? 나약하기는.'

언제까지 울고 있을 거냐고. 어디선가 최 회장의 목소리가 들리는 듯도 했다. 윤경은 침대에서 벌떡 일어나 앉았다.

"삼우제 끝나고 영국 가야겠어."

2년 후.

게이트를 빠져나온 윤경은 선글라스를 벗고 곧장 택시에 올라탔다. 목적지를 말하고 창밖으로 시선을 돌렸다. 살짝 열어놓은 창문 사이로 서늘한 바람이 불어와 그녀의 긴 머리카락을 흔들고 지나갔다. 한국의 가을은 늘 보아왔던 모습 그대로였다.

높고 푸른 하늘과 길가에 은행나무 이파리들은 노랗게 물이 들어 있었다. 낮은 산들은 울긋불긋 단풍이 지천이었다.

창문을 닫자 잔잔한 피아노 선율과 함께 허스키한 남자 DJ의 목소리가 들렸다.

—오늘 같은 날씨에 딱 어울리는 노래인 것 같죠? 사랑했던 연인과 이별을 하고 떠나는 여행이라니, 모든 걸 버리기 위해서가 아니라 이별을 담담하게 받아들인다는 가사가 정말 좋네요. 여러분은 지금 무엇을 하고 계신가요? 이 방송을 듣는 청취자들 중에 떠나는 분도 있겠고 돌아오고 있는 분도 있을 것 같은데, 어떤 상황이든 전 여러분들에게 힘내시라고 말씀드리고 싶습니다. 그럼 전 노래 한 곡 더 듣고 잠시 후에 다시 돌아오겠습니다.

떠나고 돌아온다라.

DJ의 말이 어쩐지 그녀의 상황과 묘하게 어울린다는 생각이 들었다.

"도착했습니다. 기다릴까요. 아니면……."

"금방 나올 거예요. 잠깐만 기다려 주세요."

납골당 주변도 가을 풍경에 흠뻑 취해 있었다. 윤경은 또각또각 구두 소리를 내며 건물 안으로 들어섰다. 나란히 부모님의 사진이 보였다.

'난 나중에 네 엄마 아래에 둬라. 살아 있을 때 잘해주지 못했으니 죽어서는 떠받들고 있어야지.'

최 회장이 지나가는 말처럼 했었다. 아무것도 몰랐을 땐 그런 무서운 말은 하지 말라며 울먹거렸고, 자라서는 아직 한참 먼 이야기라며 들은 척도 하지 않았다. 그런데 먼 이야기가 아니었다. 너무 갑자기 훌쩍 떠났다.

"저 왔어요."

대답도 없고 반겨주지도 않는다. 새삼스러울 것도 없는데 가슴이 아릿하게 저려왔다. 엄마가 돌아가셨을 땐 너무 어려서 울보라는 말까지 들었있다.

'언제까지 질질 짜고 있을 거야? 운다고 뭐가 달라져?'

달래주다 지쳤는지 최 회장은 어느 순간부터 불같이 화를 냈다. 그러니 더 서러웠다. 아무것도 달라지는 건 없지만 어린 그녀가 할 수 있는 건 아무것도 없었으니까.

시간이 지나고 운다고 달라지는 게 없다는 걸 깨달아서인지, 최 회장의 역정이 무서워서였는지 어느 날부터 윤경은 울지 않았다. 악몽을 꾸고도 넘어져서 무릎이 깨져도 이를 악물고 참았다.

"자리가 마음에 안 든다고 화라도 내지 그러세요?"

윤경은 서글프게 웃었다. 왜 밑에 두지 않고 나란히 있게 했느냐며 발끈하지도 않고, 사진 속 모습은 처음 모습 그대로였다.

"저 아주 왔어요."

떠나면서 한동안 돌아오지 않을 생각이었는데, 결국 이렇게 돌아왔다.

"이제 조금씩 날아보려고요."

너무 오래 웅크리고 있었더니 몸이 근질거리는 것도 같다. 윤경은 사진을 손가락으로 가만히 쓸어주고 밖으로 나왔다. 산 중턱에 걸린 태양이 따사로이 저녁 햇살을 뿜어내고 있었다.

"아저씨, 가요."

돌아오기 전 충분히 생각하고 결정을 내렸는데 설레면서도 조금은 두려웠다. 마치 첫 걸음마를 떼기 시작했을 때 문 밖으로 나가고는 싶은데 무엇이 있을지 겁이 나는 아이처럼.

공부만 했을 때와는 많이 다르겠지. 어쩌면 부딪히고 깨질지도 모른다.

그래도 시작은 해보고 싶었다.

최 회장은 처음부터 그녀가 훨훨 날기를 바랐는지 숨 쉴 틈도 주지 않고 몰아붙였다. 걸음마를 떼고 걷고 뛰고, 그런 일련의 과정을 훌쩍 뛰어넘기를 종용했다. 차근차근 제대로 시작하고 싶다고 말을 할 때마다 오히려 겁쟁이 취급했다.

"겁쟁이? 내가?"

최병준 회장의 딸이 겁쟁이일 리가 없지. 한때는 그냥 평범한 집안의 딸로 태어났으면 하고 생각했던 적도 있었다. 그랬다면 조금 다른 삶을 살았을 수도 있었겠지.

윤경은 의자 뒤로 몸을 기대고 눈을 감았다.

집에 도착했을 땐 어스름하게 어둠이 내려앉고 있었다. 정원은 깔끔하게 손질이 되어 있고, 잎이 모두 진 감나무엔 감이 듬성듬성 달려 있었다.

정원을 천천히 한 바퀴 돌자 지난 시간들이 물밀듯이 달려들었다. 엄마에 대한 기억은 별로 없었다. 그림을 그릴 땐 곁에 오지도 못하게 했기 때문에 어린 그녀는 늘 일하는 아주머니와 강석과 시간을 보냈다.

"문강석."

윤경은 나직이 강석의 이름을 읊조리며 어두운 하늘을 올려다보았다.

돌아온 그녀를 강석은 어떤 표정으로 대할까. 문득 궁금했다.

"곧 만나게 되겠지."

집 안으로 들어서자 거실도 깔끔하게 정리가 되어 있었다. 아주머니한테 부탁을 하고 갔기 때문에 주인 없는 텅 빈 집 같은 분위기는 느껴지지 않았다.

윤경은 주변을 휙 돌아보고 2층 계단으로 올라갔다.

샤워를 하고 난 뒤 머리를 대충 말리고 가운만 걸친 채 방에서 나왔을 때 인기척이 들렸다. 아주머니는 오전에 잠깐 들렀다 가는 걸로 알고 있는데 이 시간에 누굴까.

발소리를 줄여서 살금살금 계단 근처로 다가가자 냉기가 철철 흐르는 목소리가 들렸다.

"난 그런 약속한 적 없습니다. 말귀를 못 알아듣는 것 같은데…… . 그럼 경고라고 해두죠."

짜증 어린 목소리와 함께 문이 꽝 닫히는 소리가 들렸다.

윤경은 숨도 못 쉬고 눈만 껌벅거렸다. 설마 누가 살고 있는 건가. 그럴 리가 없는데. 한 달 전 아주머니와 통화했을 때도 별다른 말은 없었다. 잠깐 들르러 온 건가. 이 시간에?

갑자기 머릿속이 복잡해졌다. 내려가서 확인을 해볼까 하다가 일단 아주머니에게 전화를 해보는 게 낫겠다 싶었다.

방으로 들어와서 핸드폰을 찾아 통화버튼을 눌렀는데 전화를 받지 않았다. 그렇다고 장례식 이후 지금껏 연락하지 않던 친척들한테 전화를 해볼 수도 없고.

"어쩌지?"

방 안을 서성이던 윤경은 주먹을 불끈 쥐고 어깨를 쭉 폈다. 도둑이라면 불 켜진 집에서 저렇게 당당하게 전화를 받지 않았을 거라는 생각이 들었다.

"목소리가 처음 듣는 것 같지는 않은데."

익숙하지는 않지만 언젠가 들어봤던 목소리였다. 문득 2년 전 그날의 기억이 떠올랐다.

'괜찮아? 진정되면 천천히 나와. 먼저 나가 있을게.'

톤은 달랐지만 분명 같은 목소리라는 생각이 들었다. 윤경은 눈을 커다랗게 떴다.

설마 아니겠지. 강석이 이곳에 있을 리가 없지 않은가.

그래도 도둑보다는 강석이 낫지 않을까. 불안하고 초초한 마음에 마주 잡은 손을 어떻게 해야 할지 몰랐다. 이리저리 서성이던 윤경은 마침내 결심이 선 듯 숨을 크게 들이켰다.

"확인해 보면 되지."

그래. 확인해 보면 된다. 숨을 죽이고 조용조용 1층으로 내려왔다. 거실엔 아무도 없었다.

"어느 방으로 들어간 거지?"

안방 문을 살그머니 열자 불이 꺼져 있었다. 그렇다면 서재와 작은 방 두 개인데. 윤경은 손가락으로 방을 이리저리 가리키다 서재가 딸린 방으로 향했다. 발소리를 내며 당당하게 걸을까 하는 생각도 들었지만 차마 용기가 나지 않았다.

잠시 심호흡을 하고 노크도 없이 작은 방문을 벌컥 열었다. 불이 환하게 켜져 있었다.

"……."

윤경은 빠르게 방 안을 살폈다. 이건 잠시 들른 게 아니다. 모든 게 가지런히 정리가 되어 있었다. 못 보던 침대와 색이 진한 커튼, 테이블, 의자. 살짝 열린 옷장 안으로 얼핏 와이셔츠가 주르륵 걸려 있는 게 보였다.

방 안으로 들어온 순간 욕실 문이 열리고 한 남자가 걸어나왔다.

입이 저도 모르게 쩍 벌어졌다.

"……."

강석은 막 샤워를 했는지 바지만 입고 한 손에 수건을 들고 있었다. 훤칠한 키에 넓은 어깨, 탄탄한 가슴, 군살 하나 없는 허리라인, 튼실한 허벅지.

윤경은 강석의 몸에서 시선을 뗄 수가 없었다. 그는 사진 속 모습과는 비교도 할 수 없을 정도로 숨 막히게 멋진 몸을 하고 그림처럼 서 있었다.

세상에, 정말 문강석 맞아?

몇 년 전 모습이긴 하지만 아직도 그녀의 지갑 속에는 강석의 사진이 들어 있다. 장례식 때는 정신이 없어서 제대로 된 대화도 나누지 못했었다.

윤경은 넋을 놓고 보고 있다는 것도 모른 채 강석을 빤히 쳐다보았다.

두 사람의 시선이 허공에서 마주쳤다. 머릿속 충격이 심장으로 전해졌는지 빠르게 요동을 쳤다. 그는 조금 놀란 듯하더니 이내 눈을 가늘게 뜨고 그녀를 쳐다보았다.

그의 시선을 온몸으로 받고 있자니 공기의 흐름이 바뀐 것 같은 착각이 들었다. 싸늘한 것 같기도 하고 뜨거운 것 같기도 하고 팽팽한 긴장감이 감돌았다.

강석의 짙은 눈썹이 쓰윽 치켜 올라갔다. 윤경은 놀란 가슴을 들키지 않기 위해 팔짱을 끼고 벽에 몸을 비스듬히 기댔다.

"······."

꼼짝도 하지 않던 강석이 수건을 목에 걸치고 태연히 의자에 앉을 때까지 윤경은 그에게서 시선을 떼지 않았다. 의자에 앉아 있는 모습도 그림이네.

머리카락은 촉촉하게 젖어 있고 가슴 끝을 살짝 가린 수건은 마치 자로 잰 듯 길이가 똑같았다. 흰색 바지만 입고 다리를 꼬고 앉아 있는 모습이 어찌나 당당한지 그녀가 불청객인 것처럼 느껴졌다.

두 사람은 마주 보고 한참 동안 말을 하지 않았다. 마치 먼저 말을 하는 사람이 지는 내기라도 하는 것처럼.

"설마 여기서······ 지내는 거예요?"

결국 그녀가 먼저 입을 열었다. 어릴 때처럼 반말을 해야 하는 건가, 아주 잠깐 고민을 했는데 왠지 말이 편하게 나가지 않았다. 그러기엔 두 사람 사이에 너무 긴 시간이 흘렀다는 생각이 들었다. 이제 그녀는 어린 꼬맹이가 아니고 강석 또한 주인집 아가씨를 돌보던 아이가 아니다.

강석은 대답 없이 고개만 끄덕였다.

"언제부터요?"

"2년 전부터."

"그럼 나 떠나자마자 들어왔다는 건데 누구 허락받고 이곳에 있는 거죠?"

"허락을 받아야 한다는 생각은 안 했는데."

뻔뻔함도 저 정도면 타의 추종을 불허하겠다. 묻는 말에 따박따

박 대답하는 말투가 왜 그런 질문을 하는지 이해를 못한다는 투였다. 마치 내가 내 집에 있는데 왜 그런 멍청한 질문을 하는지 모른다는 눈빛이었다. 윤경은 눈썹을 사납게 치켜떴다.

"여기는 우리 아빠, 아니, 내 집이에요."

"공동 명의지."

그러니까 반은 자기 거라는 거다. 윤경은 기가 막혔지만 입꼬리를 끌어 올리며 웃었다.

"공동소유로 되어 있으니까 마음대로 들어와서 살아도 된다. 그 말이야?"

저도 모르게 반말이 툭 튀어나왔다. 강석은 당연한 거라고 생각하는지 대꾸도 하지 않았다. 윤경은 슬금슬금 화가 치밀어 올랐다. 유언장이 공개되고 한동안 시끄러웠다. 최 부장은 말도 안 된다며 길길이 날뛰었고, 친척들도 하나같이 떨어진 떡고물이 너무 적다고 투덜댔다.

혼인신고와 집, 건물이 공동 명의로 올라간 두 사람만 아무 말이 없었다. 강석은 장례식과 삼우제 때 잠깐 얼굴을 보고 일주일 후 떠날 때까지 만나지 못했다. 두 사람 모두 서로를 찾지 않았고 떠난 뒤에도 마찬가지였다. 지금껏 전화 통화 한번 하지 않았다.

가끔 메일로 회사 상황은 받아봤지만 답장은 하지 않았다. 보내달라고 한 적도 없는데 언젠가부터 친절하게 메일을 보내왔다.

"돌아온 건 몰랐는데."

"그 말은 내가 보고라도 하고 왔어야 했다는 거야?"

이젠 아주 대놓고 말을 놓아버렸다. 나이 차이가 나든 말든 지금은 그런 생각 따위 하고 싶지도 않았다.

"미리 알았으면……."

강석은 잠시 말을 멈추고 윤경을 쳐다보았다. 그녀는 어딘가 달라져 보였다. 장례식 내내 울지도 않고 멍하니 허공을 바라보고 있던 그 모습은 어디에도 없었다. 사진 속 모습처럼 긴 머리카락은 어깨 아래까지 치렁치렁 내려와 있고 늘씬한 몸매는 여전했다. 화장기 없는 투명한 피부에 얇게 쌍꺼풀이 진 눈은 초롱초롱 빛났다. 선이 고운 콧날과 붉은 입술은 물기를 담뿍 머금은 듯 촉촉했다. 마치 초강력 비타민제를 흡입한 것처럼 생기가 넘쳤다.

어렸을 때 윤경은 까칠한 성격에 고집도 셌고, 뭐든 마음대로 하지 못하면 앙탈을 부렸다. 그래서인지 친구들과 잘 어울리지 못했다. 그런데 지금은, 강석은 빤히 쳐다보고 있는 윤경의 시선을 피하지 않고 턱을 가만히 문지르며 마주 보았다.

"알았다면 어떻게 했을 건데요? 마중이라도 나왔을라나?"

"원한다면 그랬겠지."

"아, 원한다면. 우리가 그럴 사이던가요?"

"남편이잖아."

빙그레 웃으며 말하자 윤경이 발끈했다.

"지금 남편이라고 했어?"

"아니라고 하고 싶은 거야?"

"본인 모르게 혼인신고 되어 있는 건 무효 신청할 수 있는 거 몰라?"

"그 이야기를 하기엔 시간이 너무 많이 흘렀다고 생각하는데."

모든 게 너무 갑작스러웠을 것이다. 부친의 죽음, 유언장을 공개하면서 알게 된 혼인신고.

생각과 달리 그녀는 혼인신고에 대해서 아무런 반응도 보이지 않았다. 적지 않은 재산이 다른 사람에게 넘어갔는데도 일언반구 말이 없었다.

자신한테 직접 연락하지 않았다면 박 변호사한테라도 무슨 말이라도 할 줄 알았는데 떠나기 전까지 그 어떤 행동도 하지 않았다.

"이 문제를 해결하는데 시간이 필요한 줄은 몰랐네. 어쨌든 그동안 난 한국에 없었고, 이제……."

"돌아왔으니 무효 신청을 하겠다?"

"하면 안 되는 이유라도 있어? 그쪽에서 손해 보는 건 없을 것 같은데. 아닌가요, 문강석 씨?"

윤경은 반말과 존대를 섞어가며 씩씩거렸다. 말끝을 똑 자를 땐 어릴 때의 모습이 보이는 것도 같고, 가끔 존댓말을 할 때는 이젠 어리지 않다고 티를 내는 것 같아 입술 끝이 간질거렸다.

"손해라. 글쎄……."

그가 말끝을 흐리자 윤경이 팔짱을 풀고 몸을 바로 세웠다. 한 걸음 다가와 그를 빤히 쳐다보았다. 최윤경 성격에 많이 참았지. 혹시 손톱을 세우고 달려들려나.

기대와 달리 윤경은 입꼬리를 휘며 한껏 비웃는 말투로 물었다.

"누가 먼저 백기를 들지 궁금하지 않아?"

"전혀."

"그 말은 관심이 없다는 거야. 아니면 이길 자신이 있다는 거야?"

"둘 다 아니야. 왜냐하면 네가 싸울 상대는 내가 아니니까."

강석은 의자에서 벌떡 일어섰다. 수건을 양손으로 잡고 입매를 매끄럽게 끌어 올렸다.

"설마 회사 경영권이 영원히 그쪽한테 있을 거라는 생각을 하는 건 아니죠? 그쪽이 회사에 남아 있으려면……."

"알아. 조건이 있다는 거."

"아, 아는구나."

회사 경영은 결혼이 유지될 때까지였다. 유지가 된다고 해도 윤경이 원하면 물러난다는 조건도 있었다.

"난 언제든 준비되어 있어."

"준비라니, 무슨 준비?"

"떠날 준비."

"과연 그게 진심일까요?"

"두고 보면 알겠지."

그가 어깨를 으쓱해 보이자 윤경의 눈매가 가늘어졌다. 강석은 피식 웃었다.

"좀 의외긴 하네. 난 움켜잡고 버티겠다고 할 줄 알았는데."

"처음부터 내 것이 아니었으니까."

"그런데 왜……."

"지금 이 자리에 있는지 궁금하겠지."

그녀의 눈빛이 반짝반짝 빛났다. 그러나 강석은 너무 많은 친절을 한꺼번에 베풀 생각이 조금도 없었다. 유언장이 발표되고 2년, 드디어 최윤경이 돌아왔다. 이제부터 진짜 시간이 흐르는 거겠지.

"옷을 입어야겠는데."

"그런데요?"

"계속 있을 거야?"

"이미 볼 거 다 봤는데 새삼스럽게 무슨."

"그래? 내가 다 보여주고 있는 줄은 몰랐네."

"옷을 입을 생각이었으면 내가 이 방에 들어왔을 때 입었어야지. 실컷 다 보게 해놓고 이제 와서……."

"좀 놀랐거든."

"그렇게 놀란 표정은 아닌 것 같던데. 하기는 원래 강심장이긴 했었지."

"예전에 내 모습을 기억하고 있을 줄은 몰랐네. 영광이라고 해야 하나?"

강석은 한쪽 입매를 비틀 듯 슬쩍 웃었다. 그게 비웃는다고 생각을 했는지 윤경이 톡 쏘아붙였다.

"걸음마를 하는 아이도 아니었는데 당연히 기억하겠지. 물론아주 많지는 않지만."

"그럼 뭘 기억하고 있는지 들어볼까?"

"우리가 지금 어릴 적 이야기를 주고받을 정도로 편한 사이는 아니지 않나요?"

"내가 불편해?"

아랫입술을 잘근잘근 씹으며 대답을 못하는 걸 보면 이 상황이 꽤 불편한 듯 보였다. 굳이 대답을 들을 필요는 없을 것 같았다. 그래도 어쩔 수 없지. 갑작스럽기는 그도 마찬가지였다. 돌아올 거라고는 생각하고 있었지만 이렇게 빨리 올 줄은 몰랐다.

"아주머니는 일주일에 세 번 오전에 왔다 가는데 오늘은 오후에 오신다고 해서 네가 왔을 거라고는 생각 못했어."

"왜 일주일에 세 번이에요? 난 매일 오는 줄 알았는데."

"청소만 부탁했으니까."

"여기서 산다고 하지 않았어요?"

"아주머니가 할 일이 별로 없더군. 식사는 거의 밖에서 해결하니까."

"그럼 이제 매일 오시라고 해야겠네. 난 집에서 식사를 할 거거든요."

"그건 알아서 해."

당연히 아주머니가 불 끄는 걸 잊고 간 줄 알았다. 넓은 집에서 그가 사용하는 공간은 많지 않았다. 서재와 욕실까지 있는 방이라 다른 곳은 굳이 들여다볼 생각도 하지 않았다. 2층도 올라간 적이 없었다.

"그건 그렇고 아주머니는 어떻게 한 거예요?"

"무슨 소리야?"

"가끔 통화했는데 이런 말 없었거든요. 설마 말하지 말라고 했어요?"

"신경 쓰게 하고 싶지 않았거든."

"누가 알면 엄청 신경 써준 줄 알겠네."

입술을 삐죽 내밀며 툴툴거리는 말투에 강석은 피식 웃었다.

"계속 있을 거야?"

"할 이야기가 더 있을 것 같은데 아닌가요?"

많지. 아주 많을 거다. 최윤경.

지난 시간 그리고 앞으로 너와 나 우리 둘에 관한 이야기. 밤을 새서 이야기해도 모자라겠지.

"옷을 제대로 입고 난 후에 계속하는 게 어때?"

"편한 대로 해요. 난 지금도 상관없으니까."

"그럼 잠깐 기다려."

강석은 그녀를 지나쳐 걸어가서 옷장 문을 열었다. 등 뒤에서 시선이 느껴졌지만 신경도 쓰지 않고 바지를 훅 벗었다.

"으악."

비명 소리에도 고개도 돌리지 않고 팬티와 바지 티셔츠를 걸쳤다. 문을 닫고 돌아선 순간 베개가 날아왔다. 한 손으로 가뿐히 잡아채자 그녀가 도끼눈을 뜨고 그를 노려보았다.

"속옷을 입지 않았다고 말을 했어야죠?"

"묻지 않았잖아."

"그걸 꼭 물어야 말을 해요?"

윤경은 벌게진 얼굴을 감추지 못했다. 생각지도 못했다. 당연히 상의만 입을 거라고 생각했는데 바지를 벗는 게 아닌가. 다행히 옷장 문 때문에 옆모습만 살짝 보이긴 했지만 매끄러운 엉덩이 라인이 그대로 보였다.

너무 놀라서 뛰쳐나갈 생각도 하지 못했다.

"방금 전에 볼 거 다 본 사이라고 하지 않았어?"

# 3

윤경은 몸을 뒤척이다 살그머니 눈을 떴다. 주변이 어둑했다. 날씨가 많이 흐린가 생각했는데 시간을 확인하고 깜짝 놀랐다.

"7시?"

아침 7시는 아닌 것 같고 도대체 몇 시간을 잔 건지 모르겠다. 어제 강석과 이야기는 더 하지 못했다.

그는 너무나 태연했지만 그녀는 그럴 수가 없었다. 벗은 몸을 정면으로 본 것도 아닌데 얼굴이 화끈거리고 그의 얼굴을 똑바로 쳐다볼 수가 없었다.

결국 이야기는 다음에 하자는 말을 하고 방을 나와 버렸다. 2층으로 올라와서야 그녀도 내내 샤워 가운만 걸치고 있었다는 걸 알았다. 무슨 상관인가. 그래도 속옷은 입고 가릴 건 다 가렸는데.

씩씩거리다 침대에 누웠는데 너무 피곤했는지 잠이 들었고 어느새 하루가 홀딱 지나가 버렸다.

"그나저나 앞으로 어떻게 하지?"

윤경은 침대에서 내려와 방문을 힐끔 쳐다보았다. 돌아온 날부터 그와 마주칠 거라고는 생각 못했다. 더구나 강석은 마치 제집인 양 방한 칸을 차지하고 살고 있었다.

'허락을 받아야 한다는 생각은 안 했는데.'

뻔뻔하다 못해 너무 당당한 모습에 할 말을 잃었었다.

"남편? 핫, 누구 맘대로 남편이래."

도대체 무슨 생각인 건지 알 수가 없었다. 강석은 혼인신고에 대해서 알고 있었을 것이다. 왜, 무엇 때문에 그 조건을 받아들였을까.

회사, 돈. 그게 욕심나서? 아닐 거라는 확신은 없지만 다른 것도 아니고 혼인신고였다. 아무리 결혼을 하고 이혼을 하는 게 흠이 되는 세상이 아니라지만 생각할수록 이해가 가질 않았다.

더구나 강석은 그녀를 좋아하지 않는다. 좋아할 리 없겠지. 원하지도 않았는데 그녀 때문에 부모님을 떠나 먼 타국으로 갔으니까.

시간을 되돌릴 수 있다면, 그렇게 할 수만 있다면.

윤경은 눈을 꾹 감았다 떴다. 어쩌면 어제 그를 보자마자 사과부터 했어야 했는지 모른다. 왜, 이곳에 있는지 그런 쓸데없는 말을 늘어놓을 게 아니라 미안하다고 말을 했어야 했는데.

'네가 못하겠다면 회사를 다른 누군가한테 넘길 수도 있어. 공중분해가 되는 것보다는 그게 훨씬 나을 테니까.'

물론 진심일 거라고는 한 번도 생각하지 않았다. 최 회장은 누구보다 회사를 사랑했고 욕심도 많았다. 안 그래도 회사밖에 모르던 분이 아내가 세상을 떠난 뒤 더 심해졌다. 가끔은 딸이 있다는 걸 잊고 사는 게 아닌가 하는 생각을 했을 정도였다.

그래도 그렇지. 아무리 회사를 위해서라지만 혼인신고까지 해 버리다니.

만약 상대가 강석이 아니라 다른 사람이었다면.

"으, 싫어."

윤경은 주먹을 꽉 쥐고 고개를 세차게 흔들었다. 만약이라도 그런 생각은 하기도 싫었다. 최 회장은 이런 기막힌 생각을 도대체 언제부터 했던 것일까. 강석은 처음부터 이 모든 조건을 알고 서운에서 일을 한 것일까.

생각할수록 머리만 지끈거렸다.

"이제부터 알아봐야겠지."

샤워를 하고 편한 옷으로 갈아입은 윤경은 1층으로 내려왔다. 집은 조용했다. 하루 종일 잠을 잤더니 배가 너무 고팠다.

"뭐야. 아무리 집에서 식사를 안 한다고 하지만 너무한 거 아니야?"

냉장고에는 생수, 캔 맥주 그리고 정체를 알 수 없는 몇 개의 통만 있었다. 당장 배고픔을 해결할 수 있는 게 아무것도 없었다.

"우유도 안 마시나."

클 만큼 다 컸다 이거지? 한참 올려다봐야 했던 강석을 떠올리자 입술이 삐뚜름해졌다. 그래도 그렇지 먹을 것 좀 사다 놓으면 어디가 덧나. 밥을 한다고 해도 반찬도 없고, 나가기는 싫고. 그렇다고 이 시간에 아주머니를 부를 수도 없고. 어쩐다?

"뭘 어째. 들어올 때 먹을 것 좀 사오라고 하면 되지."

윤경은 2층으로 올라가려다 말고 한숨을 푹 내쉬었다. 번호를 모른다. 통화를 해봤어야 말이지. 그동안 메일은 잘 보냈으면서 번호는 알려준 적이 없었다.

알려고 하지도 않았다.

"차도 없는데."

어쩔 수 없이 굶어야 하는 건가.

잠은 푹 자서 피곤은 풀렸는데 갑자기 기운이 쭉 빠졌다.

어느새 시간은 8시가 가까워지고 있었다. 소파에 털썩 주저앉은 윤경은 팔짱을 끼고 주변을 둘러보았다. 넓은 집이 새삼스럽게 텅 빈 것 같은 느낌이었다.

문득 시선이 강석이 머물고 있는 방으로 향했다.

"......"

물끄러미 쳐다보고 있다가 자리에서 벌떡 일어섰다. 설마 이 시간에 들어올까 싶었다. 어제는 제대로 살펴보지도 못했다. 놀라기도 했지만 어찌나 유들유들 여유가 넘치는지 결국 발끈하게 만들지 않았던가.

상체를 훤히 드러내 놓고 있으면서도 그는 마치 완벽하게 옷을 차려입은 사람처럼 당당하다 못해 늘 그런 모습을 보여줬던 것처럼 느긋해 보였다.

아슬아슬하게 보였던 엉덩이 라인과 탄탄한 등 근육이 떠오르자 갑자기 얼굴로 열이 확 뻗쳤다.

"정면을 본 것도 아닌데 뭐."

윤경은 손부채질을 하며 애써 마음을 다독였다. 그러면서도 시선이 자꾸 강석이 머물고 있는 방으로 향했다.

"내 집인데 내 맘대로 보는 건 죄가 아니지."

결국 현관을 힐끔 쳐다보고 방으로 걸어갔다. 문을 살그머니 열고 안으로 들어서자 휘파람이 절로 나왔다. 어제 봤을 때와 조금도 달라진 게 없었다. 침대는 잠을 자기는 한 건지 매끈하게 정리가 되어 있고 모든 게 너무 반듯하게 제자리에 있었다. 하다못해 벗어놓은 옷가지 하나 떨어져 있지 않았다.

욕실 또한 사용한 흔적도 없이 깔끔했다.

"뭐가 이렇게 깔끔해?"

욕실 장은 짙은 색 수건이 흐트러짐 없이 켜켜이 쌓여 있고 욕실 용품도 크기별로 나란히 놓여 있었다. 혹시 결벽증이 있나.

욕실 밖으로 나와 옷장을 여는 순간 확신했다.

"결벽증 맞네."

가지런하게 걸린 와이셔츠 아래 칸칸이 정리가 되어 있는 옷들은 자로 잰 듯 반듯했다. 아예 옷장 문을 모두 활짝 열었다.

"와, 진짜 죽인다."

"뭐가?"

윤경은 갑자기 들린 목소리에 너무 놀라서 하마터면 주저앉을 뻔했다. 잠깐 살펴보고 나갈 생각이었는데 그새 방주인이 돌아왔나 보다.

"흠흠, 왔어요?"

아무렇지 않은 척하려고 했지만 목소리가 살짝 떨렸다. 빤히 쳐다보던 강석이 들고 있던 종이 가방을 테이블 위에 올려놓고 천천히 그녀를 향해 다가왔다.

불쾌해하거나 화가 난 것 같지는 않았다.

"음, 그게요."

"배고프지 않아?"

당연히 엄청 고프다. 이 방에 들어오기 전까지 내내 먹을 게 없다고 투덜댔는데 주인 없는 방을 둘러보는 사이 잠깐 잊고 있었다.

윤경은 강석이 옷장 문을 하나씩 닫는 모습을 보며 슬그머니 뒤로 물러났다.

"난 저녁 안 먹었는데 먹은 거야?"

"집에 먹을 게 하나도 없던데 뭘 먹어요?"

"혹시 나갔다 왔나 해서."

"하루 종일 자다 조금 전에 일어났어요."

"그럼 같이 먹으면 되겠네."

이야기를 하면서 강석은 양복 재킷을 벗어서 의자 위에 걸쳐 놓았다. 넥타이도 풀어서 가지런히 올려놓았다.

"직접 준비하려고요?"

"아니."

"그럼 나보고 하라는 소리야?"

윤경은 뻔뻔하기 그지없는 남자를 찌릿, 노려보았다. 물론 재료가 있다면 못할 것도 없다. 하지만 냉장고엔 재료 비슷한 것도 없고 싱크대를 다 뒤졌는데 먹을 만한 게 하나도 없었다.

"저녁 먹을 건 사왔어. 이제 좀 나가줬으면 좋겠는데."

"왜요?"

"그럼 계속 여기 있을 거야?"

굳이 있을 이유는 없지만 그렇다고 나가줬으면 하는 말에 냉큼 그러겠다고 하기는 싫었다. 당당하게 공동소유라고 했으니 반은 그녀의 것이 아닌가. 고개를 빳빳이 들고 버티고 서 있자 강석은 태연히 와이셔츠 단추를 풀었다.

"잠깐만."

"왜?"

"지금 옷 갈아입을 거예요?"

"편한 옷으로 갈아입고 식사를 하는 게……."

"그냥 먹어요. 같이 먹자면서요?"

혹시 지난밤처럼 보는 앞에서 옷을 훌러덩 벗을까 싶어 얼른 말했는데 그는 별다른 표정의 변화가 없었다.

주인 없는 방에 함부로 들어와 있는 걸 본 순간도 덤덤해 보이더니, 옷 갈아입는 것까지 간섭하는데도 무심해 보였다.

"옷 갈아입는 데 몇 분이나 걸린다고. 배가 많이 고픈 것 같은데 먼저 나가서 먹고 있어."

"사온 사람도 안 먹는데 어떻게 먼저 먹어요. 옷은 나중에 갈아입고 같이 나가요."

테이블 위에 올려놓은 종이 가방을 집어 든 윤경은 어서 나오라며 문 앞에서 기다렸다.

"그 가방은……."

"내가 준비할게요. 물론 준비할 건 없겠지만."

이 정도는 기꺼이 하겠다며 주방으로 왔는데 식탁 위에 음식이 놓여 있었다.

"……."

윤경은 멀뚱멀뚱 음식과 종이 가방을 번갈아 쳐다보았다. 안에 든 걸 확인하려고 하는 순간 강석이 어느새 다가와 확 낚아챘다.

"그거 먹을 거 아니에요?"

"아니야."

"그럼 뭔데요?"

그는 말없이 종이 가방을 의자에 내려놓고 냉장고에서 생수를 꺼내 컵에 따랐다. 말을 안 해주니 괜히 궁금했다.

"별거 아니야."

"그러니까 더 궁금하네. 난 궁금한 거 못 참는 성격인데."

"그래? 아주 많이 느긋한 성격인 줄 알았는데."

"무슨 뜻이에요?"

"이 가방에 뭐가 들어 있는지가 아니라 나에 대해서 궁금해해야 하는 거 아니야?"

윤경은 어깨를 으쓱해 보였다. 돌아오기로 결정한 순간 결심했었다. 문강석, 이 남자에 대해서 조급해하지 말자. 2년을 조용히 있었는데 급할 거 없었다. 아주 천천히 알아갈 생각이었다.

강석과 마주하면 어색하고 아주 많이 불편할지도 모른다고 생각했는데 전혀 그렇지 않았다. 고작 하루가 지났을 뿐인데 마치 오랫동안 함께한 것처럼 편안한 느낌마저 들었다.

무엇보다 강석이 그녀를 대놓고 싫어하는 것 같지 않아 조금은 마음이 놓였다.

"내가 그쪽……. 아, 우리 호칭 정리부터 할까요?"

"편하게 불러. 혹시 내가 아가씨라고 부르기를 바라는 거야?"

윤경은 입을 떡 벌렸다. 아가씨라니, 그런 생각은 한 적도 없었다. 그는 여전히 표정의 변화는 없었지만 눈빛은 서늘했다.

"언제 날 아가씨라고 불렀다고, 그런 적 없었잖아요."

"그랬지. 우리 부모님은 아니었지만."

어릴 땐 오빠라고 불렀지만 지금은 왠지 그러기 싫었다. 떨어져 있던 시간이 길기도 하지만 오빠라고 부른다고 해서 다시 어릴 적 그때의 감정으로 돌아갈 수 있는 것도 아니니까.

그녀가 더는 어린 꼬맹이가 아니듯 강석 또한 그녀를 보살펴야 할 아이로 생각하고 있지는 않을 것이다.

언젠가 강석을 만나러 정원 뒤편에 있는 별채에 간 적이 있었다. 그때 문 씨 아저씨가 나무라는 소리가 들렸다.

'아가씨 이름 함부로 부르는 거 아니다. 그리고 집에서는 다른 사람들도 있으니까 너무 자주 안채에 드나들지 말고, 네가 할 일은 아가씨가 혼자 밖에 있을 때 보살피는 거야.'

한참을 기다려도 강석의 목소리는 들리지 않았다. 그렇게 못하겠다든지, 앞으로는 조심하겠다든지 아무런 말도 없었다. 그래서 다행이라는 생각이 들었다.

강석이 윤경아, 하고 불러주는 게 좋았으니까. 집에서 같이 놀아주고 동화책을 읽어주는 것도 너무 좋은데 그렇게 하지 말라는 아저씨가 오히려 미웠었다.

"난 내가 부르는 호칭에 대해서 말하려던 거였어요."

"상관없어. 편하게 불러."

"그럼 이름 부를게요."

강석은 어깨를 으쓱해 보이며 물컵을 들고 테이블에 내려놓았다. 이름을 부르는 것도 어색하기는 마찬가지였다. 생판 모르는 사람도 아니고, 나이 차이도 있는데 건방지게 들리지 않을까 하는 생각도 했다.

"그리고 음, 내가 꼬박꼬박 말을 높였으면 좋겠어요?"

"그것도 편할 대로 해."

윤경은 강석을 빤히 쳐다보았다. 분명 편할 대로 하라고 하는데 이상하게 불편했다. 마치 강석은 이런 자잘한 것에 신경 쓰고 싶지 않은 듯 보였다. 그게 은근히 신경을 자극했다.

"왜 그렇게 너그러워요?"

"뭐가?"

"다 편할 대로 하라니, 그럼 반말해도 돼요?"

"어제도 반말했잖아."

"그거야……."

"날 어떻게 부르든 반말을 하든 난 상관없어. 중요한 건 네 마음이니까."

"그게 무슨 소리예요?"

강석은 묻는 말에 대답은 않고 속을 꿰뚫을 듯한 시선으로 그녀를 쳐다보았다. 윤경은 그의 강렬한 시선에 순간 숨이 턱 막히는 것처럼 답답함을 느꼈다.

"알아듣게 말 좀 할 수 없어요?"

"최윤경이 생각하는 나. 호칭 따위가 아닌 지금 네 앞에 앉아 있는 남자 문강석에 대해서 궁금해하란 소리야."

남자 문강석, 그가 뚝 던진 말이 심장을 훑고 지나갔다. 새삼스럽게 그의 모습이 온전히 시선 안으로 들어왔다. 어릴 때보다 더 멋진 남자가 된 강석. 그녀도 모르게 남편이 되어버린 사람.

가만히 앉아만 있는데도 심장이 두근거리고 얼굴로 뜨거운 열기가 몰려들었다. 윤경은 슬그머니 그의 시선을 피했다.

"내가 궁금한 게 없을 것 같아요? 나 그 정도로 내 인생에 무심하지는 않아요."

"그래? 난 상당히, 아주 많이 무심한 걸로 보였는데."

"그동안 내가 문강석 씨한테 어떻게 보였든 신경 안 써요. 중요한 건 내 자신이지 남이 아니니까."

"우리가 완전히 남이라고 할 수는 없지."

"남이 아니면 뭔데요?"

"글쎄, 일단 식사부터 하는 게 낫지 않을까? 나도 배가 좀 고픈데."

강석이 플라스틱 상자의 뚜껑을 열어서 그녀의 앞으로 내밀었다. 안 그래도 배가 고파서 쓰러지기 일보 직전인데 음식을 보니 뱃속에서 요동을 쳤다.

"좋아요. 식사해요."

음식은 꽤 맛났다. 불고기는 부드럽고 나물무침은 씹을수록 입 끝에 향긋한 향이 감돌았다.

"음, 맛있네요."

"회장님이 즐겨 가시던 식당이었어."

"솔내음?"

"응."

"포장이 되는지는 몰랐네. 여기 사장님 은근히 깐깐하시잖아요. 나도 전에 몇 번 갔었어요. 어쩐지 입에 척척 붙더라니."

최 회장은 이곳 음식에서 어머니 손맛이 느껴진다고 했었다.

30년째 식당을 운영하고 있는 여 사장은 된장 고추장도 직접 담고 사용하는 모든 재료를 까다롭게 선별한다고 들었다. 그래서인지 본채, 사랑채, 따로 떨어져 있는 몇 개의 별채까지 넓은 정원이 있는 한옥 식당은 늘 사람들로 붐볐다. 예약을 하지 않고는 식사를 할 수 없을 정도였다.

윤경은 최 회장을 떠올리며 젓가락을 내려놓았다.

"배고프다면서 왜?"

"먹을 만큼 먹었어요."

"내가 괜한 이야기를 했나 보군."

"신경 쓸 거 없어요. 커피 한잔할래요?"

"내가 준비할게."

"아니요. 내가 할게요. 저녁도 잘 먹었는데."

그녀가 커피를 준비하는 동안 강석은 식탁을 정리했다. 윤경은 맑은 소리를 내며 떨어지는 커피를 물끄러미 쳐다보았다.

새삼 정말 집에 돌아왔구나 하는 생각이 들었다. 그동안 공부를 핑계로 애써 외면했던 감정들이 한꺼번에 몰아치듯 달려들고 있었다.

회사 그리고 서류상 남편이 된 강석.

어떤 식으로든 잘해낼 수 있을 거라고 생각했는데 갑자기 모든 게 막막해지는 기분이었다. 어디서부터 어떻게 바로잡아야 할지 감도 잡지 못하겠다.

'문 실장이 어떤 인간인지 내가 굳이 설명 안 해도 알 거라고 믿는다. 결국 돈이야. 그놈이 어떤 식으로 형님을 꼬드겼는지 모르지만 정신 똑바로 차려. 지금은 재산의 반이지만 멍청하게 있다가

는 다 뺏기는 수가 있어.'

　다시 영국으로 떠난다고 했을 때 숙부인 최 부장은 상황 판단이 그렇게 안 되느냐며 불같이 화를 냈었다. 진심으로 그녀를 걱정해서 하는 말이 아니라는 것쯤은 알고 있었다.

　"나가 있어. 커피는 내가 가지고 갈게."

　윤경은 어깨에 낯선 감촉이 느껴져 저도 모르게 움찔했다. 그의 목소리는 한없이 부드러웠다. 마치 어제도 그제도 그랬던 것처럼 어릴 적 말투 그대로였다. 그림자처럼 그녀의 곁을 지켰던 그때의 모습들이 주마등처럼 스쳐 지나갔다.

　'표정이 왜 그래? 오늘 학교에서 무슨 일 있었어? 혹시 누가 괴롭히면 오빠한테 말해. 가서 단단히 혼내줄 테니까.'

　단 한 번이라도 강석이 그녀를 귀찮아 한다는 걸 느낀 적이 없었다. 늘 다정했고 따뜻했었다. 그런 사람을 철없는 행동으로 뚝 끊어냈다.

　"손, 언제까지 올리고 있을 거예요?"

　그는 손을 내리는 대신 그녀를 돌려세웠다. 윤경은 고개를 들고 그를 올려다보았다.

　"나 태권도 했었어요."

　그러니 이제 그만 손 좀 치워달라는 뜻이었는데 그는 소리 없이 피식 웃었다.

　"알아."

　알아? 태권도를 배운 건 강석이 떠난 뒤였는데 그걸 어떻게 알고 있단 말인가.

　어렸을 때 강석을 따라서 태권도 도장에 몇 번 갔었다. 하얀 도복을 입고 운동을 하는 모습을 보면서 어린 나이에도 꽤 멋있다는 생각을 했었다. 그래서 강석이 떠난 뒤 그녀도 태권도를 배우겠다고 했다. 최 회장은 별로 내켜 하지 않았지만 고집을 부렸더니 결국 그녀가 원하는 대로 하게 내버려 두었다. 그마저도 중학교 졸업할 때까지였다.

"아빠가 내 이야기를 했어요?"

"별로."

"그럼 오래전 이야기를 어떻게 알고 있는 거예요?"

"회장님을 통하지 않아도 알 수 있는 방법은 많으니까."

그렇구나. 그녀는 강석의 부모님이 충주로 내려가기 전에는 아무 소식도 듣지 못했는데, 심지어 그가 한국에 들어왔다 간 것도 몇 달 지난 후에야 알았다.

많이 궁금했지만 누구한테도 대놓고 물어볼 수가 없었다. 철이 들면서 강석의 부모님께는 죄를 지은 기분이었고 최 회장은 그만 돌아오게 하라는 말을 단칼에 잘랐었다. 아예 말도 꺼내지 말라는 듯이.

"나도 강석 씨가 학교를 졸업한 이후 소식은 가끔 들었어요."

"그랬군."

그는 무슨 말을 들었는지 묻지 않았다. 의미를 알 수 없는 깊은 시선으로 그녀를 쳐다보기만 했다.

"왜 한 번도 연락하지 않았어요?"

"내 연락을 기다리는지 몰랐거든."

"나 많이 원망……."

말이 채 끝나기도 전에 그가 조금 더 가까이 다가왔기 때문에 윤경은 입을 꾹 다물고 눈을 동그랗게 떴다. 가까운 거리기도 했지만 혹 하고 끼쳐 오는 그의 체취에 정신이 아찔했다. 시선을 살짝 내리자 선이 짙은 그의 입술과 습관처럼 그가 만지던 턱이 보였다. 저도 모르게 침이 꼴깍 삼켜졌다.

"계속 이렇게 서서 이야기할 거야?"

한순간 그의 입매가 매끄럽게 휘었다.

"커, 커피 마셔요."

"커피가 다 내려진 것 같은데."

그가 몸을 살짝 돌려서 컵을 집어 들자 어깨가 부딪혔다. 그저 스치듯 부딪쳤을 뿐인데 맞닿은 부분이 이상하게 뜨거웠다. 더는 진한 커피 향이 느껴지지 않았다. 윤경은 옆으로 슬쩍 물러났다.

"왜 그렇게 긴장해?"

"내, 내가 언제요?"

"주먹, 설마 날 치고 싶은 건 아니지?"

무슨 그런 말을. 윤경은 쥐고 있는 줄도 몰랐던 주먹을 얼른 폈다.

"아니면 그렇게 긴장하는 이유가 나한테 관심이 있다는 뜻인가?"

어떻게 관심이 없겠는가. 늘 생각했었다. 어떻게 지내고 있는지, 시간이 많이 흐른 지금도 그녀를 원망하고 있는 건 아닌지.

돌아오면서 천천히 생각하자고 했지만 막상 얼굴을 보고 있으려니 수많은 궁금증이 떠올랐다. 강석이 무슨 생각을 하는지, 앞으로 어떻게 할 건지. 맞서 싸워야 하는 상대인지 아니면 함께 가야 할 사람인지.

언제든지 그녀가 원하면 모든 걸 내주겠다고는 했지만 아무것도 확신할 수 있는 건 없었다. 그럼에도 불구하고 강석은 그녀를 힘들게 하지 않을 거라는 믿음은 있었다.

"이제부터 관심 가져 보려고요."

"반가운 소리네."

"나한테 강석 씨에 대해서 먼저 말해줄 생각은 없어요?"

"그 정도로 친절한 사람이 아니라서."

윤경은 양손에 커피를 들고 씨익 웃음을 보인 뒤 돌아서서 나가는 강석을 흘겨보았다.

"좀 친절하면 누가 잡아먹기라도 하나."

도대체 강석의 생각을 읽을 수가 없었다. 진지한 것 같다가도 어느 땐 아무 감정도 느껴지지 않는 메마른 시선, 그걸 느낄 때마다 가슴 한편이 서늘했다.

온전히 그녀의 편이었던 강석을 이렇게 만든 게 자신인 것 같아 마음이 아팠다.

윤경은 나직이 한숨을 내쉬며 거실로 나왔다.

"커피 맛있네."

"다들 커피를 끓여주면 맛있다고들 했어요."

"또 뭘 잘하는데?"

"음, 글쎄. 뭘 잘하나."

생각해 보니 딱히 없는 것 같다. 음식을 직접 해 먹기는 했지만 잘한다고 할 수는 없었다.

그냥 먹을 만하다는 정도였다. 공부는 열심히 했는데 그렇다고 천재 소리를 들을 정도로 잘한 것도 아니다. 그러고 보니 잘한다고 내세울 만한 게 없네.

윤경은 씁쓸하게 웃었다.

커피를 한 모금 마시고 고개를 든 순간 강석과 시선이 마주쳤다.

"그러는 강석 씨는 뭘 잘하는데요?"

"못하는 것 빼고 다 잘하는 편이지."

잘난 척은. 윤경은 괜히 물어봤다고 생각하면서 입술을 삐죽거렸다. 그러니까 그 잘한다는 게 뭐냐고요? 물으려다 말았다.

"이제 어떻게 할 생각이에요?"

"말했잖아. 원하는 대로 해주겠다고."

"진심이에요?"

"내가 진심이 아닐 거라고 생각해?"

대화를 하면 뭔가 속이 후련해질 거라고 생각했는데 전혀 그렇지가 않았다. 매번 제자리를 맴도는 기분이었다. 강석은 원하는 대로 해준다고 했지만 심장에 돌덩이가 박힌 것처럼 답답하기만 했다.

"내가 어디까지 강석 씨를 믿어야 하는지 잘 모르겠어요."

윤경은 솔직하게 말했다. 그의 진심을 확실히 알 수가 없으니 온전히 믿는다는 말은 할 수가 없었다. 그렇다고 믿지 않는 것도 아니다. 다만 확신이 서지 않을 뿐.

강석은 아무 말 없이 그녀를 물끄러미 쳐다보고만 있었다.

"믿고 싶은 만큼 믿어."

차라리 믿고 따라오라는 말이라도 해줬으면 좋겠다. 강석이 그렇게 말을 한다면 믿을 수 있을 텐데.

윤경은 빤히 쳐다보는 그의 시선을 피해 커피 잔을 두 손으로 움켜잡았다. 그러다 문득 정작 해야 할 말을 하지 않았다는 걸 깨달았다. 결심은 했는데 입이 쉽게 떨어지지 않았다. 강석이 어떻게 반응을 할지 두렵기도 하고 겁도 살짝 났다.

"그때, 미안…… 했어요."

"무슨 말이야?"

"난…… 유학을 보낼 거라는 생각은 못했어요."

"……."

"철없고 어려서였다는 핑계는 대지 않을게요. 미안해요."

무슨 말이라도 했으면 좋겠는데 강석은 한참 동안 말이 없었다. 고개를 들고 쳐다보자 그는 아무런 표정이 없었다. 검고 깊은 눈동자로 그녀를 가만히 보고만 있었다.

윤경은 순간 겁이 덜컥 났다. 혹시 원망하는 마음이 너무 깊어서 복수를 하기 위해 이 모든 일을 받아들인 걸까. 문득 그 생각이 들었다.

아니야. 아닐 거야. 그랬다면 그녀가 원하는 대로 해주겠다는 말은 하지 않았겠지. 그게 거짓말이라면? 이 사람을 어떻게 믿어.

머릿속이 복잡했다. 제발, 무슨 말이라도 하란 말이에요. 입안이 바싹 타들어갔다.

"사과가 너무 늦었다는 거 알아요."

"뜻밖이군."

"뭐…… 가요?"

"네 입에서 미안하다는 말이 이렇게 빨리 나올 거라는 생각은 못했거든."

"늘 생각했었어요. 만나면 사과를 해야겠다고."

믿지 않는 걸까. 그는 또 입을 꾹 다물었다. 잠시 후, 피식 웃고는 커피를 한 모금 마셨다. 윤경은 조바심이 났다. 사과를 받아 주겠다는 건지 그녀의 진심을 믿지 않는다는 건지 알 수가 없었다.

"혼인신고는 되돌릴 수 있어. 회사도 손 떼라고 하면 그렇게 할 거야. 공동 소유로 된 부동산도……."

지금 듣고 싶은 말은 그런 말이 아닌데, 윤경은 어금니 안쪽을 꽉 물고 인상을 찌푸렸다.

"그동안 돈 많이 모았나 봐요?"

사과에 대해서 아무런 반응도 보이지 않는 강석 때문에 화가 나 저도 모르게 뻬딱하게 말이 나왔다. 그의 짙은 눈썹이 뭔가 불만스럽다는 듯 홱 추켜올라 갔다.

'난 커서 돈 많이 벌 거야.'

그 말을 몇 번인가 했었다. 그럴 때마다 윤경은 손뼉을 치며 좋아했다. 돈 많이 벌면 선물을 사줄 거냐는 철없는 말도 했었다. 부족한 것 없는 그녀가 그런 말을 하면 강석은 표정 없는 시선으로 그녀를 가만히 쳐다보고만 있었다.

정말 돈 때문인 걸까. 혼인신고를 하면서까지 돈이 욕심이 났던 것일까.

"혼인신고는 언제 알았어요?"

"회장님 돌아가시기 4개월 전쯤."

그녀와 별반 다르지 않았다. 술을 많이 마셨고 잠결에 받았기 때문에 깊게 생각도 않고 대답했었다. 마음대로 하라고.

정말 혼인신고를 했을 줄은 꿈에도 몰랐다.

"집 알아볼 기야. 준비되는 대로 나갈게."

"정말 회사에 조금도 미련 없어요?"

"난 내 것 아닌 거에 관심 없어."

어떤 의도였든 서운이 지금의 자리를 온전히 지킬 수 있었던 건 강석의 힘이 컸을 것이다. 회사 메일을 통해 보내온 내용을 읽지 않아도 그 정도는 알고 있다.

그렇다고 고맙다는 말은 나오지 않았다. 오히려 기다렸다는 듯이 훌훌 털어버리고 싶은 것처럼 말하는 그가 얄밉기까지 했다.

"뭐가 그렇게 당당해요? 그럴 거면 왜 지금껏 가만히 있었던 거죠? 혼인신고, 충분히 거절할 수 있었을 텐데 도대체 왜……."

"회장님이 원하셨어."

따지듯이 쏟아내는 말에 그는 깔끔하게 답변했다. 윤경은 갑자기 전투력을 상실한 사람처럼 어깨를 축 늘어뜨렸다.

"정말…… 비겁해."

조금은 기대했었나 보다. 혹시나 하는 말도 안 되는 기대가 그의 한마디에 훅 날아갔다. 그럴 리 없다는 걸 알면서도 강석이 눈곱만치라도 그녀를 생각하고 있는 건 아닐까. 그런 멍청한 기대를 했던 자신이 바보처럼 느껴졌다.

"아빠가 원했다고 해서 문강석 씨가 순순히 받아들였을까요? 내가 모르는 게 더 있을 것 같은데 아닌가요?"

그녀가 알고 있는 것 말고 다른 무엇, 윤경은 혹시나 강석의 마음 한 자락이라도 보여주길 기대하며 눈을 부릅뜨고 쳐다보았다.

"돈 때문이라고 생각하고 있겠군."

갑자기 기운이 쭉 빠졌다. 마주 보고 이야기를 하고 있는데 마치 서로 다른 생각만 하고 있는 것 같았다.

"아니라고는…… 못하겠네요."

집, 공동소유. 그리고 경영권. 거절하기엔 너무 엄청난 조건이 아닌가.

윤경은 입술을 비틀었다. 서운그룹 외동딸이라는 배경 때문에 그녀의 주변을 맴도는 남자는 많았다. 굳이 드러내고 다니지 않았는데도 사람들의 시선이 그녀를 향해 있었다.

싫었다. 있는 그대로 바라봐 주지 않고 누구누구의 딸, 최윤경으로만 보는 사람들의 시선에 치가 떨렸다.

'그게 어때서? 괜히 행복에 겨워서 똥 싸는 소리 하지 말고 즐겨.'

가끔은 소미조차 그녀의 마음을 이해하지 못했다. 오히려 그 좋은 배경을 왜 굳이 숨기려고 하는지 이해가 안 간다는 표정이었다.

"왜 아무 말도 하지 않아요?"

"내가 무슨 말을 해도 믿지 않을 테니까."

"변명이라도 해보지 그래요? 혹시 알아요? 내가 믿을지."

그는 아무 말 없이 입꼬리를 휘며 웃기만 했다. 분명 자존심이 상했을 텐데도 반응이 없었다. 그게 또 묘하게 신경을 자극했다. 마치 네가 아무리 찔러봐라 난 꿈쩍도 하지 않을 테니. 그렇게 생각하는 것처럼 보였다.

"언제부터 출근할 거야?"

웃음기를 싹 지운 강석이 진지한 목소리로 물었다.

"그게 왜 궁금한데요?"

절로 목소리가 뾰족하게 나갔다.

"준비를 해야 하니까. 다른 건 몰라도 회사는……."

"그동안 회사 사정은 메일로 충분히 받아봤어요."

원하지도 않았는데 꼬박꼬박 메일이 날아왔고 그녀는 확인만 했다. 답장은 한 번도 보내지 않았다.

"그 정도로는 부족할 거야. 내일이라도 회사로 나와."

"급할 거 없어요. 일단 쉬면서 생각 좀 정리하려고요."

"그럼 그러던가. 오늘은 그만하자."

윤경은 그가 더 이상 할 말이 없다는 듯 커피 잔을 내려놓고 자리에서 일어서자 눈을 치켜뜨고 올려다보았다.

당당하고 거침없는 성격 또한 여전하다. 군더더기 하나 없는 깔끔한 말투에 행동, 빈틈은 눈을 씻고 찾아볼 수 없는 남자. 그녀가 변했듯 강석도 많이 변했다는 생각이 들었다.

좋은 쪽인지 나쁜 쪽인지 알 수 없다는 게 답답할 뿐이었다.

"여기서 나가면…… 계획은 있는 거예요?"

"생각 중이야."

"무슨 생각이요?"

"회사 근처 오피스텔을 알아볼까 하는데 만약 내가 회사에 있을 이유가 없어진다면 굳이 그럴 필요는 없을 것 같고."

"회사에 미련이 조금도 없다는 뜻으로 들리네요."

"주인이 돌아올 때까지 잘 지키고 있던 걸로 내 임무는 끝났다고 생각해."

임무라, 윤경은 커피 잔을 손가락으로 천천히 문지르며 읊조리듯 말했다.

"혹시 아빠가 내가 돌아올 때까지만 회사를 맡아달라고 부탁했어요?"

"비슷해."

"그래서 착하게 그러겠다고 한 이유는요?"

"똑같은 이야기를 반복할 거라면 그만해. 봐야 할 서류가 있어서 들어가야겠어."

강석은 윤경을 남겨두고 식탁 의자에 놓인 종이 가방을 들고 방으로 향했다. 하루 종일 온몸의 신경이 바싹 곤두서 있었다.

최윤경, 그녀가 돌아왔다. 돌아올 준비를 하고 있는 건 알고 있었다. 이미 두 달 전부터 주변 정리를 하고 있었으니까.

기다리는 시간은 결코 짧지 않았다. 윤경은 고집도 있고 자기주장이 너무 확고해서 이 모든 상황을 아무렇지도 않게 받아들일 거라는 생각은 하지 않았다. 다시 떠났지만 금방 돌아올지도 모른다는 생각도 했었다. 그런데 아니었다. 너무나 조용히 원하던 공부를 다 마쳤다.

'이제 그만 돌아와. 네가 해줘야 할 일이 있다.'

어느 날 최 회장한테 전화가 걸려 왔다. 그 긴 시간 떠나 있을 때 직접 전화를 한 적이 없었기 때문에 꽤 놀랐다.

'네가 원하는 조건이 그거야?'

처음엔 돌아가지 않겠다고 했고, 최 회장이 직접 찾아오겠다는 말에 시간을 달라고 했다. 그리고 며칠 후 그가 먼저 전화를 걸었다. 최 회장은 그의 조건을 받아들였다.

최 회장이 그를 찾은 이유를 모르지 않는다. 결국 회사의 주인은 윤경이 될 테고 그때까지 잘 지키고 있으라는 뜻이겠지. 회사도 윤경이도.

"후우."

강석은 긴 한숨을 토해내며 와이셔츠 단추를 천천히 풀었다. 갈아입을 옷을 챙겨 들고 욕실로 들어와 샤워기의 물을 틀었다. 뜨거운 물줄기가 온몸으로 쏟아져 내렸다.

그녀가 원한다면 그가 할 일은 여기서 끝난다. 혼인신고는 방패막일 뿐 아무것도 아니다. 의미 같은 건 없었다.

'윤경이는 아직 부족해. 겁도 많고.'

그건 최 회장이 잘못 알고 있는 거다. 오히려 그 반대였다. 무엇을 하든 윤경은 제 할 일을 잘해낼 거라고 믿었다.

서운은 크고 작은 물류센터만 해도 전국에 50여 개가 넘고, 컨테이너 공장도 세 곳이나 있었다. 결코 작은 회사가 아니다.

'그동안 돈을 많이 모았나 봐요?'

강석은 날을 바싹 세우고 거침없이 말을 뱉는 윤경을 떠올렸다. 돈이라.

입술은 시니컬하게 비틀렸는데 그의 눈빛은 서늘하게 번뜩였다.

"보고 계십니까? 드디어 돌아왔습니다."

강석은 고개를 들고 얼굴을 두 손으로 쓸어 넘겼다. 긴 여행을 마친 것처럼 갑자기 피곤이 몰려왔다. 지금이라도 원한다면 윤경을 제자리에 앉히고 푹 쉬고 싶은 생각도 들었다.

샤워를 마치고 나오자 윤경이 방에 들어와 있었다.

"난 또 무슨 대단한 게 들어 있나 했더니 속옷이네요."

강석은 윤경의 손가락에 달랑달랑 걸려 있는 그의 속옷을 성큼 다가가서 확 낚아챘다. 어릴 때도 쓸데없이 호기심이 많더니 그예 종이 가방에 들어 있는 걸 확인하러 온 모양이었다.

4

강석은 가로수의 이파리가 바람에 우수수 떨어지는 모습을 물끄러미 바라보았다. 시간은 늘 열심히 살고 있는 자신보다 앞서 달린다. 따라갈 수가 없다.

봄 여름 가을 겨울, 계절의 변화를 느끼지 못할 정도로 그는 바쁜 시간을 보냈다. 느긋하게 즐기는 여유로운 삶은 먼 남의 이야기일 뿐이었다. 하루 24시간이 턱없이 부족하게 느껴졌으니까.

'그렇게 일만 하다가 한 방에 훅 가는 수가 있어. 좀 즐기면서 살라고.'

태어나기를 그렇게 태어나지 못했고 해야 할 일을 두고 나 몰라라 하는 성격도 아니다. 미래는 현재의 모습으로 만들어진다는 생각을 단 한순간도 잊은 적이 없었다.

김 실장과 함께 비행기를 탔을 때 모든 게 너무 막막했다. 혼자 남겨진 순간부터 끝도 없는 불안감에 잠을 잘 수가 없었다. 일주일을 꼬박 잠 한숨 못 자고 깨어 있었다. 머리는 멍하고 마치 우주 넓은 공간에 홀로 남겨진 기분이었다. 그리고 3일 내내 잠만 잤고 깨어나서 처음으로 배고픔을 느꼈다. 살자. 살아내자.

불현듯 그런 생각을 했었다. 살아보자고.

그 순간 이후 그는 단 한순간도 허투루 보내지 않았다.

강석은 시니컬하게 입술을 비틀었다. 이젠 모두 지난 일이다. 더는 그 시간에 매달려 누군가를 원망하고 미워할 생각은 없었다.

똑똑, 노크 소리와 함께 용 비서가 들어왔다.

"차 한잔 드릴까요?"

"아니, 됐어. 평택 물류센터 건은 어떻게 되었어?"

"다음 주 월요일쯤 최종 결정이 날 것 같습니다."

"최 부장 때문인가?"

"그렇기도 하고 처음에 찬성했던 사람들도 다시 한 번 고려해 보자는 이야기가 나오는 것 같습니다."

"용 비서?"

"네, 사장님."

강석은 넥타이를 느슨하게 풀고 책상으로 돌아가 앉았다. 펼쳐 놓았던 서류를 손가락으로 톡톡 두드리며 용 비서를 한참 동안 쳐다보았다.

"사장과 비서 말고 사적인 자리라고 생각하고 말해봐. 지금 평택에 물류센터를 세우는 게 무리라고 생각해?"

"제 생각이 중요한 건 아니잖습니까."

"의견을 물어보는 거야."

"제가 아니라고 하면 그만두실 겁니까?"

"아니."

딱 잘라 말하자 용 비서가 빙그레 웃었다.

"왜 웃어?"

"결국 밀고 나가실 거면서 묻는 이유를 몰라서요."

"말했잖아. 그냥 의견을 묻는 거라고."

"전 비서입니다."

"비서는 의견을 말하면 안 된다는 법 있어?"

강석은 눈을 치켜뜨며 말했다. 용 비서는 여전히 빙긋 웃기만 했다.

"지금 비웃는 거야?"

"설마요."

"설마는 무슨. 속으로 고집쟁이라고 흉보고 있는 거 다 알아."

"제 속을 들어왔다 가신 줄은 몰랐습니다."

"속은 안 들어가도 표정을 보면 알 수 있지."

"제대로 보세요. 전 언제나 사장님 편입니다."

"편 좋아하네."

그가 시큰둥하게 말하고 서류를 살피자 용 비서가 흠흠, 헛기침을 했다.

"왜? 할 말 있는 거야?"

"돌아왔는데 너무 조용해서요."

볼펜을 쥐고 있는 그의 손에 힘이 바싹 들어갔다. 강석은 서류를 탁 덮고 몸을 의자 뒤로 기댔다.

"음악이라도 틀까?"

"생각보다 덤덤하시네요?"

"내가 어떨 거라고 생각했는데?"

오늘따라 웃음이 헤픈 건지 용 비서의 눈매가 가늘게 휘었다. 강석은 못마땅한 듯 인상을 찌푸렸다.

"전 태풍이 몰아칠 줄 알았거든요."

"태풍?"

"성격 장난 아니잖아요. 제가 몇 년 동안······."

"용정수, 오늘 간만에 도장 한번 갈까?"

강석은 팔짱을 끼고 정수를 쳐다보았다. 목소리는 높낮이 없이 평이했지만 그 속에 담긴 뜻을 모를 리 없을 것이다.

정수를 처음 만난 건 어릴 적 태권도 도장이었다. 운동을 하다 다쳤을 때 병원까지 데려다준 후로 둘은 자연스럽게 친해졌다. 그는 별일 아니라고 했지만 정수는 그날 일에 꽤 의미를 두는 것 같았다.

한국을 떠난 뒤 서로 연락을 하지 않았는데 우연찮게 영국으로 여행을 온 태권도 도장 원장을 만나서 정수의 연락처를 받았다.

'정말 형이에요? 강석이 형 맞아요?'

전화를 했을 때 정수는 귀가 아플 정도로 시끄럽게 떠들어댔다. 그때 이후 가끔 메일도 주고받고 통화를 했었다. 대학 생활서부터 군대를 가게 되었다는 것과 휴가를 나와서도 간간이 메일을 보내왔다. 그때마다 그는 긴 장문의 메일에 짧은 답장을 보냈다.


—돈 들어가는 것도 아닌데 길게 좀 쓰면 안 돼요? 감칠맛 나게 몇 줄이 뭡니까. 읽는 사람 기운 빠지게.

그래도 그는 정수가 원하는 만큼의 장문의 메일은 보내지 않았다. 공부 운동 외에 딱히 하는 게 없는 터라 길게 쓰고 싶어도 쓸게 없었으니까.

'너한테 부탁할 게 있어.'

딱 한 번 한국에 들어갔을 때 찾아갔었다. 싫다고 할 수도 있었을 텐데 정수는 갑자기 나타나서 하는 그의 부탁을 흔쾌히 들어주었다.

그날 이후 정수는 그가 원하는 걸 기대 이상으로 해주었다. 절대 함부로 입을 놀리지 말 것, 자신이 묻기 전에는 먼저 그 일에 대해 말도 꺼내지 말 것.

그 조건 또한 지금까지 잘 지켰었다.

"죄송합니다."

"왜, 겁나?"

"도장 가는 거 말입니까? 설마요. 제가 태권도만큼은 사장님보다…… 아닙니다."

"길고 짧은 건 대봐야 아는 거지. 그 이야기는 그만하고 요즘 최 부장은 어때?"

"특별한 건 없습니다."

지금쯤이면 최 부장도 윤경이 돌아왔다는 걸 알고 있을 텐데 너무 조용했다. 따로 연락을 한 것 같지는 않은데 무슨 생각인 건지 알 수가 없었다.

'고작 기획실장한테 경영권을 준다는 게 말이 돼? 그래서 그동안 회장님 곁에서 맴돌았던 거야? 혼인신고? 내가 그딴 거에 납작

엎드릴 사람으로 보여? 어림도 없지. 그럼, 어림도 없고말고.'

강석은 날카로운 시선으로 허공을 노려보았다. 최 부장은 최 회장이 살아 있을 때도 욕심이 지나치게 많았다. 능력이 안 되면 겸손이라도 하든가, 회장 동생이라는 배경 때문에 그 자리에 있다는 건 아는 사람은 다 알고 있는데 본인만 모르고 있었다.

그가 사장으로 취임하기 전날 사무실로 찾아와 난동을 부리기도 했었다. 주먹을 휘두르는 걸 정수가 막아서자 어디서 깡패 새끼를 데려다 놨다면서 더 길길이 날뛰었다.

"용정수."

"네, 사장님."

"혹시 사범이 되지 않은 거 후회해?"

"네? 갑자기 그게 무슨……."

정수는 태권도 사범이 되고 싶어했었다. 그런데도 그가 서운에 입사하라고 하자 고민도 하지 않고 결정했다. 지금도 가끔 태권도 도장을 찾는다는 걸 알기에 미안한 마음도 없지 않았다.

"정말 회사를 떠나실 생각이신 겁니까?"

"……."

"그럼 전 사장님 따라갈 겁니다."

"내가 어디로 갈 줄 알고?"

"그게 어디든 제가 할 일은 있겠죠."

"한동안 어디 섬 같은 데 가서 낚시나 하고 있을지도 몰라."

"저 낚시 잘합니다. 지난번 회 드신 거, 그거 진짜 제가 잡은 거라니까요."

강석은 피식 웃었다. 귀찮게 졸졸 따라다니는 정수의 모습이 머릿속에 그려지자 고개를 절레절레 흔들었다.

"월급은? 돈 없어도 돼?"

"설마 시장님이 평생 섬에 계시겠습니까?"

"그거야 모르지."

"그럼 제가 잡은 걸 팔아서 먹고살면 되죠. 걱정 마세요. 사장님
이 굶을 일은 없을 겁니다."

"그래, 그건 그때 가서 생각하기로 하고, 군포 물류센터 보수 건
은 마무리된 거야?"

"네. 공사 완벽하게 끝났고 B동 C동 모두 오늘부터 물건 입고
하기로 했습니다."

"알았어. 그만 나가봐."

"저, 혼날 각오하고 하나만 여쭤봐도 되겠습니까?"

저렇게 말을 하면 딱 하나겠지. 강석은 하지 말라고 할까 하다
가 고개를 끄덕였다.

"최윤경, 그분하고는 어떻게 하실 생각이십니까?"

"그게 왜 궁금한데?"

"제가 어떻게 행동을 해야 하는지……."

"그냥 지금처럼 하면 돼. 달라진 건 없으니까."

"알겠습니다."

아직 아무것도 변한 건 없다. 윤경만 돌아왔을 뿐이다. 그는 아
직도 이 자리를 지키고 있고 원할 때 돌려주면 그만이다. 처음부
터 욕심 따위 없었고, 내 것이 아닌 것에 욕심을 낼 정도로 뻔뻔하
지도 않았다.

"나가기 전에 한 가지만 더 말씀드리겠습니다."

오늘따라 정말 말이 많네. 그가 인상을 찌푸리는데도 용 비서는 아랑곳 않고 제 말을 하고 밖으로 나가 버렸다. 강석은 기가 막힌 시선으로 닫힌 문을 노려보았다.

'용감한 사람만이 미인을 얻는답니다.'

용 비서가 무슨 뜻으로 한 말인지 알지만 지금은 용감해야 할 때가 아니다. 그냥 지금처럼 기다리고 지켜보는 수밖에.

그날 이후 그는 집에 들어가지 않았다. 전화번호를 알려주고 나왔지만 윤경도 지금껏 연락을 해오지 않았다. 함께 있는 게 불편하다는 뜻이겠지.

그 집에 살고 있는 걸 알고도 윤경의 반응은 생각보다 미약했다. 꽤 놀란 것 같기는 한데, 당장 나가라는 말은 하지 않았다. 최 회장이 원하지 않았다면 그 집에서 머물지 않았을 것이다.

'하려면 제대로 해야지.'

쓰러지기 전 식사를 하는 자리에서 집으로 들어오라고 했을 때 그는 굳이 그럴 필요가 없다고 거절했었다. 하지만 최 회장은 완고했고 결국 그렇게 하겠다는 대답을 한 지 일주일도 안 돼서 최 회장이 병원에 있다는 연락을 받았다. 윤경이 영국으로 다시 돌아가지 않았다면 어쩌면 집으로 들어가지 않았을 지도 모른다.

강석은 시간을 확인하고 자리에서 일어나 재킷을 챙겨 입었다. 오피스텔 계약 건으로 부동산과 약속이 되어 있었다. 밖으로 나오자 용 비서가 통화를 하다가 얼른 전화를 끊고 물었다.

"어디 가십니까?"

"퇴근."

"이 시간에 말씀입니까?"

"퇴근 시간 30분 전이야."

"한 번도 이런 적이 없었는데 무슨 일 있으십니까?"

"이런 날도 있어야지."

그동안 그는 한 번도 제시간에 퇴근을 한 적이 없었다. 상사가 그러니 비서인 정수도 정해진 퇴근 시간이 따로 없었다. 먼저 퇴근하라고 해도 그가 사무실을 나오기 전까지 늘 자리를 지켰다.

"특별한 일 없으면 퇴근해."

그는 멀뚱히 서 있는 용 비서를 뒤로하고 사무실을 나왔다. 곧장 주차장으로 내려와 차에 올라탔다. 오피스텔은 회사에서 20분 정도 거리에 있었다. 비어 있는 상태에서 수리를 해놓은 터라 딱히 손볼 곳도 없었다.

계약서에 막 사인을 하려는 찰나 핸드폰이 울렸다.

"문강석입니다."

액정을 확인했지만 일부러 사무적으로 전화를 받았다.

[내 번호 입력 안 했나 봐요?]

그가 대답을 하지 않자 나직이 한숨 쉬는 소리가 들렸다.

[상관없어요. 전화를 받아준 것만으로 고맙게 생각할게요.]

"무슨 일이야?"

[오늘도 안 들어올 거예요?]

강석은 이마를 꾹 누르며 몸을 의자 뒤로 기댔다.

"왜?"

[저녁 같이 먹을까 해서요.]

"약속 있어."

[취소해요.]

무슨 약속인지 묻지도 않고 취소하란다. 이럴 때 보면 어릴 적 모습이 아직도 남아 있는 듯했다. 뭐든 하고 싶은 대로 해야 직성이 풀리지.

그런데 어쩌나. 이젠 그럴 생각이 없는데.

강석은 한참 동안 말없이 핸드폰을 들고만 있었다.

[그럼 오는 걸로 알고 기다릴게요.]

전화가 뚝 끊겼다. 강석은 피식 웃으며 고개를 절레절레 흔들었다. 계약서에 사인을 하고 당장 입주할 수 있도록 돈을 한꺼번에 입금을 한 뒤 부동산을 나왔다. 그리고 고민도 하지 않고 집하고 반대 방향인 약속 장소로 향했다.

"살다 보니 이런 날도 다 있군."

먼저 와서 기다리고 있는 친구가 그를 보자마자 투명한 유리잔에다 얼음을 몇 개 집어넣고 술을 따랐다. 그사이 그는 양복 재킷을 벗어서 소파 위에 내려놓았다. 넥타이도 느슨하게 풀고 잔을 집어 들었다. 챙, 부딪힌 잔에서 청명한 소리가 났다. 뜨끈한 열기가 목을 타고 넘어왔다.

두 사람은 동시에 잔을 비우고 내려놓았다.

"무슨 일이야?"

"뭐가?"

강석은 잔을 채우며 무심한 말투로 되물었다. 무건이 턱을 이리저리 쓸며 살피는 시선으로 그를 보았다.

"이 시간에 술 마시자고 연락을 한 적이 없었잖아."

"밝은 대낮도 아닌데 뭘 그래?"

"다른 사람이었다면 그러려니 했겠지만 문강석이잖아."

"난 그러면 안 되는 이유라도 있나?"

"뭔가 있군."

"그냥 가볍게 술 한잔하자는 거였는데. 다시 돌아갈까?"

호기심 가득한 시선을 무시하고 잔을 만지작거리자 무건이 테이블을 손가락으로 톡톡 두드렸다. 대국그룹 경영기획실 본부장인 무건은 자신과 달리 처음부터 양쪽에 든든한 날개를 달고 태어난 남자다.

영국에서 같은 고등학교와 대학을 나왔지만 친해진 건 대학 생활을 하면서부터였다. 그다지 공부에 흥미도 없어 보이고 열심히 하는 걸 본 적도 없는데 같은 강의실에서 만나 조금 놀랐었다.

'남들 두세 시간 공부할 때 난 한 시간에 끝내거든. 뭔가에 오래 집중하는 걸 싫어해서 말이야.'

처음 든 생각은 재수없다, 였다. 뭐 이런 녀석이 다 있나 싶었다. 어느 날 만취한 무건이 그를 찾아와 밤새 괴롭힌 적이 있었다. 마치 제집인 양 이거 달라 저거 달라, 친구가 이야기하는데 책 보는 건 매너가 아니라는 둥.

내쫓았어야 한다고 몇 번이나 후회했는지 모른다. 결국 새벽쯤에 함께 술을 마셨다. 당연히 무건이 먼저 그만 마시자고 하거나 곯아떨어질 줄 알았는데, 두 번이나 밖에서 사온 술을 다 마시고 난 뒤 동시에 기절한 듯 꼬박 하루 동안 잠을 잤다.

그때 이후 그는 그 정도로 술을 마신 적이 없었다.

"처음인 거 알아?"

"뭐가?"

"네가 먼저 술 마시자고 한 것 말이야."

"난 누구처럼 말술을 마시는 취미가 없거든."

"나도 그때가 처음이자 마지막이었어. 그건 그렇고 얼른 불어보시지?"

그가 대답이 없자 무건의 눈매가 가늘어졌다. 빈 잔을 채우다 말고 문득 생각이 난 듯 물었다.

"혹시 돌아온 거야?"

"……."

"그렇군."

"뭐가 그렇다는 거야?"

"속 좀 타겠는걸?"

"별로."

태연한 말투에 무건이 피식 웃었다. 이제야 이해가 간다는 표정이었다. 강석은 술잔을 들고 입만 살짝 축이고 내려놓았다.

"그래서 어떻게 할 생각이야?"

"주인이 왔으니 제자리로 돌려놔야지."

"진심이야?"

"진심이 아니면, 내가 다른 생각이라도 하고 있다는 거야?"

"회사는 그렇다 치고……. 정말 여기서 그만둘 생각이야?"

그동안 그는 쉬지 않고 달려왔다. 한순간도 편하게 잠을 잔 적이 없었다. 최선을 다했고, 지금은 일에 관한 한 최 회장이 내건 조건과 상관없이 주인한테 돌려줘야 한다는 생각뿐이었다.

'네놈 속셈을 내가 모를 줄 알아? 형님 옆에서 무슨 짓을 어떻게 했는지 모르지만 날 속일 수는 없지. 언젠가 내가 네놈 속내를 다 까발리고 말 테니까 두고 보라고.'

최 부장은 처음부터 끝까지 그를 끌어내지 못해 안달이었다. 임원진들을 들쑤시고 다녔고 그가 하는 일마다 사사건건 태클을 걸었다.

그럼에도 불구하고 이 자리까지 올 수 있었던 건 일의 성과였다. 어렴풋이 알고는 있었는데 막상 속을 들여다보니 서운의 재정 상태는 생각보다 심각했다. 그 이유를 찾는 데만 해도 꽤 시간이 걸렸다. 지금도 그는 최 회장이 그 모든 사실을 모르고 있었을 거라고는 생각하지 않는다. 알게 된 시점이 정확히 언제인지는 모르지만 더는 그대로 놔둬서는 안 되겠다고 판단했을 것이다. 그래서 엄청난 조건을 그에게 내민 거겠지. 칼은 휘둘러야겠는데 최 회장 본인의 손에 피는 묻히기 싫고, 앞에 내세울 사람이 필요했던 것이리라.

"말을 안 하는 걸 보니 끝낼 생각은 아닌가 보군."

"원하는 대로 해줄 생각이야."

"아니지. 내가 아는 문강석이라면 말이야."

"……."

"원하는 대로 해주는 게 아니라 원하는 걸 갖겠지."

강석은 긍정도 부정도 하지 않고 입술을 비틀며 웃었다. 지금은 아무것도 미루어 짐작할 수 있는 건 없다. 그래서 답답했다. 제자리로 돌려놓는다는 게 무슨 의미인지 아니까.

덤덤할 거라고 생각했는데 이성과 심장이 따로 움직이고 있다는 걸 부정할 수가 없었다.

"좀 솔직해지는 건 어때?"

"왜 그렇게 관심이 많아?"

"문강석이잖아."

팔짱을 끼며 싱글싱글 웃는 모습을 보니 아무래도 오늘 술 상대를 잘못 고른 것 같다는 생각이 들었다. 무건은 마치 재미있는 구경거리가 생긴 듯한 표정이지만 그는 이 상황이 전혀 재미있지 않았다. 아무리 아닌 척해도 윤경이 돌아온 이후 신경이 바싹 곤두섰다. 회사와 상관없이 윤경은 그렇게 간단하지가 않다. 멀리서 지켜보는 것과 가까이 있는 건 너무 다르다는 걸 요 며칠 뼈저리게 느끼고 있었다.

"그나저나 평택 건은 진행되고 있는 거야?"

"곧 결정날 거야."

"이건 내 개인적인 생각인데 물류창고 말고 호텔은 어때?"

"호텔?"

"우리 노인네가 그쪽을 생각하는 것 같아서. 나도 나쁠 것 같지는 않고."

"지금 서운 상황으로는 무리야."

평택에 복합물류센터를 짓는 것도 자금이 넉넉한 건 아니다. 마침 적당한 부지가 나왔고 전부터 생각을 하고 있던 터라 밀고 나가기로 결정은 했지만 그마저도 반대 의견에 부딪혀 제자리걸음을 하고 있었다.

"서운 말고 너 말이야."

"그게 무슨 소리야?"

"회사가 주인한테 간다면 직접 나서는 것도 괜찮지 않을까 싶은데. 필요하면 내가 도와줄 수도 있고."

생각지도 못한 터라 강석은 눈을 치켜뜨며 무건을 바라보았다.

회사를 떠나고 난 뒤의 일은 아직 깊게 생각하지 않았다. 그건 쉬면서 생각해도 될 테니까.

"왜 그렇게 봐?"

"지금 나한테 그 많은 돈이 있을 거라고 생각하는 거야?"

"최 회장한테……."

"한 번도 그 돈을 내 것이라고 생각한 적 없어."

딱 잘라 말하자 무건이 혀를 쯔쯧, 찼다. 이내 술잔을 들고 단숨에 비웠다.

"넌 그 돈 받을 자격 충분해. 네가 아니었다면 지금쯤 서운은……."

"됐어. 그만해."

"도무지 무슨 생각을 하는지 알 수가 없단 말이야. 해부를 해볼수도 없고."

강석은 투덜대는 무건을 무시하고 술잔을 들고 빙글빙글 돌렸다. 두 사람은 한동안 말없이 서로의 빈 잔을 채워주며 술을 마셨다.

"해부를 할 때 하더라도 그만 일어나야 하는 것 아니야?"

얼마 만에 느긋하게 술을 마시는지 모르겠다. 퇴근 시간을 잊고 살 정도로 바쁘게 살았는데 오늘만큼은 편안해지고 싶었다.

아마 지금쯤 윤경도 그가 오지 않을 거라는 걸 알고 있을 것이다. 지금껏 그는 몇 년을 기다렸는데 오늘 하루쯤 기다리게 하는 것도 나쁘지 않겠지. 정말 기다리고 있는지는 모르겠지만.

"마음이 콩밭에 가 있는 것 같은데 그만 일어나자고."

10시가 넘어서야 무건과 헤어지고 호텔로 돌아왔다. 몸은 피곤했지만 술기운이 돌아서인지 마음은 조금 느슨해져 있었다.

승강기에서 내려 문을 열고 안으로 들어왔는데 거실 불이 환하게 켜져 있었다. 강석은 소파에 앉아 있는 윤경을 보고 눈을 가늘게 좁혀 떴다.

"……."

인기척을 느꼈을 텐데 윤경은 고개도 돌리지 않고 와인 잔을 빤히 쳐다보고만 있었다. 그가 움직임도 없이 가만히 서 있자 그제야 쳐다보며 빙긋 웃었다.

강석은 넥타이를 풀고 맞은편 소파에 가서 앉자마자 핸드폰을 꺼내 확인했다. 모르고 있었는데 용 비서한테 문자가 들어와 있었다.

「최윤경 씨가 사장님이 묵고 계시는 호텔로 들어갔습니다.」

그냥 지금처럼 하라는 말을 곧이곧대로 받아들였나 보다. 강석은 피식 웃으며 핸드폰을 도로 호주머니에 집어넣었다.

"한잔 줄까요?"

"집에 있는 줄 알았는데."

"그랬었죠."

빈 잔에 와인을 채운 윤경이 그의 앞으로 잔을 내밀었다. 문자는 한 시간 전에 왔는데 와인은 한 잔도 다 마시지 않은 채였다.

"술 마셨어요?"

"조금."

"누구하고요?"

"친구."

"친구 누구요?"

"누구라면 아나?"

말투가 조금 얄밉기는 했지만 틀린 말이 아니니 윤경은 어깨를 으쓱해 보였다. 당연히 강석에 대해서 아는 게 거의 없다. 친한 사람이 누구인지, 무엇을 좋아하는지. 사귀는 여자는 있는지, 있다면 지금도 만나고 있는지.

강석의 여자라, 단지 생각만 했을 뿐인데 왠지 불쾌했다. 아무리 그녀가 모르게 혼인신고를 했다지만 어쨌든 서류상으로 결혼을 한 게 아닌가. 그럼 지킬 건 지켜야지.

윤경은 제멋대로 떠오른 생각을 떨쳐 내며 스스로를 비웃었다. 자신도 온전히 모든 걸 받아들이지 않았으면서 강석은 그러지 않기를 바라다니 생각할수록 어이가 없었다.

"신경 쓰지 말아요. 아무 의미 없이 물어본 거니까."

늦게라도 오겠지 했는데 아무리 기다려도 오지 않았다. 벌써 일주일째였다. 처음엔 들어오든 말든 신경 쓰지 말아야지 했는데 하루 이틀이 지나자 퇴근 시간이 지나면 자꾸 현관 쪽으로 시선이 갔다. 그럴 이유가 전혀 없는데 강석을 기다리고 있는 자신을 보면서 오늘은 꼭 얼굴을 봐야겠다는 생각이 들었다.

전화를 하기 전 이상하게 생각하지 않을까 얼마나 고민을 했는지 모른다. 핸드폰을 잡았다 내려놓기를 수도 없이 했었다. 겨우 용기를 내서 전화를 하고도 혹시나 거절할까 봐 얼른 할 말만 하고 끊어버렸다.

"나한테 갑자기 관심이 생긴 거야?"

"무슨 뜻이에요?"

"질문이 꽤 사적인 것 같아서."

전혀 없을 수는 없겠지. 문득 관심이 있다고 하면 어떤 반응을 보일지 궁금했다.

"그 관심 말이에요. 내가 어떻게 하기를 바라요?"

"어떻게 하고 싶은데?"

"질문을 할 때마다 대답을 제대로 해준 적 없는 거 알아요?"

"그랬나?"

"네, 그랬어요."

습관이라면 아주 나쁜 거라고 말해주고 싶었다. 마주 보고 이야기를 하고 있는데 마치 벽을 보고 대화를 하는 기분이었다.

윤경은 가만히 강석을 쳐다보았다. 내색은 하지 않았지만 편안해 보이는 그와 달리 그녀는 어깨에 바싹 힘이 들어갈 정도로 긴장이 되었다. 전화를 하는 것도 고민을 했지만 찾아오는 것도 한참을 망설였다.

오지 않는 강석을 기다리면서 갑자기 오기가 생겼고 무작정 집을 나섰다. 그리고 주인 없는 호텔 방을 둘러보면서 확신했다. 강석은 결벽증이 있는 게 분명하다고.

방 거실 욕실 뭐 하나 흐트러져 있는 게 없었다. 문득 빈틈 하나 없어 보이는 강석을 흔들고 싶다는 생각을 했었다. 그 틈 안으로 비집고 들어가고 싶다는 강한 충동도 일었다.

이내 부질없다는 생각에 허탈해졌었지.

"집 정리를 했어요."

"……"

"어떻게 했는지 궁금하지 않아요?"

"원하는 대로 했겠지."

그는 전혀 관심이 없다는 투였다. 그게 또 은근히 서운했다. 괜히 말을 했나 싶다가 이왕 시작했으니 알려는 줘야겠다는 생각이 들었다.

"처음엔 집을 옮길까도 생각했는데 그건……"

윤경은 잠시 말을 멈췄다. 시간이 지났지만 안방을 정리하는 건 쉽지 않았다. 어디서부터 어떻게 손을 대야 할지 몰라 아주머니께 도움을 요청했다가 결국 직접 정리했다. 마음을 다잡고 시작했건만 순간순간 울컥할 때도 있었다. 누군가의 빈자리를 정리한다는 건 마음 한쪽을 비우는 거나 다름없으니까. 온전히 다 비워지는 마음은 없는 것 같다. 다정하지는 않았지만 아빠와 딸이라는 사실은 변하지 않을 테니까.

그걸 새삼 깨닫고는 치밀어 오르는 서러움에 또 한참을 울었다. 이젠 괜찮겠지 했는데 전혀 괜찮지가 않았다. 몇 번이나 정원으로 나왔다가 다시 들어가기를 반복했는지 모른다.

"인테리어를 새로 할 생각이에요. 오늘 사람을 불러서 되도록 빨리해 달라고 했어요."

"……"

윤경은 잠시 말을 끊고 표나지 않게 숨을 들이켜고는 결심이 선 듯 강석을 쳐다보며 말했다.

"1층은 강석 씨가 써요. 2층은 내가 사용할게요."

"나와 같이 살겠다는 거야?"

"안 될 이유라도 있나요?"

빤히 쳐다보자 그는 시선을 피하지 않았다. 강석은 아주 잠깐 혼란스러운 눈빛이더니 손가락으로 아래턱을 천천히 문질렀다.

"그래야 할 이유도 없지 않나?"

"내가 돌아오기 전에는 살았잖아요."

"네가 없었으니까."

"그래서 싫다는 거예요?"

마주친 시선이 기 싸움이라도 하는 듯 팽팽해졌다. 그는 싫다는 말도 그렇게 하겠다는 말도 하지 않았다. 의미를 알 수 없는 묘한 시선으로 그녀를 쳐다보고만 있었다.

주변은 숨소리도 들리지 않을 정도로 고요했다. 눈도 껌벅이지 않고 쳐다보고 있자 믿을 수 없게도 그와의 거리가 점점 가까워지는 느낌이었다. 아무도 움직이는 사람은 없는데 그의 깊은 시선이 그녀를 빨아들이고, 그녀는 속절없이 빨려 들어가는 묘한 느낌.

윤경은 와인 잔을 꽉 붙들고 고개를 돌렸다. 그의 눈빛이 너무 강렬해서 그대로 있다가는 영혼까지 빨려 들어갈 것만 같았다.

"뒷감당할 자신은 있는 거야?"

감당이라니. 그냥 한집에 살자는 것뿐인데 감당할 게 뭐가 있단 말인가. 같은 방을 쓰자는 것도 아니고 한 침대에서 잠을 같이 자는 것도 아닌데 설마 다른 오해라도 한 건가.

윤경은 강석이 그럴 리 없다고 판단했다. 분명 1층 2층 따로 사용하자는 말까지 했는데 그건 아닐 거다. 그럼 도대체 뭘 감당하라는 거지?

"내 말뜻 못 알아들은 것 같지는 않은데. 잘 생각하고 결정해."

"내가 뭘 감당해야 하는지 모르겠지만 필요하다면 해야겠죠."

그는 턱을 괴고 엄지손가락을 일정한 속도로 움직였다. 무슨 생각을 하는지 짙은 눈썹이 쓰윽 꺾어 올라갔다.

"난 아빠처럼 조건 같은 거 걸 생각 없어요. 그렇다고 강석 씨가 거절해도 된다는 뜻은 아니에요."

"어차피 내 대답이 필요한 건 아니었군."

"난 강석 씨를 최대한 이용할 생각이에요. 그로 인해 당신이 힘들어진다고 해도……."

"원하는 대로 해."

할 수만 있다면 강석의 머릿속을 들여다보고 싶었다. 그는 처음부터 그녀를 반기지도 밀어내지도 않았다. 싫은 내색조차 하지 않았다. 그가 집으로 오지 않는 며칠 동안 생각했었다. 현재 그리고 미래.

시간이 지날수록 깨달았다.

지금은 문강석 이 남자가 필요하다는 걸.

어쩌면 그가 거절할지도 모른다고 생각했는데 고민한 게 무색할 정도로 대답이 너무 담백했다.

"너무 쿨하게 대답하니까 재미없네."

"그 말을 하려고 여기까지 온 거야?"

"인테리어하는 동안 머물 곳이 필요해요. 그때까지 혼자 호텔에 있을까도 생각했는데 그건 아닌 것 같고. 혹시 집 구했어요?"

"오늘 오피스텔 계약했어."

"둘이 지낼 만해요?"

"……."

"아, 그전에 이 질문부터 해야겠네요. 혹시 여자…… 있어요?"

"여자?"

"나와 함께 있으면 안 될 정도로 가깝게 지내는 여자. 그런 여자가 있다면 말해요."

지금껏 와인엔 손도 안 대던 그가 잔을 들고 쭉 들이켰다. 빈 잔을 내려놓고 자리에서 벌떡 일어섰다. 있다는 건지 없다는 건지 알 수가 없었다. 대답을 선뜻 하지 않는 걸 보면 있다는 건가.

"내가 또 사적인 질문을 한 건가요?"

"무슨 말이 듣고 싶은 거야?"

"솔직한 대답이요."

"지금은…… 없어."

"그 말은 서류 정리가 깔끔하게 되기 전까지라는 뜻이겠죠?"

"글쎄, 거기까지는 생각해 본 적 없는데."

"그럼 당분간 생각하지 말아요."

윤경은 와인 잔을 살짝 흔들었다. 꽉 쥐고 있는데도 손가락 끝이 파르르 떨렸다. 입만 축이고 내려놓고 다리를 느리게 꼬고 앉았다.

"내 생각까지 통제하고 싶은 거야?"

"그런 뜻으로 한 말은 아니에요."

"그럼 무슨 뜻인데?"

"단지, 복잡해지는 게 싫어서예요. 공평해야 하니까 나도 모든 게 정리될 때까지 남자관계는 깔끔할 거라고 약속할게요."

"굳이 그럴 필요 있나? 지금도 원하는 걸 충분히 가질 수 있을 텐데."

"말했잖아요. 강석 씨를 이용할 거라고. 그러려면 이 정도는 해야 하지 않겠어요?"

그는 처음부터 끝까지 표정의 변화가 없었다. 혹시 마음에 두고 있는 여자가 있는 걸까.

갑자기 저 가면을 벗기면 어떤 표정일까 궁금했다. 정말 혼인신고를 무효로 돌려도 아무렇지 않은 걸까. 강석은 혼인신고로 많은 것을 얻었다. 그런데도 그는 그녀가 원하면 제자리로 돌려놓겠다고 한 말이 추호도 거짓이 아니라는 듯 일말의 미련조차 없어 보였다.

"만약 나한테 다른 남자가 생기면……. 그땐 제일 먼저 강석 씨한테 말할게요."

그러니 당신도 내 곁에 있는 동안 다른 여자 따위 쳐다보지도 말아요. 윤경은 입안에서 맴도는 말을 꾹 삼키고 그를 쳐다보았다. 강석의 눈빛이 끝도 없이 서늘해졌다. 그저 마주 보고만 있는데도 오싹 한기가 느껴질 정도였다.

제발 무슨 말이라도 좀 해요. 윤경은 다그치고 싶은 걸 겨우 참고 마른침을 꿀꺽 삼켰다.

"그걸로는 부족해."

"무슨…… 말이에요?"

강석이 두 손을 호주머니에 찔러 넣고 턱을 오만하게 치켜올렸다. 윤경은 그가 무슨 말을 할지 속이 바싹 타들어갔다.

"내가 허락할 때까지 다른 남자를 만나지 말 것."

"……."

"나도 복잡해지는 건 싫거든."

윤경은 강석의 눈빛이 섬광처럼 번뜩이는 걸 보았다. 그녀는 생각만 하지 말라고 했는데 그는 아예 다른 남자를 만나지 말란다. 물론 그럴 생각도 없지만 왠지 손해를 보는 기분이 들었다. 한편으로는 은근히 기분이 좋은 것도 같다. 강석과 자신 사이에 다른 누구도 없는 오로지 두 사람만의 관계라면 싫을 이유가 없었다.

"싫으면 말해."

"아니요. 좋아요."

"그럼 거래 성립. 난 좀 씻어야겠어."

"씻고 나와요. 난 한 잔 더 마실 테니까."

와인 병을 집어 들려고 하는데 그가 획 낚아채 갔다. 아예 주방 식탁에 올려놓고 되돌아왔다.

"고작 와인 몇 잔에 치사하게 이럴 거예요?"

"내 앞에서 취할 생각이야?"

"와인 몇 잔에 취할 정도로 술이 약하지도 않고, 좀 취하면 어때서요?"

강석은 팔짱을 끼고 윤경을 쳐다보았다. 와인 몇 잔에 그녀의 얼굴은 발그레하게 물이 들어 있었다. 붉은 입술은 이슬을 머금은 듯 촉촉했다. 살짝 손끝만 닿아도 그 붉은색이 묻어날 것만 같았다.

태연히 그녀와 이야기를 주고받았지만 절대 아무렇지 않은 게 아니었다. 소파에 앉아 있는 모습을 본 순간 허리 아래가 제멋대로 뻐근하게 조여오고 심장은 거칠게 날뛰었다. 취한 것도 아닌데 혈관을 타고 흐르는 피가 점점 뜨거워졌다.

그런데 아예 펄펄 끓어 넘치라고 부채질을 해댔다. 같이 살자는 말을 아무렇지 않게 하더니, 남자가 생기면 제일 먼저 알려주겠단다. 그런 일이 가능할 거라고 믿는 건가.

강석은 표나지 않게 입술을 비틀었다.

"둘 다 술을 마셨고 여기는 호텔이야."

"그래서요?"

말뜻을 모르지 않을 텐데 윤경은 소파 뒤로 몸을 느긋하게 기대며 되물었다. 강석은 고개를 들고 쳐다보는 윤경의 시선을 놓지 않은 채 천천히 다가섰다. 한 걸음을 남겨놓고 멈춰 서자 그녀의 눈빛이 가늘게 떨렸다. 고작 이 정도 거리에서도 떨면서 겁도 없이 함께 살자고?

강석은 입술 끝을 매끄럽게 끌어 올리며 웃었다.

"욕실은 저…… 쪽이에요."

"알아."

제법 당차게 손가락으로 가리키는 모습이 귀여웠다. 물끄러미 쳐다보고 있자 꼬물거리던 손가락을 꽉 말아 쥐고는 얌전히 무릎 위로 내려놓았다.

"난 이쪽으로 오기에 잊은 줄 알았어요."

"그럴 리가. 며칠째 이곳에서 머물고 있는데."

손을 뻗으면 닿을 수 있는 거리였다. 문득 저 말간 피부를 만지면 어떤 느낌일까 궁금했다. 붉은 입술은 그저 바라보고만 있는데도 갈증을 불러왔다. 귀 뒤로 얌전히 넘긴 머리카락은 어깨 아래까지 부드럽게 흘러내려 와 있고, 몸에 착 달라붙은 브이넥 티셔츠는 마른 몸인데도 제법 풍만해 보이는 가슴 굴곡이 선명하게 느껴졌다.

강석은 시선을 들어 티 없이 맑은 눈동자를 마주 보았다. 시커 먼 그의 속내를 아는지 모르는지 눈빛이 반짝반짝 빛났다. 어찌 보면 도전적인 것 같기도 하고 또 어찌 보면 아무것도 모르는 순 진한 눈빛 같기도 하고.

강석은 주먹을 꽉 쥐고 숨을 크게 들이켰다. 뒤로 한 걸음 물러 나는 순간 머릿속으로 둥둥 떠다니는 생각을 떨쳐 내듯 홱 뒤돌아 섰다.

"내가 여기 어떻게 들어왔는지 궁금하지 않아요? 난 강석 씨가 제일 먼저 그것부터 물어볼 줄 알았는데."

"……."

"문강석 씨 와이프라고 했더니 다른 건 묻지도 않더군요."

강석은 아무 말도 하지 않았다. 돌아서지도 않고 욕실 문만 뚫 어지게 쳐다보았다. 어차피 오피스텔을 구할 때까지만 머물 생각 이었고, 윤경이 찾아올 거라는 생각은 하지도 못했다. 어릴 때나 지금이나 탁구공 같은 성격은 여전하군.

"혹시 기분 나빠요?"

"서류상이기는 하지만 틀린 말은 아니니까."

"다행이네요. 난 살짝 걱정했는데."

"쓸데없는 걱정을 했군."

기분이 나쁘기는커녕 와이프라는 소리에 입술 끝이 간질거렸 다. 눈에 힘을 꽉 주고 있는데도 얼굴근육이 저절로 실룩거렸다.

마주 보고 있지 않아서 얼마나 다행인지.

"기다려. 씻고 나와서 데려다줄게."

강석은 갈아입을 옷을 챙겨서 욕실로 들어가 간단하게 샤워를 했다. 밖으로 나오기 전 거울 앞에 한참 동안 서 있었다. 젖은 머리카락을 쓸어 넘기자 오른쪽 이마 위에 흐릿한 흉터가 보였다. 손가락 끝을 그 위에 올려놓자 오래전 어느 날이 주마등처럼 스쳐 지나갔다.

그날 일을 생각하면 아직도 가슴이 서늘해진다. 피가 나도록 맞아서가 아니라 윤경이 낯선 남자들에게 끌려갔을지도 모른다는 생각이 들 때마다 심장이 차갑게 굳었다.

강석은 언제나처럼 머리카락을 이마 위로 내렸다. 희미해서 눈에 띌 정도는 아니지만 그렇다고 드러내 놓고 싶지는 않았다.

"……."

밖으로 나오자 윤경은 소파에 몸을 웅크린 채 잠이 들어 있었다. 새근새근 숨소리까지 들렸다. 깨워서 돌려보내야 하나 잠시 고민하다 방으로 들어가 얇은 이불을 들고 나왔다. 덮어주고 돌아서려고 하는데 누워 있는 모습이 불편해 보였다.

결국 윤경을 안아 들었다. 꽤 깊이 잠이 들었는지 침대에 눕힐 때도 깨지 않았다. 이불을 덮어주고 흐트러진 머리카락을 가만히 쓸어주고 손가락으로 볼을 어루만지는데도 뒤척임도 없었다.

강석은 깊게 가라앉은 눈빛으로 잠든 윤경을 오랫동안 지켜보았다.

# 5

"최윤경, 너 나한테 이럴 수 있어?"

소미가 커피숍 안으로 들어서자마자 소리를 꽥 질렀다. 사람들이 쳐다보는 것도 아랑곳 않고 씩씩거렸다.

"좀 조용히 할 수 없어?"

"네가 나를 조용히 하게 만들어야 말이지!"

"알았어. 알았다고. 제발 목소리 좀 낮춰라. 응?"

어휴, 어째 목소리 큰 건 변하지를 않네. 그녀가 주변을 둘러보며 난처한 표정을 짓자 그제야 소미는 가방을 탁, 소리가 나도록 내려놓고 맞은편 소파에 털썩 주저앉았다.

"돌아온 지가 언제인데 이제야 연락을 해?"

"미안, 그동안 좀 바빴어."

"아무리 바빠도 전화할 시간이 없었다는 게 말이 돼?"

"전화하면 통화가 길어질 거고 그러다 보면 만나야 하잖아. 그래서 바쁜 거부터 해결하고 연락한 거야. 그래야 마음 편하게 수다를 떨 수 있지."

"뭐가 그렇게 바빴는데?"

"응?"

"통화도 못하고 만나지도 못할 정도로 바빴던 일이 뭐냐고?"

그러게 그렇게 바빴나? 사실 그 정도는 아니었다. 집 안 정리를 했고, 인테리어를 시작했으며 지금은 강석의 오피스텔에 머물고 있었다.

강석은 인테리어가 끝날 때까지 호텔에 있든 그의 오피스텔에 혼자 있으라고 했지만 싫다고 했다. 같이 있겠다고 고집을 부렸다.

'서류뿐만 아니라 부부처럼 보이기 위해서예요. 말했잖아요. 강석 씨를 이용하겠다고. 그러라고 했으니 내가 원하는 대로 해야 하는 거 아니에요?'

그는 원하는 대로 하라면서도 같이 살자는 말엔 한참 동안 말이 없었다.

오피스텔에 함께 있어도 강석의 얼굴은 보기 힘들었다. 무슨 일을 얼마나 하는지 새벽같이 나가서 밤늦은 시간에야 돌아왔다. 당연히 출근하는 모습은 볼 수가 없고 퇴근하는 것도 어제 처음 봤다.

'나 때문에 일부러 일찍 출근하고 늦게 들어오는 거예요? 그런다고 내가 미안해할 거라는 생각은 하지 말아요. 난 공사 끝날 때까지 이곳에 있을 거니까.'

일이 바쁘다고는 했지만 다 믿지는 않았다. 물론 바쁘겠지. 그렇다고 며칠 동안 서너 시간씩 자면서 어떻게 견딜까 싶었다. 은근히 걱정도 되고 괜히 고집을 부려서 그를 힘들게 하는 게 아닌가 하는 생각도 들었다.

"너 또 몸은 여기 있고 생각은 다른 곳에 가 있지?"

"응?"

"이것 봐. 내가 허수아비랑 이야기하고 있었네."

"그런 거 아니야."

"아니기는 뭐가 아니야? 머리 굴리는 소리가 여기까지 들리는데."

"아니거든? 일단 뭐 마실래? 내가 살게."

"당연히 네가 사야지. 대신 커피가 아니라 밥으로."

"알았어. 밥도 사고 커피도 살게. 우리 나갈까?"

점심을 간단히 우유 한 잔으로 해결했더니 그녀도 배가 고팠다. 마침 멀지 않은 곳에 한정식 식당이 있어서 그곳으로 향했다.

"여기 꽤 비싸지 않아?"

"더 비싼 곳도 괜찮아. 이소미잖아."

"내가 너한테만큼은 그 정도 위치인 건 맞지."

두 사람은 마주 보면서 까르르 웃음을 터트렸다. 언제나처럼 소미와 있으면 마음이 편안하고 즐겁다. 주문한 식사가 나올 때까지 소미는 연신 질문을 쏟아냈고 그녀는 열심히 대답했다.

"그만 물어봐. 나도 묻고 싶은 거 있단 말이야."

"내 일거수일투족을 메일로 열심히 보냈는데 궁금한 게 뭐가 있어?"

"회사 생활은 어때?"

"받은 만큼 일하고 있지."

"그게 무슨 소리야?"

"월급이 두둑한 대신 개미처럼 열심히 일하고 있다는 소리야."

"많이 힘들어?"

"아니라고는 말 못해. 하지만 즐겁기도 해. 뭐랄까. 내가 아주 쓸모가 많다는 느낌?"

윤경은 피식 웃었다. 소미라면 뭐든 열심히 할 것이다. 메일을 통해서 소미가 총무부 일을 아주 잘해내고 있다는 건 알고 있었다.

"총무부 식구들은 어때?"

"글쎄, 너무 포괄적인 질문인데?"

"아는 대로 말해봐."

"음, 일단 총무부장님은 키가 작고 대머리에 검은 뿔테 안경을 썼고 부담스러울 정도로 배가 나왔지. 과장님은 머리숱도 많고 멸치처럼 바싹 마른데다 역시 안경을 썼는데……."

"누가 생김새가 궁금하대?"

"그러니까 질문의 요점을 정확히 말해야지."

못 말리는 이소미. 윤경은 밉지 않게 소미를 흘겨보았다. 정말 궁금한 게 뭔지 다 알면서 일부러 그런다는 걸 알고 있었다.

"아, 음식 나왔나 보다."

금세 테이블 한가득 음식이 차려졌다. 직원이 인사를 하고 나가자 소미가 냉큼 수저를 들고 눈빛을 반짝거렸다.

"뭐부터 먹어야 할지 모르겠네."

"부족하면 더 시키면 되니까 많이 먹어."

"부족하기는, 이것도 충분히 넘치는데."

소미는 갈비찜 하나를 먼저 집었고 그녀는 싱싱한 샐러드를 입에 넣었다. 새콤달콤한 맛이 입안에 감돌자 배고픔을 얼른 해결해 달라고 뱃속이 요동을 쳤다.

"풀만 먹지 말고 고기를 먹어. 넌 좀 단백질을 보충할 필요가 있어."

"내가 어때서?"

"네 몸을 제대로 보고 그런 소리를 해. 바람 불면 날아가게 생겨 가지고. 쯔쯧. 조만간 멸치가 친구 하자고 덤벼들지도 몰라."

"이렇게 예쁜 멸치 봤어?"

"예쁜 멸치는 모르겠고, 어디 만질 데도 없는 밋밋한 멸치는 많이 봤지."

밋밋? 윤경은 샐러드를 하나 더 집어 들다 말고 도로 내려놓았다. 새삼스럽게 자신의 모습을 살폈다. 멸치를 떠올릴 정도로 매력이 없나 싶었다. 그래서 강석도 그녀를 보는 시선이 그렇게 덤덤한 건가.

'뒷감당할 자신은 있는 거야?'

그 말이 무슨 뜻인지 모를 정도로 어리지 않았다. 그러나 정작 잔뜩 긴장하게 만든 장본인은 얼굴도 제대로 볼 수 없었다.

웬일로 어제는 그녀가 샤워를 하고 막 나왔을 때 들어왔다. 당연히 늦을 줄 알고 수건으로 몸만 가리고 나온 터라 정말 깜짝 놀랐다. 그녀를 보고도 강석은 아무런 표정의 변화가 없었다. 짙은 눈썹을 쓰윽 끌어 올리고는 말 없이 방으로 들어가 버렸다.

그가 어떤 반응을 보였다면 많이 당황했겠지만 너무 무덤덤한 태도에 살짝 기분이 상했었다. 내색은 하지 않았지만 요즘 혼란스러운 것도 사실이다. 시간이 지날수록 강석이 그녀를 여자로 바라봐 줬으면 하는 마음이 자꾸 커지고 있었다. 그는 그럴 마음이 조금도 없는 것 같은데 혼자만 안달이 난 것 같아 자존심도 조금 상했다.

"왜 그래?"

"내가 그렇게 매력이 없어?"

"누가 너보고 매력이 없대?"

"방금 네가 그랬잖아. 밋밋하다고."

"뭐야. 최윤경 너 그 말이 신경 쓰였던 거야?"

갑자기 소미가 입안 가득 음식을 머금은 채 웃음을 터트렸다. 저러다 입에 있는 음식이 튀어나올지도 모른다는 생각이 들었다.

"잠깐 나 물 좀 마시고."

자신은 심각한데 소미는 천연덕스럽게 음식을 다 삼키고 물을 한 잔 더 따라서 마셨다.

"그 정도로 네가 말랐다는 뜻이지 매력이 없다는 소리는 아니었어. 최윤경, 매력 있지. 그럼 매력 있고말고."

이미 빈정이 상한 터라 소미의 말이 하나도 위로가 되지 않았다. 가슴도 이만하면 작지 않고 들어갈 때 확실히 들어가고 나올 때도 알아서 적당히 나왔다. 지금까지는 누군가한테 매력 있어 보이고 싶지도 않았지만 그렇다고 볼품없는 몸이라고 생각한 적도 없었다.

"왜 그렇게 심각한 표정을 짓고 그래? 매력 있다니까."

윤경은 속으로 나직이 한숨을 내쉬며 실눈을 뜨고 소미를 쳐다보았다. 말없이 쳐다보고 있자 소미는 웃음이 나오는 걸 겨우 참는 표정으로 아부성 발언을 해댔다.

"살이 조금만 더 붙었으면 하는 뜻으로 한 말이야. 내가 남자라면 최윤경 벌써 꿀꺽했지. 너 예뻐. 충분히 매력적이고. 우리 같이 학교 다닐 때 남자들이 네 시선 한번 받으려고 얼마나 용을 썼는데, 그 제임스인가 뭔가 하는 남자도, 가만…… 너 설마."

쓸데없는 말을 한참 늘어놓던 소미가 갑자기 입을 꾹 다물고 손가락으로 테이블을 톡톡 두드렸다.

"왜, 또 뭐?"

"혹시 사장님이 널 닭 보듯 해?"

정곡을 찌르는 말에 윤경은 펄쩍 뛰었다.

"멸치라더니 이젠 닭이야? 그런 거 아니거든?"

"맞나 보네."

"아니라고 했지?"

"솔직히 말해봐. 아무리 너도 모르게 혼인신고가 된 거라고 하지만 정말 네가 싫었다면 그 관계 벌써 끝냈을 거잖아."

"무, 무슨 말이 하고 싶은 건데?"

말까지 더듬자 소미의 눈매가 가늘어졌다. 윤경은 얼굴이 화륵 달아올랐지만 모른 척 잡채를 입에 넣고 오물거렸다.

"차라리 귀신을 속이지 이소미를 속일 수는 없지."

"귀신이 있어야 속이든 말든 하지."

"갑자기 하늘에서 뚝 떨어진 남편이 신경이 쓰인다 이 말이지?"

"강석 오빠가 별똥별이니? 하늘에서 떨어지게?"

"오빠?"

소미한테는 강석과의 어린 시절 이야기를 하지 않았다. 철없던 어린 시절 그녀의 행동으로 강석이 원하지도 않았는데 부모님과 떨어져 지내게 됐다는 말은 차마 할 수가 없었다.

윤경은 갑자기 우울해졌다.

"호칭이야 어떻든 그나마 다행이긴 하네."

"뭐가 다행이라는 거야?"

"지금 이 상황이 아주 싫은 건 아니잖아. 내 말이 맞지?"

윤경은 더는 아닌 척하기 싫어서 조심스럽게 고개를 끄덕였다. 단순히 싫은 정도가 아니라 요즘 틈만 나면 강석을 떠올렸다. 그의 눈빛, 표정, 움직임까지.

습관처럼 턱을 만지는 모습, 그냥 하는 행동일 텐데 그때마다 그의 손가락에서 시선을 떼지 못했다. 아주 조금 부럽다는 생각도 들었다. 그의 것이 아닌 자신의 손으로 그를 만지고 싶다는 생각을 하면서.

그럴 때마다 깜짝 놀라곤 했다. 도대체 무슨 생각을 하느냐고 스스로를 나무라면서도 두 사람 사이에 놓인 보이지 않는 거리가 느껴질 때면 심장이 아릿하게 아팠다.

"누가 봐도 사장님이 매력적이긴 하지. 너 내가 면접 볼 때 이야기한 거 기억해? 얼굴 보고 뽑은 거 아닌지 모르겠다고 했잖아."

"응. 기억나."

"거기 사장님이 있었어. 물론 그때는 기획실장이었지만. 입사하니까 여직원들 사이에서 난리도 아니더라고."

"왜?"

"왜는? 다 나처럼 넋이 나간 거지."

그런 사람이 서류상 내 남편이야 하고 우쭐할 수도 없고, 다들 눈 깔고 다니라며 질투를 할 수도 없고. 무슨 말을 해야 할지 모르겠다. 내 남자 내 남편이라는 말을 자신 있게 할 수가 없으니 안 그래도 우울한 기분이 더 우울해졌다.

"솔직히 그 정도까지는 아니지 않나?"

괜히 마음에도 없는 소리를 했다. 소미는 손사래까지 치면서 열변을 토했다.

"여직원들 네 앞에 쭉 세워볼까? 심지어 결혼을 한 유부녀들까지 사장님이 미소 한번 지으면 황홀한 표정을 짓는다니까."

직원들 앞에서 왜 미소를 헤프게 짓는단 말인가. 괜히 강석한테 불만이 흘렀다. 어머, 최윤경. 너 지금 질투하는 거니?

윤경은 너무 당황해서 물 잔을 들고 벌컥벌컥 마셨다.

"왜 속 타?"

"내가 왜?"

"인정할 건 인정해. 아닌 척한다고 뭐가 달라져? 넌 사장님이 좋아졌는데 저쪽에서는 네 마음을 전혀 몰라주는 것 같고 그래서 지금 속이 타는 거잖아."

"……."

"이제 보니 최윤경 바보네. 직진, 정면 돌파 몰라?"

"정면 돌파?"

"그럼 계속 이대로 둘 거야?"

어쩌란 말인가. 저렇게 꿈쩍도 안 하는데. 한집에 살면서도 묻지 않으면 말도 하지 않는데. 언제든 원할 때 모든 걸 넘겨주고 떠난다는데.

강석이 떠난다. 아직 일어나지도 않은 일인데 그 생각만 하면 뭔가 중요한 걸 잃은 것처럼 심장이 욱신욱신 쑤셨다.

윤경은 가슴 위에 손을 대고 꾹 눌렀다.

"보내놓고 후회할 거면 꽉 잡아."

그 사람이 잡혀줄 것 같지도 않았다. 사과했을 때 강석은 아무 말도 하지 않았다. 그의 부모님처럼 다 지난 일이고 어쨌든 원하는 만큼 공부를 했으니 이젠 괜찮다는 말까지는 아니더라도, 차라리 원망 어린 말이든 뭐든 말을 했으면 이렇게 답답하지는 않을 텐데.

한 번의 사과로 끝날 일이 아닌 건 알고 있었다. 그래도 그가 무슨 말이든 해줬으면 하고 기대했었다.

"사장님 눈독 들이는 여자들 많아. 특히 그 여우는……."

"여우라니, 누구를 말하는 거야?"

갑자기 눈이 번쩍 뜨였다. 강석은 분명 여자가 없다고 했었다. 물론 아직이라는 토를 달기는 했지만.

"그냥 그런 불여시가 하나 있기는 해."

"그러니까 그게 누구냐고?"

"아, 내가 또 실언을 했나 보다. 별거 아니니까 신경 쓰지 마."

이미 불여시라는 말을 듣는 순간 신경이 바싹 곤두섰다. 윤경은 팔짱을 끼고 소미를 노려보았다.

"신경 쓸 일 아니라고 했잖아."

"하나도 빼놓지 말고 다 말해봐. 안 그러면 너 여기서 한 발자국도 못 나갈 줄 알아."

"와우, 너 세게 나간다?"

"나 뒤끝 긴 거 알지?"

"알았어. 알았다고. 말하면 되잖아. 미래식품 이소윤이라고 있어. 그러고 보니 이름이 비슷하네. 재수 없어."

다른 때 같았으면 비슷한 이름에 대해 한마디라도 했을 텐데 지금은 그건 신경도 쓰이지 않았다. 윤경은 마른침을 꿀꺽 삼키며 물었다.

"그 여자가 강석 씨한테 꼬리 쳐?"

"꼬리뿐 아니라 온몸으로 덤벼든다고 하는 게 맞겠지. 그럼 뭐 해? 사장님이 꿈쩍도 안 하는데."

그래서 지금은 없다고 말한 건가. 서류 정리를 하면 그 여자한 테 가려고?

윤경은 강석이 꿈쩍도 하지 않는다는 말은 귀에 들어오지도 않았다. 눈앞에서 여우 한 마리가 입맛을 다시며 강석의 주변을 맴도는 장면이 마구 상상이 되었다.

"그 여자 어떻게 생겼는데?"

"아주 쭉쭉 빵빵이지."

"……."

"생긴 게 남자 여럿 홀리게……. 아니, 뭐 그 정도는 아니고. 하여간 그런 여우가 있기는 해."

강석의 곁에 그런 불여시가 있단 말이지. 윤경은 갑자기 입맛이 뚝 떨어졌다. 맛깔스럽게 보이던 음식이 이젠 손도 대기 싫었다.

"왜, 긴장돼?"

"내, 내가? 내가 왜?"

아닌 척했지만 소미는 믿는 것 같지 않았다. 윤경은 괜히 목이 말라서 물 잔을 들고 벌컥벌컥 마셨다.

"사장님이 정말 너한테 관심이 없는 것 같아?"

자존심은 조금 상하지만 어쩔 수 없이 고개를 끄덕일 수밖에 없었다.

"그럼 아예 여자한테 관심 자체가 없는 건가?"

"그건 또 무슨 소리야?"

"솔직히 사장님 정도면 손만 내밀면 달려들 여자들 많잖아. 그런데 너무 깨끗하단 말이지. 딱히 너한테만 관심이 없는 게 아니라 여자를 싫어하는 건지도 모르잖아."

"여자를 싫어한다고?"

"아니, 이건 순전히 내 생각이니까 신경 쓰지 마."

지금껏 내내 신경 쓸 말만 했거든? 강석을 노리는 불여시가 있다는 말도 그렇고, 여자한테 관심이 없다는 말도 신경이 쓰이는 건 어쩔 수가 없었다.

"그렇게 신경 쓰이면 네가 먼저 찔러보든가."

강석은 오피스텔 문 앞에서 한참 동안 서 있었다. 피곤한데 선뜻 문을 열 수가 없었다. 저 안에 윤경이 있다. 그는 인테리어가 끝나면 집으로 들어가겠다는 말은 하지 않았지만 결국 윤경이 원하는 대로 할 거라는 걸 알고 있었다.

'난 당신을 최대한 이용할 생각이에요.'

그래, 마음껏 이용해라. 네가 원하는 만큼 이용당해 줄 테니까.

그런데 정말 이용하고 이용당하는 걸로 끝낼 수 있을까. 늘 같은 질문을 스스로에게 하지만 대답은 아니, 그럴 수 없다는 거였다.

회사는 문제가 아니다. 그가 떠나고 누군가 윤경의 곁에 있을 거라는 생각만 해도 분노가 솟구쳤다. 그저 상상만 했을 뿐인데도 속이 부글부글 끓어올랐다.

태연히 모든 걸 돌려놓겠다고 했는데, 최윤경은 어떻게 해야 하는 건지 명확한 답이 나오지 않았다.

"후우."

강석은 길게 한숨을 몰아쉬고 비밀번호를 눌렀다. 늘 윤경이 잠든 시간에 들어왔었는데 어제는 30분 일찍 들어왔더니 자지 않고 깨어 있었다. 그리고 오늘은 너무 일찍 왔다.

'사장님, 박무건 본부장님한테 연락할까요?'

뜬금없는 용 비서의 말을 금방 이해하지 못했다. 혹시 약속을 했었나. 그런 기억은 없는데, 무슨 뜻인지 묻는 시선에 용 비서가 나직이 한숨을 내쉬며 말했다.

'벌써 며칠째 일부러 퇴근을 늦게 하고 계시잖아요. 바쁜 일도 없는데.'

'이거 안 보여?'

몇 개 놓인 결재 서류를 만년필로 툭툭 두드리며 말하자 용 비서가 고개를 절레절레 흔들었다.

'그거 급한 거 아니잖습니까? 그러지 말고 오늘은 일찍 퇴근하세요. 그러다 정말 쓰러지십니다.'

사장이 퇴근을 안 하고 있으니 비서인 자신도 못하는 거 아니냐는 뜻이 아니라는 건 알고 있었다. 진심으로 그를 걱정해서겠지.

알지만 선뜻 일어나지 않고 한 시간 넘게 회사에 머물렀다. 결국 퇴근을 하고 자유로를 달리다 돌아와 보니 오피스텔 앞이었다.

안으로 들어서자 윤경은 소파에 앉아서 와인을 마시고 있었다. 샤워를 했는지 화장기 없는 얼굴에 머리카락이 살짝 젖어 있었다. 어제는 막 샤워를 하고 나와서 옷도 제대로 입지 않은 모습과 마주쳤었다. 젖은 머리를 수건으로 둘둘 말고 있어서 가늘고 뽀얀 목이 그대로 드러났고, 좁은 어깨 아래 봉긋한 가슴, 늘씬한 허벅지까지.

보는 순간 심장이 쿵 내려앉았지만 내색하지 않으려고 얼마나 안간힘을 썼는지 모른다. 그대로 방으로 들어와 한동안 요동치는 심장을 진정하느라 애를 먹었다.

오늘은 목이 깊게 파인 아이보리색 원피스를 입은 채였다.

"왔어요?"

그는 대답 대신 고개를 끄덕였다.

"그냥 와인 한잔 마시고 싶어서요."

묻지도 않았는데 가만히 쳐다보고 있자 어깨를 으쓱해 보이며 말했다.

"술을 좋아하나 보군."

"좋아하지는 않지만 가끔 와인을 마시기는 해요. 같이 한잔할래요?"

"아니, 씻고 쉬어야겠어."

그런 모습으로 와인을 같이 마시자면 어쩌라는 거야. 티 없이 맑은 피부에 초롱초롱한 눈동자, 붉은 입술, 가슴골도 언뜻 보이고 치마 길이가 너무 짧았다. 다리를 꼬고 앉아서 허벅지가 아슬아슬하게 드러나 있었다.

"솔직히 말해봐요. 요즘 나 피하는 거 맞죠?"

돌아서서 문 앞까지 걸어갔는데 목소리가 들렸다. 강석은 천천히 돌아섰다.

"내가 왜?"

"나 그렇게 눈치 없지 않아요."

"무슨 말이야?"

"일부러 일찍 출근하고 늦게 퇴근하는 거잖아요. 나하고 마주치지 않으려고, 아니에요?"

"……."

"회사 일이 바쁘다는 핑계를 댈 거면 그만둬요."

"바쁜 건 사실이야. 난 누구처럼 가만히 앉아 있어도 먹고살 정도로 넉넉하지 않거든."

목소리가 조금 날카롭게 느껴졌는지 윤경이 입술을 꾹 다물고 그를 쳐다보았다. 강석은 속으로 나직이 한숨을 내쉬며 소파로 다가가 앉았다.

"외출했다더니 무슨 안 좋은 일 있었어?"

"내가 외출한 건 어떻게 알았어요? 설마 나 감시해요?"

그가 말없이 보고만 있자 윤경의 눈매가 가늘어졌다. 감시라니, 사실대로 말을 하면 윤경은 펄쩍 뛰겠지만 그는 단지 지켜보고 있을 뿐이다.

"식당으로 들어가는 걸 용 비서가 봤다고 하더군."

"아, 오늘 소미 만났어요. 소미는 내 친구예요."

강석은 알고 있다는 말은 하지 않았다. 이소미가 서운에 입사하기 전부터 그녀의 존재는 알고 있었다. 가장 친한 친구이고 면접을 보고 난 후 윤경을 만나러 영국까지 갔다는 것도.

"꽤 친한가 보네."

"아주 많이요. 소미만큼 날 믿어주는 친구는 없거든요."

네가 믿는 사람 중에 난 없는 거니? 순간 묻고 싶은 충동이 일었다. 그러나 강석은 표정 없는 시선으로 가만히 쳐다보고만 있었다.

"안 마실 거면 들어가요."

"한잔 줘."

"치즈 있는데 가져올까요?"

"아니, 괜찮아."

강석은 그녀가 따라준 와인을 한 모금 마시고 아몬드 하나를 입에 넣었다. 아작아작 씹으며 윤경에게서 시선을 떼지 않았다.

"왜 그렇게 봐요? 설마 내가 취했을까 봐 그래요?"

"언제부터 회사에 나올 거야?"

"그게 왜 그렇게 궁금한데요? 빨리 훌훌 털어버리고 벗어나고 싶은 거예요?"

그리고 그 여자한테 가려고? 윤경은 차마 입안에서 맴도는 말은 하지 못했지만 목소리가 곱게 나가지 않았다. 강석한테 무거운 짐일 수도 있다는 생각은 들었다. 아무리 엄청난 조건이라고 하지만 버거웠을 것이다. 보내온 메일이 아니더라도 한때 서운의 재정 상태가 좋지 않았던 건 알고 있었다. 그걸 강석이 제자리로 끌어올리기 위해 무던히 애썼다는 것도.

"그런데 어쩌나. 난 좀 꽤 오랫동안 강석 씨를 괴롭힐 건데."

"날 괴롭힌다고?"

"이용하겠다고 했잖아요."

윤경은 방긋 웃으며 와인 잔을 비웠다. 강석이 병을 들고 빈 잔을 채웠다.

"어떻게 이용할 생각인데?"

"다 알려주면 재미없죠."

"너무 오래 걸리지 않았으면 좋겠어."

"왜요?"

묻는 말에 강석은 대답이 없었다. 그러니 점점 더 강석이 어서 이 모든 상황에서 벗어나고 싶어하는 게 분명하다는 생각이 들었다.

미안하지만 그렇게는 못하겠네요. 윤경은 새침하게 입술을 삐죽이며 말린 바나나 하나를 집어 들고 빤히 쳐다보았다.

"난 바나나는 말린 것보다 그냥 먹는 게 좋은데."

그가 짙은 눈썹을 쓰윽 추켜세웠다. 싱싱한 바나나를 좋아한다는 게 그렇게 이상한가. 바나나가 얼마나 달고 맛있는데.

내일은 바나나를 사다 먹어야겠다고 생각하면서 입에 넣고 오물거리자 단맛이 혀끝에 맴돌아 기분이 금세 좋아졌다.

갑자기 강석이 그녀를 물끄러미 쳐다보고 있다가 어딘가로 전화를 걸었다.

"나야. 지금 오피스텔로 바나나 좀 가져와. 말린 것 말고 싱싱한 걸로."

윤경은 입안에 있는 걸 씹지도 않고 멀뚱히 강석을 바라보았다.

"바나나를 먹고 싶어하는 것 같아서."

그렇기는 한데 지금 이 시간에 누구한테 전화를 걸어서 가져오라는 건지 알 수가 없었다.

"용 비서야. 친동생이나 다름없지."

정작 듣고 싶은 대답은 해주지도 않더니 웬일로 친절하게 설명까지 했다. 갑자기 사람 마음을 읽는 능력이라도 생긴 건가. 좋아한다고만 했지 바나나를 먹고 싶다는 말은 하지 않았는데 어떻게 알았대. 전화한 사람이 누구인지 궁금해하는 건 또 어떻게 알았고.

"난 잠깐 씻고 나올게."

윤경은 강석이 따라놓은 와인을 다 마시지도 않고 자리에서 일어서자 멀뚱히 그의 뒷모습을 쳐다보았다.

무슨 퀵 서비스도 아니고 강석이 샤워를 마치고 나오자마자 초인종 소리가 들렸다. 그녀가 일어서기도 전에 강석이 현관문을 열고 바나나를 받아 들었다.

말소리도 들리지 않고 금방 문이 닫혔고, 그가 소파로 다가와 테이블 위에 커다란 봉지 하나를 내려놓았다.

"가지고 온 사람한테 고맙다는 말 정도는 해야 하는 거 아니에요?"

"했어."

"난 아무 말도 못 들었는데."

"마음으로."

뭐야. 이 남자, 아무리 친동생 같은 비서라지만 눈빛만으로도 서로 통한다는 건가. 아니면 강석이 워낙 독재자 같은 상사라서 시키면 토 달지 않고 즉각 행동으로 옮기는 착한 비서라서 그런가.

일하는 걸 지켜보지는 않았지만 강석은 편한 상사는 아닐 거라는 생각이 들었다. 가끔 말을 하지 않고 가만히 쳐다보고 있으면 마치 해부를 당하는 기분이 들 때도 있었다. 내부를 꿰뚫어 보는 듯한 깊고 날카로운 시선은 은근히 사람을 긴장하게 만든다. 그러니 이 시간에 말도 안 되는 심부름을 시켜도 군소리 않고 달려왔겠지.

"왜 그러고 있어? 먹고 싶어했잖아."

"네? 아, 잘 먹을게요. 그런데 나만 먹어요?"

"난 바나나 안 좋아해."

"그럼 무슨 과일 좋아하는데요?"

"딱히 좋아하는 것도 싫어하는 것도 없어."

"그래도 하나 정도는 있을 거 아니에요."

강석은 뭔가 골똘히 생각하는 표정이었다. 윤경은 웃음이 나오려는 걸 겨우 참았다. 좋아하는 과일 하나 말하는 게 뭐가 어렵다고. 하기는 어렸을 때도 종종 그랬었다.

'오빠는 무슨 꽃 좋아해?'

좋아하는 숫자는, 계절은, 색깔은. 질문을 할 때마다 금세 대답을 하지 못했다. 누가 알면 굉장히 심오한 질문을 한 줄 알았을 것이다.

'글쎄, 무슨 꽃을 좋아하는지는 생각해 본 적 없고, 숫자는 1,

계절은 여름, 색깔은 파란색.'

윤경은 문득 아직도 좋아하는 꽃이 없는지 여전히 숫자 1과 여름, 파란색을 좋아하는지 궁금했다.

"꼭 하나 고르라면…… 딸기?"

"아, 딸기. 그럼 내가 내일 딸기 사다 놓을게요. 한밤중에 비서한테 바나나 심부름까지 시켜서 먹게 해줬는데 그 정도는 해야죠."

"그럴 필요까지는 없어. 그 정도로 좋아하지는 않으니까."

"그건 내가 알아서 할게요."

윤경은 잘 익은 바나나 하나를 집어 들고 껍질을 벗긴 뒤 입에 넣고 쪽 빨았다. 음, 이 맛이야. 부드럽고 달달했다.

역시 바나나는 날것으로 먹는 게 좋단 말이지.

행복한 표정으로 바나나를 쪽쪽 빨고 있는데 갑자기 강석이 자리에서 벌떡 일어섰다. 표정이 화가 난 것 같기도 하고 뭔가 불만이 가득해 보였다.

"왜요?"

"난 그만 자야겠어."

"벌써요? 아직……."

"며칠 잠을 못 잤더니 피곤해."

의리는 눈곱만치도 없는 남자 같으니. 최소한 바나나 하나 정도는 먹을 때까지 앉아 있어줘야지.

윤경은 방으로 쏙 들어가 버린 강석을 새치름한 시선으로 노려보았다.

그래도 바나나를 먹으니까 기분은 좋았다. 강석이 일찍 들어오면 이야기 좀 해볼까 하고 기다렸는데 결국 오늘도 제대로 된 대화는 해보지도 못했다.

혼자 멀뚱히 앉아서 먹고 있으려니 맛도 모르겠다. 테이블을 정리한 뒤 바나나 두 개를 더 들고 방으로 들어왔다. 푸짐한 저녁 식사를 눈앞에 두고도 불여시 이야기를 듣는 바람에 먹는 둥 마는 둥 했더니 배가 살짝 고팠다. 두 개째 바나나를 먹고 있는데 소미한테 전화가 걸려왔다.

"응, 소미야."

입안에 바나나를 오물거리며 묻자 소미가 깜짝 놀라서 물었다.

[목소리가 왜 그래? 어디 아파?]

"아니, 바나나 먹는 중."

[이 밤에 웬 바나나?]

"그러게. 이 밤에 바나나가 하늘에서 뚝 떨어졌네."

[혼자 먹어?]

"응, 잘난 네 사장님은 내가 바나나 먹는 걸 보더니 방으로 홱 들어가 버렸어."

소미는 한참 동안 말이 없었다. 혹시 전화가 끊겼나 하고 액정을 확인했더니 아직 통화 중이었다.

"왜 아무 말도 안 해?"

[최윤경, 너 혹시 바나나 쭈쭈바처럼 쭉쭉 빨아먹었어?]

"내가 원래 그렇게 먹잖아. 알면서."

[사장님 앞에서?]

"몇 번 빨지도 않았어. 그냥 보고 있다가 들어가 버리더라니까."

입을 샐쭉 내밀며 투덜댔더니 또 한참 동안 말이 없었다. 자면서 통화하느냐고 한마디 하려는데 갑자기 까르르, 웃음소리가 들렸다. 재미있는 이야기를 한 것도 아닌데 왜 그렇게 웃는지 이해가 안 된 윤경은 바나나를 한입 크게 베어 물고 오물거렸다.

[내가 윤경이 너 때문에 못 산다.]

"내가 뭘 어쨌기에?"

[아휴, 널 어쩌면 좋니.]

"도대체 왜 그러는데?"

윤경은 소미가 숨이 넘어갈 정도로 깔깔 웃어대다가 늘어놓는 이야기를 다 듣지도 않고 황급히 전화를 끊어버렸다.

[우리 사장님 오늘 잠은 다 잤네. 네가 바나나를 쭉쭉 빨아대는 것 보고 사장님이 무슨 생각을 했을 것 같아? 바나나가 남자 그거랑 비슷……]

얼굴이 화륵 달아오르고 심장이 미친 듯이 날뛰었다. 윤경은 들고 있던 바나나를 홱 집어 던졌다. 다시는 바나나 같은 거 먹지 말아야지 그 생각밖에 들지 않았다.

강석은 아직 해가 뜨기도 전에 오피스텔을 빠져나왔다. 늘 아침 일찍 출근을 하지만 오늘은 다른 날보다 더 빨리 움직였다. 아직 가로등이 켜져 있는 도로를 달리며 유리창을 내렸다. 차가운 새벽 공기가 피부를 스치는데도 몸에서 뿜어내는 더운 열기가 식혀지질 않았다.

'난 바나나는 말린 것보다 그냥 먹는 게 좋은데.'

듣고 말았어야 했는데 무슨 생각으로 용 비서에게 전화까지 했는지 모르겠다. 윤경이 바나나를 먹는 모습을 보면서 눈이 튀어나오는 줄 알았다. 그냥 먹을 것이지 쭉쭉 빨아먹는 모습은 마치.

"후우."

강석은 한숨을 길게 내쉬며 짧은 머리카락을 거칠게 쓸어 넘겼다. 방으로 들어와서도 밤새 잠을 이룰 수가 없었다. 여전히 바나나를 좋아한다는 소리에 전화한 걸 후회하고 또 후회했다. 어렸을 때도 가끔 바나나를 아이스크림처럼 핥아서 먹기도 했지만 그때는 귀엽게만 보였는데 어제는 엉큼하게도 다른 생각이 떠올랐다.

"빌어먹을."

최윤경, 널 도대체 어쩌면 좋을까. 어떻게 하면 좋을까. 지금쯤 아무것도 모르고 쿨쿨 자고 있겠지. 아주 태평하게.

하기는 사람 약 올리는데 도가 텄었지.

'놀이터에서 놀다 갈 거야. 아니, 그냥 동네 한 바퀴 돌래. 내가 먼저 뛰어가면 오빠가 날 쫓아와.'

왜 자신이 꼬마의 그림자처럼 붙어 다녀야 하는지 불만을 가진 적은 한 번도 없었다. 그냥 당연하게 받아들인 것 같다. 그래서 더 배신감을 느꼈는지 모른다. 강아지처럼 졸졸 쫓아다닌 꼬맹이가 그를 내친 것 같은 기분이 들었으니까.

'싫어. 가라고 해. 내쫓으란 말이야.'

그날 그 일만 없었다면, 강석은 서늘하게 눈빛을 번뜩이며 엑셀을 힘껏 밟았다.

'회장님이 널 유학 보내자고 하더구나.'

그렇게 떠났고 다시는 돌아오지 않을 생각이었다. 최 회장이 전화를 걸어오지 않았다면 지금 그는 한국에 없었을 테지.

'어떻게 보면 너한테 잘된 건지도 몰라. 여기 있었으면 그럭저럭 공부야 했겠지만 네가 만족할 정도는 아니었을지도 모르지. 그러니까 아가씨나 회장님 원망은 그만해.'

내내 신경을 쓰고 있었는지 딱 한 번 한국에 들어왔을 때 부친이 넌지시 말을 했었다. 유학을 떠난 후 그는 한동안 누구에게도 먼저 전화를 하지 않았다. 심지어 부모님께도 걸려온 전화만 받았다.

그때는 모든 사람들이 원망스러웠으니까.

어린 윤경도 철부지 딸의 말 한마디에 자신을 내쫓듯 유학을 보낸 최 회장도, 힘없이 자신을 보내 버린 부모님까지도.

하지만 원망은 그리 오래가지 않았다. 시간이 지날수록 마음은 굳건해졌고 이 기회를 철저하게 이용하자고 마음먹었다. 낯선 이국땅에서 힘들고 외로울 때마다 이를 악물고 참았다.

"최윤경."

강석은 윤경의 이름을 몇 번이나 되뇌었다. 그럴수록 점점 더 그녀의 모습이 온몸으로 또렷이 각인되는 느낌이었다. 심장이 간질거리다 뜨거워지기를 반복했다.

회사로 돌아왔을 때도 여전히 이른 시간이었다. 생각지도 않게 용 비서가 먼저 출근을 하고 기다리고 있었다.

"왜 이렇게 일찍 나왔어?"

"사장님이 오늘은 더 일찍 출근하실 것 같아서요."

"왜?"

"사실은 그 반대일지 모른다는 생각도 했었습니다."

그러니까 왜? 강석은 묻고서 용 비서가 열어주는 사장실 안으로 들어갔다. 재킷을 벗어서 옷걸이에 걸어놓고 돌아서는데 용 비서가 쟁반에 샌드위치와 커피를 들고 들어왔다.

"그건 또 뭐야?"

"식사 안 하셨을 것 같아서요."

그렇기는 하지만 뭔가 기분이 이상했다. 늘 일찍 출근을 하지만 말도 하지 않았는데 용 비서가 아침을 챙겨준 적은 없었다.

"갑자기 왜 그래?"

"뭐가 말씀입니까?"

"내 출근 시간을 짐작한 것도 그렇고, 샌드위치는 또 뭐야?"

"어제 저녁은 드셨습니까?"

"저녁?"

안 먹었다. 여느 때 같았으면 저녁을 먹고 회사에서 일을 더 하다가 들어갔을 텐데 어제는 용 비서가 하도 보채는 바람에 그냥 갔었다.

강석은 눈을 가늘게 뜨고 용 비서를 쳐다보았다.

"저녁도 그렇고 아침도 안 드셨을 것 같아서 준비했습니다."

"왜 그런 생각이 들었는데? 오늘 무슨 날이야?"

이젠 궁금증을 넘어 살짝 짜증이 나려고 했다. 알 듯 말 듯 모호한 말을 해놓고 용 비서는 입을 꾹 다물고 있었다.

"왜 말을 안 해?"

"그게 어제 바나나……."

"바나나가 왜?"

"제가 먼저 최윤경 씨 이야기해도 됩니까?"

"해."

분명 하라고 했는데 또 한참 말이 없었다. 말을 하고 싶어서 입술이 달싹거리는 것 같은데도 뭔가 참는 듯한 표정이었다.

"어제 바나나 최윤경 씨 때문에 사오라고 한 거잖아요. 사장님은 바나나를 좋아하지 않으시니까."

"그래서?"

말은 하지 않았지만 용 비서가 그 정도는 눈치챘을 거라고 생각했다. 그런데 그게 뭐가 어쨌다는 건지 모르겠다.

다른 땐 묻지도 않는 말을 잘도 떠들더니 오늘은 왜 그렇게 뜸을 들이는지 말이 곱게 나가지 않았다.

"용정수."

그가 억눌린 목소리로 이름을 부르자 용 비서가 슬쩍 눈치를 보며 말했다.

"최윤경 씨가 좋아하는 과일이 바나나입니다."

"그래서?"

"바나나를 먹을 때 습관이 있더라고요."

"……."

"몇 번 먹는 걸 봤는데 그냥 먹는 게 아니라 아이스크림처럼 쭉 빨아……."

"됐어."

강석은 짜증스럽게 말을 딱 잘랐다. 용 비서가 무슨 말을 하려는지 이제야 이해가 됐고, 더는 듣고 싶지 않았다.

"제가 이상한 생각을 한 건 절대 아니고요. 두 분만 계시고 상황이 상황이다 보니…….”

됐다고 했는데도 또 주절주절 말을 늘어놓았다. 강석은 눈을 매섭게 부라리며 용 비서를 노려보았다.

“쓸데없는 말 할 거면 나가.”

“그냥…… 그렇다는 말입니다.”

“나가라는 말 못 들었어?”

버럭 소리를 지르자 그제야 용 비서가 사무실을 나갔다. 나가기 전 표정이 웃음을 억지로 참는 기색이 역력했다.

“젠장.”

강석은 낮게 욕설을 뱉으며 넥타이를 거칠게 풀었다. 그러다 문득 생각이 난 듯 닫힌 문을 무섭게 노려보았다.

“저 자식 윤경이를 보면서 무슨 생각을 한 거야?”

다시는 바나나를 못 먹게 해야겠군.


윤경은 반질반질 윤이 나는 차 주변을 벌써 몇 바퀴째 돌고 있는지 몰랐다. 빨간색도 마음에 들고 하얀색, 파란색도 괜찮아 보였다.

“어떻습니까? 카탈로그보다 실물이 더 괜찮지 않습니까? 모두 올해 출시된 겁니다. 성능은 말할 것도 없고 디자인이 아주 잘빠졌죠. 여성분이 운전하기에…….”

직원이 졸졸 따라다니며 열심히 설명을 해줬지만 선뜻 고를 수가 없었다. 음, 이런 건 강석한테 물어보면 좋을 텐데, 어제 그런 일이 있었으니 전화를 하기가 망설여졌다.

바나나 먹는 모습을 보고 강석이 정말 이상한 생각을 했는지는 알 수 없지만 소미의 말을 듣고 난 뒤 자꾸 신경이 쓰였다.

"어쩌라고. 습관인데."

"네? 무슨 말씀이신지."

혼자서 중얼거리는 말을 직원이 들었는지 작은 눈을 커다랗게 뜨고 물었다.

"아, 아니에요."

윤경은 어색하게 웃으며 차 주변을 다시 천천히 돌았다. 인테리어는 거의 마무리 단계라 조만간 집으로 돌아갈 수 있었다. 그전에 차를 살까 하고 나왔는데 선택하기가 쉽지 않았다.

"잠깐만 전화 좀 할게요."

직원이 잠시 자리를 피해주자 윤경은 소미에게 전화를 걸었다.

[미안, 나 지금 바빠서 통화 못해. 이따가 전화할게.]

소미는 말할 틈도 주지 않고 제 할 말만 하고 전화를 뚝 끊어버렸다. 한숨을 푹 내쉬고 돌아섰는데 핸드폰이 울렸다. 윤경은 액정을 한참 동안 쳐다보기만 했다. 웬일로 전화를 다 했을까. 한번도 강석이 먼저 전화한 적이 없었다. 받아야 하나 말아야 하나 잠시 고민하다 통화버튼을 눌렀다. 이름을 본 순간 저도 모르게 얼굴이 화륵 달아올랐지만 목소리를 가다듬고 아무렇지 않은 척 말했다.

"네, 저예요."

[차 오후에 도착할 거야.]

"무슨…… 차요?"

[며칠 전에 주문해 놨는데 오늘 나온다고 하더군. 미리 말한다는 게 깜박했어.]

윤경은 쭉 늘어서 있는 차와 핸드폰을 번갈아 쳐다보았다. 이 남자 아무래도 사람 마음을 읽는 능력이 있나 봐. 아니면 그녀가 어디 있는지 알고 있던가.

설마 하는 생각에 주변을 둘러봤는데 딱히 눈에 띄는 건 없었다.

어렸을 때 딱 한 번 혼자 집 밖을 나갔다가 길을 헤맨 적이 있는 이후, 혼자서는 절대 외출을 못하게 했었다. 아주머니나 강석이 없으면 마을 어귀에 있는 놀이터도 갈 수 없었다. 어린 그녀는 아주머니보다 강석과 함께 있는 걸 좋아했고 그가 학교에서 돌아오면 귀찮을 정도로 붙어 있었다. 초등학교에 입학하고 난 뒤에도 강석은 그림자처럼 그녀의 주변에 있었다. 그러다 기분이 좋지 않은 날은 가끔 툴툴거리기도 했었다.

'아빠한테 말하지 않을 테니까 오늘은 혼자서 나갈래. 따라오지 마. 알았지?'

유치원생도 아니고 초등학생인데 마치 감시하는 것 같은 기분이 들어 짜증을 부릴 때도 강석은 멀찍이 떨어져서 그녀를 지켜보았다. 놀라게 하려고 몰래 숨어도 귀신같이 찾아내서 눈앞에 턱 나타나곤 했다.

그러나 그건 오래전 이야기고 지금은 누군가의 보호를 받을 정도로 어린 나이가 아니다. 순간 불쾌감이 스멀스멀 끓어올라 확인을 해봐야지 하는 생각이 들었다.

"고마워요. 안 그래도 차를 사려고 했는데. 나 지금 오피스텔에 있는데 몇 시쯤 도착한대요?"

전화를 끊은 것도 아닌데 한참 동안 말이 없었다.

[3시쯤 될 것 같아.]

무슨 차를 샀는지 어떤 색인지 궁금하지도 않았다. 강석이 정말 사람을 붙였다면 이유가 뭔지 알고 싶었다. 윤경은 머리를 또르르 굴렸다.

"아얏!"

[왜, 무슨 일이야?]

일부러 비명을 지르자 다급히 묻는 목소리가 들렸다.

[무슨 일이냐니까? 윤경아?]

목소리에 걱정이 잔뜩 묻어 있었다. 아주 잠깐 괜히 신경 쓰게 하는 거 아닌가 하는 생각도 들었지만 이왕 시작한 거 제대로 해 야겠다고 마음먹었다.

"다리를…… 삐었나 봐요. 아후, 아파. 걷지를 못하겠어요."

[기다려. 금방 갈게.]

전화가 뚝 끊겼다. 윤경은 저도 모르게 한숨을 푹 내쉬었다. 다 시 주변을 둘러보고 직원에게 좀 더 생각을 해보겠다는 말을 하고 근처에 있는 커피숍으로 향했다. 커피 한 잔을 시켜놓고 반도 마 시지 않았는데 강석이 나타났다.

"어디를 어떻게 다친 거야?"

살피는 시선이 제법 날카로웠다. 윤경은 눈을 홱 치켜뜨고 강석 을 노려보았다.

"병원부터 가자."

"……."

"걷기 힘들 정도야? 그럼 차까지……."

"이유가 뭐예요?"

안아 들 것처럼 서두르던 강석이 우뚝 멈췄다. 짙은 눈썹을 쓰
윽 추켜세우고는 잠시 바라보다 그녀의 맞은편 의자에 앉았다.

"다친 게 아니군."

"말해봐요. 왜 날 감시하는지."

"……."

"왜 말을 못해요? 도대체 날 왜……."

"제법이네."

강석은 조금 놀란 듯하더니 이내 표정을 가다듬고 씨익 웃었다.
웃어? 지금 웃음이 나와?

윤경은 바락 소리를 지르고 싶은 걸 겨우 억눌렀다.

설마 사람을 시켜서 지켜보고 있을까 싶었다. 진심으로 오해였
기를 바랐는데 강석이 커피숍 안으로 들어서는 순간 불쾌감과 짜
증이 확 일었다. 그런데 이 남자 너무 태평했다. 미안해하는 모습
은 눈곱만치도 없는 것 같고 당황한 기색도 전혀 없었다.

"어제 소미 만난 것도 그래서 알고 있던 거였어. 왜요? 뭐가 궁
금해서요?"

"……."

"내가 당장 그 자리를 차고앉을까 봐 걱정이 되었어요? 아닌 척
원하는 대로 해주겠다고 했으면서 사실은……."

"점심 먹자."

목소리가 점점 뾰족해졌다. 그러나 잔뜩 흥분한 그녀와 달리 강
석은 이 순간에 절대 어울리지 않는 말을 툭 던졌다.

"회사가 그렇게 욕심이 나면 차라리 사실대로 말을 하지 그랬
어요. 그랬으면 나도 생각을 조금 달리했을 수도 있었을 텐데."

생각보다 강석을 많이 믿고 의지하고 있었나 보다. 이제 겨우 26살, 내색은 하지 않았지만 아직은 많이 버거웠다. 일개 사원도 아니고 회사의 오너가 되는 거다. 그러기엔 서운은 결코 작은 회사가 아니었다.

물어뜯길까 봐 겁이 나서가 아니다. 뜯기면 그만큼 돌려주면 되니까.

솔직히 두려웠다. 잘할 수 있을지 확신도 없고 그래서 강석에게 의지하고 싶은 마음이 더 큰 건지 모르겠다. 강석이라면, 이 남자라면 그녀를 도와줄 거라고 믿었으니까.

그런데 그는 그녀를 감시하고 있었다. 배신감이 온몸을 휘감았다.

"배고파. 식사하고 이야기해."

"진심이 뭐예요?"

정말 알고 싶었다. 그의 마음 생각 모두 다.

설사 그의 진심이 날카로운 화살이 되어 심장을 찌르더라도 이젠 알고 싶다.

"정말 내 진심이 궁금해?"

"나한테 복수를 하고 싶은 거였어요?"

"복수?"

"미안하다는 한마디로 용서를 받을 거라는 생각은 안 했어요. 하지만 날 당신 손에 올려놓고 장난을 치겠다면……."

윤경은 자리에서 벌떡 일어섰다. 아무것도 변한 건 없었다. 언제나 혼자였고 지금도 혼자일 뿐이다. 그런데 왜 이렇게 가슴이 휑할까. 뭔가 아주 중요하고 꼭 필요한 것들이 몸에서 훅 빠져나간 느낌이었다.

"어디 한번 해봐요. 날 가지고 놀도록 두지는 않을 테니까."

커피숍을 빠져나와 택시 승강장을 향해 걷고 있는데 손목이 잡히고 몸이 휙 돌려졌다. 강석이 무시무시한 표정으로 그녀의 손을 잡고 어딘가로 끌고 갔다.

"놔요. 이거 놓으라고요."

아무리 뿌리치고 끌려가지 않으려고 버텼지만 그의 힘을 당할 수가 없었다.

"야, 문강석."

꽥 소리를 지르자 강석이 우뚝 멈춰 섰다. 그 바람에 윤경은 그의 등에 얼굴을 쿵 박았다. 얼른 뒤로 한 걸음 물러나 손을 세차게 뿌리쳤다.

"야, 문강석?"

그가 짙은 눈썹을 쓱 끌어 올리며 서늘하게 말했다. 윤경은 뜨끔했지만 이미 화가 머리끝까지 치솟은 상태라 물러서기 싫었다.

"왜? 나는 감시까지 하면서 그깟 이름 좀 부른다고 무슨 큰일이라도 나?"

"아직도 내가 널 꼬맹이로 취급하기를 바라?"

"누가……."

"아니면, 모셔야 할 아가씨로 착각하고 있는 건가?"

그는 믿지 않겠지만 그런 생각은 눈곱만치도 한 적이 없었다. 오히려 그 반대였다. 더는 꼬맹이가 아닌 여자로, 조건 때문이 아니라 그녀를 위해 회사에 남아 있고 앞으로도 곁에 있어준다고 약속을 해주었으면 하고 바랐다.

원하는 대로 해주겠다는 그의 말이 서운할 정도로.

"나한테 자격지심 있어요?"

"생각 없이 말하는 건 여전하군."

윤경은 바락 대들려다가 입을 꾹 다물었다. 머릿속으로 수없이 후회했던 그날의 장면들이 떠올랐다.

강석을 마지막 본 그날, 그녀는 모래 위에 강석의 얼굴을 그리고 있었다. 몇 번을 지웠다가 다시 그렸는지 모른다. 그렇게 정성스럽게 그린 그림을 망가뜨린 남자가 너무 미웠다. 낯선 남자에게 끌려갈지도 모른다는 생각에 무섭기도 했지만 그림이 망가진 것도 화가 났다. 그래서 어깃장을 부렸다. 강석을 집에서 내쫓으라고.

윤경은 눈을 꾹 감았다 떴다.

"결국 그거군요."

"쓸데없이 머리 굴리지 마."

목소리가 어찌나 서늘한지 심장까지 떨렸다. 지금껏 그날 일에 대해서는 입도 뻥긋하지 않더니 이제야 본심을 드러낸다는 생각이 들었다.

"내가 미안해한다고 해서 당신이 원하는 대로 내버려 둘 거라는 생각은 하지 말아요."

"입 다물고 차에 타."

"싫어요."

"강제로 태울까?"

"내 몸에 손끝 하나라도 대봐요. 가만두지 않을 테니까."

"그래? 그럼 어떻게 하는지 두고 볼까?"

그가 그녀에게 시선도 떼지 않고 성큼 다가오는 바람에 윤경은 뒤로 물러났다. 한 걸음 두 걸음 다가오고 물러나기를 반복하는 사이 거리가 조금씩 가까웠다.

윤경은 강석을 노려보면서 더는 움직이지 않았다. 그녀가 멈추자 강석도 멈춰 섰다. 손을 뻗으면 닿을 수 있는 거리였지만 강석은 두 손을 호주머니에 찔러 넣고 표정 없는 시선으로 그녀를 쳐다보았다.

"넌 날 이용한다고 했고, 난 이용당해 준다고 했어. 그런데 뭐가 문제야?"

"이건 경우가 다르죠."

"나만 널 감시하고 있을 것 같아?"

"……."

"사람들한테 보여주기 위해 나와 살겠다고 하기에 그 정도 머리는 돌아갈 거라고 생각했는데, 아직 넌…… 어린 게 맞아."

다른 말은 하나도 귀에 들어오지 않았다. 감시하고 있는 또 다른 누군가가 있다는 말도 신경 쓰이지 않았다. 오직 어린 게 맞다는 말만 머릿속에 콕 들어와 박혔다.

"문강석 씨가 나보다 나이가 많을 뿐이지, 난 어리지 않아요!"

"말로만 어리지 않다고 할 게 아니라 행동을 그렇게 해야지."

"내가 어린아이처럼 행동했다는 거예요?"

"아니라고 말하고 싶은 거야? 그럼 나도 똑같은 질문 하나 할까?"

지나가는 사람들이 힐끔거렸지만 신경도 쓰이지 않았다. 오로지 강석만 보였다. 잔뜩 흥분한 그녀와 달리 강석은 목소리를 높이지도 않고 표정의 변화도 없었다.

"혼인신고. 아무리 회장님 유언이라고 하지만 지금껏 가만히 있었던 이유가 뭐야?"

"……."

"당장 무효로 돌릴 것처럼 말하더니 날 이용하겠다고 했었지. 너하고 회장님이 뭐가 다른지 한번쯤 생각해 본 적 있어?"

윤경은 아무 말도 할 수가 없었다. 사람들이 지나다니는 도로에서 강석이 이런 말을 할 줄은 생각도 못했다.

"복수, 자격지심?"

그의 눈빛이 섬뜩하게 번뜩였다. 한 번도 이런 모습을 본 적이 없던 터라 윤경은 눈도 껌벅이지 못하고 강석을 쳐다보기만 했다.

"내가 복수를 생각했다면 지금까지 가만히 있었을 것 같아?"

"무, 무슨 소리가 하고 싶은 거예요?"

"최윤경, 내 꼬마 아가씨."

"……."

"이렇게까지 말을 했는데 못 알아듣는다면 나도 어쩔 수 없지."

갑자기 강석이 휙 돌아서서 걸었다. 조금도 미련이 없다는 듯 성큼 걸어서 차에 올라탔다. 윤경은 검은색 승용차가 시야에서 사라질 때까지 그 자리에 꼼짝도 않고 서 있었다. 뭔가 중요한 이야기를 들은 것도 같은데 머릿속은 텅 빈 것처럼 아무 생각도 나지 않았다. 서늘한 바람이 볼을 스치고 머리카락을 흔들고 지나갔다.

6

　윤경은 서점에서 책을 산 뒤 번잡한 도심을 빠져나왔다. 한 시
간쯤 달려서 산 아래 작은 카페 앞에 차를 세웠다. 도로변에서 조
금 벗어난 곳이라 딱히 사람들이 찾지 않을 것 같은데 오늘은 주
말이라 그런지 넓은 정원은 사람들이 꽤 많았다. 커피를 들고 산
책하는 사람들, 군데군데 놓인 벤치와 몇 개의 크고 작은 파고라
에 앉아 도란도란 이야기를 나누는 모습들이 여유로워 보였다.

　"오늘은 떡 케이크 한 종류밖에 없는데 드시겠어요?"

　그녀를 알아본 직원이 반갑게 웃으며 인사했다.

　"네, 그리고 커피 대신 허브차로 한 잔 주세요."

　바람은 싸늘했지만 날씨가 좋아서인지 다들 밖으로 나가서 실
내는 한두 팀밖에 없었다. 윤경은 창가 옆에 자리를 잡고 앉았다.

　벌써 일주일째 이곳을 찾았다. 차 키를 받던 날 그녀는 곧장 집

을 챙겨서 호텔로 향했다. 2층은 공사가 끝났지만 아직 1층은 마무리 단계라 당장 집으로 갈 수 없어 그동안 호텔에서 지내다 어제야 집으로 들어갔다.

호텔에 있는 동안 윤경은 매일 이곳을 찾았었다. 답답한 마음에 차를 몰고 나왔다가 우연히 카페 팻말을 보고 차를 돌렸다.

—Cafe. 시간이 멈춘 곳.

색이 바랜 팻말을 보고 좁은 길을 따라가면서 설마 이런 곳에 카페가 있을까 했는데, 오고 나서 감탄했다. 높지 않은 산 아래 초가집을 연상케 하는 집 한 채와 넓은 정원은 마치 세상과 동떨어져 있는 느낌이었다. 첫날은 커피만 마시고 돌아갔는데 다음날부터 책을 들고 찾아와 꽤 오랫동안 머물렀다. 커피와 각종 차 종류가 있고 케이크가 아니라 주인이 직접 만들어서 파는 떡으로 점심을 해결했다.

떡은 매일 두 종류만 만드는데 제법 소문이 나서 미리 주문을 해놓고 사러 오는 사람들도 있단다.

"주말이라 그런지 사람들이 많네요."

"아무래도 평일보다는 쉬는 날 사람들이 많이 찾는 편이에요."

"그렇겠어요. 이곳은 정말 시간이 멈춘 것 같은 느낌이 들거든요. 한 번 온 사람은 꼭 다시 찾아올 것 같아요."

"그래서 저도 우연히 왔다가 결국 이렇게 눌러앉았잖아요. 필요한 거 있으면 더 말씀하세요."

윤경은 직원이 차와 케이크 모양의 떡 한 접시를 놓고 사라지자 턱을 괴고 창밖을 바라보았다. 정원 곳곳은 이름 모를 꽃들이 지천인데 가을의 끝자락이라 앙상한 가지들이 듬성듬성 보였다. 이곳도 곧 겨울이 오겠지.

하얗게 눈이 덮인 겨울도 괜찮을 거라는 생각이 들었다. 차를 한 모금 마시고 책을 펼쳐 들었는데 핸드폰의 진동음이 들렸다.

액정을 확인한 윤경은 얼른 통화버튼을 눌렀다.

"하이, 제임스."

제임스와는 가끔 통화를 했었다. 며칠 전 통화하면서 조만간 한국에 들어올지도 모른다는 말을 하기에 오면 연락하라고 했더니 지금 한국이란다.

"정말 한국에 왔어?"

[지금 외할머니 댁이야.]

"할머니 칠순이 다음날 초라고 하지 않았어?"

[미리 왔지. 식구들 모두 함께.]

"아, 그랬구나?"

제임스는 성격이 꽤 유쾌하고 밝은 친구다. 심지어 그녀가 식사나 차를 마시자고 했을 때 거절을 해도 서운해하기는 했지만 화를 내거나 찡그리는 걸 못 봤다.

[우리 언제 봐? 난 오늘 저녁도 괜찮고 내일도 괜찮아. 아무 때나 괜찮지만 되도록 빨리 보고 싶다.]

"할머니 때문에 왔다면서 무슨 시간이 그렇게 자유로워?"

[할머니는 핑계고 내 목적은 윤경을 만나는 거니까.]

윤경은 장난기 어린 제임스의 목소리에 피식 웃음을 지었다. 자리에서 일어나 밖으로 나와 정원을 천천히 걸었다.

"내가 한국에 없을 거라는 생각은 안 해봤어?"

[오 마이 갓, 지금 한국 아니야?]

놀란 목소리에 실망한 기색이 역력했다. 윤경은 배시시 웃으며 바람에 흔들리는 긴 머리카락을 손으로 쓸어 넘겼다.

"음, 한국이 아니라…… 서울."

[윤경, 놀랐잖아.]

"그렇다고 뭘 놀랄 것까지. 얼마나 머물 거야?"

[열흘, 조금 더 있어도 상관없고.]

"그럼 이삼 일 있다가 만나."

[이삼 일씩이나? 오늘은 시간이 안 돼?]

"다음 달부터 회사 나가야 해서 미리 준비해야 할 것도 있고, 시간 내기가 좀 그래."

아직 강석에게 말은 하지 않았지만 그렇게 하기로 결정했다. 그동안 충분히 쉬었다. 시간은 그녀한테 아무것도 해주지 않을 것이다. 가만히 앉아서 손에 쥘 것과 버려야 할 것을 생각만 하면서 시간을 보낼 수는 없었다.

[잠깐도 안 돼? 커피 한잔 마실 정도.]

"다음에 편하게 만나는 게 좋지 않겠어?"

[다음엔 길게 오늘은 짧게.]

아이처럼 보채는 말투에 윤경은 잠시 생각하다 알았다고 말하고 전화를 끊었다. 다시 왔던 길을 되돌아와서 카페 안으로 들어가 가방을 챙겨 들었다.

"벌써 가시게요?"

늘 서너 시간씩 앉아 있다가 갔는데 차도 다 마시고 않고 나가려고 하자 직원이 놀라서 물었다.

"약속 있는 걸 깜박했어요."

"아, 그러셨구나. 그럼 또 오세요."

정원을 가로질러 주차장으로 내려온 윤경은 곧장 차를 출발했다. 약속한 장소에 도착했을 땐 2시간이나 지나 있었다.

제임스는 긴 다리를 꼬고 앉아 핸드폰을 보면서 싱글싱글 웃고 있었다. 무슨 재미있는 걸 보는지 그녀가 가까이 가는 줄도 모르는 듯했다.

"뭐가 그렇게 재미있어?"

"왔어? 오랜만이네."

"오랜만은 무슨. 가끔 통화했잖아."

"통화하는 거랑 이렇게 보는 건 다르지."

윤경은 차를 주문하고 테이블에 놓인 제임스의 핸드폰을 쳐다보았다.

"뭘 보고 있던 거야?"

"사진."

"무슨 사진?"

"비밀."

제임스는 그녀가 핸드폰을 가져가 볼까 봐 얼른 집어 들어서 호주머니에 넣었다.

"애인 사진이구나?"

"애인은 아니고 짝사랑 중."

"오홀, 그런 것도 해?"

제임스는 가끔 너무 솔직해서 당황하게 만들 때가 있었다. 그런

177

사람이 짝사랑을 한다니 조금 신기했다.

"첫눈에 반했는데 도무지 꿈쩍을 하지 않아. 무슨 좋은 방법이 없을까?"

글쎄, 그런 방법을 안다면 자신 또한 이렇게 가슴앓이를 하지는 않겠지.

윤경은 강석을 떠올리며 씁쓸하게 웃었다.

지난 며칠 동안 강석은 연락을 해오지 않았다. 아주 잠깐 먼저 전화를 해볼까 하다가 그만두었다. 사람을 붙여서 감시를 하고 있다는 걸 알았을 땐 화가 많이 났는데 시간이 지날수록 어쩌면 보호를 하고 있는 건지 모른다는 생각도 들었다.

'나만 널 감시하고 있을 것 같아?'

누가, 왜? 아무리 생각해도 그럴 만한 사람은 없는데 도대체 강석은 무엇을 걱정하고 있는 것일까.

"무슨 생각을 그렇게 골똘히 해? 설마 내 짝사랑을 해결해 줄 방법을 찾는 중이야?"

"그런 걸 내가 어떻게 알겠어."

"만약 윤경이라면 어떻게 할 거야?"

"나?"

"짝사랑하는 사람이 있다면 어떻게 할 거냐고."

"글쎄. 음, 솔직하게 말하지 않을까. 이를 테면 정면 돌파?"

문득 소미가 한 말이 떠올라 말은 했지만 스스로도 어이가 없었다. 그녀 또한 솔직하지 못하니까. 강석에게 속마음을 이야기한다면 어떤 반응을 보일지 짐작도 되지 않았다.

"정면 돌파라. 말했다가 그나마 편안한 관계마저 틀어지면 어쩌지?"

"사실 솔직히 말하면 나한테도 그런 용기는 없어."

"윤경도 짝사랑하는 사람이 있는 거야?"

제임스가 놀라서 물었지만 윤경은 부정도 긍정도 하지 않고 빙그레 웃기만 했다.

"있다는…… 뜻인가?"

"내 이야기는 됐고, 누구야? 내가 아는 사람이야?"

"음, 글쎄."

"말해주기 싫구나?"

"지금은 말할 수 없어. 분명한 건 내가 만약 고백을 한다면 그 친구는 날 다시는 보지 않을 거야."

"혹시 남자가 있는 건 아니고?"

"그건 아닌 것 같아. 꽤 오랫동안 지켜봤는데 없는 것 같았어."

"그렇게 오랫동안 지켜본 본 거야? 그러니까 어떤 여자인지 정말 궁금하네."

윤경은 팔짱을 끼고 의자 뒤로 몸을 기댔다. 누군가를 가슴에 담는다는 건 행복하면서도 힘들다는 걸 알기에 제임스의 심정을 조금은 알 것도 같았다.

"언제든 기회가 있겠지. 그보다 윤경은 어때? 잘 지낸 거야?"

"응, 그동안 푹 쉬었고 이제부터 일을 할까 해. 언제까지 놀 수는 없으니까. 아, 잠깐만."

진동음이 들려서 핸드폰을 꺼내 들었는데 모르는 번호였다. 받지 말까 하다가 통화버튼을 눌렀다.

[문강석 사장님 비서 용 비서라고 합니다.]

전화를 받자마자 먼저 소개를 하는 바람에 윤경은 대답도 못하고 가만히 핸드폰을 들고 있었다.

[여보세요?]

"아, 네. 그런데 무슨 일로…….

[사장님은 말씀을 드리지 말라고 했는데, 아무래도 연락을 해야 할 것 같아서요. 사장님 지금 병원에 계십니다.]

윤경은 자리에서 벌떡 일어섰다. 제임스가 놀라서 그녀를 쳐다보았다.

"왜요? 무슨 일인데요?"

[지방에서 올라오다 교통사고가 났는데…….]

다음 말은 귀에 들어오지도 않았다. 병원 이름만 듣고 가방을 챙길 생각도 못하고 커피숍을 빠져나왔다.

"윤경, 무슨 일이야?"

"어? 어. 병원에 가야 할 것 같아."

"병원엔 왜? 누가 아파?"

"오빠, 아니, 강석 씨가 사고가 났대."

핸드폰을 꼭 쥐고 있는 손이 덜덜 떨렸다. 머릿속은 온통 사고가 났고 강석이 다쳤다는 생각밖에 들지 않았다.

"차가 어디 있지? 아니, 가방."

"가방은 여기 있어. 하지만 그 상태로는 운전은 못할 것 같은데. 같이 가줄까?"

"아니야. 혼자 갈게. 갈 수 있어."

가방을 받아 든 윤경은 주차장을 찾지 못해 허둥댔다. 그 모습을 지켜본 제임스가 윤경의 손을 잡고 택시 정류장으로 이끌었다.

"택시 타고 가. 운전은 안 하는 게 좋겠어."

"괜찮아. 할 수 있어."

"괜찮지 않아. 지금 떨고 있잖아."

그제야 윤경은 핸드폰이 부서져라 쥐고 있는 손이 떨고 있는 걸 알았다.

"윤경한테 중요한 사람이야?"

중요해. 아주 많이. 그러나 지금은 제임스와 강석에 대해서 이야기를 할 만큼 여유롭지가 않았다. 강석이 다쳤다는데 사고가 났다는데, 당장 병원으로 가서 강석을 봐야 한다는 생각밖에 들지 않았다.

"대답 안 해도 알 것 같네. 일단 택시 타고 병원 가. 차는 나중에 가져가고."

제임스가 택시 문을 열고 기다렸다. 윤경은 고맙다는 말도 못하고 택시에 타자마자 병원 이름을 대고 빨리 가자며 기사를 재촉했다.

많이 다치지는 않았다고 하지만 강석을 보지 않고는 마음을 놓을 수가 없었다. 2년 전 병원에 도착했을 때 삐이 하는 기계음과 함께 하얀 시트가 최 회장의 얼굴을 가리는 모습이 자꾸 떠올랐다. 속이 바싹 타들어갔다.

"아저씨, 빨리 좀 가주세요."

20여 분도 걸리지 않는 거리인데 너무 멀게 느껴졌다. 윤경은 병원에 도착하자마자 뛰어 들어가 멈춰 있는 승강기에 올라탔다. 용 비서가 알려준 병실 문을 노크도 없이 벌컥 열었다.

"……"

환자복을 입은 강석이 침대에 누워 있었다. 이마에 반창고를 붙이고 있고 한쪽 손에는 붕대가 칭칭 감겨 있었다. 보는 순간 눈물이 핑 돌았다.

"오…… 빠."

가까이 다가가 불렀는데 대답이 없었다. 잠이 든 게 맞는 거겠지. 손가락을 조심스럽게 내밀어 그의 코끝에 대자 따듯한 숨결이 느껴졌다. 그제야 안도의 한숨이 나왔다.

윤경은 잠시 머뭇거리다 용기를 내서 그의 턱을 가만히 쓸었다. 습관처럼 턱을 만지는 강석을 볼 때마다 이렇게 만져 보고 싶었는데, 하필 병원에 누워 있을 때라니.

이마를 덮고 있는 머리카락을 손으로 조심스럽게 쓸어 넘기자 반창고 옆에 살짝 팬 자국이 보였다.

참 잘생긴 얼굴인데 또 흉터가 남는 건 아닌지 걱정이 되었다.

"미안해요. 아니라는 거 아닌데 내가 너무 심한 말을 했어."

화가 나서 마음에도 없는 말을 해버렸다. 그 말을 듣고 강석이 얼마나 상처를 입었을지 생각을 하면 쥐구멍이라도 들어가고 싶었다.

"난 왜 이러는지 몰라. 또 오빠한테 상처 주는 말을 해버렸어."

어렸을 때는 어려서라고 하지만 지금은 아닌데, 윤경은 진심으로 미안했다. 오피스텔을 나와 혼자 호텔에 머물면서 뒤늦은 후회를 했지만 찾아갈 용기는 나지 않았다.

집으로 들어간 후 내심 기다렸었다. 강석이 찾아오기를.

"나 오빠 좋아해. 아주…… 많이. 그러니까 아프지 말고 다치지도 마."

강석을 좋아한다. 좋아하게 된 게 아니라 좋아하고 있었고 지금
도 여전히 좋아한다. 그건 변하지 않는 진실.

"내가 얼마나 좋아하는지 오빠는 상상도 못 할 거야."

차마 마주 보고 못한 말을 하고 나니 눈물이 볼을 타고 주르륵
흘렀다. 가슴이 먹먹했다. 생각해 보면 의지할 곳이 하나도 없다.
혼자 남겨졌을 때 친척들은 그녀가 괜찮은지 묻는 사람도 없었다.
이모마저 남편을 따라 캐나다로 가버리는 바람에 가끔 통화를 하
는 게 다였다. 마치 세상 한가운데 홀로 내던져진 기분이었다.

"오빠는 안 그럴 거지? 나 혼자 두지 않을 거지?"

강석은 그러지 않았으면 좋겠다. 밉지만 그녀를 혼자 두지 않고
곁에 있었으면 좋겠다. 윤경은 고개를 숙인 채 하염없이 흐르는
눈물이 손등으로 뚝뚝 떨어지는 모습을 흐릿한 시선으로 지켜보
았다.

어쩌면 최 회장은 이런 날이 올까 봐 그녀를 더 모질게 대했는
지 모른다는 생각도 들었다. 혼자 남게 될 딸이 단단해지기를 바
라는 마음에서.

"울보."

윤경은 손등으로 눈물을 닦다 말고 깜짝 놀랐다. 고개를 번쩍
들자 강석이 그녀를 빤히 쳐다보고 있었다.

"괜찮아요? 어디를 어떻게 다친 거예요?"

"용 비서가 쓸데없는 짓을 했군."

강석은 묻는 말에 대답은 않고 인상을 찌푸리며 침대에서 일어
나 앉았다.

"어쩌다 사고가 난 거야? 오빠가 운전했어요?"

"이제 다시 오빠야?"

지금 그게 문제가 아니지 않은가. 강석은 그녀의 말에 대꾸도 않고 슬그머니 웃기까지 했다.

"사람을 깜짝 놀라게 해놓고 웃음이 나와요?"

"그럼 울까?"

윤경은 밉지 않게 강석을 흘겨보았다. 눈물이 쏙 들어갔다. 걱정 가득한 그녀의 시선에 강석은 어깨를 으쓱해 보이며 별일 아니라는 듯 어깨까지 으쓱해 보이며 설명했다.

"용 비서가 운전했는데 옆의 차가 갑자기 끼어들어서 사고가 난 거야. 보시다시피 많이 다친 건 아니고. 검사도 할 만큼 했고 좀 쉬었으니까 퇴원할 거야."

"퇴원은 무슨, 교통사고는 후유증이 무섭다잖아. 며칠 병원에 입원하고 있어요."

"왜, 걱정돼?"

"그럼 당연히 걱정되지. 사고가 났다고 해서 얼마나 놀랐는지 알아요?"

심장이 철렁해서 아무 생각도 할 수 없었다. 많이 다치지 않아서 다행이긴 한데 이 남자 왜 그렇게 웃고 있는지 모르겠다. 빤히 쳐다보는 시선에 웃음기가 가득했다.

"진심이야?"

"뭐…… 가요?"

"방금 전에 나 좋아한다고 고백했잖아."

자고 있는 줄 알았는데 다 듣고 있었어? 윤경은 얼굴이 확 달아올랐지만 입술을 삐죽 내밀며 시치미를 뚝 뗐다.

"내, 내가 언제? 나 그런 말 한 적 없거든요?"

"그래? 난 분명히 들었는데."

"잘못 들은 거겠지."

강석이 빤히 쳐다보고 있어서 시선을 어디에 두어야 할지 몰랐다. 창피하고 부끄러웠다. 그를 좋아하는 건 진심이지만 그렇다고 얼굴을 마주 보며 이야기할 용기는 없었다. 정면 돌파는커녕 하늘이든 땅이든 사라졌으면 하는 생각밖에 들지 않았다.

"그럼 내가 꿈을 꾼 건가?"

"그, 그렇겠지. 아니, 그런 걸 거야."

그녀가 다급히 인정을 하자 강석의 미소가 점점 깊어졌다.

"무슨 그런 꿈을 꾸었는지 모르겠군. 하기는 목소리만 들었지 얼굴은 보지 못했으니 다른 여자일 수도 있겠네."

"다른 여자요?"

"넌 아니라고 하고. 그럼……."

"다른 여자가 그런 고백을 해주기를 은근히 바랐나 보네."

"굳이 바라지 않아도 가끔 듣기는 했지."

"그래서요?"

"뭐가 그래서요야?"

"가끔 들었다면서요? 그래서 어떻게 되었는지 묻잖아요."

다쳐서 걱정했던 마음은 쏙 들어가고 얼굴도 모르는 여자가 강석에게 고백을 하는 모습을 상상하니 눈에 힘이 팍 들어갔다.

"어땠을 것 같아?"

"그걸 왜 나한테 물어요? 고백을 들은 당사자가 말을 해야지."

사람 궁금하게 해놓고 강석은 아무 말도 없었다.

"왜 말을 안 해요?"

"기억나는 게 없어서. 내 관심을 끌 만한 사람이 없었거든."

윤경은 귀를 쫑긋 세우고 있다가 관심 없다는 말에 기운이 쭉 빠졌다. 안도의 한숨이 절로 나왔다.

"그런데 한 사람한테는 관심이 마구 가서 말이야. 아무래도 확인을 해봐야 할 것 같아."

"확인하지 마요."

저도 모르게 말이 툭 튀어나왔다. 강석이 다른 여자한테 관심 갖는 게 싫다. 윤경은 제발 강석이 이유를 묻지 않기를 바라며 얼른 시선을 돌렸다. 그러나 그건 그녀의 바람일 뿐이었다.

"왜?"

"……."

"허락받고 만나야 해서? 아니면 다른 뜻이 있는 건가?"

뭘 그렇게 꼬치꼬치 묻는지 모르겠다. 그냥 대충 넘어가면 안 되나.

윤경은 눈을 꾹 감았다 떴다.

"말했잖아요. 복잡해지는 거 싫다고."

"복잡할 것 없어. 그렇다고 내가 회사 일을 대충 할 것도 아니고."

지금 내가 걱정하는 건 회사가 아니거든요? 문강석, 당신이라고요.

차마 속 시원하게 말은 못하고 윤경은 애먼 입술만 잘근잘근 씹었다.

"어쨌든 난 확인을 해야겠어."

하지 말라는데 굳이 하겠다는 건 뭔지. 고집도 저런 똥고집이 없다는 생각이 들었다.

"지금 당장."

뭐가 급하다고 지금 당장 한다는 거야. 눈을 사납게 치켜뜨는 순간 손목이 잡히고 몸이 확 끌려갔다.

"뭐 하는 거예요?"

"말했잖아. 당장 확인한다고."

그러니까 궁금해 죽을 것 같아서 당장 확인을 하겠다면서 왜 내 손을 잡느냐고요.

묻고 싶은 말은 많았지만 그가 너무 가까이 있어서 목소리가 꿀꺽 삼켜졌다. 심장이 터질 것처럼 두근거렸다.

아주 잠깐 사실대로 말을 할까 하는 생각까지 들었지만 차마 그럴 용기는 나지 않았다. 어쩌면 강석은 그녀의 진심을 부담스러워 할지도 모른다는 생각이 들었다.

최 회장, 회사 그리고 그녀까지.

막연히 할 수 있을 거라고 생각했던 것과 달리 막상 직접 회사를 책임지는 자리에 있다면 그 무게감이 결코 적지 않을 거라는 건 알고 있었다. 강석은 그 부담감을 지금껏 안고 살았고 여전히 그 자리에 있었다. 윤경은 그가 너무 가까이 있다는 것도 잊은 채 조심스럽게 말을 꺼냈다.

"회사 말이에요."

"회사가 왜?"

"어때요?"

그는 무슨 뜻으로 묻는 말인지 모른다는 눈빛으로 눈썹을 쓰윽 끌어 올렸다.

"그러니까 많이 힘들……."

"그건 조만간 직접 알게 되지 않을까?"

"내가 만약, 만약에 말이에요."

"난 지금 회사 이야기를 하고 싶지 않은데."

"……."

"왜냐면 확인을 하기 전에는 아무 생각도 못할 것 같거든."

뒤로 슬그머니 물러나려는 그녀의 손을 그가 더 꽉 움켜잡고 잡아당겼다. 윤경은 쓰러지듯 그의 품에 안긴 채 눈만 멀뚱히 뜨고 있었다. 무슨 말을 하기도 전에 입술이 뜨겁게 삼켜졌다.

"읍."

꼼짝도 못하게 머리를 움켜잡은 뒤 그의 혀가 입술을 가르고 들어왔다. 말캉한 혀의 느낌은 아찔할 정도로 거침이 없었다. 윤경은 숨도 못 쉬고 그의 키스를 받아냈다. 너무 갑작스럽고 당황해서 밀어내야 한다는 생각도 하지 못했다. 입안 곳곳을 핥고 지나간 혀가 그녀의 혀를 낚아채 강하게 빨아 당겼다. 온몸이 그에게 빨려 들어가는 것 같아 그의 어깨를 잡고 바르르 떨었다.

키스는 숨 막히도록 강렬했고 호흡마저 모조리 그에게 흡입되는 느낌이었다. 그가 입술을 놓아주었을 때도 그녀는 숨 쉬는 것도 잊어버린 사람처럼 헉헉댔다.

"내가 제대로 들은 게 맞네."

그는 여유가 넘치는 웃음을 머금고는 그녀의 젖은 입술을 손가락으로 가만히 쓸었다. 윤경은 너무 정신이 없어서 그의 품을 벗어날 생각조차 할 수가 없었다.

"진심이라면 책임을 져야지."

좋아하는데 무슨 책임까지 지라는 건지 모르겠다.

"그렇게 쳐다보면 또 키스할 거야."

윤경은 정신이 번쩍 들어서 얼른 몸을 바로 세웠다. 홧홧하게 열이 오른 얼굴을 어찌지 못해 두 손으로 감싸고 홱 돌아섰다.

"계속 돌아서 있을 거야?"

등 뒤로 뜨거운 시선이 느껴졌다. 그가 어떤 표정으로 그녀를 보고 있는지 알 수는 없지만 목소리에 살짝 웃음이 묻어 있었다.

"당장 퇴원해야겠어."

강석은 기가 막힌 시선으로 용 비서를 노려보았다. 퇴원을 하겠다고 말한 지 벌써 몇 시간이나 지났는데 그는 여전히 환자복을 입고 있었다. 윤경과 나란히 의사를 만나고 오겠다고 나가더니 돌아와서 한다는 소리가 퇴원을 할 수 없단다.

"용 비서."

"……"

"용정수!"

"그렇게 무섭게 노려봐도 어쩔 수 없습니다. 의사 선생님도 안 된다고 했고요."

"멀쩡한데 왜 퇴원이 안 된다는 거야?"

"그거야 의사가 판단하는 거죠."

"의사가 아니라 윤경이겠지."

그가 퇴원을 한다고 했을 때 윤경은 절대 안 된다고 했었다. 이미 검사도 다 했고 이마에 작은 상처와 손목이 시큰거리는 게 다였다. 그런 이유로 퇴원을 할 수 없다는 게 말이 되는가 말이다.

"전 그냥 의사가 한 말을 전해 드린 것뿐입니다."

"윤경이는?"

"모르죠. 이젠 지켜보지 말라고 하셨잖습니까?"

핫, 강석은 콧방귀를 뀌며 용 비서를 노려보았다. 굳이 퇴원을 하지 말라면 하루 정도는 병원에 있어도 상관없었다. 하지만 누가 상사인지 모르는 것 같은 용 비서를 보고 있자니 슬금슬금 화가 치밀어 올랐다.

"뭐야?"

"뭐가 말씀입니까?"

"윤경이가 뭐라고 했는데 내 말은 귓등으로 흘려듣는 거야?"

"……."

"회사 잘리고 싶어?"

"아휴, 진짜. 두 분이 어쩌면 그렇게 똑같습니까?"

강석은 발끈하며 자리에서 벌떡 일어서는 용 비서를 보며 코웃음을 쳤다. 그럼 그렇지. 뭔가 있군.

"사실대로 말을 하든가, 내일부터 출근을 하지 말든가 결정해."

"스토커로 신고한답니다."

"뭐?"

"그동안 몰래 뒤를 밟은 거 다 알고 있다면서 사장님 이대로 퇴원하면 바로 경찰서에 신고……."

"너 바보냐?"

"바보가 아니니까 이러죠."

그 말을 곧이곧대로 믿다니 순진하기는.

강석은 기가 차서 고개를 절레절레 흔들었다.

"신고하라고 해. 증거도 없는데 뭘 걱정이야?"

"왜 없어요. 사장님 책상 서랍 맨 아래 칸에 꽉 찼잖아요. 어디 그것뿐입니까? 방 어딘가에 있는 박스에도……."

"입 다물어라."

"그거 버리실 거 아니잖습니까?"

스토커로 신고한다는 말에 정말 겁을 먹은 건지 용 비서가 불만 스럽게 툴툴거렸다. 강석은 나직이 한숨을 내쉬며 침대에서 내려 섰다.

물론 절대 버리는 일은 없을 테지. 그가 곁에 없었던 지난 시간 속 윤경의 모습이 고스란히 들어 있는데 어떻게 버린단 말인가. 보는 것만으로도 아까워 죽겠는데.

"어쨌든 오늘은 퇴원 절대 안 됩니다. 절 자른다고 해도 안 돼 요. 아셨습니까?"

"윤경이 지금 당장 내 앞에 데리고 오면 생각해 볼게."

"하아. 비서가 이렇게 서러운 직업인 줄 오늘 처음 알았네."

"신세 한탄할 시간에 찾아보는 게 어때?"

놀리려고 일부러 한 말인데 용 비서는 정말 당장 찾아 나설 것 처럼 한숨을 푹 내시며 돌아섰다. 그때 문이 열리고 윤경이 들어 왔다.

"무슨 일 있어요? 분위기가 왜 이래요?"

"부탁이 있는데 들어주셔야겠습니다."

그가 무슨 말을 하기도 전에 용 비서가 전혀 부탁 같지 않은 말투로 말했다. 윤경은 조금 놀랐는지 강석을 바라보다 용 비서에게 시선을 돌렸다.

"무슨……."

"앞으로 어디 가실 때는 사장님께 꼭 보고를 하고 다니셨으면 합니다."

"네?"

"그래야 제가 목숨 줄이 붙어 있거든요."

윤경은 무슨 말인지 알아듣지 못하는 표정이었고 그 모습을 지켜보고 있는 강석은 쿡 소리를 내며 웃었다.

"그럼 전 내일 아침에 다시 오겠습니다."

꾸벅 인사를 한 용 비서가 나가자 윤경은 멀뚱멀뚱 닫힌 문을 쳐다보다 그의 곁으로 다가왔다.

"무슨 말이에요?"

"그러게. 목숨이 좀 위태위태한가 보네."

윤경의 눈매가 가늘어졌다. 강석은 모른 척 시치미를 떼며 입꼬리를 부드럽게 끌어 올렸다.

"강석 씨가 협박한 거 맞죠?"

"내가?"

"딱 보니 그러네. 뭐라고 했는데요?"

"내가 비서를 협박할 사람으로 보여?"

"그렇지 않고는 용 비서님이 저런 말을 할 리 없잖아요."

"스토커로 신고를 한다고 협박을 한 사람이 할 소리는 아닌 것 같은데?"

고새 그걸 일러바쳤나 보네. 윤경은 입술을 삐죽 내밀며 들고 온 가방에서 딸기를 꺼내 들었다.

"딸기 사러 나간 거였어?"

"겸사겸사요. 연락받고 병원 올 때 차를 커피숍 주차장에 두고 왔었거든요."

"차를 두고 와? 왜?"

"너무 놀라서…… 아니, 난 운전하고 오려고 했는데 제임스가……."

"제임스? 그 노랑머리가 한국에 왔단 말이야?"

"제임스를 알아요?"

윤경은 싱크대에서 딸기를 씻다 말고 놀라서 돌아보았다. 강석이 조금 난처한 표정으로 턱을 어루만졌다.

"도대체 날 언제부터 감시를 한 거예요?"

"감시라기보다는 보호라는 말이 맞겠지."

"아, 보호?"

윤경은 기가 막혀서 들고 있던 딸기 하나를 홱 집어 던졌다. 동작이 어찌나 잽싼지 강석이 한 손으로 딸기를 턱 받아서 입에 넣고 오물거렸다.

"음, 맛있네."

또 하나를 던졌더니 그마저도 냉큼 잡아챘다.

"설마 또 던질 건 아니지? 사고 때문에 근육이 놀랐는지 온몸이 뻐근해. 줄 거면 그냥 줘."

그렇게 말을 하는데 다시 던질 수는 없었다. 윤경은 강석을 노려보다 딸기를 마저 씻었다. 다 씻은 딸기를 테이블에 내려놓고 팔짱을 끼고 앉았다.

"이리 와서 앉아요."

강석은 뭐가 그렇게 즐거운지 빙그레 웃으며 맞은편 의자에 앉았다.

"말해봐요. 언제부터였어요? 설마 혼인신고 된 다음부터 날 쭉 감시했어요?"

"손 아파. 먹여줘."

그는 아예 먹여줄 때까지 딸기를 먹지 않겠다는 듯 팔짱을 끼고 의자 뒤로 느긋하게 몸을 기댔다.

"말 안 해요? 도대체 언제부터……."

"안 먹여줄 거야? 나 환자야."

붕대를 감은 손을 들어 보이며 정말 아픈 사람처럼 인상까지 구겼다.

"오른손은 말짱하잖아요."

"말했잖아. 근육이 놀란 것 같다고."

속은 부글부글 끓는데도 정말 아픈가 싶어서 딸기를 포크에 찍어서 내밀었다. 주면 냉큼 받아먹을 것이지 강석은 옆자리를 툭툭 두드렸다.

"너무 멀어."

"아기처럼 이럴 거예요?"

"주기 싫은 거야?"

윤경은 그를 찌릿 노려보다 하는 수 없이 강석의 옆자리로 향했다. 누가 알면 엄청 중환자인 줄 알겠네. 많이 다치지 않은 건 천만다행인데 어리광을 부리는 듯한 그의 행동이 얄미우면서도 속으로는 웃음이 나왔다. 한 번도 강석의 이런 모습을 본 적이 없었다. 어릴 때도 그는 늘 어른스러웠고 다시 만났을 땐 표정의 변화가 거의 없었다.

기분이 좋은지 나쁜지, 무엇을 좋아하고 싫어하는지 도무지 알 수가 없었는데 한참 어린아이처럼 굴고 있는 걸 보고 있자니 귀엽다는 생각까지 들었다.

"아, 해요."

딸기를 입에 머금은 그의 눈이 반달처럼 휘어졌다. 윤경은 밉지 않게 흘겨보면서 다시 제일 크고 맛있어 보이는 딸기 하나를 포크로 찍었다.

그새 삼켰는지 그가 입을 벌리고 기다리고 있었다. 입에 넣어주자 갑자기 그가 그녀의 어깨를 잡고 확 끌어당겼다.

"뭐, 뭐 하는……."

입술이 닿는 순간 딸기가 그녀의 입안으로 들어왔다. 윤경은 너무 놀라서 엉겁결에 딸기를 밀어내지도 못하고 눈만 동그랗게 떴다.

"계속 물고만 있을 거야?"

제일 큰 걸로 고른 터라 한쪽 볼이 봉긋했다. 강석이 손가락으로 그녀의 볼을 꾹 눌렀다. 어쩔 수 없이 오물오물 씹었다.

"혼자 먹을 거야?"

그러게 누가 달라고 했나. 더구나 이런 식으로 말이다. 달콤한 딸기 향이 입속으로 번지는데도 맛을 느낄 수가 없었다.

"욕심쟁이네. 이런 건 나눠 먹는 거야."

입술이 다시 삼켜졌고 으깨진 딸기가 그의 입속으로 흘러들어갔다. 강석은 딸기를 모조리 핥아먹고도 입술을 놓아주지 않았다. 그의 혀가 입천장과 연한 속살을 연신 핥아댔다. 딸기 향보다 더 진하고 달콤한 키스가 한참 동안 이어졌다. 심장은 미친 듯이 뛰는데 몸이 노곤해졌다.

마침내 그가 입술을 놓아줬을 땐 윤경은 벌겋게 달아오른 볼을 두 손으로 감싸며 차마 그를 마주 보지도 못했다.

벌써 두 번째 그와 키스를 했다. 처음 했을 때만큼 농밀하지는 않았지만 도무지 놀란 가슴이 진정이 되지 않았다.

"처음도 아닌데 표정이 왜 그래?"

웃음을 담뿍 머금고 태연히 하는 말에 윤경은 발끈했다.

"나 처음이거든요?"

"저런."

저런? 지금 그런 반응이 나올 땐가 말이다. 당연히 사귀는 사람도 없었는데 키스는 처음이었다. 그런데 처음이 아니란다. 사람을 뭐로 보고.

"그 나이 되도록 키스도 안 해봤다는 거야?"

"내 나이가 키스를 꼭 해봐야 하는 나이는 아니거든요?"

"그런가?"

"키스는 서로 좋아하는, 아니, 사랑하는 사람들끼리 하는 거잖아요."

"그럼 그런 사람이 없었다는 뜻이네."

"당연히……."

없었다고 말을 해야 하는데 왠지 억울하다는 생각이 들었다. 생각해 보니 강석은 너무 능수능란했다. 도대체 얼마나 많은 여자와 키스를 해봤기에 사람 혼을 쏙 빼놓을 정도란 말인가.

"앞으로는 다 할 거예요."

"뭘?"

"키스도 하고, 아무튼 뭐든 다 한다고요."

"그래?"

"네."

"그럼 걱정하지 않아도 되겠네."

격정적으로 키스를 했던 사람 같지 않게 그는 느긋했다. 전혀 관심이 없다는 표정이었다.

다른 남자와 키스를 해도 괜찮다 이거지?

윤경은 주먹을 불끈 쥐고 씩씩거렸다.

"나한테 키스는 왜 한 거예요?"

"말했잖아. 확인해 본다고."

"그러니까 그 확인을 왜 나한테……."

"설마 내가 다른 사람한테 확인하기를 바랐던 거야?"

아무래도 강석은 그녀를 놀리고 있는 게 분명했다. 그는 그녀와 한 키스에 아무 의미도 두지 않는 거다. 그걸 깨닫는 순간 눈물이 핑 돌았다.

"난 앞으로 너한테만 확인할 거야."

"……."

"왜냐면 난 아내를 얌전히 모셔둘 생각이 조금도 없거든."

"……."

"그래서 말인데, 앞으로 더한 것도 할 텐데 감당할 수 있겠어?"

차라리 무슨 뜻인지 알아듣지 못하면 좋을 텐데 윤경은 그가 한 말을 충분히 알아들었다. 서운하고 속상한 마음은 순식간에 사라지고 볼이 열이 오른 것처럼 발그레하게 물들었다. 고개를 숙인 채 볼을 두 손으로 감싸자 그가 그녀의 턱을 잡고 들어 올렸다. 시선이 마주친 순간 강렬한 그의 눈빛에 심장이 무섭게 날뛰었다.

"최윤경, 내 말 잘 들어."

그의 눈빛이 점점 더 깊어졌다. 윤경은 숨도 쉬지 못하고 빨려 들어갈 것 같은 그의 눈빛에서 시선을 떼지 못했다.

"우리 관계를 끝낼 수 있는 기회는 아직 있어."

"무슨…… 말이에요?"

"멈추고 싶으면 말해."

그 어느 때보다 진지한 목소리였다. 윤경은 오롯이 그녀를 담고 있는 그의 깊은 눈동자를 파고들었다. 그의 심장까지 닿고 싶다는 간절한 열망으로.

닿아서 느낄 수 있으면 좋겠다. 강석의 진심을, 그가 진정으로 바라고 있는 마음을.

이미 그녀는 그를 향해 달려가고 있는데, 멈추고 싶은 생각은 조금도 없는데, 아직 기회가 있다고 말하는 강석이 서운하고 원망스러웠다.

"지금 우리 관계를 나한테 결정을 하라는 거예요?"

그의 눈빛은 흔들림이 없었다. 윤경은 마른침을 꿀꺽 삼켰다. 강석은 언제나 든든한 나무였다. 어렸을 때도 그랬고 지금도 여전히 그녀의 심장 안에 단단히 뿌리를 내리고 있는 나무, 도대체 이 남자가 흔들린 적이 있을까 싶었다.

"왜요? 왜 나한테만 결정하라는 건데요? 당신 마음은……."

늘 강석의 마음이 궁금했었다. 멀리 떨어져 있으면서 무슨 생각을 했는지, 돌아와서는 어땠는지, 혼인신고를 받아들이면서는 또 어떤 마음이었는지. 지금 그는 무슨 생각을 하는지. 앞으로 어떻게 하고 싶은지. 모든 게 너무 궁금했다.

"내 마음은 처음부터 변한 적이 없거든."

7

윤경은 집에서 나와 곧장 회사로 차를 몰았다. 퇴원을 하고 일주일째 강석을 만나지 못했다. 당연히 집으로 들어올 줄 알았는데 그는 오지 않았다.

"흥, 처음부터 변한 적 없다고?"

그러니까 그 변하지 않은 마음이 무엇인지 말을 해줘야 할 것 아니냐고.

그날 강석은 그녀에게 더할 수 없는 깊은 키스를 하고는 돌아가라고 했었다. 함께 있겠다고 고집을 부렸지만 막무가내였다. 어쩔 수 없이 집으로 왔고 다음날 병원을 다시 찾아갔는데 이미 퇴원하고 없었다. 회사로 찾아갈까 하다가 저녁엔 집으로 오겠지 하고 기다렸건만 오지 않았다. 사람이 어떻게 그렇게 무심할 수 있을까. 걱정할 거라는 생각은 하지 못하는 건가.

"보나마나 또 바빠서 그랬다고 하겠지."

아무리 바빠도 잠은 잘 것 아니냐고. 그럼 오피스텔이 아니라 집으로 와야 하는 것 아니냔 말이다.

"착한 내가 간다. 마음이 태평양인 내가 간다고."

윤경은 씩씩거리며 속도를 높였다. 설사 바쁘고 오피스텔이 회사하고 가까워서 오지 않았다면 전화라도 해야 하는 것 아닌가 말이다. 잠도 못 자고 기다리고 있는 사람은 생각 안 하나.

기다리지 말아야지. 키스는 아무 의미 없이 한 것일 수도 있는데 너무 조바심을 내고 있는 건 아닌가 하는 생각도 들었지만 그렇다고 그에게 향하는 마음을 멈출 수가 없었다.

결국 일주일이 한계였다. 더는 얌전히 기다리고 있을 수만은 없었다.

마음속에 담고 있는 말을 밖으로 꺼낸 뒤 마치 막아놨던 둑이 퍽 하고 터진 것처럼 강석이 걱정되면서 너무 보고 싶었다. 하지만 안달난 사람처럼 보이기는 싫어서 참고 참았는데 더는 얌전히 기다리고 있기 싫었다.

윤경은 그날의 키스를 떠올리며 손가락으로 입술을 가만히 어루만졌다. 숨 막히도록 뜨겁고 달콤했던 그의 입술의 감촉이 아직도 느껴지는 듯했다.

"내가 아내면 당신은 내 남편이잖아."

나도 내 남편을 얌전히 모셔둘 생각이 없다고.

이젠 소미의 말처럼 진짜 정면 돌파를 해볼 생각이었다. 회사 주차장에 도착했을 때 핸드폰이 울렸다.

아, 제임스. 윤경은 액정을 확인하고 이마를 툭 쳤다. 만나서 이야기도 제대로 못하고 갑자기 병원으로 간 뒤 다시 연락을 하지 못했다. 이게 다 문강석 때문이다. 교통사고, 키스 그리고 연락 두절. 제임스가 한국에 있다는 건 생각도 못했다.

"제임스, 쏘리. 내가 먼저 연락을 했어야 했는데 정신이 없었어. 할머니 칠순은 잘 보냈어?"

[응, 어제. 그리고 지금은 공항.]

"벌써? 열흘이라고 하지 않았어?"

[원래는 혼자 더 있으려고 했는데 부모님 가실 때 함께 가기로 했어.]

"왜? 무슨 일 있어?"

예정했던 날보다 더 있을 수도 있다고 하더니 갑자기 돌아간다고 해서 혹시 안 좋은 일이 있나 걱정이 되었다. 제임스는 방학이면 가끔 혼자서도 한국을 방문하곤 했다. 할머니를 좋아하기도 하지만 어머니의 고향인 한국이 아주 마음에 든다면서.

"제임스, 왜 말이 없어? 정말 무슨 일 있는 거야?"

[음, 아주 없지는 않지만 괜찮아질 거야.]

"무슨 말이 그래? 가만, 혹시 짝사랑한다던 그 사람 때문에 그래? 혹시 고백했는데 그쪽에서 거절했어?"

[귀신이네. 하지만 고백은 하지 않았어. 앞으로도 하지 않을 생각이야.]

"왜?"

[그 친구가 좋아하는 사람이 있는 것 같아서. 직접 확인은 하지 않았지만 그런 느낌을 받았거든.]

윤경은 아무리 짝사랑이지만 좋아하는데 그렇게 마음 정리가 쉽게 되느냐고 물었다. 고백이라도 해봐야 하는 것 아니냐고 말하자 제임스는 오히려 되물었다. 좋아하는 사람이 있는데 다른 사람한테 고백을 받으면 어떻게 할 거냐고.

그녀가 대답을 못하자 제임스는 마음의 정리를 한 듯 담백하게 말했다.

[괜히 어색해져서 친구마저 잃고 싶지 않아.]

윤경은 더 이상 제임스의 짝사랑에 대해서 말하지 않았다. 짝사랑을 하든 마음을 접든 그건 제임스의 선택이니까.

"제임스, 힘내고, 잘 가."

다시 연락하자는 말을 하고 전화를 끊었다. 차에서 내려 승강기에 올라탄 순간 제임스에 대한 생각은 금세 잊혔다. 머릿속은 다시금 온통 강석의 생각으로 가득 찼다.

승강기가 1층에서 멈추고 한 여자가 올라탔다. 와우, 여자는 늘씬한 키에 붉은색 원피스를 입고 두꺼운 검은색 벨트로 잘록한 허리를 강조했다. 짧은 스커트 아래 쭉 뻗은 다리는 같은 여자가 봐도 부러울 정도로 멋진 몸매였다. 시선이 느껴졌는지 여자가 힐끔 쳐다보고는 새침하게 입술을 휘었다.

그런데 왜 버튼을 안 누르지? 설마 사장실에 가는 건가.

띵, 32층에서 승강기가 멈추자 문 가까이 있던 여자가 먼저 내렸다. 윤경은 두어 걸음 뒤에서 여자를 따라 걸었다. 32층은 사장실밖에 없으니 짐작은 하고 있었지만 여자가 사장실 안으로 들어가자 윤경은 눈을 가늘게 뜨고 닫힌 문을 노려보았다.

"혹시 그 불여시인가?"

문득 그 생각이 들자 눈에서 불길이 확 일었다. 꼬리를 싹둑 잘라 버릴까 보다.

노크를 하고 안으로 들어서자 용 비서가 난처한 표정으로 여자의 앞을 가로막고 있었다.

"아, 오셨습니까?"

그녀와 시선이 마주친 용 비서가 반갑게 인사를 하면서 아는 체를 했다.

"잠깐만 기다려 주시겠습니까?"

윤경은 고개를 끄덕였다. 여자가 사장실로 향하는 용 비서의 손을 잡아채고는 표독스럽게 따져 물었다.

"이봐요, 용 비서. 내가 먼저 왔거든요?"

"말씀드렸잖습니까. 사장님은 지금 손님과……."

"그 말은 방금 전에도 들었어요."

"그럼 약속 없이 이렇게 막무가내로 찾아오는 건 안 된다는 말도 기억하시겠네요."

"나한테 너무 무례한 거 아니에요?"

"전 꽤 친절했던 걸로 기억하는데요?"

천연덕스러운 용 비서의 말에 여자는 기가 막힌 듯 코웃음을 쳤다.

"이게 지금 친절하다는 거예요?"

"네, 전 아주 친절했다고 생각합니다."

"이봐요, 용 비서. 내가 먼저 왔거든요? 손님이 있어서 강석 씨를 만날 수 없으면 다른 사람도 안 돼야 하는 거잖아요. 그런데 왜……."

"저분은 되고 이소윤 씨는 왜 안 되는 건지 궁금하신 것 같은데,

그 이유는 저분은 이유 불문 1순위이기 때문입니다. 이제 궁금증이 풀렸습니까?"

"지금 그걸 말이라고 하는 거예요?"

여자가 앙칼지게 목소리를 높였다. 용 비서는 귀찮은 표정을 숨기지 않고 한숨을 푹 내쉬었다.

"계속 이러시면 사람을 부르겠습니다. 시끄럽게 하지 말고 그만 돌아가세요."

"세상에 기막혀라. 지금 날 사람을 시켜서 쫓아내겠다는 말이에요?"

"그러기 전에 나가주면 될 것 같습니다만."

"핫."

보고 있는데 그녀가 다 기가 막혔다. 귀를 막고 있나 아니면 말뜻을 못 알아들을 정도로 머리가 나쁜 건가. 저렇게까지 이야기하는데 무슨 똥고집인지 모르겠다.

윤경은 허리를 쭉 펴고 일부러 여자 옆으로 가까이 다가가서 나란히 섰다.

"용 비서님, 안에 손님이 있는 것 같은데 기다릴까요?"

"아, 아닙니다. 금방 말씀드리겠습니다."

용 비서가 안으로 들어가자 여자는 씩씩거리며 그녀를 노려보았다. 그러거나 말거나 윤경은 보란 듯이 고개를 빳빳이 들었다.

"너 뭐야?"

여자가 대뜸 말꼬리를 잘라먹고 따지듯이 물었다.

"지금 그 말 나한테 한 건가요?"

"그래. 너."

"그러는 너님은 뭔데요?"

"뭐?"

"아, 굳이 들을 필요는 없을 것 같네. 내 남편한데 붙여시 하나가 꼬리를 친다는 기분 나쁜 소문을 들은 적이 있거든."

윤경은 그게 너지? 라는 눈빛으로 여자를 위아래로 훑어보았다.

"부, 불여시? 지금 나보고 불여시라고 한 거야?"

"아니면 말고."

여자가 약이 바싹 오른 표정으로 그녀를 노려보았다.

"그건 그렇고. 방금 전 그 말은 뭐야?"

"무슨 말? 아, 불여시?"

"아니, 남편. 너 우리 강석 씨를 남편이라고 했니?"

우리 강석 씨 좋아하네. 누가 누구의 강석 씨라는 거야. 윤경은 코웃음을 치며 여유 있게 팔짱을 꼈다.

"맞아요. 그런데 그게 뭐가 어쨌다는 거죠?"

"누가 누구의 남편이라는 거야?"

"어머. 말귀를 잘 못 알아듣나 보다. 다시 말해줄까요?"

문강석은 최윤경 남편이다, 라고 열 번 백번이라도 말해줄 수 있지.

윤경은 이제 알았으면 그만 꺼져 줄래? 라는 눈빛으로 여자를 쳐다보다 홱 지나쳐 걸었다.

"잠깐."

어지간히 끈질긴 여자네. 친절하게 남편이란 말까지 들었으면 꼬리 팍 내리고 사라질 것이지 왜 자꾸 말을 거는 거야.

윤경은 짜증이 났지만 돌아서서 입꼬리를 살짝 끌어 올리며 방긋 웃었다.

"난 그쪽한테 볼일 없는데."

"강석 씨가 네 남편이면 결혼을 했다는 건데 이게 어디서 뻥을 치고 있어?"

"나 뻥 같은 거 칠 줄 모르는 사람이거든요?"

"뻥이 아니면 정말 강석 씨가……."

"이소윤 씨라고 했던가요? 여자 망신 그만 시키고 그만 돌아가는 게 어때요?"

소윤의 얼굴이 붉으락푸르락 변했다. 이내 이를 악물고 눈매를 사납게 치켜떴다.

"강석 씨한테 직접 확인하기 전에는……."

"내 말을 못 믿겠다 이거예요?"

"그래. 믿을 말을 해야 믿든가 하지."

"믿든 말든 마음대로 해요. 그런다고 달라지는 건 없을 테니까."

도대체 행동을 어떻게 하고 다니기에 저런 날파리들이 날아다닌단 말인가. 윤경은 속이 부글부글 끓어올랐지만 태연히 미소까지 머금고 한심하다는 듯 소윤을 쳐다보았다.

아주 많이 매력적이기는 하지만 이미 강석은 그녀의 남자다. 혼인신고까지 했고 키스도 했단 말이지.

그때 문이 열리고 용 비서와 강석이 나타났다.

"강석 씨, 이 여자가 하는 말이……."

강석은 소윤은 쳐다보지도 않고 그녀의 앞으로 곧장 다가왔다.

"왔으면 들어올 것이지 여기서 뭐 해?"

"안 그래도 지금 들어가려고 했어요."

강석이 다정하게 그녀의 허리에 팔을 둘렀다. 뭔가 뿌듯해지는 기분이었다. 윤경은 보란 듯이 강석의 옆에 찰싹 달라붙었다. 여자가 입을 쩍 벌리고 쳐다보고 있는 걸 보니 통쾌하기까지 했다.

"혹시 사무실에 에프킬라 같은 거 있어요?"

"에프킬라?"

"날파리가 날아다니는 것 같아서요."

금세 말귀를 알아들은 강석이 피식 웃었다.

"들었어, 용 비서?"

"네, 당장 사다 놓겠습니다."

강석이 조금이라도 머뭇거리거나 난처한 표정이었다면 기분이 나빴을 테지만 전혀 그런 기색이 없었다. 눈곱만치의 관심도 없다는 듯 한 번도 옆에 서 있는 소윤을 쳐다보지 않았다.

안으로 들어서자 서류를 보고 있던 박 변호사가 고개를 들고 빙그레 웃었다.

"어머, 박 변호사님."

"오랜만이네. 안 그래도 돌아왔다는 소식 듣고 연락이 오기를 기다리고 있었지."

"죄송해요. 연락드린다 하면서도 하는 거 없이 바빴어요."

"그렇겠지. 자, 앉아."

윤경은 강석과 나란히 소파에 앉았다. 사무실은 최 회장이 사용하던 때와는 분위기가 많이 달라져 있었다. 커다란 원목 책상과 의자, 책꽂이의 반은 서류들로 채워져 있고 눈에 익은 책들도 많았다. 한쪽 구석에 놓인 긴 테이블은 여러 명이 함께 회의를 할 수 있을 정도였고 소파가 밝은색이라서 그런지 전체적으로 깔끔하고 심플한 분위기였다.

주인이 바뀌었다는 게 실감이 났다. 대학교 입학하고 얼마 지나지 않아서 찾아왔을 때였다. 김 실장과 이야기를 하고 있던 최 회장은 그녀를 보자마자 웃을 듯 말 듯한 표정을 지으며 잠시 기다리라고 했다. 잠시 후 김 실장이 나간 뒤에도 한참 동안 서류를 살피고 사인을 하고 통화까지 하고 나서 그녀가 앉아 있는 소파 맞은편 자리에 와서 앉았다.

'부르지도 않았는데 회사를 찾아오고 별일이구나. 무슨 일 있는 거냐?'

근처에서 약속이 있었다고 말하자 고개를 끄덕이고는 갑자기 책상 앞에 있는 의자에 가서 앉으라고 했었다. 윤경은 왜요, 라고 묻지 않고 일어나서 의자에 가서 앉았다. 그녀를 한참 쳐다보고 있던 최 회장이 물었다.

'기분이 어떠냐?'

대답을 않고 가만히 쳐다보고만 있자 최 회장이 다가와서 명패를 그녀가 볼 수 있도록 돌려놓았다.

'언젠가 네가 앉을 자리다. 이 명패 또한 네 이름으로 바뀌겠지.'

그때는 아직 먼 훗날의 이야기라고 생각했기 때문에 그저 듣고만 있었다. 하지만 최 회장의 표정은 또렷이 기억한다. 뭔가 흐뭇해하면서 뿌듯한 표정이었다.

윤경은 지난 시간들을 떠올리며 씁쓸하게 웃었다.

"이제 일 시작해야지?"

"네, 그러려고요."

박 변호사는 사람 좋은 미소를 지으며 고개를 끄덕였다.

"나 기획실로 발령 내줘요."

윤경은 강석을 쳐다보며 말했다.

"기획실?"

아주 잠깐 강석과 박 변호사의 눈빛이 마주쳤다. 박 변호사는 의외라는 표정이었고 강석은 무슨 생각을 하는지 한참 동안 말이 없었다.

"왜요? 기획실에서 일하는 거 안 돼요?"

"안 될 건 없지."

"그런데 표정이 왜 그래요?"

"내 표정이 어떤데?"

"뭔가 좀 곤란한 것 같기도 하고 불만스러워 보이는데 아니에 요?"

"그럴 리가. 그 말 하러 온 거야?"

"집에 들어오면 말을 하려고 했는데 얼굴을 볼 수 있어야 말이 죠."

"그동안 지방에 있었어."

"퇴원하고 내내요?"

"목요일쯤 올라왔다가 다시 내려가서 오늘 오전에 복귀."

그럼 그렇다고 말이라도 하고 갈 것이지. 괜히 속을 끓인 걸 생각하면 조금 억울하다는 생각까지 들었다. 한마디 해줄까 했지만 박 변호사가 흥미로운 시선으로 쳐다보고 있어서 그만두었다. 뭔가 재미있는 걸 지켜보고 있는 표정이었다.

"그럼 난 다음 주부터 출근하는 걸로 알고 가볼게요."

"그건 저녁에 다시 이야기해."

"문제 될 게 없다면 다시 이야기할 필요 있어요?"

강석은 턱을 이리저리 쓸며 뭔가 골똘히 생각에 잠긴 표정이었다. 턱 다 닳아 없어지겠네.

윤경은 강석을 잠시 바라보다 박 변호사에게 시선을 돌렸다.

"박 변호사님은 어떻게 생각하세요?"

"회사 문제는 둘이 알아서 해야지. 내가 아는 게 있나?"

"사실 지금 서운에 필요한 사람은 내가 아니잖아요. 나이도 그렇고 능력도 안 되는데 욕심부리고 싶지 않아요."

그렇게 심각한 말을 한 것도 아닌데 두 사람은 잠깐 시선을 마주치고는 아무 말도 없었다.

"내가 해줄 말은 둘이서 잘 상의해서 결정하라는 거야. 난 약속이 있어서 그만 일어나야겠어."

"벌써 가시려고요? 바쁜 일 없으면 저랑 차 한잔하고 가세요."

"음, 시간이 조금 있긴 한데 그럼 그럴까? 나가 있을 테니까 천천히 나와."

박 변호사가 나가고 윤경은 강석의 맞은편 자리에 가서 앉았다. 무슨 생각을 하는지 여전히 뭔가 생각에 잠긴 듯한 표정이었다. 문득 그녀가 기획실에서 근무한다는 것 말고 다른 것 때문인가 하는 생각이 들었다.

"혹시 기분 나빠요?"

"내가 왜?"

"좀 전에 그 여자…… 이소윤 씨한테 내가 한 말 들었어요?"

"무슨 말?"

표정으로는 들었다는 건지 아닌 건지 알 수가 없었다. 윤경은 괜히 말을 꺼냈나 했지만 솔직하게 말하는 것도 나쁘지 않겠다 싶었다.

"강석 씨를 내 남편이라고 했어요."

"그랬어?"

"혹시 그것 때문이라면……."

"사실인데 기분 나쁠 이유가 없잖아."

은근히 신경이 쓰였는데 그는 별일 아니라는 듯 어깨까지 으쓱해 보이며 말했다.

"그 여자는 모르고 있더라고요."

"굳이 말할 이유가 없으니까."

"그 말은 일부러 숨기려고 했다는 거예요? 아니면……."

"내 사생활을 전혀 상관 없는 사람한테까지 알릴 이유가 없다는 뜻이야."

윤경은 빤히 쳐다보는 강석의 시선을 피하지 않았다. 전혀 상관 없는 이라는 말에 내심 기뻤지만 그럼에도 불구하고 그 여자 생각을 하면 기분이 나빴다.

"상관없는 여자가 왜 회사까지 찾아와서 저렇게 목을 맬까요?"

"지금 질투하는 거야?"

"내가요? 혹시 내가 그래 주기를 바라는 건 아니고요?"

기분이 나쁜 건 사실이지만 그렇다고 강석 앞에서 인정을 하고 싶지는 않았다.

"사실 안에서 듣고 있었어."

매끄럽게 휘는 입술이 그는 이 상황이 꽤나 즐거운 듯 보였다. 그러나 윤경은 하나도 즐겁지 않았다. 굳이 소미의 말을 듣지 않았어도 강석을 보는 여자들 시선이 어떨지 상상은 갔다. 누가 봐도 문강석은 매력 있는 남자니까.

보는 사람들 가슴을 설레게 하는 저 눈빛, 저 미소. 절대 다른 여자들과 나눠 갖고 싶지 않다.

"그래서 은근히 즐기고 있었어요?"

"즐긴 것까지는 아니고. 꽤 당당하게 말하기에 굳이 내가 나서야 할 필요는 없을 것 같더군."

즐긴 거 맞네. 좋아한다고 고백까지 하고, 당당하게 남편이라는 말을 하는 소리를 들었으니 아주 기세가 등등해 보였다.

"나를 날파리나 잡는 에프킬라용으로 사용할 생각은 꿈도 꾸지 말아요."

"난 날파리에 관심 없어. 내 관심은…… 딱 하나뿐이거든."

그 하나가 뭔지 강석은 말을 하지 않았다. 묻고 싶었지만 윤경은 눈에 힘을 팍 주고 노려보다 자리에서 일어섰다.

"궁금해할 줄 알았는데 안 물어보는 거야?"

"내가 물어본다고 대답해 줄 것도 아니잖아요. 그만 가볼게요."

피식 웃는 걸 보니 역시 묻지 않기를 잘했다는 생각이 들었다. 이래서 더 많이 사랑하는 사람이 지는 거라고 하는 말이 있나 보다.

"날 너무 잘 아는 것처럼 말하네?"

"다는 아니지만 어느 정도는 알아요."

"알고 있는 게 뭔지 물어봐도 될까?"

"그 질문 나도 한번 해볼까요? 강석 씨는 나에 대해서 얼마나 알고 있는데요?"

강석이 피식 웃으며 자리에서 일어섰다. 두어 걸음 다가와 더 깊어진 웃음을 머금고는 두 손을 호주머니에 찔러 넣었다.

"내가 너에 대해서 얼마나 알고 있는지 궁금해?"

"됐어요. 듣지 않을래요."

"아쉽네. 전부 다 말을 해줄 생각이었는데."

분명 제대로 된 답변을 하지 않을 거라는 생각에 듣지 않겠다고 했는데 또 호기심이 반짝 일었다.

"그럼 말……."

"저녁에 집으로 갈게."

저 봐. 전부는 무슨 얼어죽을. 윤경은 밉지 않게 그를 흘겨보면서 휙 돌아섰다.

"좀 늦을지도 몰라."

대꾸도 않고 사무실을 나오자 용 비서가 바나나를 먹다 말고 자리에서 벌떡 일어섰다. 제대로 씹지도 않고 삼켰는지 얼굴이 벌게져서 가슴을 툭툭 두드리고는 말했다.

"박 변호사님이 1층에서 기다리신답니다."

"고마워요. 그런데 용 비서님도 바나나 좋아하시나 봐요?"

"네? 아, 아닙니다. 누가 줘서……. 하나 드릴까요?"

점심으로 우유 한 잔만 마셨더니 배가 고프긴 했다. 하나 달라고 할까 잠깐 망설이고 있는데 문이 벌컥 열렸다. 강석이 바나나를 들고 있는 용 비서를 쳐다보며 인상을 팍 구겼다.

"바나나 먹지 마."

핫, 윤경은 밖으로 나와 승강기 앞에 서서 뒤를 홱 돌아보고 씩씩거렸다.

"치사하게 자기 것도 아니면서 왜 먹지 말라는 거야?"

용 비서가 난처해하던 표정을 생각하니 괜히 미안한 생각까지 들었다. 바나나를 좋아한다는 말을 했더니 그 밤에 사오라고 할 때는 언제고. 흥.

그깟 바나나 하나 못 먹어서가 아니다. 강석이 마치 그녀를 남의 것을 탐하는 사람처럼 말하는 게 기분이 살짝 나빴다.

"내가 앞으로 딸기를 사주나 봐라."

바나나만 한 보따리 사다 놔야지. 승강기 문이 열리고 올라타려고 하는데 생각지도 못한 사람이 내렸다.

"작은아버지."

"오랜만이구나."

그녀도 반갑게 인사를 하지 않았지만 최 부장 또한 결코 반기는 기색은 아니었다.

"문 사장 만나러 온 게냐?"

"네."

"돌아왔으면 나를 먼저 찾아왔어야지. 예의를 모르는 건 예나 지금이나 여전하구나."

윤경은 대꾸하지 않았다. 새삼스럽게 예의를 차리고 싶지도 않았다. 최 회장은 부친이 살아 계실 때도 그녀를 살갑게 대하지는 않았다. 슬하에 자식이 없을 때도 그랬고 늦게 아들을 얻고 난 후에는 더했다.

은근히 그녀를 무시했고 경계했다. 그러거나 말거나 신경 쓰지 않았었다. 집안 모임이 있을 때를 제외하면 서로 마주칠 일이 없었으니까.

윤경은 유언장이 공개되었을 때 최 부장이 어떠했는지 생각하며 서글프게 웃었다.

"회사는 언제부터 출근할 생각이냐?"

"다음 주부터 기획실로 출근할 겁니다."

"기획실?"

"네."

"왜 기획실이야? 이 회사 주인은 너야."

"진심으로 하시는 말씀이세요?"

"무슨 뜻이냐?"

윤경은 빙그레 웃었다. 가끔 이모와 통화를 하면서 최 부장이 강석에게 어떻게 했는지 들었다. 사무실을 난장판으로 만들기도 했고 하는 일마다 사사건건 태클을 걸었다고 했었지. 그런데도 모른 척했다. 강석이 알아서 잘 대처할 거라고 생각했으니까. 그 정도의 배짱은 있을 거라고 믿었다. 어렸을 때도 그랬었다. 최 회장 앞에서도 아니라고 생각하는 일에는 고분고분하지 않았다. 그렇다고 버릇없다고 생각할 정도로 대들지도 않았다. 그저 묵묵히 제 생각대로 행동했다. 아마도 그런 강석의 모습을 지켜보면서 최 회장은 믿었을 거라는 생각이 들었다. 그녀와 혼인신고까지 하게 하면서 회사를 맡길 정도로 말이다.

"무슨 뜻이냐고 물었잖니?"

"별 뜻 없어요. 전 약속이 있어서 그만 가봐야겠어요."

인사를 하고 돌아섰는데 최 부장이 한껏 비틀린 목소리로 그녀의 걸음을 멈추게 했다.

"아직도 상황 판단이 안 되는 거냐? 고작 혼인신고 하나로 생판 모르는 남한테 그 많은 재산을 넘겼는데 넌 억울하지도 않아?"

"남이 아니라 제 남편이에요."

"남편? 누가 네 남편이야? 문 사장, 아니, 문강석은 네 아빠 기사를 했던 사람 아들이야. 그런 놈을……."

"말씀이 지나치시네요."

"내가 없는 말을 한 것도 아니고 지나치기는 뭐가 지나쳐?"

"못 들으셨어요? 강석 씨는 제 남편이에요."

"그럼 넌 그놈을 믿는다는 거냐?"

당연히 믿는다. 남편이라서가 아니라 문강석, 그 사람이니까. 윤경은 얼굴 가득 미소를 머금고 또박또박 대답했다.

"남편을 안 믿으면 누구를 믿겠어요."

"멍청하기는. 전에도 말했지만 조만간 넌 빈털터리로 쫓겨날 거야. 그때 가서 후회하지 말고……."

"절 너무 띄엄띄엄 보시네요."

"무슨 생각인지는 모르지만 지금 네가 믿을 사람은 나뿐이야. 이 회사도 그렇고 너 또한 지켜줄 수 있는 사람은 나라고. 그러니까 정신 똑바로 차리고 회사는 네가 맡아."

무슨 뜻으로 하는 말인지 모를 정도로 멍청하지는 않았다. 그녀가 사장 자리를 맡는 순간 마음대로 주무를 생각이겠지.

"잘 아시겠지만 회사는 아빠가 계실 때보다 더……."

"쯔쯧, 하나는 알고 둘은 모르는 소리. 뒷구멍으로 무슨 짓을 하는지 알고. 사람 마음이 얼마나 간사한지 모르는구나."

"알아요. 충분히 봤거든요."

하나같이 떡고물이 적다고 투덜댔었다. 혼자 남은 그녀를 걱정해 주는 사람은 없었다. 유언장이 공개된 후 통화를 한 사람은 이모뿐이었다. 그래 놓고 이제 와서 믿으란다.

윤경은 시니컬하게 입술을 비틀며 웃었다.

"걱정해 주시는 건 고맙습니다. 하지만 제 일은 제가 알아서 해요. 물론 회사도요."

"넌 도대체……."

"그만 가보겠습니다."

최 회장이 인상을 찌푸리며 무슨 말을 더 하려고 했지만 윤경은 승강기에 올라탔다.

"조만간 집으로 와. 와서 다시 이야기하자."

대답도 하지 않고 닫힘 버튼을 눌렀다. 부친이 살아 있을 땐 모두들 입에 사탕을 물고 있는 것처럼 속살거리더니 돌아가시고 나니 언제 그랬냐는 듯 제 욕심만 챙기기 급급했다.

출근하면 당연히 얼굴을 마주치겠지만 왜 하필 오늘인지. 불여시도 그렇고 최 부장도 그렇고 하나같이 마음에 들지 않았다.

강석은 최 부장이 나가고 난 뒤 서류를 살펴보다 말고 자리에서 일어섰다. 가슴에 돌덩이 하나가 박힌 것처럼 답답하고 짜증이 밀려왔다.

'주인이 왔으면 돌려줘야지 언제까지 그 자리에 있을 생각이야? 그동안 충분히 챙기지 않았나?'

한동안 잠잠하더니 다시 시작하려는지 사무실에 들어오자마자 거친 말을 쏟아냈다. 대꾸도 하기 싫어서 가만히 듣고만 있자 아예 작정을 했는지 속을 긁어댔다.

'사람은 자기 분수를 알아야 하는 법. 아버지가 운전기사면 아들도 기사나 하면 될 일이지 언감생심 사장 자리가 말이 된다고 생각해?'

결국 더는 참지 못하고 한마디 하고 말았다. 이 자리를 원한 적도 없고 욕심을 낸 적도 없다고. 그렇다고 최 부장의 말처럼 부모님이 운전기사 일을 하셨다고 자신까지 그래야 한다는 생각은 한 번도 한 적 없다고.

'최 부장님, 여기는 회사고 아직 전 서운 사장입니다. 저한테 연장자로서 대우를 받고 싶다면 말씀 가려서 하십시오.'

분을 이기지 못한 최 부장이 들고 온 서류를 책상에 팽개치듯 던져 버리고 나간 뒤 꽤 시간이 지났는데도 화가 풀리지 않았다.

"후우."

강석은 긴 한숨을 토해내며 머리를 거칠게 쓸어 넘겼다. 일부러 도발하기 위해서 한 말이라는 걸 알면서도 도무지 진정이 되지 않았다. 결국 저 화살이 윤경을 향하게 되겠지. 그 생각만 하면 머리끝이 쭈뼛 섰다. 허공을 노려보는 시선에 냉기가 뚝뚝 흘렀다.

"사장님, 김 실장님 전화입니다."

"연결해."

김 실장은 최 회장이 돌아가시기 전까지 20년 넘게 비서로 일

했고, 그가 사장으로 취임하면서 쉬겠다며 고향으로 내려갔었다. 가끔 통화를 하면서 그만 회사로 돌아오라고 했지만 지금 생활에 만족한다며 대답을 회피했다.

"김 실장님, 오랜만에 전화 주셨네요."

[그러게 말이야. 하는 것 없이 시간이 어찌나 빠르게 지나가는지……]

웃음소리에 여유로움이 느껴졌다. 강석은 갑자기 김 실장이 부럽다는 생각이 들었다. 한 번도 그런 시간을 가져 본 적이 없었다. 늘 잠깐의 휴식도 없이 앞만 보고 달리기만 했고 지금도 여전히 달리는 중이다. 아직 그가 원하는 곳에 닿지 못했으니까. 그 시간이 되지 않았으니까.

"만나뵙고 드릴 말씀이 있는데 언제 올라오실 계획 없으십니까?"

[안 그래도 다음 주쯤 올라갈 생각이야. 그전에 아무래도 말을 해야 할 것 같아서 전화했는데 혹시 바쁜 건 아닌가?]

"무슨……."

강석은 만년필로 책상 위를 톡톡 두드리다 멈추고 의자 뒤로 몸을 기댔다.

[최 부장님 말이야. 오산에 땅을 꽤 많이 매입한 것 같던데 알고 있나 해서.]

"네, 알고 있습니다."

평택 물류센터 건립을 유난히 반대하기에 알아봤다. 친척들 명의까지 빌려서 오산 쪽에 제법 많은 땅을 매입한 상태였다. 물류센터 건립을 추진하던 시기와 비슷해서 끝까지 평택을 반대할지도 모른다고 생각했는데 갑자기 생각을 바꿔서 안 그래도 내내 신경이 쓰이던 차였다.

[혹시나 해서 전화했는데 알고 있었군.]

"평택 건은 그대로 진행할 겁니다."

[알고 있겠지만 최 부장님 쉽게 생각할 분 아니야. 도통 생각을 알 수 없는 분이라서.]

강석은 입술을 삐딱하게 휘며 웃었다. 처음 기획실로 발령 났을 때부터 최 부장은 그를 마음에 들어 하지 않았다. 몇 번 회장실에서 나오다 마주치면 마치 그를 벌레 보듯 쳐다보았다.

'이번 건도 자네 아이디어라지? 머리가 제법인가 보네. 하지만 적당히 설치는 게 좋을 거야. 여긴 우리 최씨 회사야. 기사나 하면 딱 어울릴 놈이 기획실은 무슨……. 도대체 형님은 무슨 생각이신지 알 수가 없단 말이야.'

그럴 때마다 강석은 대꾸조차 하지 않았다. 말을 할 가치도 없다고 생각했으니까.

유언장이 공개되고 그가 사장 자리에 오른 후에도 한동안 입에 담기도 싫은 말을 쏟아냈었다.

'윤경이가 돌아오면 당장 그 자리에서 물러나. 형님이 원한 것도 내 생각과 다르지 않다는 걸 알고 있겠지?'

그런데 어쩌나. 당장 그가 이 자리에서 물러나기를 바라고 있을 텐데 윤경이 생각지도 못하게 기획실로 발령을 내달라고 했으니.

어떤 반응이 나올지 눈에 선했다.

[그만한 자본이 어디서 났는지 모르지만 괜히 회사를 힘들게 하는 건 아닌지 걱정이 되는군.]

"계속 거기서 걱정만 하실 겁니까?"

묻는 말에 김 실장은 가볍게 웃음을 터트리며 아무 말도 하지 않았다.

"진짜 전화하신 이유는 그게 아닌 것 같은데. 아닙니까, 김 실장님?"

[돌아왔다는 소식 들었어.]

"네, 돌아왔습니다."

최윤경, 그녀가 돌아왔다. 이제 더는 어린 꼬맹이가 아닌 여자, 최윤경으로.

강석은 문득 윤경이 가슴골이 깊게 파인 원피스를 입고 바나나를 먹는 모습이 떠오르자 인상을 찌푸렸다. 일부러 유혹하려고 한 행동이 아니라는 건 알고 있지만 그 모습이 떠오를 때마다 허리 아래가 묵직하게 조였다.

그는 윤경이 돌아온 이후 매일 매 순간 흔들렸다. 최 회장이 내건 또 하나의 조건.

강석은 표나지 않게 한숨을 내쉬며 짧은 머리를 쓸어 넘겼다.

[앞으로 어떻게…… 할 생각인지 물어봐도 되겠나?]

"김 실장님은 그런 질문 안 하실 줄 알았는데, 걱정이 되시나 봅니다."

김 실장은 윤경을 친딸처럼 아꼈었다. 단지 모시고 있는 상사의 딸이라서가 아니라 진심으로 예뻐했다. 윤경 또한 김 실장을 많이 따랐고, 어느 땐 두 분이 집으로 함께 들어오면 최 회장이 아니라 김 실장한테 먼저 안겨들 때도 있었다.

"절 믿지 못하시는군요."

[그런 뜻이 아니라는 거 알지 않은가. 난 다만 아가씨가 힘들지 않기를 바랄 뿐이야.]

"그건 저와 생각이 같군요."

김 실장과 통화를 마친 강석은 지끈대는 이마를 손가락으로 꾹꾹 눌렀다. 다시 서류를 펼쳤지만 눈에 들어오지 않았다. 최 부장이 오산에 땅을 매입한 걸 김 실장이 알고 있을 정도면 굳이 숨기려고 하지 않았다는 뜻이다. 끝까지 물류센터를 고집하지 않은 걸 보면 뭔가 다른 생각을 하고 있다는 뜻일 텐데. 그게 무엇일까.

잠시 후 노크 소리와 함께 용 비서가 얼음물 한 잔을 들고 들어왔다.

"이게 필요할 것 같아서요."

그가 눈썹을 쓰윽 치켜뜨며 노려보자 용 비서는 모른 척 시선을 돌렸다. 이왕 가져올 거면 진작 가져오던가. 불만 가득한 표정을 지으면서도 그는 잔을 들고 단숨에 들이켰다. 차가운 물이 목을 타고 넘어갔는데도 머릿속은 진정이 되지 않았다. 강석은 유리잔을 꽉 쥐고 있다 책상 위에 탁, 소리가 나게 내려놓았다.

"말씀드릴 게 있습니다."

강석은 잠시 뜸을 들이는 용 비서를 힐끔 쳐다보았다. 물을 들고 들어왔을 때와는 다른 표정이었다.

"최 부장님 말입니다."

"최 부장이 왜?"

최 부장 이야기는 더 듣고 싶지 않은데 용 비서의 표정이 낮게 가라앉아 있었다.

"사무실에 들어오기 전 승강기 앞에서 최윤경 씨, 아니, 사모님을 만났었습니다."

그가 눈을 가늘게 뜨고 빤히 쳐다보자 한쪽 눈을 찡그리며 난처한 표정을 지었다.

"무슨 이야기를 하는지 자세히 듣지는 못했는데 아들놈, 믿을 사람, 뒷구멍 어쩌고 하는 것 같았습니다."

"윤경이는 뭐라고 했는데?"

"사모님 목소리는 너무 작아서 듣지 못했습니다."

음, 강석은 나직이 한숨을 내쉬었다. 돌아와서 윤경은 최 부장을 만나지 않았다. 최 부장 또한 돌아온 걸 알고 있을 텐데 먼저 찾지 않았다.

"최 부장님 자금 출처는 알아보고 있는 거야?"

"네. 그런데 아직은 보고드린 거 외에 더 알아낸 건 없습니다."

건물 두 개를 처분했고, 은행 담보만으로는 어림도 없는 금액이었다. 몇 년 전 주식으로 꽤 많은 돈을 잃었다는 걸 알고 있기에 그 많은 현금을 보유하고 있을 리 없었다.

"여기저기서 빌렸다고 해도 적지 않은 금액인데."

"어차피 물류센터는 평택으로 정해졌는데 상관없지 않을까요?"

"지금 당장은 그렇게 보이겠지."

강석은 손가락으로 책상을 툭툭 두드리며 골똘히 생각에 잠겼다. 오산에도 크고 작은 물류센터가 꽤 있다. 평택 오산 화성 안성이 거론되었을 때 최 부장은 딱히 어느 한곳을 밀어붙이지는 않았다. 평택과 오산 두 곳으로 좁혀졌을 때쯤 은근히 오산을 주장했다.

항과 인접해 있어서 평택은 토지 매입 금액이 너무 많이 든다는 이유였다. 회사 사정을 고려하지 않고 무리한 경영이라며 사람들을 쑤시고 다니더니 어느 순간 잠잠했다.

"다시 팔려고 할지도 몰라. 그쪽 부동산 쪽으로 알아봐."

"안 그래도 혹시나 해서 알아봤는데 그건 아닌 것 같습니다."

강석은 고개를 끄덕였다. 지금 토지를 되판다고 해도 이미 오른 금액으로 매입을 했기 때문에 크게 이득 볼 건 없을 터였다.

'물류창고 말고 호텔은 어때?'

문득 무건이 한 말이 떠오르자 그의 눈빛이 섬광처럼 번뜩였다.

"물류센터 부지가 아닐 수도 있겠지."

"네? 그게 무슨……."

"최 부장이 만나는 사람들 중에 혹시 건설 쪽과 관계된 사람이 있는지도 알아봐."

"건설이라면……."

"호텔이든 아파트든 뭐든 알아봐."

"네, 알겠습니다."

용 비서가 빈 잔을 들고 돌아섰다. 강석은 뒷모습을 물끄러미 쳐다보다 용 비서를 다시 불렀다.

"더 하실 말씀이 있으십니까?"

"그런데 갑자기 왜 사모님이야?"

"네? 아, 그거요? 사장님 병원에 입원하셨을 때부터 그렇게 부르기로 했습니다."

입원한 것과 사모님으로 부르는 게 무슨 상관이 있단 말인가. 그가 뚫어지게 쳐다보고 있자 용 비서가 빙그레 웃으며 한마디

했다.

"담당 의사를 만나러 갔을 때 그러시더라고요. 문강석 씨 아내라고."

"……."

"그러니 제가 계속 이름을 부르는 건 좀 아닌 것 같아서. 듣기 거북하십니까?"

거북하기는커녕 오히려 심장이 간질거리는 것 같았다. 다른 사람이 불러주고 인정해 주는 아내, 남편. 그건 또 다른 느낌이었다.

"싫으시면 다시 최……."

"아니야. 됐어. 나가봐."

뭐가 좋은지 용 비서는 히죽히죽 웃었다. 강석은 용 비서가 사무실을 나가자 입꼬리를 슬며시 끌어 올렸다.

"사모님이라……."

어쩐지 지근거리는 머리가 맑아지는 기분이었다. 머릿속 가득 들어찼던 먹구름이 걷히는 기분이랄까.

'내 남편, 다시 말해줄까요?'

당당하게 소윤에게 아내라고 말하던 목소리가 떠오르자 자꾸 웃음이 나왔다. 박 변호사도 윤경이 하는 말을 듣고 꽤 놀란 표정이었다.

놀라기는 그도 마찬가지였다. 자는 척하면서 좋아한다는 고백을 들었지만 다른 사람에게까지 대놓고 말을 할 줄을 몰랐다.

강석은 웃음을 머금은 채 책상 서랍 맨 아래 칸의 서랍을 열었다. 크고 작은 상자들이 몇 개나 있었다. 상자 위엔 작은 글씨로 몇 년도 몇 월이라고 메모가 되어 있었다. 그는 긴 손가락으로 제

일 앞에 놓인 상자를 천천히 쓸었다. 열어보지 않아도 그 속에 담긴 사진 속 모습이 눈앞에 그려졌다.

강의실에 들어가는 모습, 도서관에서 나오는 모습. 편의점에 들렀다가 나오면서 환하게 웃는 모습, 계단을 오르다 말고 멈춰 서서 고개를 들고 하늘을 올려다보는 모습까지.

옷차림 동작 표정 하나까지 모든 게 너무 선명했다.

8

강석은 벗어놓은 재킷을 집어 들고 밖으로 나왔다. 용 비서에게
급한 일 아니면 연락하지 말라는 말을 전하고 곧장 승강기에 올라
타서 핸드폰을 꺼내 통화버튼을 눌렀다.

[날 찾는 걸 보니 상담사가 필요한가 보군.]

"어디야?"

느물거리는 무건의 말에 강석은 부정하지 않았다. 차를 몰고 도
로로 나오자 유리창을 통해 오후 햇살이 눈부시게 쏟아져 들어왔
다.

[당연히 회사지. 밥값은 해야 하잖아.]

"1시간 안에 도착할 수 있을 거야."

[어지간히 속이 타나 보네. 그래도 이건 아니지. 먼저 시간이 되
는지 물어…….]

"안 되면 만들어."

강석은 전화를 뚝 끊었다. 무건도 바쁜 시간을 보내고 있다는 걸 알고 있었다. 유들거리는 말투와 달리 제 할 일을 대충하는 성격은 아니니까.

신호등 앞에서 차가 멈췄는데 핸드폰이 울렸다. 액정을 확인한 강석의 입매가 부드럽게 휘었다.

[잠깐 통화 가능해요?]

"운전 중이야."

[그럼 짧게 말할게요. 저녁에 집으로 오는 거 확실한 거예요?]

박 변호사한테 무슨 이야기를 들었는지 묻는 윤경의 목소리가 뾰족했다.

"그거 확인하려고 전화한 거야?"

[워낙 바쁜 사람이잖아요. 안 되면 내가 다시 회사로 가려고요.]

"저녁 시간 전에는 들어갈 거야."

[알았어요. 그럼 저녁 같이 먹는 걸로 알고 기다릴게요.]

윤경은 제 할 말만 하고 전화를 끊어버렸다. 다시 확인까지 하는 걸 보면 할 말이 많은 것 같은데.

강석은 턱을 이리저리 쓸면서 한 손으로 능숙하게 운전을 했다. 얼마 후 익숙한 건물이 보이자 곧장 주차장으로 향했다.

"생각보다 일찍 온 걸 보면 엄청 달렸나 보네."

사무실 안으로 들어서자 무건이 서류를 보다가 자리에서 일어나 싱글싱글 웃었다.

"꽤 한가해 보이네."

"우리 노친네가 들으면 펄쩍 뛸 소리군."

"회장님 건강은 여전하시지?"

"병원을 꽤 좋아하시긴 하지만 기운이 넘치시지."

"어디 편찮으신 거야?"

"꾀병."

"누가 들으면 의사인 줄 알겠네."

"노친네 덕에 반은 의사 됐어. 진단도 하고 처방도 하니까."

무심한 듯 가벼운 말투지만 무건의 마음을 모르지 않았다. 늘 속으면서도 아프다는 소리만 들으면 당장 달려가니까.

"지난번에 상주하는 간호사가 있다고 한 것 같은데."

강석은 무건의 표정이 순식간에 굳는 걸 놓치지 않았다. 이내 표정을 갈무리한 무건이 무심하게 한마디 툭 던졌다.

"내쫓았어."

"누가?"

무건이 손가락으로 자신을 가리키며 씨익 웃었다. 하지만 눈빛은 전혀 웃음기가 담겨 있지 않았다.

"무슨 일 있었던 거야?"

"일은 무슨. 자, 그럼 상담을 시작해 볼까? 물론 상담료는 두둑이 준비해야 할 거야."

더는 자신의 이야기를 하기 싫다는 듯 무건이 말을 슬며시 돌렸다. 강석은 어깨를 으쓱해 보이며 소파에 앉았다.

"지난번 호텔 이야기 말이야."

"호텔? 피앙세 때문에 온 게 아니고?"

무건이 의외라는 듯 눈썹을 치켜떴다. 이내 그를 가만히 응시하다 장난기 어린 표정을 싸악 지웠다.

"호텔에 관심 없던 거 아니었어?"

"관심이 없는 게 아니라 여력이 안 되는 거지."

"그런데 새삼스럽게 묻는 이유는?"

"만약 평택과 오산 중에 한곳을 정한다면 어디가 좋을 것 같아?"

"둘 다 괜찮지. 유동 인구가 꽤 되잖아. 대단지 쇼핑몰 센터를 포함한 호텔이라면 더더욱 좋고."

강석은 고개를 끄덕였다. 최 부장의 의도가 정확히 무엇인지 알 수는 없지만 꼭 물류센터가 아닐 수도 있다는 생각은 들었다. 문제는 돈인데, 강석은 턱을 어루만지며 골똘히 생각에 잠겼다.

"턱을 그렇게 만지면 집중이 더 잘되나?"

"무슨 소리야?"

"턱을 꽤 좋아하는 것 같아서."

강석은 턱을 만지던 손가락을 펴서 빤히 쳐다보다 피식 웃었다.

"전에 내가 영국에 들렀을 때 말이야. 밤새워 술 마시면서 도대체 몇 번이나 턱을 만지나 세어본 적이 있거든."

"쓸데없는 짓을 했군."

"결국 세다가 그만두었지. 그렇게 만지는데도 턱이 남아 있는 걸 보면 신기하단 말이야."

"만진다고 닳아 없어지는 건 아니니까."

"그렇기는 하지. 키스를 아무리 해도 입술이 그대로 있는 것처럼."

"입술을 걱정할 정도로 키스를 할 상대가 있기는 한 거야?"

강석은 무건이 어깨를 으쓱해 보이며 멋쩍게 웃는 모습을 물끄러미 쳐다보았다. 뭔가 있는 것 같은데 말을 할 생각은 없어 보였다.

영국에서 함께 지낼 때도 무건은 여자를 만나기는 했지만 깊게 사귄 사람은 없었다. 가까이 다가오는 여자는 누구라도 환영하는 것처럼 행동하지만 선이 분명했다. 돌아와서는 그와 별반 다르지 않았다. 가볍게라도 만나는 여자는 없었다.

"연애 상담은 내가 해줘야 할 것 같은데?"

"글쎄, 다른 건 몰라도 문강석한테 연애 상담을 받을 일은 없을 거라고 장담하지."

두 사람은 한참 동안 말없이 서로를 쳐다보았다. 강석이 눈썹을 쓰윽 끌어 올리자 무건의 눈썹도 꿈틀거렸다.

"개인사는 각자 알아서 하는 걸로 하고, 일 이야기 좀 더 할까?"

"제수씨랑 같이 살고 있는 거야?"

"그렇기도 하고 아니기도 하고."

"무슨 대답이 그래? 설마 결혼한 상대가 마음에 안 드는 거야?"

"결혼이 아니라 혼인신고야."

"그게 다른가?"

강석은 대답하지 않았다. 윤경에 대한 감정은 꾹꾹 눌러서 잘 감춰났다고 생각했는데 어느 순간 확 풀어져 버렸다. 풀린 매듭을 다시 묶고 싶지도 않다.

태안 물류센터에서 화재가 발생했다는 소리를 듣고 병원에서 아침 일찍 내려갔었다. 건물 하나가 거의 불에 탔지만 마침 물건이 들어오기 전이라 비어 있어서 큰 손실은 없었다. 하루 동안 잠깐 올라와서 급한 일만 처리해 놓고 다시 내려가긴 했지만 윤경에게는 일부러 연락을 하지 않았다. 그런 와중에 혹시 방화일지도 모른다는 의혹이 제기돼 지난 며칠 동안 태안에 머물렀다. 전기 감전으로 결론이 났고, 뒷수습까지 모두 마치고 올라왔다.

"대답을 못하는 걸 보니 마음을 정한 모양이군."

"……."

"아니지. 어쩌면 처음부터 변할 마음 따위 없었는지도 모르겠군."

"그만 가봐야겠어."

제 속은 꽁꽁 감춰두고 드러내지도 않으면서 남의 일에는 왜 그렇게 관심이 많은지.

그가 인상을 살짝 찌푸리자 무건이 두 손을 반짝 들어 올렸다.

"호텔 쪽에 관심이 있다면 언제든 말해. 최대한 도와줄 테니까."

"말했다시피 지금 서운 사정은 그럴 상황이 못 돼. 하지만 앞으로…… 생각해 보는 것도 나쁘지는 않겠지."

"제수씨는 꼭꼭 숨겨둘 생각이야?"

"무슨 뜻이야?"

"결정이 나면 둘 중 하나가 호텔 쪽을 맡으면 되지 않을까 해서."

"그건 천천히 생각해 볼게."

물류센터를 더 늘리는 것도 나쁘지는 않지만 다른 쪽으로 사업을 넓히는 것도 전혀 생각을 하지 않은 건 아니었다. 하지만 그동안 서운은 그럴 만한 여력이 없었다. 재정 상태가 생각보다 심각했으니까.

'난 말이야. 서운이 이곳에서 만족하는 걸 원하지 않아. 더 넓고 더 큰 곳으로 나가야 한다는 생각을 늘 하고 있지.'

최 회장도 가끔 그런 말을 했었다. 하지만 그때는 구멍 뚫린 서운을 정상으로 끌어올리기도 벅찬 상태였다. 무엇보다 최 회장은 그 일을 강석이 해낼 거라고 믿는 것 같지 않았다. 자신의 역할은 윤경이 돌아올 때까지 서운을 지키고 있는 것뿐이었을 테니까.

최 회장은 오직 그것만 바랐을 것이다.

강석은 허공을 주시하며 턱을 천천히 쓸었다.

"조만간 비상하는 문강석을 볼 수 있는 건가?"

"비상이라. 어쩌면 그 반대일 수도 있겠지."

"설마. 우리 둘 다 그런 단어하고는 친하지 않잖아?"

"그런가?"

강석은 조만간 술 한잔하자는 말을 하고 사무실을 나와서 파주로 차를 몰았다. 저녁 빛이 낮게 가라앉은 납골당 주변은 고즈넉했다.

그는 주차장에 차를 세우고 곧장 내렸다. 나란히 놓인 사진 앞에서 한참 동안 서 있었다.

'혼인신고를 했지만 회사를 제외하고 네가 선택할 수 있는 건 아무것도 없다는 걸 명심해.'

윤경이 돌아온 이후 최 회장이 한 말을 몇 번이나 떠올렸었다. 그래서 아무것도 하지 않았다. 여전히 회사 일에 몰두했고 윤경이 그가 지금 있는 자리로 돌아오기를 기다렸다.

"제가 그 약속을 지키지 못하면 어떻게 하실 겁니까?"

묻는 말에 아무런 대답이 없었다. 강석은 꽤 오랫동안 그곳에 머물렀다. 납골당을 나와서 집에 도착했을 때 생각보다 늦은 시간이었다.

현관문을 열고 안으로 들어서자 음식 냄새가 거실까지 풍겼다.

"그만 좀 끊어줄래?"

당연히 아주머니가 있을 줄 알았는데 주방엔 윤경이 혼자였다. 강석은 앞치마를 두르고 핸드폰을 어깨와 목 사이에 올린 채 분주하게 움직이는 윤경을 물끄러미 쳐다보았다. 반팔 티셔츠에 엉덩이만 살짝 가린 짧은 반바지 아래 쭉 뻗은 다리로 시선이 닿자 꾹 다문 입술이 더 단단해졌다.

"우리 강석 씨 그런 사람 아니거든? 내 남편 눈이 얼마나 높은지 알아?"

종알대는 목소리가 귓속에 고스란히 박혀들었다. 강석은 왔다고 인기척이라도 낼까 하던 마음을 싹 지우고 팔짱을 낀 채 지켜보았다.

"난 강석 씨 믿어. 내 남편이라서가 아니라 그 사람 자체를 믿는다고. 그러니까 헛소리 그만하고 전화 끊어. 곧 출근할 거니까 회사에서 봐."

전화를 끊은 윤경이 비닐장갑을 벗고 핸드폰을 한참 동안 쳐다보았다. 씩씩하게 남편을 믿는다고 하더니 어깨까지 축 늘어뜨리며 나직이 한숨을 내쉬었다.

"나 혼자 믿으면 뭐 하냐고?"

통화를 할 때와는 다른 말투였다. 강석은 눈썹을 쓰윽 끌어 올리며 턱을 가만히 쓸었다.

"두고 봐. 내가 오늘은 기필코……."

"뭘 그렇게 중얼거려?"

"악, 깜짝이야!"

윤경은 너무 놀라서 들고 있던 핸드폰을 툭 떨어뜨렸다. 고개를 홱 돌리자 강석이 몇 걸음 뒤에 서 있었다. 도대체 언제부터 와 있던 거야?

놀란 가슴을 진정시키기도 전에 불퉁한 목소리가 먼저 튀어나왔다.

"사람이 왜 그래요?"

"내가 뭘 어쨌는데?"

발끈하고 소리치자 그는 천천히 다가와 핸드폰을 집어 들고 그녀가 정성껏 준비한 음식을 검사라도 하는 듯 쭉 훑어보았다.

"왔으면 왔다고 인기척이라도 낼 것이지 놀랐잖아요."

"이걸 혼자서 준비한 거야?"

사람 간 떨어지게 해놓고 목소리가 너무 태평했다. 윤경은 찌릿 강석을 노려보았다.

"아주머니는?"

"내가 가시라고 했어요."

"왜?"

지금 그게 중요한가 말이다. 어찌나 놀랐는지 지금도 가슴이 두근두근했다. 혹시나 그가 소미와 통화한 걸 들었을까 봐 걱정도 되었다. 소미는 강석이 실속파라고 했다. 원하는 대로 해준다고 했지만 본심은 아닐지도 모른다고.

더 신경을 거슬리는 건 혹시 다른 여자를 마음에 두고 있는 게 아닌지 이젠 살짝 의심이 된다는 말이었다. 그렇지 않고는 그녀가 돌아온 지 꽤 지났는데도 전혀 진전이 없을 수 없다는 거다.

아니라고 강석을 믿는다고 했지만 신경이 쓰이는 건 어쩔 수 없었다.

"솜씨가 제법이네."

칭찬을 하는 사람 같지 않게 인상이 살짝 구겨졌다.

"표정이 왜 그래요?"

"내 표정이 어떤데?"

아무리 봐도 뭔가 불만이 가득해 보였다. 강석에게 직접 물어보고 확인할 게 있지만 장을 보고 음식을 준비하는 동안은 즐거웠다. 알아주기를 바라는 것도 아닌데 갑자기 기운이 쭉 빠지는 것 같았다.

"일단 씻고 나와요. 준비는 거의 됐으니까."

"그럴게."

윤경은 강석이 방으로 들어가는 모습을 지켜보다 입술을 삐죽 내밀었다. 딱 봐도 군침이 돌도록 맛깔스럽게 보이는데 뭐가 불만인지 모르겠네.

"이 정도면 진수성찬이지."

불고기 생선구이 호박부침 나물무침 샐러드에 각종 견과류를 넣은 멸치볶음까지. 마지막으로 뽀글뽀글 끓고 있는 된장찌개를 내려놓자 식탁이 제법 푸짐했다. 뿌듯한 기분이 들었다.

달칵, 문 여는 소리와 함께 강석이 통화를 하면서 나왔다.

"그쪽에서 준비되는 대로 진행하겠다고 해. 월요일이나 화요일쯤 욱 사장님과 시간 좀 잡아놓고. 그래. 알았어."

전화를 끊은 강석이 의자에 앉자 그녀도 앞치마를 벗고 맞은편 자리에 앉았다. 윤경은 그가 수저로 된장찌개를 맛보는 걸 지켜보면서 눈빛을 반짝거렸다. 그러나 강석은 연거푸 찌개를 맛보고도 가타부타 말이 없었다.

"맛없어요?"

"괜찮아."

뭐야. 몇 년 동안 혼자 살면서 갈고닦은 솜씨인데 겨우 괜찮은 정도란 말인가. 물론 음식을 해서 사람을 초대한 적은 거의 없지만 나름 맛있다고 자부했었다.

잔뜩 기대하고 있던 윤경은 바람 빠진 풍선처럼 어깨를 축 늘어뜨렸다.

"안 먹고 뭐 해?"

"먹을 거예요. 내가 전부 다."

"전부 다?"

"네. 그러니까 맛없으면 먹지 마요."

"난 맛없다고 한 적 없는데?"

"그렇다고 맛있다고 하지도 않았잖아요."

새치름하게 말하자 강석의 표정이 미묘했다. 수저를 내려놓고 그녀를 빤히 쳐다보았다.

"왜 그렇게 봐요?"

"진짜 하고 싶은 말이 뭐야?"

"……."

"단지 저녁을 함께 먹기 위해서 오라고 한 건 아니잖아."

"어차피 집으로 들어올 거잖아요. 함께 살자고 한 말 잊었어요?"

"정말 나랑 함께 살 거야?"

"결정된 거 아니었어요? 난 그렇게 알았는데."

그는 아예 팔짱을 끼고 의자 뒤로 몸을 기댔다. 표정을 보니 음식이 맛있다는 말은 절대 할 것 같지 않고 마치 그녀의 심중을 꿰뚫는 듯한 날카로운 눈빛이었다.

"진짜 치사한 거 알아요?"

"치사하다고?"

"남자가 한번 말을 했으면 지켜야지. 이제 와서……."

"원한다면 들어올 거야. 다만 짐을 옮기기 전에 다시 확인을 해야겠다는 생각을 한 것뿐이야."

"싫은 건 아니고요?"

"싫을 이유가 없잖아. 처음도 아닌데."

오피스텔에서는 함께 살았다고 할 수도 없지. 며칠 동안 식사 한번 한 적 없고 얼굴도 제대로 보지 못했다. 그마저도 사람을 붙였다는 걸 알고 난 후 호텔로 옮겨 버렸다. 다친 걸 몰랐다면 어쩌면 지금까지 강석을 만나지 못했을지도 모른다.

윤경은 병원에서 강석과 키스했던 일이 떠오르자 얼굴이 발그레하게 달아올랐다.

"음식 다 식겠다. 일단 식사부터 해."

그가 음식을 먹기 시작하자 그녀도 조용히 식사를 했다. 가끔 젓가락 부딪히는 소리만 들릴 뿐 주변은 고요했다. 음식이 조금씩 줄어들었다. 그는 괜찮다고 말한 것치고는 꽤 맛있게 먹었다. 그런데 딱 하나 신경에 거슬리는 게 있었다. 다른 건 다 몇 번씩 먹는데 제일 앞에 놓인 멸치볶음엔 손도 대지 않았다. 물론 다른 게 더 맛있어서 그럴 수도 있지만 멸치를 슬쩍 앞으로 더 밀어줬는데도 쳐다보지도 않았다.

"멸치는 안 먹어요?"

"안 먹어."

멸치를 안 먹는다고? 윤경은 눈을 껌벅였다. 생선구이는 잘도 먹었으면서 멸치는 왜 안 먹는다는 건지 모르겠네. 멸치를 듬뿍 집어서 입에 넣고 오물거리자 고소하면서도 잘근잘근 씹히는 맛이 제법 맛났다. 이렇게 맛있는 걸 왜 안 먹는다는 거야.

"안 먹는 거예요? 못 먹는 거예요?"

"안 먹는 거야."

"못 먹는구나."

그녀가 단정적으로 말을 하자 강석의 표정이 설핏 굳었다. 어릴 때 기억으로는 딱히 편식을 한 것 같지는 않은데 다 큰 남자가 도대체 멸치는 왜 안 먹는다는 건지 알 수가 없었다.

"어렸을 때는 먹지 않았어요?"

"안 먹었어. 싫어하니까."

"그래요? 그런데 왜 난 몰랐지. 멸치도 생선인데 왜⋯⋯."

혼자 중얼거리다 말고 윤경은 문득 소미가 한 말이 떠올라 눈을 가늘게 좁혀 떴다.

'조만간 멸치가 친구 하자고 덤벼들 것 같은데.'

강석은 멸치를 싫어하고 소미는 그녀가 너무 말라서 조만간 멸치처럼 될 거라고 했다. 그 정도로 마른 건 아니지만 갑자기 멸치와 그녀가 같은 처지처럼 느껴졌다.

불현듯 멸치를 꼭 먹는 모습을 보고 말겠다는 쓸데없는 의지가 불타올랐다.

"멸치가 얼마나 맛있는지 알아요? 고소하고……. 어쨌든 쓸모도 많아요. 큰 건 국물 낼 때 사용하고 작은 건 볶아 먹고……."

"멸치 예찬론자야?"

"아니, 뭐 그냥……. 이렇게 맛있는 멸치를 왜 안 먹나 싶어서."

"멸치 아니라도 세상엔 맛있는 거 많아."

"그렇기는 하죠. 그래도 멸치는 영양가도 많고 가만히 보면 얼마나 귀엽고 예쁜데요."

"멸치가 귀엽다고?"

윤경은 고개를 크게 끄덕였다. 자신은 절대 멸치가 아니지만 강석이 너무 말랐다고 싫어하지 않았으면 하는 마음을 담고.

"내가 입에 넣어줘도 안 먹을 거예요?"

"……."

"말해봐요. 그래도 안 먹을 거냐고요?"

말도 안 되는 소리를 하고 있다는 생각은 저 멀리 날아가 버렸다. 머릿속엔 강석이 멸치를 좋아하고 더불어 그녀를 좋아했으면 하는 생각밖에 없었다. 그러나 강석은 그녀의 말을 깔끔히 무시하고 툭 말을 던졌다.

"멸치 말고 나에 대해서 진지하게 생각해 보는 게 어때?"

"그게 무슨 소리예요?"

"고소하고 쓸모가 많은 멸치가 아니라 나, 문강석에 대해서 생각을 하라고."

늘 생각하고 있거든요? 요즘은 눈만 뜨면 회사보다 강석에 대한 생각으로 머릿속이 터질 것 같다. 그렇다고 솔직하게 말을 할 수가 없어 윤경은 그가 손도 대지 않은 멸치를 듬뿍 집어서 입에 넣고 오물거렸다.

물끄러미 그녀를 쳐다보고 있던 강석이 갑자기 의자에서 벌떡 일어나 몸을 앞으로 숙였다. 윤경은 다 씹지도 않은 멸치를 꿀꺽 삼키고 뒤로 한껏 물러났다.

"내가 가까이 가기만 해도 놀라서 기절할 것 같은 표정이면서 지금 멸치 따위에 신경 쓸 여유가 있나 보지?"

"내, 내가 언제 그런 표정……."

말이 다 끝내기도 전에 강석이 몸을 바로 세우고 두 손을 호주머니에 찔러 넣었다.

"난 다 먹었어."

"나도 충분히 먹었어요."

"그럼 커피 마실까? 아니면 와인?"

대답도 안 했는데 그는 성큼 걸어서 냉장고 문을 열고 와인을 꺼낸 뒤 잔과 마른안주를 준비했다.

"계속 앉아 있을 거야?"

"아니요. 나가요."

윤경은 강석을 따라나가면서 멸치를 싫어하는 이유를 물어볼까 하다가 그만두기로 했다. 물어봐야 대답해 줄 것 같지도 않아 보였다.

싫어할 수도 있지 뭐. 그냥 멸치잖아.

더는 멸치 이야기를 하지 말자고 생각했는데 강석이 적당히 따른 와인을 그녀 앞으로 내밀며 물었다.

"내가 만약 멸치를 먹으면 넌 나한테 뭘 해줄 건데?"

"조건을 달고 먹고 말고 하는 건 애들이나 하는 거죠."

"애는 내가 아니라 너잖아."

"나 애 아니라고 몇 번이나 말해야 하는 거예요?"

"애가 아니면 정말 다 컸다는 거야?"

"당연히 다 컸죠. 애는…… 혼인신고 같은 거 안 하잖아요."

키스는 더더욱 안 하겠지.

윤경은 마지막 말을 꾹 삼키고 와인을 홀짝 마셨다.

"다 컸단 말이지."

그는 와인을 마시면서도 그녀한테서 시선을 떼지 않았다. 마주친 시선 속 그의 눈빛은 장난기라고는 조금도 없었다. 점점 깊어지고 알 수 없는 열기가 느껴졌다.

윤경은 괜히 민망해서 시선을 돌리고 중얼거렸다.

"맨날 애라지. 딱 보면 모르나."

"보는 걸로는 모르겠는데."

혼잣말로 하는 소리를 들었는지 그가 입가에 묘한 웃음을 머금고 말했다.

"난 뭐든 직접 확인해야 하는 성격이라서."

놀리는 게 분명하다는 생각이 들었다. 윤경은 발끈해서 톡 받아쳤다.

"지금 일부러 그리는 거죠?"

"뭐가?"

"나 열받게 해서 다른 이야기를 못하게 하려는 거잖아요."

"그 반대야."

와인을 쭉 들이켠 그는 잔을 내려놓고 팔짱을 끼고 몸을 뒤로 기댔다.

"내가 무슨 이야기를 할지 알고 있잖아요."

대답을 하지 않는 걸 보면 짐작을 하고 있는 거겠지.

박 변호사를 만나고 다시 회사로 찾아갈까도 생각했었다. 결국 그가 올 때까지 기다리기로 마음먹었다. 장을 보고 음식을 만들면서 생각을 정리하기로 결정했다.

"회장님은 우리가 진짜 부부가 될 거라는 생각은 하지 않으셨지. 물론 원하지도 않으셨어."

"……."

"회장님과 난 계약을 했고 박 변호사님한테 그 계약서가 있을 거야."

"계약이요? 설마 회사를 맡는 것 말고 다른 계약을 했다는 거예요?"

"박 변호사님이 그런 말까지는 안 했나 보군."

그런 말은 없었다. 혼인신고가 유지되는 동안 다른 여자가 없어야 한다는 것. 그녀가 사장 자리에 오르는 순간 이혼을 할 것.

그 말만으로도 기가 막힌데 이혼을 한 순간부터 공동 명의로 된 재산은 모두 그녀한테 돌려놓으라고 했단다. 결국 강석은 월급 사장 정도밖에 되지 않는다는 소리였다. 죽어라 일만 하고 쫓겨나는 것과 다름없었다. 더 화가 나는 건 이 모든 조건을 강석의 부모님도 알고 있다는 거였다. 강석은 당사자니까 그렇다고 하지만 부모님은 무슨 죄란 말인가.

'그날 강 사장이 어머님을 모시고 잠깐 자리를 비운 사이 문 씨 아저씨가 회장님 앞에서 무릎을 꿇으셨어. 꼭 이렇게까지 해야겠

냐고 하시더군.'

그 말을 듣는데 눈물이 핑 돌았다. 그걸 알았다면 강석은 혼인 신고까지 하면서 회사를 맡지 않았을 거라는 생각이 들었다.

"어떤 계약을 더 했는지 말해봐요."

❖

윤경은 샤워를 하고 잠옷으로 갈아입고도 침대에 눕지 않았다. 강석은 끝내 계약에 관한 말은 하지 않았다.

'그건 나하고 회장님과의 계약이니까 더 말할 필요는 없겠지.'

몇 번을 물었지만 대답하지 않았다. 도대체 무슨 계약을 했을까. 도저히 궁금해서 견딜 수가 없었다. 어느새 시간은 12시가 가까워지고 있었다. 이대로는 잠을 잘 수가 없을 것 같아 방을 나섰다. 계단까지는 씩씩하게 잘 내려왔는데 막상 문 앞에 서니 망설여졌다. 이 시간쯤이면 자고 있겠지.

돌아섰다 다시 문까지 걸어갔기를 몇 번, 심호흡까지 하고 노크를 하려고 손을 들었는데 문이 벌컥 열렸다. 깜짝 놀란 윤경은 얼른 뒤로 물러났다.

"들어올 거야, 말 거야?"

"들어…… 갈 거예요."

강석이 옆으로 비켜서자 거실에서 이야기하자고 할 걸 그랬나 하는 생각이 잠깐 들었다. 그는 샤워를 한 지 얼마 지나지 않았는지 머리카락은 살짝 젖어 있고 처음 만났을 때처럼 바지만 입고 있었다. 넓은 어깨와 탄탄한 가슴, 군살 하나 없는 몸매가 그대로 드러난 채였다.

"계속 그렇게 서 있을 거야?"

윤경은 그의 시선을 피한 채 방으로 들어갔다. 곧장 창가로 걸어가 섰다. 보름이 가까운지 정원은 가로등 불빛보다 달빛이 더 환했다. 탈칵, 등 뒤로 문이 닫히는 소리가 들렸다.

"문은 왜 닫아요?"

"내 방이니까."

이젠 공동 명의도 부족해서 자기 방이란다. 누가 아니라고 했나.

그래도 그렇지. 이 밤에 달랑 둘밖에 없는데 방문은 왜 닫느냔 말이지. 옷이나 제대로 입고 있으면 말도 안 해.

"정원은 2층에서 더 잘 보일 텐데."

"옷 좀 입으면 안 돼요?"

"볼 거 다 본 사이라며?"

속이 개미 똥구멍만큼 작은지 그는 뒤끝도 길었다. 윤경은 하는 수 없이 불만 가득한 표정을 지은 채 돌아섰다.

강석은 팔짱을 낀 채 벽에 비스듬히 기대고 서 있었다. 시선이 절로 그의 몸을 쭉 훑어 내렸다. 정말 잘생기긴 했네.

바지만 입고 있는데도 그는 막 화보에서 걸어나온 사람처럼 멋있어 보였다. 새삼스럽게 가슴이 떨리고 심장이 두근댔다. 빤히 쳐다보고 있는데도 강석은 마치 그녀의 시선을 즐기기라도 하는 듯 여유가 넘쳐 보였다.

"이 밤에 그런 차림으로 내 방에 왔다는 건 무슨 뜻일까."

질문도 아니고 혼잣말도 아닌 말투로 툭 던진 그가 몸을 바로 세우고 천천히 다가왔다. 윤경은 그제야 자신이 잠옷 차림인 걸 깨달았다.

소미가 첫 월급 탄 기념으로 영국으로 보내준 하얀 실크 잠옷은 목이 깊게 파이고 발목까지 내려오긴 했지만 허벅지까지 옆트임이 되어 있었다. 부드러운 감촉이 좋아 즐겨 입었었는데 강석을 만나서 이야기를 해야겠다는 생각에 옷은 신경도 쓰지 못했다. 게다가 그녀는 잠자리에 들 때는 브래지어를 하지 않는다. 윤경은 황급히 팔로 가슴을 감싸 안았다.

오피스텔에 있을 땐 편한 옷을 입고 있었는데 집으로 돌아온 후 늘 잠옷 차림으로 잠자리에 들었다.

"어, 그게…… 잠깐 옷 좀 갈아입고 올게요."

후다닥 방을 뛰쳐나가려다 손목이 잡히고 몸이 홱 돌려졌다. 윤경은 시선이 마주치자 얼른 고개를 돌리고 그의 손을 뿌리쳤다. 그러나 강석은 그녀의 손목을 더 꽉 잡고 놓아주지 않았다.

"찾아올지도 모른다는 생각은 했었지. 그런데."

"……."

그의 손이 그녀의 턱을 잡고 들어 올렸다. 어쩔 수 없이 고개를 들고 그를 쳐다볼 수밖에 없었다.

"이런 옷차림을 하고 올 거라고는……."

"실수예요."

"실수?"

"난 그냥 할 말이 있어서…… 그래서 온 거예요."

"가끔은 말보다 행동이 빠를 때가 있지."

"무슨, 뜻이에요?"

그가 입술 끝을 길게 늘이며 고개를 숙였다. 윤경은 눈도 껌벅이지 못하고 어깨를 잔뜩 움츠렸다.

"어리지 않다면서 도망갈 거야?"

묻는 말이 귀로 흘러들어 와 머릿속을 파고들었다. 그 순간 시간이 멈춘 것 같은 착각이 들었다. 공기의 흐름마저 멈춰 우주 한가운데 서 있는 느낌이었다.

윤경은 마른침을 꿀꺽 삼키고 그가 한 말을 곱씹었다.

'도망갈 거야?'

도망가지 않는다. 더는 어린아이 취급받는 것도 싫다. 마음속 깊은 곳에서 그를 원하는 마음을 인정했고 고백까지 했었다. 이젠 그가 그녀를 아내로 여자로 바라봐 주기를 간절히 원한다. 윤경은 피하지 않겠다고 결심했다. 정면 돌파, 그리고 지금이 바로 그때라고 생각했다. 강렬한 눈빛으로 그를 바라보면서 고개를 당당히 들었다.

"아니요."

"꽤 용감한데?"

"말했잖아요. 더는 어리지 않다고."

"그 말은 지금부터 내가 하는 모든 걸 받아들이겠다는 의미로 해석해도 되나?"

"……."

"먼저 키스부터 해야겠지?"

그가 움직인다는 걸 느낀 순간 입술이 뜨겁게 삼켜졌다. 윤경은 눈을 스륵 감았다. 그의 입술은 부드럽고 달콤했다. 은은한 스킨 향과 혀끝에 닿는 상큼한 맛이 정신을 몽롱하게 했다. 심장이 터질 것처럼 쿵쾅거렸다. 그는 그녀의 아랫입술을 살짝 깨물고 부드럽게 핥았다. 오랫동안 안으로 들어오지 않고 입술 주변만 맴돌았다. 마침내 그의 혀가 안으로 들어왔을 땐 정신이 아득해졌다. 입천장과 여린 속살을 부드럽게 쓸고 다니던 혀가 그녀의 혀를 낚아채 쭉 빨아들였다. 움직임은 느리지도 빠르지도 않았다. 마치 그녀를 유혹하는 것처럼 살살 달래고 어르고 다독이는 것처럼 느껴졌다. 너무 달콤해서 온몸이 노곤해질 정도였다.

한 번도 누군가를 가슴에 담아본 적 없었다. 쉽게 상대에게 다가가거나 마음을 연 적도 없는데 강석은 달랐다. 그를 보지 못한 긴 시간 동안 미안함과 그리움으로 하루하루를 보냈다.

몇 년 후 다시 만났을 땐 너무 갑작스러운 일로 충격을 받은 상태라 정신이 없었지만 유언장의 내용은 차라리 안도에 가까웠다. 그래서 떠날 수 있었다.

"이건 맛보기."

입술이 놓이자 거친 숨이 터져 나왔다. 더할 수 없이 부드러운 키스였는데 그녀는 마치 숨도 제대로 쉬지 못한 것처럼 헉헉거렸다. 그가 살며시 이마를 기대왔다. 맞닿은 이마가 불에 덴 듯 뜨거웠다. 윤경은 눈도 뜨지 않은 채 입술 위로 흩어지는 그의 숨결을 느꼈다.

"멈출까?"

윤경은 대답 대신 고개를 가로저었다.

"생각을 하고 말해야지."

"내 마음을 더 말해줘야 해요?"

"아니. 충분해."

그가 그녀를 번쩍 안아서 침대에 내려놓았다. 윤경은 입안이 바싹 말랐지만 홧홧한 열기가 느껴지는 아랫입술을 꽉 물고 꼼짝도 하지 못했다.

"입술 괴롭히지 마. 내 거니까."

"강석 씨는요?"

내가 당신 거면 당신도 내 남자인가요? 차마 묻지는 못하고 빤히 쳐다보고 있자 그가 씨익 웃으며 침대에 걸터앉았다.

"내가 누구 건지 지금부터 확인해 봐."

강석의 손이 그녀의 손을 꽉 움켜잡았다 놓았다. 이내 손목과 어깨까지 부드럽게 쓸며 올라왔다. 목을 지나 입술을 어루만지는 손끝이 너무 뜨거워 겨우 가라앉힌 호흡이 조금씩 가빠왔다.

"내 공주님."

윤경은 입술을 살짝 벌린 채 그에게서 시선을 떼지 않았다.

"이런 순간을 늘 상상했었어."

"……."

"널 마음껏 만지고 내 품에 안을 수 있는 순간들."

그의 목소리는 너무 낮아서 귀를 쫑긋 세우고 들어야 할 정도였다. 그녀의 피부를 오르내리는 손길과 눈빛이 너무 뜨거워 머리끝까지 열기가 확 솟구쳤다. 마치 언제든 불타오를 수 있는 불씨를 품고 있었던 것처럼 온몸이 너무 뜨거웠다.

"날 원하고 있었어요?"

"네가 상상할 수 없을 만큼."

그런데 왜? 윤경은 묻는 눈빛으로 그를 쳐다보았다. 그녀가 돌아온 이후 강석은 한 번도 마음을 드러내지 않았다. 그저 말없이 지켜보기만 했고 함께 있는 것도 불편한 듯 얼굴을 볼 수 있는 기회조차 주지 않았다.

"네 마음이 나를 향할 때까지 숨죽이고 기다리고 있었지."

아, 윤경은 나직이 탄성을 흘렸다. 그의 고백을 듣는 순간 왠지 눈물이 핑 돌았다.

"날…… 미워하지 않았어요?"

그가 느리게 고개를 흔들었다. 긴 그녀의 머리카락을 부드럽게 쓸어 넘기며 이마에 입술을 꾹 눌렀다 떼었다.

"많이 후회했고 미안했어요. 내가 너무……."

"그만, 이제 지난 일은 말하지 마."

그렁그렁 고여 있던 눈물이 소리도 없이 또르륵 흘렀다. 그의 혀가 눈물을 따라 볼을 길게 핥았다. 윤경은 더는 아무 말도 할 수 없었다. 그의 손은 여전히 그녀의 피부를 어루만졌고 입술은 이마와 볼과 턱을 지나 목을 따라서 자잘한 키스 자국을 남겼다.

살짝 닿았다가 멀어지는 그 느낌이 마치 화인처럼 뜨겁게 느껴져 뱉은 호흡마저 열기가 느껴졌다. 발끝을 타고 올라오는 그의 입술이 무릎에 닿고 허벅지 사이 은밀한 숲 속 주변을 맴돌 때는 급히 들이켠 숨을 뱉어내지도 못했다. 그의 입술이 납작한 배를 지나 봉긋한 가슴에 닿았을 때쯤 잠옷이 훅 벗겨 나갔다.

"불 좀…… 꺼줘요."

"안 돼."

그는 단호히 거절하면서 가슴을 덥석 베어 물었다. 온몸에 자잘한 소름이 돋았다.

"으읏."

윤경은 허리가 들썩일 정도로 신음을 흘렸다. 가슴 위로 흐트러지는 뜨거운 호흡과 간질이듯 움직이는 혀의 느낌이 고스란히 느껴졌다. 그는 희롱하듯 가슴 정점을 혀로 동글동글 굴리다 이로 잘근잘근 씹었다. 깊게 삼켜서 쭉 빨아들일 때는 온몸의 신경이 그의 입속으로 빨려 들어가는 것만 같았다.

"아주 달아."

그는 조금도 서두르지 않았다. 오히려 너무 느려서 움직임 하나하나가 몸으로 각인되는 느낌이었다.

"하아."

윤경은 맛을 음미하듯 천천히 번갈아가며 애무하던 그가 가슴을 놓아주었을 때에야 깊은 숨을 토해냈다.

"아직 긴장 놓지 마."

"헉."

겨우 숨을 쉬고 있는데 그의 커다란 손이 숲 속에 닿았다. 살살 문지르다 팬티 사이로 손가락이 훅 밀고 들어왔다. 손가락이 숲을 갈랐다.

윤경은 시트 자락을 꽉 움켜잡고 턱을 한껏 꺾었다.

"후회 안 할 자신 있어?"

"으읏."

몸이 너무 뜨겁고 예민해져서 도무지 생각을 할 수가 없었다. 분명한 건 후회 따위 하지 않는다는 거다. 강석은 모든 것에 예외면서 전부였다. 결코 평범하지 않은 혼인신고조차도 강석이기 때문에 받아들였고, 원하지 않는 유학을 가면서도 그를 생각했다. 영국에 없다는 걸 알았을 때도 실망은 했지만 모든 것을 내려놓고 다시 돌아올 생각은 하지 않았다. 최 회장이 원하는 삶을 살기 위해서가 아니라 언젠가 만나게 될 강석 앞에 떳떳하고 당당해지고 싶었으니까.

팬티가 쑥 끌어내려졌다. 실오라기 하나 걸치지 않은 몸은 이미 뜨거운 열기로 가득했다. 다리가 벌려지는 순간에도 윤경은 창피하다는 생각조차 할 수 없었다.

"아흑. 가, 강석 씨."

이미 그의 손에 의해 예민해질 대로 예민해진 숲 속을 그의 혀가 길게 핥고 지나갔다. 너무 놀라서 펄떡 튀어 올라 그의 어깨를 밀어냈지만 그는 꿈쩍도 하지 않았다. 다리를 꽉 잡고 허벅지 사이에 고개를 묻은 그는 혀로 그녀의 숲 속을 아주 달게 빨고 핥았다.

그 엄청난 자극에 윤경은 몸을 어떻게 해야 할지를 몰랐다. 밀어내려고 잡고 있는 손끝에 힘이 실렸다. 손톱이 그의 피부를 파고들었다. 그는 오랫동안 고개를 들지 않았다.

활짝 벌어진 숲 속을 아예 속속들이 파헤치기라도 할 듯 혀를 움직였다.

"으으읏."

아무리 이를 악물어도 신음이 절로 터져 나왔다. 수많은 물방울이 몸을 가득 채우는 느낌, 터지고 채워지고 터지고 채워지기를 반복해서 끝내는 그녀조차 공기처럼 흩어질 것 같은 불안함과 차라리 그러기를 바라는 엇갈린 감정들이 수도 없이 반복되었다.

아, 어쩌면 좋아. 그는 집요했고 윤경은 그 집요함 속으로 속절없이 빨려 들어갔다. 머릿속이 텅 비워졌다가 알 수 없는 무언가로 꽉 들어간 느낌, 발끝을 타고 올라온 짜릿한 쾌감이 아랫배에 둥글게 뭉쳤다가 확 번졌다. 얼굴을 찡그렸다가 환희에 차올라 들뜬 표정이 되기도 했다. 끝도 없는 바닥으로 추락했다 다시 솟구치는 느낌에 입안이 바싹 말랐다.

"흐흑."

윤경은 몸을 바들바들 떨면서 울음을 터트렸다. 심장이 터질 것 같은 벅찬 감정들이 온몸을 지배했다. 그가 입고 있는 바지를 벗어 던지는 것도 몰랐다.

길고 단단한 몸이 그녀를 덮쳐 왔다. 허벅지가 더 넓게 벌어지고 숲 속 주변에 그의 몸이 느껴졌다. 그리고 그가 그녀의 몸 안으로 단숨에 파고들었다.

"가만히 좀 있으면 안 돼요?"

윤경은 욕조 안에서 그에게 몸을 기댄 채 툴툴거렸다. 강석은 기운이 모두 소진된 그녀를 바동거리지도 못하게 한 팔로 단단히 감고 있었다. 처음엔 달래듯 부드럽게 몸을 어루만지더니 가슴을 주무르고 슬금슬금 아래로 내려갔다. 그의 손이 까슬한 수풀을 자꾸 건드렸다.

"못된 손 좀 치우라고요."

"확인할 거야."

"무슨 확인을……."

"네가 괜찮은지."

전혀 괜찮지 않았다. 강석은 지독한 쾌감이 해일처럼 덮쳐 와 몽롱했던 그 순간 그녀의 안을 당당하게 점령했다. 그리고 이를 악물고 고통을 참고 있는 그녀보다 더 힘든 표정으로 그녀를 내려다보았다. 마치 표정 하나하나를 눈에 새기려는 듯이.

모든 게 그녀가 알고 있는 이론보다 과했다.

쾌감은 훨씬 더 강했고 그가 처음 안으로 들어왔을 때의 통증은 첫 관계에서 한번은 겪어야 하는 일이라며 가볍게 넘기기엔 생각보다 꽤 아팠다. 괜찮으냐고 묻는 그를 한 대 때려주고 싶을 정도였다. 그럼에도 불구하고 그녀는 그의 목을 끌어안았다.

그의 움직임은 애무를 할 때처럼 느리고 부드럽고 다정했다. 통증이 서서히 사라지고 움직임이 더욱 선명해질 때쯤 윤경은 그때서야 강석의 호흡이 달라졌다는 걸 알았다. 표정도 변했다. 내내 침착함을 유지하던 그가 조급해 보이고 그녀의 안을 주인처럼 들락거리던 그의 일부는 더 단단해지고 강력해졌다. 그리고 그는 지금까지는 가면을 쓰고 있었다고 알려주는 것처럼 폭주하기 시작했다. 까마득히 멀어지는 의식 속에서 도저히 그의 입에서 나왔다고 믿기지 않을 신음 소리도 들었던 것 같았다. 정신을 차렸을 땐 따듯한 물속이었다.

"나 괜찮아요. 보면 몰라요?"

숨도 쉬고 있고 생각도 하고 말도 한다. 여전히 허벅지 안쪽은 뻐근하고 그 안쪽 깊은 곳은 알싸한 통증이 느껴지지만 그가 굳이 확인을 하지 않아도 될 만큼 괜찮았다.

"내가 직접 확인하기 전에는 못 믿겠어."

"사람이 말을 하면 믿어봐요. 나 정말 말짱하다니까요?"

그녀의 강력한 주장을 무시하듯 그의 손가락이 숲을 가르고 움직였다.

"약간 부은 것 같은데?"

"그거야 처음…… 이니까 그렇지. 앞으로는 괜찮아질 거예요."

"앞으로는?"

귓불을 물고 있는 그의 입술이 길게 늘어지는 게 느껴졌다. 윤경은 뭔가 아주 민망한 말을 생각도 없이 툭 뱉은 것 같아 잠시 머뭇거렸다.

앞으로는, 그러니까 그 말은 앞으로 쭈욱 그와 사랑을 나눈다는 뜻? 얼굴이 화륵 달아올랐다.

"아가씨가 겁도 없이 말을 막하네."

"나 아가씨 아니에요. 혼인신고도 했고 남편도 있고 또……."

"또, 뭐가 있는데?"

"어쨌든 아가씨는 아니라는 거죠."

쿡쿡, 웃음소리가 귓가를 간질였다. 그게 그렇게 웃을 일인가.

윤경은 입술을 삐죽 내밀다 손가락 하나가 몸 안으로 슬며시 밀고 들어오자 낮게 신음을 흘렸다. 그는 그예 확인을 하려는지 그녀의 주름진 내벽을 손가락으로 꾹꾹 누르며 들락거렸다.

"으응, 확인…… 했으면 그만해요."

"아직 멀었어."

손가락이 움직일수록 몸은 점점 뜨거워졌다. 그 작은 동작에도 세포 하나 솜털까지도 예민해졌다. 목에 닿는 그의 숨결이 여름날 해풍처럼 시원하면서 끈적끈적했다.

"제발, 그만."

"만지고 보고 맛보고. 다 한 다음에."

세상에, 이 남자 왜 이렇게 야해졌는지 모르겠다. 지금도 충분히 부끄럽고 민망해 죽을 지경인데 보고 맛본다니.

윤경은 머릿속으로 떠오르는 상상들을 떨쳐 내듯 고개를 흔들었다. 생각만 했는데도 몸이 후끈 달아오르고 호흡이 가빠왔다. 그의 손가락은 여전히 그녀의 안을 당당하게 점령하고 있었다.

문득 그가 한 말이 떠올랐다.

'네 마음이 나를 향할 때까지 숨죽이고 기다리고 있었지.'

언제부터였을까. 강석은 유학을 가고 한 번도 연락을 하지 않았다. 마치 엇갈린 인연처럼 그녀가 영국으로 갔을 때 그는 한국으로 돌아왔고, 장례식 이후 다시 영국으로 돌아간 뒤에도 두 사람은 서로 연락을 하지 않았다.

원한 적도 없는데 보고하듯 회사에 대한 메일은 착실히 보냈으면서 흔한 안부 인사조차 주고받은 적이 없었다.

그래 놓고 그녀가 상상할 수 없을 만큼 원하고 있었단다.

"언제…… 부터였어요?"

"음, 뭐가?"

"날 언제부터. 아으응."

참을 수 없는 자극에 신음이 절로 나왔다. 윤경은 그가 그만 멈추기를 바라며 그의 팔을 꽉 잡고 다리를 오므렸다.

"다리 벌려."

"대답…… 하면요."

"말하고 나면 내가 하고 싶은 대로 할 거야. 그래도 듣고 싶어?"

고개를 끄덕이자 젖은 머리카락을 옆으로 쓸어 넘긴 강석이 그녀의 어깨를 잘근 물었다. 아프다고 투정을 부리자 혀로 달래듯 부드럽게 핥았다.

"정확히 언제부터였는지 나도 몰라."

윤경은 조금 기운이 빠지는 듯했다. 정확히 몇 날 며칠까지는 바라지도 않는다. 누군가를 원하는 마음이 어느 날 갑자기 문득, 생겼다 해도 어느 시점이라는 게 있을 텐데 그는 그마저도 모른다고 했다. 그녀가 실망스러운 듯 나직이 한숨을 쉬자 그가 생각지도 못한 말을 꺼냈다.

"널 생각하지 않은 적이 없었어. 그래서 한국에 한 번 들어왔을 때 널 찾아갔었지."

거짓말, 그는 그녀를 찾아오지 않았다. 왔다는 것도 한참 시간이 지난 뒤에야 들었는데 어쩜 저렇게 천연덕스럽게 말을 하는지.

"네가 교복을 입고 언덕을 올라가는 모습을 멀리서 지켜봤지. 생각했던 것보다 훨씬 예쁘게 컸더군."

"정말 날 보러 왔다는 말이에요?"

윤경은 놀라서 고개를 홱 돌렸다. 그의 얼굴이 제대로 보이지 않아 품에서 벗어나 돌아앉았다. 강석이 씨익 웃으며 그녀를 더 가까이 당겨 안았다.

얼굴을 보고 싶은데 그는 그녀를 품에 안고 움직이지 못하게 두 팔로 가둔 뒤 고개를 그녀의 어깨에 기댔다.

"하얀 반팔 블라우스에 줄무늬 스커트, 파란색 가방엔 작은 야구방망이와 공이 달려 있더군."

"아."

소미와 함께 거리를 걷다 우연히 들른 가게에서 산 열쇠고리,

딱 일주일만 달고 다녔었다. 그 일주일의 어느 날 그가 찾아왔었단다.

"그런데 왜 아는 척 안 했어요?"

"글쎄, 왠지 만나면 안 될 것 같았어."

"왜…… 요?"

널 만나면 남아 있는 시간이 너무 길고 지루할 것 같아서. 넌 모를 테지만 난 그랬을 거다.

잠깐의 원망이 사라지고 난 자리는 불분명한 감정들이 들어찼고 제멋대로 자라더니 어느새 그리움이 되고 말았지. 넌 아직 어리고 나 혼자 홀로 훌쩍 커버린 그 시간이 야속할 정도로.

그래서 정수를 찾아갔었다. 직접 보고 곁에서 지켜줄 수 없으니 사진으로라도 널 봐야 할 것 같아서.

한 달에 한 번, 어느 때 두 번. 사진을 받은 날은 잠을 잘 수가 없었다. 한국으로 돌아오기로 결정한 날 그는 최 회장한테 한 가지 조건을 걸었다.

"말해봐요. 왜 날 아는 척하지 않았는지."

"한 번 보면 두 번, 세 번, 자꾸자꾸 보고 싶어질 것 같아서."

"치이, 거짓말."

"내 눈을 봐."

강석은 그녀의 턱을 들어 올려서 마주 보게 했다. 말로 다 할 수 없는 수많은 감정들을 눈빛에 담아 그녀의 눈동자를 깊숙이 바라보았다. 시간이 멈춘 듯 고요한 정적이 흘렀다. 넓은 욕조는 더 넓은 세상이 되고 오롯이 두 사람만 존재하는 것 같았다.

맑고 투명한 눈동자가 촉촉이 젖어 들었다.

"느껴져?"

"……."

"난 그랬어. 그럴 수밖에 없었고 그래야 했으니까."

정말 열심히 살았는데 시간은 지루할 정도로 더디게 흘렀다. 최 회장이 연락을 해왔을 땐 윤경의 나이 20살. 돌아오기엔 너무 이른 시간이었다.

'제가 돌아가면 윤경이를 유학 보내십시오.'

최 회장은 이유도 묻지 않고 그러겠다고 했다. 그는 돌아왔고 윤경은 떠났다.

"이해가 안 돼요. 어떻게, 어떻게 그럴 수가 있어요?"

"이해하려고 애쓰지 마."

알아주지 않아도 상관없다. 그건 오로지 혼자만의 생각이고 감정이었으니까.

"내가 얼마나, 얼마나……."

"말했잖아. 네가 생각하는 것보다 내 마음은 훨씬 더 깊었다고."

"그러니까요. 그랬으면서 어떻게…… 정말 지독해."

지독해야 했으니까. 그리움이 성벽처럼 쌓여갔지만 또 그만큼 벽돌 하나씩 내려놔야 할 때도 있었다.

'문 실장이 윤경이와 연락하는지 잘 살펴봐. 아쉬워서 데려오긴 했지만 난 둘이 다른 쪽으로 엮이는 걸 원치 않아.'

어느 날 최 회장과 김 실장이 주고받는 대화를 듣지 않았다 해도 어렴풋이 느끼고는 있었다. 최 회장한테 그는 직원 그 이상은 될 수 없다는 걸.

강석은 쓸쓸한 미소를 지으며 윤경의 볼을 어루만졌다. 손끝에 닿는 보드라운 느낌이 울컥 치솟는 감정을 가라앉혔다.

"네가 유학을 간 건 나 때문이야."

"그게 무슨…… 소리예요?"

"내가 원했어. 돌아오는 대신 널 유학 보내라고."

윤경은 꽤 놀랐는지 눈을 커다랗게 뜨고 입술까지 쩍 벌린 채 그를 쳐다보았다.

"도대체 왜 그런 거예요?"

"네가 가까이 있으면 일에 집중할 수 없을 것 같아서."

"……."

"널 원하는 마음을 감쪽같이 숨길 자신이 없어서이기도 했지."

"강석 씨."

"갑자기 유학을 가라고 해서 놀랐다는 거 알아. 그날 회장님이 말씀하실 때 옆방에 있었거든."

"세상에."

"한 달 전에 이야기가 된 거라서 난 알고 있는 줄 알았어."

원망 어린 말을 할 줄 알았는데 윤경은 한참 동안 말을 하지 않았다. 작은 손이 그의 등을 가만히 쓸어내리자 강석은 나직이 안도의 한숨을 내쉬었다.

"처음엔 황당하고 기가 막혔는데 시간이 지나고 나니 나쁘지 않았어요. 한편으로는 잘 왔다는 생각이 들기도 했고. 그래도 솔직하게 말을 해줬으면 좋았을 텐데."

"미안해."

"나보다 더 어린 나이에 간 사람도 있다는 말에 그냥 받아들이자 했어요."

강석은 윤경을 품으로 더 가까이 끌어안았다. 젖은 등을 쓰다듬
고 목을 어루만지고 고개를 들어 그녀의 이마에 입술을 꾹 눌렀
다.

"앞으로는 그러지 마요. 그냥 말로, 행동으로 다 보여줘."

"……."

"약속해요."

"그럴게."

대답이 마음에 들었는지 윤경이 환하게 웃으며 그의 입술에 쪽
입을 맞췄다.

"난 강석 씨 아내고."

"난 네 남편이지."

누가 먼저랄 것도 없이 입술이 뜨겁게 부딪쳤다. 강석은 그녀의
입술을 가득 베어 물고 혀를 깊숙이 밀어 넣었다.

이제야 긴 여행을 마치고 돌아와 달콤한 휴식에 빠진 기분이 들
었다. 다시는 헤어나고 싶지 않을 만큼 너무 유혹적이다.

강석은 윤경을 번쩍 안아 들고 욕조에서 나왔다. 입술을 놓지
않은 채 커다란 수건을 집어 들고 그녀의 몸을 감쌌다. 침대까지
걸어오는 동안 윤경은 떨어지기 싫어하는 아이처럼 그의 품에 착
안겨 있었다. 침대에 내려놓고 그녀의 몸을 꼼꼼히 혀로 핥았다.

"으응."

나른한 신음을 흘리며 허리를 비트는 모습이 더할 수 없이 사랑
스러웠다. 그가 그녀의 늘씬한 허벅지를 잡고 옆으로 벌리자 윤경
이 몸을 벌떡 일으켰다.

"뭐, 뭐 하려고요?"

"확인한다고 했잖아."

"했…… 잖아요."

차마 손으로 실컷 만졌잖아요, 라는 말은 못하고 얼굴을 붉히자 그가 씨익 웃으며 다리를 더 넓게 벌렸다.

"만졌으니까 이제 보고 맛봐야지."

활짝 벌어진 숲 속을 그가 집요한 시선으로 살폈다. 윤경은 허리를 비틀며 벗어나려고 했지만 그는 요지부동이었다.

"아웃."

그의 혀가 갈라진 틈을 길게 핥아 올리자 더는 바동댈 수가 없었다. 부끄러움과 짜릿한 쾌감 속 아찔한 감각이 순식간에 몸을 타고 확 번졌다. 윤경은 침대에 도로 누운 채 헉헉거렸다. 젖은 혀가 예민한 곳을 끝도 없이 자극했다. 콕콕 찌르며 핥아댈 때마다 발끝까지 저릿저릿했다. 몸에서 미끈한 애액이 울컥 흘러내렸다.

윤경은 정말 울고 싶었다. 그가 멈추기를 바라면서도 짜릿한 자극에 흠뻑 취해서 한편으로는 멈추지 않고 계속 해주기를 바라기도 했다.

"처음처럼 부드럽게 못할지도 몰라."

"으웃."

다리 하나가 그의 어깨에 걸쳐진 순간 그가 깊숙이 파고들었다. 아릿한 통증과 함께 몸을 꽉 채우는 벅찬 기대감. 심장이 터질 것 같았다. 숨이 턱까지 차올라 뱉어내는 것도 힘들었다.

"많이 힘들어?"

"괘, 괜찮아요."

대답을 하고 윤경은 금세 후회했다. 그가 부드럽게 못할 거라는 말이 무슨 뜻이었는지 실감하고 말았으니까.

퍽퍽, 부딪히는 힘이 처음과 달리 너무 강하고 힘차서 몸을 어떻게 해야 할 줄 몰랐다. 몸이 이리저리 흔들렸다. 참고 참았던 걸한꺼번에 터트리기라도 하려는 듯 그는 숫제 그녀의 안 깊은 곳까지 뚫고 들어올 기세였다.

비명이 절로 나오고 숨이 턱턱 막혔다.

윤경은 열에 들뜬 시선으로 강석을 쳐다보았다. 언제나 속을 알수 없을 정도로 검고 깊은 눈동자가 마치 화염에 휩싸인 것처럼 보였다. 모든 게 너무 뜨거웠다. 그의 시선도 피부도 움직임조차 뜨거워서 숨을 쉴 수가 없었다.

주변이 빙글빙글 돌았다.

"좀 천천히……. 아웃."

그녀의 말을 듣지 못했는지 그의 움직임은 조금도 부드러워지지 않았다. 오히려 더 강한 몸짓으로 그녀의 안으로 파고들었다. 폭풍이 몸을 휘감는 것 같은 엄청난 쾌감이 밀려왔다. 그가 몸을 빳빳이 세우고 단말마의 비명을 지르는 순간 윤경은 까무룩 정신을 놓았다.

9

시간은 빠르게 흘렀다. 해가 바뀐 지 벌써 한 달이 넘는 동안 윤경은 정신없는 시간을 보냈다. 퇴근 시간이 지나면 강석은 그녀를 사장실로 불러 회사 전반에 관한 서류를 검토하게 했고 쉬는 날이면 물류센터를 돌아보게 했다.

처음엔 그와 여행을 가는 기분이 들어 즐거웠는데 시간이 지날수록 피곤이 밀려와 차 안에서 꾸벅꾸벅 졸기 일쑤였다.

기획실 직원에게 업무가 너무 과한 게 아니냐고 투덜댈 때마다 강석은 씨익 웃으며 오히려 더 많은 서류 더미를 안겨주었다.

애교도 떨어보고 화가 난 척도 해봤지만 소용없었다. 그래 놓고 집에 돌아오기만 하면 그녀를 품에서 놓아주지 않았다. 강석은 마치 그녀가 토실토실하게 살이 찔 때를 기다렸다가 때가 되었다고 느낀 순간 냉큼 잡아먹는 맹수처럼 거침이 없었다.

"참 신기하단 말이야."

모처럼 소미와 점심을 먹는 날이었다. 같은 회사 내에 있으면서 소미를 만나는 건 쉽지 않았다. 일도 많았지만 처음엔 기획실 직원들과 어울리느라 소미와 따로 만나지를 못했다. 그동안 서너 번 점심을 먹은 게 다였다. 퇴근하고 통화도 길게 하지 못했다. 강석은 그녀가 다른 곳에 신경 쓰는 걸 싫어했다.

이러다 그나마 많지도 않은 친구까지 다 떨어져 나가겠다고 불만을 토로하자 그는 아주 깔끔하게 답변했다.

'내가 친구 오빠 남편 다 되어주면 되지.'

칫, 말이나 못하면. 윤경은 입술을 삐죽이며 하나 남은 갈비탕 속 고기를 입에 넣고 오물거렸다.

"너 또 내 말 안 듣고 있지?"

"응? 뭐라고 했는데?"

"바쁜 건 내가 알겠다만 요즘 정신을 집하고 사무실에 아주 놓고 다니는 거 아니야?"

"아니라고는 말 못하겠네."

고민도 않고 바로 인정을 해버리자 소미가 기가 막힌 듯 눈을 흘겨 떴다.

"회사는 일 때문일 테고 집에서는 왜 그러는데? 통화도 제대로 못하고. 설마 집에서도 일하는 거야?"

"그…… 렇지. 뭐."

일은 일이지. 그게 좀 다른 일이라서 그렇지만.

아무리 친한 친구지만 둘만의 은밀한 시간들에 대해서 모두 말을 할 수는 없었다.

"사장님 너무한 거 아니야? 왜 그렇게 빡세게 몰아치는 거야?"

"……."

"누가 알면 조만간 네가 회사를 맡는 줄 알겠다."

윤경은 다 씹지도 않은 고기를 꿀꺽 삼켰다. 소미가 한 말이 신경을 툭 건드렸기 때문이다.

"내가 회사를 맡는다고?"

"그것도 아닌데 왜 그렇게 일, 일 하냐고. 사실 회사에서도 은근히 소문이 돌거든. 내기를 하는 직원들도 있다고 하더라."

"소문은 뭐고 내기는 뭐야?"

"아직 두 사람이 혼인신고를 했다는 건 모르니까 회장님 딸이 돌아왔으니 곧 사장님이 그 자리에서 물러날지도 모른다는 소문, 그래서 조만간 사장이 바뀐다 아니다로 내기를 건 직원도 있대."

"할 일 되게 없나 보다."

"그게…… 좀 이상한 소문도 있어."

"뭔데 또?"

"회장님 돌아가시고 생각지도 못한 사람이 사장 자리를 차지한 것도 그런데 네가 돌아왔는데도 사장님은 여전히 그 자리에 있고."

그게 뭐가 어쨌다는 건지 모르겠다. 그동안 강석이 일을 엉망으로 했다면 말을 안 한다. 회사는 더 탄탄해졌고 매출도 크게 늘었다. 이미 공사가 시작된 평택 물류센터가 완공이 되면 지금보다 매출은 훨씬 좋아질 것이다. 누가 봐도 강석이 그 자리에 있는 건 당연했다.

"그래서 강석 씨가 지금 욕심을 내고 있다는 거야?"

"나도 처음엔 펄쩍 뛰었는데 모르는 사람이 보면 그럴 수도 있겠다 싶더라고."

"그런 거 아니거든?"

강석은 언제든 원하면 물러나겠다고 했었다. 심지어 그녀와 뜨겁게 사랑을 나눈 뒤에도 결정이 되면 말해달라고 했었다. 정말 욕심을 내고 있다면 그런 말을 할 리 없지 않겠는가.

"내가 그렇게 생각한다는 게 아니잖아. 소문이……."

"난 강석 씨가 회사를 계속 맡아도 된다고 생각해."

"앞으로 쭉? 그럼 넌?"

"이렇게 직원으로 일하는 것도 나쁘지 않을 것 같아."

"왜? 너 일 욕심 있잖아."

"꼭 사장 자리에 앉아야만 일을 할 수 있는 건 아니잖아."

힘들기는 하지만 일하는 재미를 조금씩 느끼고 있었다. 며칠 전 회사에서 마주친 최 부장은 한심하다는 눈빛으로 잠깐 쳐다보다 지나쳐 갔다.

몇 번 집으로 오라고 연락을 해왔지만 아직 찾아가지는 않았다. 무슨 말을 할지 뻔하니까.

"난 네 생각을 존중해. 하지만 이건 한 번 결정하면 되돌리는 게 쉽지 않은 거야. 그러니까 잘 생각해서 결정해."

"그래야겠지. 그나저나 그런 헛소문을 퍼뜨리고 다니는 인간들이 누군지 모르겠네."

"소문은 그냥 소문일 뿐이야. 그래서 말인데 이참에 확 결혼을 해버리는 게 어때?"

"이미 혼인신고가 되어 있는데 무슨 결혼을 또 하라는 거야?"

"사람들한테 알리라는 거지. 그래야 말도 안 되는 소문이 사라지지 않겠어?"

꼭 그럴 필요가 있을까 싶다가도 어쩌면 그게 나을지도 모른다는 생각이 들기도 했다. 윤경은 골똘히 생각에 잠긴 채 아랫입술을 잘근잘근 씹었다.

"너 사장님 남자로 남편으로 좋아하잖아. 솔직히 이대로 혼인신고가 없던 걸로 되면 이도 저도 아닌 게 될 텐데. 네가 원하는 건 그게 아니잖아."

이미 남편으로 아내로 서로를 받아들였다. 사람들에게 알리기 위해 결혼식을 하고 싶은 생각은 한 적도 없고 하고 싶지도 않았다. 하지만 괜한 소문으로 강석이 상처를 받는 것보다 그게 낫지 않을까.

"하기는, 그러면 또 사장님이 회사 때문에 너와 결혼했다는 소문이 돌지도 모르지."

"……."

"아니, 내가 그렇다는 게 아니고 사람들이 그럴지도 모른다는 소리야."

"그래서 어쩌라는 거야?"

"어쩌기는 뭘 어째? 이 기회에 사장님 발목을 꽉 잡아서 네 곁에 묶어두는 거지."

윤경은 씨익 웃는 소미를 밉지 않게 흘겨보았다. 배가 엄청 고팠는데 이야기를 하다 보니 입맛이 뚝 떨어졌다.

"왜? 그만 먹게?"

"다 먹었어. 넌 왜 수저를 내려놔?"

"난 아까 샌드위치 먹었거든. 가면서 커피 사 들고 갈까?"

"그러자."

커피를 들고 10분 거리를 걸어오는 동안 윤경은 소미의 이야기에 집중을 하지 못했다. 머릿속은 온통 어떻게 하면 강석이 사람들의 입에 오르내리지 않을까 하는 생각밖에 없었다. 귀신같이 눈치를 챈 소미한테 등짝을 한 대 얻어맞기도 했다.

"아, 춥다. 난 정말 겨울이 싫어."

회사 건물 안으로 들어서자 소미가 뜨거운 커피를 홀짝이며 투덜댔다.

"눈은 좋아하면서 겨울을 싫어한다는 게 말이 돼?"

"춥지 않고 눈만 내리면 안 될까?"

윤경은 말도 안 되는 소리를 한다면서 픽, 웃었다. 승강기를 기다리고 있는데 문이 열리고 최 부장이 내렸다.

"안 그래도 연락하려고 했는데 언제까지 날 피할 생각이야?"

"피한 적 없습니다."

소미가 먼저 간다고 눈짓을 보내와서 윤경은 그러라고 살짝 고개를 끄덕였다.

"듣자니 일을 열심히 한다고 하더구나. 그래 봐야 직원이 하는 일이겠지만."

"능력 있는 직원이 있어야 회사도 있는 거니까요."

"능력 있는 직원은 너 아니어도 많아. 하지만 사장은 아무나 하는 게 아니라는 걸 왜 몰라?"

"강석 씨가 아무나는 아니죠."

"쯔쯧, 이래서 여자는 안 돼. 이 회사가 문씨 거야? 네 아빠 거였어. 그럼 당연히……."

"부장님, 여기는 회사입니다. 사적인 이야기는 다음에 하세요."

"이게 왜 사적인 이야기야. 다 이 회사를 위한 거지."

직원들이 힐끔거리는 걸 모르지 않을 텐데, 최 부장은 물러설 기미를 보이지 않았다. 윤경은 그동안 쌓인 피곤이 한꺼번에 밀려드는 것 같아 은근히 짜증이 밀려왔다.

"제가 퇴근 전에 들를게요. 그때 이야기해요."

되도록 마주치고 싶지 않은데 어쩔 수 없다는 생각이 들었다. 최씨 문씨의 회사 그게 뭐가 중요하단 말인가.

회사는 잘 돌아가고 있고 결국 강석은 그녀의 남편인데.

"집으로 오지 그러냐. 네 숙모도 보고 싶어하는 것 같은데."

"새삼스럽게 제가 보고 싶기야 하겠어요. 그냥 회사에서 뵙는 걸로 하겠습니다."

꾸벅 인사를 한 윤경은 마침 도착한 승강기에 올라탔다. 가슴이 답답했다. 생각해 보면, 아니, 생각해 볼 것도 없이 지금껏 그녀를 진심으로 대한 사람은 없었다. 엄마는 어린 딸보다 그림이 더 중요했고 아빠는 오로지 회사밖에 몰랐다. 오히려 일하는 사람들이 그녀를 더 챙기고 보살폈다. 그중에 강석이 있었다. 기억 속 강석은 늘 그녀의 곁에 있었다. 유치원 끝나고 강석이 학교에서 돌아올 때까지 기다리는 시간이 즐겁기도 했고 지루하기도 했었다. 가끔은 대문 밖까지 나가서 기다렸다가 골목을 오르는 강석을 보면 쪼르르 달려가 팔에 매달리곤 했다.

'밖에서 기다리지 말라니까. 다음부터는 꼭 집에 있어. 알았지?'

머리를 쓰다듬어 주는 그 다정한 손길을 정작 부모님한테서는 느낄 수가 없었다. 그런 강석을 떠나게 했었다. 윤경은 가슴이 꽉 막힌 것처럼 답답했다.

다시 만났고 서로의 마음을 확인까지 했지만 미안한 마음을 완전히 지울 수는 없었다. 28층에서 승강기가 멈췄지만 내리지 않고 다시 32층을 눌렀다. 그동안 업무적인 일 외에는 사장실을 찾은 적은 없었는데 지금 당장 강석이 너무 보고 싶었다.

비서실에 사람이 없어서 노크를 하고 문을 살그머니 열었다.

"식사는 제가 대접해야죠. 조만간 제가 찾아가겠습니다."

통화를 하면서 강석은 손가락을 까닥거렸다. 윤경은 강석의 미소가 더 깊어지는 걸 지켜보면서 가까이 다가갔다.

"네, 그럼 토요일 오후에 뵙겠습니다."

전화를 끊는 동시에 강석이 그녀의 손을 잡고 확 잡아끌었다. 얼떨결에 그의 무릎에 앉게 된 윤경은 혹시 누가 들어오기라도 할까 봐 황급히 일어나려고 했지만 꽉 잡고 놓아주지 않아 어쩔 수 없이 가만히 앉아 있어야 했다.

"내가 보고 싶어서 온 거야?"

"그냥 잠깐 얼굴이나 볼까 해서요. 점심 먹었어요?"

"응. 넌?"

"나도 방금 소미랑 먹고 들어오는 길이에요."

"추운데 밖에 나가서 먹은 거야?"

"회사 근처에 갈비탕 맛있게 하는 집 있는데 혹시 알아요?"

"3대째 한다는 집?"

그녀가 고개를 끄덕이자 강석은 알고 있다는 듯 입술에 쪽 입을 맞추고는 머리카락을 부드럽게 쓸어 넘겼다.

"고기 먹었으니까 힘 좀 써도 되겠는걸?"

"왜요? 뭐 일할 거 있어요?"

"일은 아니고."

"그럼요?"

당장 도와주기라도 하려는 듯 윤경은 눈을 말똥말똥 뜨고 주변을 살폈다. 옮길 만한 게 있나 아무리 둘러봐도 아무것도 없었다.

"힘쓸 일은 없을 것 같은데 무슨 일인데요?"

"음, 힘은 내가 더 많이 쓰겠지만…… 네가 필요해."

"말만 해요. 내가 이래 봬도 힘이 넘치는……."

윤경은 주먹까지 불끈 쥐어 보이며 말을 하다 말고 입을 꾹 다물었다. 강석이 그녀의 코트를 벗기고 블라우스 단추를 하나씩 풀고 있었다.

"뭐, 뭐 하는 거예요?"

그의 손을 꽉 잡고 놀라서 묻자 강석의 입매가 부드럽게 휘었다. 블라우스가 어깨 아래로 훅 밀려났다.

"강석 씨."

"힘이 넘친다면서?"

"아니, 난 그런 뜻이 아니라……."

"난 그런 뜻으로 알아들었는데."

브래지어 후크를 툭 풀어낸 강석이 봉긋한 가슴을 움켜잡고 주물러 댔다. 윤경은 얼굴이 새빨갛게 달아올라 고개를 가로저었다.

"안 돼요."

"왜?"

"여기는 회사예요."

"남편이 아내를 사랑하면 안 된다는 회사 규칙은 없는 걸로 아는데."

"그걸 말이라고, 으읏."

그가 가슴을 입으로 덥석 삼켜 물자 윤경은 펄떡 튀어 올랐다. 스커트 사이로 그의 손이 은밀하게 파고들었다.

"누가 들어오면 어쩌려고 이래요?"

"아무도 안 와. 용 비서는 한 시간은 있어야 들어올 거야."

"그래도 안 돼요. 집에 가서…… 집에서 해요."

"당연히 집에서도 할 거야."

그는 멈출 생각이 없다는 듯 팬티 위를 부드럽게 어루만지다 그 속으로 손가락을 밀어 넣었다.

"으읏."

"음. 여기는 벌써 젖었는데?"

"아웃. 제발 그런 말 좀…… 하지 말아요."

사랑을 나눌 때 강석은 야한 말을 서슴없이 하곤 했다. 보고 만지고 싶고, 빨고 맛보고 싶다고.

그런 말을 할 때마다 윤경은 어쩔 줄을 몰라 했다.

"무, 문이라도…… 잠가요."

도저히 그가 멈출 것 같지 않아 결국 포기했다. 이젠 그녀도 멈추고 싶지 않았다. 은밀하게 움직이는 손가락이 그녀의 내벽을 훑고 들락거리자 질척이는 소리가 민망할 정도로 들렸다. 강석이 그녀를 번쩍 안아 올리자 윤경은 두 다리를 그의 허리에 둘렀다. 강석은 그녀를 안은 채 성큼 걸어서 문을 잠그고 가슴 정점을 쪽쪽 빨아대면서 엉덩이를 꽉꽉 주물렀다.

"으응."

윤경은 고개를 뒤로 젖히고 나른하게 신음을 토해냈다. 여전히 누가 들어올지 몰라 불안했지만 발끝을 타고 머리끝까지 치솟은 열기가 그녀를 집어삼키고 있었다.

그녀를 바닥에 내려놓은 강석이 팬티를 발끝까지 끌어 내렸다. 그가 허리 벨트를 푸는 소리가 들리고 다리 하나가 번쩍 들렸다.

"으읏."

다리 하나가 들리고 한껏 부푼 그의 중심이 그녀의 안으로 푹 쑤시고 들어왔다.

"하아."

그가 고개를 뒤로 젖히며 만족스러운 숨을 토해냈다. 이내 퍽퍽 몸을 부딪쳐 왔다.

윤경은 등을 문에 기대고 그의 어깨를 꽉 움켜잡았다. 쿵쿵 문이 흔들렸다.

"아웃. 소, 소리가 너무……."

이미 쾌락의 파도에 휩쓸려 정신이 몽롱한데도 문이 덜컹거리는 소리가 신경이 쓰였다.

"다른 데 신경 쓸 여유가 있는 거야?"

회사니까요. 아무도 없는 집하고는 다르지 않은가. 윤경은 헉헉거리며 그를 밉지 않게 그를 흘겨보았다.

"그럼 자세를 바꿔볼까?"

그가 몸에서 훅 빠져나갔다. 허전함을 느낄 사이도 없이 몸이 돌려졌고 엉덩이가 쑥 뒤로 잡아당겨지는 바람에 윤경은 문고리를 잡고 몸을 숙였다. 블라우스와 스커트는 허리에 걸쳐져 있고, 브래지어는 제 역할을 하지도 못하고 있었다.

윤경은 허리를 숙이고 엉덩이를 쑥 내민 채 아무 움직임도 없는 그를 보기 위해 슬그머니 고개를 뒤로 돌렸다.

"뭐, 뭐 하는 거예요?"

한쪽 무릎을 꿇고 앉은 그가 엉덩이 사이 은밀한 곳을 빤히 쳐다보고 있었다.

"빨리 삼켜달라고 움찔거리네."

"제발 그런 말 좀……. 으으읏."

그의 뜨거운 혀가 애액으로 번질거리는 그녀의 속살을 길게 핥아 올렸다. 윤경은 허리를 비틀며 신음했다. 말캉한 혀가 움직일 때마다 진저리 치도록 짜릿했다. 그의 혀가 클리토리스를 쪽 빨아들이자 등줄기를 타고 엄청난 쾌감이 솟구쳤다. 그의 손이 그녀의 숲 속을 더 활짝 벌리고 예민해진 숲길을 이로 쓰윽 긁었다. 번쩍, 번개가 내리치는 것 같았다.

"아으홋. 아윽."

강석은 줄줄 흐르는 애액을 모두 핥아 마셨다. 혀를 세워서 붉은 속살 안으로 밀어 넣고 내벽을 핥고 쪽쪽 빨았다. 손가락 입술, 단단하게 솟구친 중심까지 온몸이 그녀를 원한다. 수도 없이 그녀를 안았는데 욕망이란 놈은 도무지 만족을 할 줄 모른다.

난 매 순간 너를 욕망하는데 넌 어떠니?

가끔은 겁이 날 정도였다. 시간이 지날수록 더 깊어지고 더 강렬해져서 이러다 어느 순간 미쳐 버리는 게 아닐까 하는 생각도 들었다. 어쩌면 이미 미쳐 버렸는지 모르지.

강석은 몸을 일으켜 빳빳하게 고개를 들고 있는 중심을 그녀의 안으로 깊게 쑤셔 넣었다.

"으읏."

숨이 막히도록 조여오는 느낌이 너무 황홀해서 눈을 질끈 감았다 떴다. 잘록한 그녀의 허리를 꽉 잡고 강하게 쳐올렸다. 퍽퍽, 치고 들어갈 때마다 윤경은 손가락이 하얗게 변하도록 문고리를 움켜잡고 신음했다. 똘똘 뭉친 쾌락의 덩어리들이 몸을 뚫고 나가려고 용트림을 하기 시작했다. 허리 짓이 빨라지고 문이 덜컥거리는 소리가 더 크게 들렸다.

이마에 푸른 힘줄이 툭 불거졌다.

"하아."

강석은 그녀의 등에 몸을 길게 숙이고 더운 숨을 급하게 내뱉었다. 봉긋한 가슴을 주무르며 그녀의 귓불을 잘근잘근 씹었다.

"사랑한다, 윤경아."

가늘게 흐느끼는 소리가 들렸다. 슬퍼서 우는 게 아니라는 걸 알면서도 묻고 말았다.

"내가 널 안는 게 싫은 거야?"

윤경이 고개를 세차게 흔들었다.

"아닌 거 알잖아요."

"그런데 왜 울어?"

"강석 씨가 나를 원하는 게 좋고, 사랑한다고 말해주어서 좋아서."

강석은 더듬더듬 말하는 윤경의 고개를 잡아 돌려서 입술에 깊게 키스했다.

"사랑해."

"나도 사랑해요."

하루하루 시간이 흐르는 게 아까울 정도로 더 많이 더 깊은 마음이 샘솟는다. 윤경은 온 마음을 다해 그의 키스를 되돌렸다. 혀가 엉키고 호흡이 서로에게 스며들었다. 입술을 놓아준 강석이 강하게 허리를 튕겨 올랐다. 참을 수 없는 열기가 몸을 휘감고 뜨거운 숨결이 쏟아져 나왔다.

"아웃. 아흑."

윤경은 더 가까이 닿고 싶은 마음에 몸을 흔들었다. 눈앞이 뿌예질 정도로 강렬한 쾌감이 솟구쳤다. 마침내 그가 짧은 탄성과 함께 똘똘 뭉친 욕망을 확 터뜨렸을 때 윤경은 축 늘어졌다. 온몸에 진이 모두 빠진 것처럼 기운이 하나도 없었다.

강석이 그녀를 안고 소파에 내려놓은 뒤 손수건으로 허벅지 아래를 말끔히 정리해 주고 있는데도 손가락 하나도 까닥할 수 없었다. 그는 브래지어를 채우기 전 그녀의 가슴을 한참 동안 물고 빨았다.

"그만…… 해요."

"음, 아쉽네."

"욕심쟁이."

"어쩔 수 없잖아. 그동안 너무 오래 참았으니까."

"난 참으라고 한 적 없거든요?"

"그런가?"

그가 쿡쿡 웃으며 책상 앞으로 걸어가 종이 가방을 들고 왔다.

"저녁에 주려고 했는데 미리 입어야겠네."

예쁘게 포장된 박스엔 검은색 브래지어와 팬티가 들어 있었다.

"내 속옷을 샀어요?"

"마음에 들어?"

윤경은 기가 막혀서 벌린 입술을 다물지도 못했다. 쫙 펼친 팬티는 은밀한 수풀을 겨우 가려질 정도로 얇고 작았다.

"맨날 야한 상상만 하고 있나 봐."

"이런, 들킨 건가?"

그는 서로 마음을 확인한 후 감정을 숨길 생각이 전혀 없는 듯 너무 솔직했다. 가끔은 얼굴이 뜨끈해질 정도로 거침이 없었다.

"내, 내가 할게요."

다리를 오므리고 버텨도 소용없었다. 강석은 고집스럽게 그녀에게 팬티를 입혀준 뒤 허벅지 안쪽에 입술을 대고 쭉 빨았다. 붉은 자국이 새겨진 곳에 혀를 대고 날름날름 핥았다.

"차 한잔할까?"

"점심시간 지났어요. 그만 가봐야 해요."

"기획실에서 눈치 줘?"

"눈치가 아니라……."

윤경은 말을 하다 말고 강석을 빤히 쳐다보았다. 갑자기 소미가 한 말이 떠올라서였다. 혹시 소문을 들었을까.

"음, 있잖아요."

"누군데? 말해봐."

"그게 아니라…… 혹시 이상한 말 같은 거 들었어요?"

"이상한 말?"

후우, 윤경은 표나지 않게 나직이 한숨을 내쉬었다. 다행히 들지 못한 모양이다.

"말을 하려면 제대로 해야지. 이상한 말이라니, 무슨 소리야?"

"아니에요. 어머, 너무 늦었다. 나 그만 가봐야겠어요."

강석은 문까지 갔다가 다시 되돌아와 그의 볼에 쪽 입을 맞추고 돌아서는 그녀의 팔을 낚아챘다.

"읍."

입술이 닿자마자 혀를 깊게 밀어 넣고 입안을 샅샅이 핥았다. 입술을 놓아주자 윤경은 헉헉대면서도 눈을 곱게 흘겼다.

"앞으로 인사는 볼이 아니라 입술에 해."

"문강석 사장님은 너무 엉큼해."

"아마 아무도 모를걸?"

"야하고……."

"힘도 넘치지. 웃."

윤경이 구둣발로 그를 툭 걷어차고 황급히 사무실을 빠져나갔다. 강석은 호탕하게 웃음을 터트렸다. 잠시 후 얼굴 가득했던 웃음이 천천히 걷혔다. 닫힌 문을 노려보는 눈빛이 서늘하게 변했다.

"이상한 말이라……."

턱을 쓰다듬는 손길에 힘이 바싹 들어갔다.

윤경은 직원들이 모두 퇴근한 후 사무실에 홀로 남아 커피 한 잔을 타서 창가로 걸어갔다. 안 그래도 최 부장을 만나러 가야 한다는 생각에 마음이 답답한데 하늘은 짙은 구름이 잔뜩 끼어 있었다.

최씨 문씨 회사가 다 무슨 소용이란 말인가. 어차피 최 회장이 바란 건 회사가 무너지지 않고 잘 이어나가는 걸 테고 다른 사람도 아닌 강석이 그 자리에 있었다. 딸하고 혼인신고까지 하면서 붙들어놓은 사람이 아닌가. 숙부인 최 부장이 왈가왈부할 일이 아니다.

"그래. 가서 확실히 말하는 게 낫겠지."

커피를 반도 마시지 않은 윤경은 사무실을 나왔다. 최 부장을 만나기 전에 강석에게 늦는다고 문자를 넣을까 하다가 승강기에 올라타서 32층 버튼을 눌렀다.

사무실 앞에서 노크를 하고 안으로 들어갔는데 비서실에는 아무도 없었다. 용 비서도 강석만큼이나 바쁜 시간을 보내고 있나 보다 하는 생각이 들었다.

사장실 앞까지 걸어갔는데 살짝 열린 문틈으로 반갑고도 익숙한 목소리가 들렸다. 강석의 부모님 두 분 모두 그녀를 엄청 예뻐해 주셨는데 지금껏 찾아가서 인사를 하지 못했다.

"왜 말을 못해? 설마 그런 거야?"

윤경은 지봉의 목소리가 들리자 반가운 마음에 문을 열고 안으로 들어가려다 멈칫했다. 그녀가 아는 한 지봉은 목소리를 높이거나 화를 낸 적이 거의 없었다. 강석에게 윤경을 아가씨라고 부르라고 하거나 안채에 자주 드나들지 말라고 할 때도 조용히 타이르듯 말을 했었다. 그런데 무슨 일인지 지봉은 화가 잔뜩 나 있었다.

"문강석?"

"아닙니다. 아니라고 말씀드렸잖습니까?"

"아닌데 왜 아가씨가 돌아왔다는 말도 하지 않고 아직 네가 그 자리에 있어?"

"윤경이 이야기는……. 제가 미처 생각 못했습니다. 죄송합니다."

아, 그건 강석의 잘못이 아닌데, 연락은 그녀가 했어야 했는데 왜 강석을 나무라는지 모르겠네. 윤경은 두 사람의 이야기를 들으며 진작 찾아가거나 연락을 했어야 했다고 후회했다.

"내일 당장 아가씨한테 그 자리 넘겨주고 회사 나와."

"그게 그렇게 쉬운 게 아닙니다."

"남의 것 욕심내서 잘되는 사람 못 봤다. 네가 해야 할 일은 이제 끝난 거야. 내 말 무슨 뜻인지 알아들었어?"

"무슨 이야기를 어떻게 들으셨는지 모르지만 저 아버지 아들로서 부끄러운 마음, 행동 한 적 없습니다."

두 사람은 한참 동안 말이 없었다. 윤경은 그냥 돌아가야 하는지 왔다는 기척을 내고 들어가야 하는지 망설였다. 이내 그녀가 직접 지봉에게 말을 해야겠다는 생각이 들었다.

"너도 귀가 있다면 들었겠지. 오죽하면 최 부장님이 나를 다 찾아왔겠어. 걱정이 이만저만이 아니더구나. 네가 아니어도 아가씨를 걱정하는 사람은 많아. 혹시 혼인신고를 빌미로 다른 생각을 한다면……."

"아버지!"

억눌린 강석의 목소리에 윤경은 잡았던 문손잡이를 도로 놓았다. 최 부장이 지봉을 찾아갔다는 말을 듣는 순간 심장이 철렁 내려앉았다.

"난 솔직히 회장님께서 혼인신고까지 하라고 하실 줄은 몰랐다. 그날 이후 나나 네 엄마나 하루도 편안히 잠을 잔 적이 없었어."

"다 지난 일입니다."

"다시 말하지만 거긴 네 자리가 아니야. 회장님이 원하신건……."

"알고 있습니다."

"안다면 하루빨리 정리하도록 해."

다그치는 지봉의 목소리에 윤경은 가슴을 꽉 움켜잡았다. 강석의 목소리가 들리지 않자 가슴에 돌덩이가 들어찬 것처럼 답답했다. 강석은 왜 아무 말도 하지 않을까. 왜 사실대로 말하지 않을까. 이미 서로 마음을 확인했고 이젠 서류상만이 아니라 진짜 부부가 되었다고 왜 말하지 못할까.

"회사도 아가씨도 다 정리해. 아가씨한테 회사 돌려주고 서류도……."

"곧, 그렇게 할 겁니다."

심장이 쿵 하고 내려앉았다. 차라리 아무 말도 하지 말지.

몇 시간 전 뜨겁게 서로를 안아놓고 그렇게 하겠다니. 어떻게 저런 말을 할 수 있는지 배신감마저 들었다. 누군가 머리를 세차게 내려친 것 같은 충격이 밀려왔다. 윤경은 멍하니 서 있다가 터벅터벅 걸어서 사무실을 나왔다.

곧, 그렇게 할 겁니다.

강석의 목소리가 고장난 레코드처럼 머릿속에서 빙빙 돌았다.

도저히 사무실로 갈 수가 없어 계단을 올라 옥상으로 향했다. 밖으로 나오자 잔뜩 흐린 하늘에서 하나둘씩 눈송이가 흩날렸다.

'일하기 싫어서 꾀부리는 거 다 알아. 그 서류 다 살펴볼 때까지 집에 안 갈 거니까 정신 집중해서 해.'

며칠 전 늦은 시간까지 사무실에 있다가 문득 창밖을 보니 눈이 내리고 있었다. 모처럼 데이트도 할 겸 그만 퇴근하자고 했더니 강석은 딱 잘랐다. 집에 가서 하겠다고 해도 들은 척도 하지 않았다.

"그런 거였어? 그래서 그렇게……."

뜨거운 눈물이 볼을 타고 주르륵 흘렀다. 강석도 그녀와 같은 마음인 줄 알았다. 그의 진심을 단 한 번도 의심한 적 없었다. 모든 걸 정리하고 제자리로 돌려놓을 거면서 왜, 왜 기대하게 만들었는지 강석이 너무 원망스러웠다.

눈송이가 점점 굵어졌다. 이대로 심장까지 꽁꽁 얼어버렸으면 좋겠다. 윤경은 머리와 어깨 위에 하얀 눈이 쌓여가는 줄도 모르고 오랫동안 그 자리에 서 있었다.

사무실로 돌아와 다시 화장을 고쳤다. 손이 덜덜 떨려서 립스틱이 자꾸 엇나갔다.

"나쁜 사람."

윤경은 립스틱을 홱 집어 던졌다. 아무리 진정을 하려고 해도 화가 나서 참을 수가 없었다. 자리에서 벌떡 일어나 냉장고에서 차가운 음료수를 꺼내 숨도 쉬지 않고 마셨다.

"후우."

도저히 이대로 최 부장을 만나러 갈 수 없을 것 같아 핸드폰을 꺼내 들었는데 문자가 와 있었다.

「사무실에서 기다리고 있다.」

안 간다고 할 수도 없고 미치겠네.

사무실로 찾아간다고 했지만 시간을 정하지 않은 터라 최 부장이 퇴근을 해버렸으면 했는데 기다리고 있다니 어쩔 수가 없었다. 겨우 마음을 가라앉히고 밖으로 나와 승강기에 올라탔다. 사무실 앞에서 목소리를 가다듬고 노크를 한 뒤 안으로 들어갔다.

"늦었구나."

"일이 좀 많았어요. 저 때문에 퇴근이 늦어지는 거 아니세요? 혹시 바쁘시면……."

"일하다 보면 늦는 날도 있고 하는 거지. 난 한 번도 이 회사를 남의 회사라고 생각한 적 없다. 형님이 계실 때도 그랬고 지금도 당연히 그렇게 생각해."

누가 알면 회사를 위해서 몸 바쳐서 일하는 줄 알겠네. 윤경은 코웃음이 나오려는 걸 겨우 참았다.

최 부장은 처음부터 서운에서 일을 하지는 않았다. 능력도 안 되면서 사업을 한다고 설치다 몇 번이나 큰 손해를 봤고, 그때마다 최 회장이 서운으로 들어오라고 했지만 남의 밑에서 일하는 건 체질에 안 맞는다면서 거절했다고 들었다.

더 이상 최 회장이 금전적인 도움을 주지 않자 1년 가까이를 버티다 마지못해서 서운으로 들어온 거였다. 어릴 적 최 부장이 집으로 찾아오면 가끔 서재에서 큰소리가 나기도 했었다.

'내 나이가 몇인데 고작 대리입니까? 집사람도 그렇고 애 보기도 민망해서 얼굴을 들 수가 없어요.'

'직책이 무슨 상관이야? 그럼 실력을 제대로 보여주든가.'

어린 나이에도 나이 차이가 많이 나는 최 부장이 어리광을 부린다는 생각을 했었다. 실력이 아닌 사장 동생이라는 배경만 믿고 설치고 다니는 게 마음에 들지 않았다. 시간이 꽤 많이 지났는데도 최 부장은 변한 게 없어 보였다.

"말씀만이라도 감사합니다."

"그런 말을 듣자고 한 소리는 아니야. 회사가 있어야 나도 있고 너도 있는 거지. 그나저나 여기서 이럴 게 아니라 나가서 식사라도 하면서 이야기할까?"

"아닙니다. 저녁 약속 있습니다."

퇴근 시간이 지났으니 당연히 강석이 기다리고 있을 것이다. 하지만 오늘은 사장실로 가지 않을 생각이었다. 그렇다고 최 부장과 나란히 앉아서 식사를 하고 싶은 생각은 조금도 없었다.

"저녁마다 사장실로 올라간다고 들었다. 혹시 문 사장이 너한테 회사를……."

"아니요. 그 사람 일하는 동안 기다리는 것뿐입니다."

"기다린다고?"

"아시잖아요. 강석 씨가 얼마나 열심히 일을 하는지."

최 부장은 마치 듣고 싶지 않은 말을 들은 것처럼 인상을 구겼다. 윤경은 모른 척 시선을 돌렸다.

"너한테 보여줄 게 있다."

테이블 위로 서류 하나가 툭 던져졌다.

"이게 뭔데요?"

"보아하니 나하고 있는 게 불편한 거 같은데 말 돌리지 않고 이야기하마. 넌 서운을 맡을 생각이 없는 것 같고⋯⋯."

"잠깐만요. 제가 먼저 말씀드리겠습니다."

회사 이야기를 하고 싶은 마음은 없지만 다시 한 번 분명하게 말을 해야 할 것 같았다.

"아시겠지만 회사는 지금 아무 문제 없습니다. 평택 물류센터가 완공이 되면 지금보다 매출은 더 오를 테고요."

"그래서?"

"제가 회사를 맡는다고 해서 지금보다, 아니, 지금만큼 잘한다는 보장은 없다는 뜻입니다."

"자신이 없는 건 아니고?"

최 부장이 한껏 비틀린 목소리로 물었다. 윤경은 대답하지 않았다. 그녀는 겁쟁이가 아니다. 회사를 꼭 맡아야 하는 어쩔 수 없는 상황도 아닌데 회장 딸이라는 이유로 그 자리를 차지하고 싶지 않을 뿐이다. 강석과 지봉이 나눈 대화를 생각하면 가슴이 꽉 막힌 것처럼 답답하지만 그렇다고 최 부장과 그 일에 대해서 이야기를 하고 싶지는 않았다.

강석이 없는 회사, 그와 서류상으로만 엮인 부부라는 이름. 진심이 닿았다고 착각했던 순간들.

그럼에도 불구하고 다시 처음으로 되돌아가고 싶다는 생각은 들지 않았다.

"내가 왜 그동안 조용히 있었는지 알아?"

"⋯⋯."

"처음엔 회장님, 아니, 형님을 이해하지 못했지. 누가 봐도 말이 안 되는 상황이었으니까. 그러다 우연히 유언장에 다른 조건이 있다는 걸 알았다. 역시 형님이구나 싶었지. 그래서 네가 돌아올 때까지 기다린 거야."

"다른…… 조건이라니, 무슨 말씀이세요?"

"너도 모르고 있었던 거야?"

그녀가 돌아오면 강석이 물러나는 것. 그게 조건인 건 알고 있었다. 하지만 최 부장이 유언장 내용까지 알고 있을 줄은 몰랐다. 어떻게 알았을까. 강석이 말했을 리는 없고 박 변호사 또한 함부로 입을 놀릴 사람은 아니다.

"하기는, 강석이 그놈이 그런 이야기를 너한테 했을 리 없지."

"저도 알고 있습니다. 하지만 아빠가 진짜로 원한 건 회사를 내가 아니더라도……."

"말도 안 되는 소리."

최 부장은 윤경의 말을 딱 잘랐다. 경멸 어린 시선으로 그녀를 잠시 바라본 뒤 테이블에 놓인 서류를 앞으로 쑥 밀었다.

"분명히 말하지만 내 욕심으로 이러는 거 절대 아니다. 읽어보고, 아니, 읽어볼 필요 없이 그냥 사인만 해."

"……."

"네가 못하겠다면 내가 회사를 맡으면 돼."

윤경은 서류를 내려다보며 씁쓸하게 웃었다. 강석이 떠날 준비를 하고 있다는 걸 안 순간부터 심장은 텅 비어졌다. 모든 게 뒤죽박죽이었다. 캄캄한 어둠 속으로 숨어들어 펑펑 울고 싶기도 하고, 당장 강석에게 쫓아가 진심이냐고 다그치고 싶다가도 그래 봐야 무슨 소용일까, 마음이 수도 없이 무너지고 또 무너졌다.

"회사는…… 제가 알아서 해요."

"알아서 하기는 뭘 알아서 해. 그러다 그놈한테 다 빼앗기겠지. 나보고 그 꼴을 보라는 거야?"

"부장님이 생각하시는 것처럼 저 그렇게 멍청하지 않아요. 더 하실 말씀 없으시면 그만 일어나 보겠습니다."

자리에서 일어서려고 하는데 최 부장이 인상을 찌푸리며 그녀를 잡아 세웠다.

"내 이야기 아직 안 끝났다. 그놈이 너한테 어떤 사탕발림을 했는지 모르지만 하나도 믿을 게 못 돼. 그동안 회사가 제 것이나 된 것처럼 주물러 댔었지. 평택 건만 해도 그래. 다들 반대하는데 무슨 꿍꿍인지 끝까지 고집을 부리더구나."

"그렇게 결정한 이유가 있겠죠. 여러 조건들을 따져 보면……."

"물류센터를 이야기하는 게 아니야. 우리 서운도 이제 다른 쪽으로 눈을 돌릴 때가 됐다고 생각한다."

윤경은 더는 최 부장의 이야기를 듣고 싶지 않았다. 안 그래도 머리가 터질 것 같은데 강석을 끌어내리지 못해 안달인 최 부장과 마주 보고 있는 것조차 힘이 들었다.

"제가 약속이 있어서요."

윤경은 자리에서 일어섰다. 가방을 챙겨 들고 손도 대지 않은 서류를 힐끔 쳐다본 뒤 최 부장에게 인사를 하고 돌아섰다.

"내 이야기 흘려듣지 말고 잘 생각해서 판단해. 이 회사는 최씨 거야. 너하고 내가……."

등 뒤로 최 부장의 말이 이어졌지만 돌아보지도 않고 사무실을 나왔다. 승강기 앞까지 걸어오는데 힘이 모두 빠진 것처럼 다리가 휘청거렸다. 지금은 회사고 뭐고 모든 게 귀찮았다. 쓰러져 자고 싶은 생각밖에 없었다. 요즘은 거의 강석과 같이 출퇴근을 하는 바람에 차를 가지고 다니지 않는다.

밖으로 나오자 눈발이 많이 가늘어져 있었다. 어둑한 거리엔 눈이 제법 많이 쌓여 있었다. 윤경은 무작정 걸었다. 긴 머리카락이 제멋대로 흩날리고 차가운 겨울바람이 피부를 할퀴듯 덤벼들었다. 그런데도 추위가 느껴지지 않았다.

"……."

얼마나 걸었을까.

도로 건너편에 강석의 오피스텔이 보였다. 며칠 전 저녁을 먹다 오피스텔은 어떻게 할 건지 물었을 때 강석은 당분간 그대로 둔다고 했었다. 그때는 알아서 하겠지 생각했는데 정리할 마음이 없었던 거였다. 윤경은 입술을 비틀며 처연하게 웃었다.

신호등이 바뀌자 횡단보도를 건너서 오피스텔로 향했다. 비밀번호는 그대로였다. 안으로 들어서자 말끔하게 정리된 거실이 보였다.

"문강석답네."

어디 한군데 흐트러진 곳도 없고 방금 청소를 한 것처럼 먼지 한 톨 느껴지지 않았다. 강석이 집으로 들어온 후 1층과 2층을 번갈아가면서 잠을 잤지만 그의 방은 늘 깔끔하게 정리가 되어 있었다. 욕실도 마찬가지였다. 사용한 수건과 벗어놓은 옷이 그대로 걸려 있거나 아무렇게나 널브러진 걸 본 적이 없었다.

윤경은 주변을 둘러보았다. 뭔가 흐트러 놓을 만한 게 있나 살폈는데 딱히 눈에 띄는 게 없었다. 액자도 걸려 있지 않고 작은 소품 하나 없었다. 주방 쪽으로 걸어가 얌전히 식탁 밑으로 들어가 있는 의자 두 개를 꺼내서 삐뚜름하게 놓았다. 컵 걸이에 있는 머그잔과 커피 잔을 싱크대에 내려놓고 유리컵과 와인 잔도 꺼내놓았다. 몇 개의 그릇과 수저, 포크 작은 티스푼까지 꺼내자 싱크대 위가 한가득이었다. 그래도 뭔가 답답했다.

베란다로 가서 커튼을 확 젖히고 창문을 열었다. 찬바람이 피부를 얼려 버릴 것처럼 몰아쳤다. 그제야 답답했던 속이 겨우 가라앉는 것 같았다. 몸이 오들오들 떨리는데도 윤경은 한참 동안 바람을 맞았다. 돌아서서 주방을 향해 걷는데 심장까지 얼어버린 느낌이었다. 따뜻한 차를 마시려다 냉장고 문을 열었다. 냉장고까지 주인을 닮았는지 깔끔했다.

맥주 캔 몇 개와 와인 두 병 생수밖에 들어 있지 않았다.

"와인이나 마셔야겠다."

와인과 냉동실에서 말린 바나나를 들고 삐딱하게 놓인 식탁 의자를 바라보다 거실 소파로 걸어와 앉았다. 한 잔 두 잔 연거푸 와인을 마셨더니 차갑게 식은 몸이 조금씩 열기가 느껴졌다.

'곧. 그렇게 할 겁니다.'

또다시 강석의 목소리가 떠올랐다. 윤경은 이를 바득 갈았다.

"흥, 누구 맘대로. 내가 순순히 놔줄 것 같아?"

어림없지. 가득 따른 와인을 단숨에 들이켜고 나니 절망과 배신으로 가득했던 머릿속에 오기가 들어찼다.

시간이 얼마나 흘렀는지 몰랐다. 한 병을 금세 비운 윤경은 다시 냉장고에서 와인을 꺼내왔다. 빈속에 마셔서인가 머리가 어질했다. 두 병을 다 비웠는데도 성이 차지 않아 맥주 캔까지 꺼내와서 마셔 버렸다.

"문강석, 이 나쁜 놈."

어차피 떠날 생각이었으면 흔들지나 말 것이지. 이렇게 뒤통수를 치는 게 어디 있어.

문강석, 넌 정말 나쁜 놈이야.

그동안 핸드폰이 몇 번을 진동을 하다 멈추기를 반복했다. 분명 강석일 거라는 생각에 받지 않았다. 마지막 하나 남은 캔을 집어 드는데 다시 핸드폰의 진동음이 들렸다.

"어차피 떠날 거면서 찾기는 왜 찾아?"

윤경은 투덜대면서 가방에서 핸드폰을 꺼내 들었다. 몸으로 번진 알코올이 정신을 몽롱하게 해서 자꾸 손이 엇나갔다. 액정에 뜬 글씨마저 흐릿하게 보였다. 눈을 부릅뜨고 글씨를 보려고 하는 사이 진동음이 뚝 끊겼다.

"어휴, 인내심도 바닥이네."

전화를 했으면 받을 때까지 기다릴 것이지 그새를 못 참고 끊어 버리네. 나보고 전화하라 이거지? 흥, 안 한다. 안 해.

핸드폰을 소파에 던져 놓고 찌릿 노려보고 있는데 다시 불이 껌벅이고 윙, 하는 소리가 들렸다. 받지 말아야지 해놓고 손이 먼저 움직였다. 윤경은 핸드폰을 집어 들고 인상을 찌푸렸다. 글씨도 제대로 보이지 않는데 몇 번이나 통화버튼을 눌렀건만 잘 되지 않았다.

"이거 왜 안 되는 거야?"

거꾸로 들고 있다는 건 꿈에도 모른 채 입술을 삐죽거리며 투덜거렸다.

"에이, 안 받는다. 안 받아."

짜증을 내며 핸드폰 화면을 마구 문지르고 있는데 어느 순간 목소리가 들렸다.

"아, 연결됐다."

분명 귀에 대고 여보세요, 라고 말까지 했건만 상대편 목소리가 너무 작게 들렸다.

"뭐라는 거야."

핸드폰을 쳐다보다 이리저리 흔들어보고 다시 귀에 가까이 가져다 댔다. 다다다, 목소리는 들리는데 무슨 말인지 알아들을 수가 없었다.

"안 들려. 안 들린다고. 나 오늘 안 들어갈 거니까 찾지 마. 문강석, 이 나쁜 놈, 너 진짜 나쁜 놈……."

핸드폰이 소파 위로 뚝 떨어지는 동시에 윤경은 까무룩 정신을 잃었다.

## 10

최 부장은 집으로 들어오자마자 거칠게 넥타이를 풀어 젖혔다. 회사를 맡을 능력이 안 되면 순순히 시키는 대로 할 것이지 쓸데 없는 고집을 부리는 윤경 때문에 짜증이 나서 견딜 수가 없었다. 퇴근 시간도 훨씬 지난 후에 찾아와서는 한다는 소리가 알아서 한 다고?

"핫, 제까짓 게 알아서 하긴 뭘 알아서 해."

자꾸 시간만 끌어봐야 강석이 그놈만 좋은 일 시킬 게 뻔했다. 그 꼴은 죽어도 못 보지.

"왜 그렇게 기분이 안 좋아요? 회사에서 무슨 일 있었어요?"

집에서 입는 옷까지 명품으로 휘감은 아내 정미를 보자 짜증이 더 솟구쳤다.

"돈이 남아돌아? 그건 또 언제 사 입은 거야?"

"왜 옷가지고 시비예요? 내가 내 맘대로 옷도 못 사 입어요?"

"장롱 속에 처박아놓은 옷이 한 보따리인데 허구한 날 쓸데없
는 돈을 쓰고 다니니까 하는 소리 아니야? 지금이 그럴 때냐고?"

버럭 소리를 지르자 정미의 입술이 삐죽 튀어나왔다. 요즘은 무
리해서 산 오산 땅 때문에 잠도 편안히 잔 적이 없었다. 하루하루
늘어나는 이자 때문에 속이 바싹 타들어가는데 아내라는 여자는
도무지 생각이라는 게 없어 보였다. 집도 은행에 잡혔고 친척과
가까운 지인들에게까지 돈을 빌렸다.

이제 서운도 물류센터가 아닌 다른 쪽으로 시선을 돌릴 때가 되
었다고 판단했기에 평택에 물류센터를 짓는 걸 끝까지 반대했었
다. 그런데 처음엔 그의 편을 들어주던 임원들까지도 은근슬쩍 강
석의 편을 들기 시작했다. 더는 혼자서 안 된다고 버틸 수가 없어
서 마지못해 손을 들어주기는 했는데, 하나같이 좋은 생각이라고
부추기기까지 한 사람들마저도 오산에 호텔과 쇼핑타운을 짓는
걸 부정적이라며 고개를 절레절레 흔들었다.

"이거 내 돈으로 산 거 아니에요. 며칠 전에 미래식품 이 사장
와이프가 쇼핑타운에 점포 하나 부탁한다면서……."

"아직 시작도 안 했는데 점포는 무슨 점포야?"

"왜 소리를 질러요? 공사 곧 들어갈 거라고 한 사람은 당신이잖
아요."

"공사는 무슨, 돈이 있어야 하든 말든 하지."

"돈이야…… 왜요? 설마 윤경이가 싫다고 해요?"

서류는 아예 들여다보지도 않은 윤경을 생각하자 화가 더 치밀
어 올랐다. 호텔 건립에 대한 완벽한 계획서와 회사를 윤경이 아

니라면 자신이 맡을 수 있게 경영권을 일임한다는 서류였다. 사인만 하면 일사천리로 진행할 수 있는데 도무지 말을 들어먹지 않았다. 마치 벽을 보고 이야기하는 것 같았다.

"고집은 꼭 제 아비를 닮아가지고……. 어유, 속 터져."

"윤경이가 원래 고집이 좀 세긴 하죠."

"당신은 그동안 뭘 했어? 돌아온 줄 알면 가끔 찾아가서 챙기는 척이라도 했으면 지금 이런 꼴은 안 당할 것 아니야?"

"왜 화살을 나한테 돌려요?"

"그럼 지금 이 상황이 모두 내 탓이라는 거야?"

"지금껏 회사 일은 당신이 알아서 했잖아요. 그리고 걔하고 내가 언제부터 서로 챙기는 사이였다고……."

"하나밖에 없는 조카인데 좀 챙겨주면 어디가 덧나? 집에서 하는 일이 뭐야? 남편이 밖에서 편하게 일할 수 있게 내조라도 해주면 큰일이라도 나?"

"내가 안 한 건 또 뭐가 있어요? 당신이 돈 필요하다고 해서 친정 친구 모임 사람들까지 아쉬운 소리 해가면서 돈 빌려다 줬잖아요. 그보다 더한 내조가 어디 있다고 말을 함부로 하는 거예요?"

틀린 말이 아니니 더는 할 말이 없었다. 일단 토지를 매입하고 나면 모든 건 그의 뜻대로 될 거라고 믿었다. 다들 대놓고 말을 하지 않아서 그렇지 서운이 다른 쪽으로 사업을 넓히기를 바라고 있다는 걸 알고 있었다. 회사가 더 커진다는데 싫어할 사람이 누가 있겠는가.

일단 공사가 진행되면 아무 문제가 없을 텐데, 도무지 윤경이 꿈쩍을 안 하니 속만 시커멓게 타들어갔다.

"돈 더 빌릴 때 없어?"

최 부장은 슬쩍 눈치를 보며 툭 말을 던졌다.

"알면서 뭘 그래요? 사실 말을 안 해서 그렇지 요 며칠 정말 호텔을 짓기는 하느냐면서 빌려준 돈 돌려줄 수 없느냐는 전화도 몇 통 받았어요."

"동네 구멍가게를 짓는 것도 아닌데 그 큰 공사가 그렇게 쉽게 진행이 돼?"

겨우 억누르고 있던 화가 다시 치밀어 올랐다. 사실 최 부장도 그런 전화를 몇 번 받았다. 전부는 아니더라도 빌려준 돈 반이라도 돌려주면 안 되겠냐고, 그런 와중에 어제는 은행에서도 이자가 밀렸다면서 전화가 왔었다.

"이게 모두 강석이 그놈 때문이야. 제 회사인 양 틀어쥐고 놓지를 않으니 내 맘대로 할 수도 없고. 후우, 하나같이 마음에 들지 않아."

최 부장은 씩씩거리며 거실로 나와 주방으로 향했다. 냉장고에서 술병을 꺼내 들고 잔에 따르지도 않고 독한 술을 벌컥대며 마셨다.

"또 술 마시는 거예요? 그러다 정말 몸이라도 상하면 어쩌려고 그래요?"

잔소리가 듣기 싫어 술병을 들고 방으로 들어가 버렸다.

"왜 유언장대로 하지 않는 거야?"

회사는 마치 기다렸다는 듯이 꿰차고 앉아 있으면서 윤경이 돌아온 지가 언제인데 아직도 그 자리에 있는가 말이다.

'윤경이가 회사를 맡겠다고 할 때까지 기다려야지. 돌아가신

회장님 뜻도 그랬고. 아직 시간이 있지 않은가. 천천히 해. 서두른
다고 될 일이 아니야.'

'어차피 시간이 얼마 남지 않았습니다.'

'조급해하지 말래도 그러네. 아직 윤경이가 서류 정리나 회사
를 맡는다는 소리를 하지 않았다면서? 그럼 기다려. 내 생각은 그
게 좋을 것 같아.'

사장실에 갔다가 우연히 박 변호사와 강석이 하는 소리를 들었
다. 그때서야 공개된 유언장 말고도 다른 조건이 있다는 걸 알았
다. 그럼 그렇지. 형님이 그렇게 아무 조건 없이 회사를 피 한 방
울 섞이지 않은 놈한테 맡길 리가 없었다. 윤경이 돌아와서 회사
를 맡겠다고 하면 강석은 떠나야 하는 거였다.

"윤경이 그게 문제야."

더는 기다릴 시간도 없는데, 아직 강석이 눈치를 채지 못하고
있어서 다행이기는 하지만 회사 돈에 손을 더 댔다가는 조만간 알
아채고 말 것이다. 그러기 전에 어떡하든 윤경의 마음을 돌려놓든
가 강제로라도 경영권을 일임한다는 계약서에 사인을 하게 만들
어야 한다.

"이혼."

그래. 그거야. 왜 그 생각을 못했을까. 서류 정리. 그 말은 결국
윤경이 회사를 맡는 순간 두 사람은 이혼을 해야 한다는 뜻일 거
다. 이혼만 하면, 그렇게만 된다면.

최 회장은 눈빛을 번뜩이며 회심의 미소를 지었다.

"문강석, 이제 네놈은 끝장이야."

강석은 거칠게 차를 몰았다. 정면을 노려보는 시선이 유리창을 부숴 버릴 것처럼 날카로웠다. 퇴근 시간이 지나면 어김없이 사무실로 찾아오던 윤경이 한참을 기다려도 오지 않았다. 오겠지 하고 일을 하다 두 시간이 훌쩍 지났다는 걸 알고 전화를 했는데 신호만 가고 받지를 않았다. 기획실은 불이 꺼져 있고, 혹시나 싶어 그 시간쯤이면 돌아갔을 순천댁한테 전화까지 했었다. 집을 나오기 전까지 윤경은 오지 않았다고 했다.

집에 있겠다고 문자를 보내고 사무실을 나왔다. 그사이 돌아왔을지도 모른다는 기대를 하고 갔건만 없었다. 오후 내내 꽤 많이 눈이 내려서 길도 미끄러운데 도대체 어디를 갔단 말인가. 속이 바싹 타들어갔다.

옷도 갈아입지 않고 집 안을 서성이다 친구 소미한테 전화를 걸었다. 소미는 그동안 회사에서 몇 번 마주친 적은 있지만 사석에서 따로 만난 적은 없었다.

'윤경이요? 점심시간에 만난 것 말고는 못 봤는데요?'

혹시 연락이 오면 전화를 해달라는 부탁을 하고 30분쯤 지나서였다. 소미한테 전화가 걸려왔다.

'많이 취한 거 같아요. 발음도 안 되고 사장님께서 전화한 줄 알고 자꾸 나쁜 놈이라고……. 어쨌든 오늘 안 들어간다고 했어요.'

제일 중요한 어디 있는지를 모른다는 말에 화가 머리끝까지 치솟았다. 도대체 술은 어디서 그렇게 마셨으며 왜 자신을 나쁜 놈이라고 한 것일까.

안 그래도 부친이 다녀간 후 머리가 터질 것 같았다. 어렸을 때도 그렇지만 그가 돌아와서 혼인신고를 하기 전까지 부모님은 윤경을 꽤 예뻐했었다.

그랬던 분들이 혼인신고를 한 이후 달라지셨다. 어쩌다 충주에 내려가면 윤경이 이야기는 아예 꺼내지도 않고 회사에 대해서도 묻지 않았다.

"후우."

강석은 목을 조이는 것 같은 넥타이를 느슨하게 잡아당기고 와이셔츠 단추도 두어 개 풀었다. 지금껏 부친이 오늘처럼 그렇게 강경하게 말씀하시는 걸 본 적이 없었다. 아주 많이 의외였고 내색은 하지 않았지만 꽤 놀랐다. 지금껏 조용히 지켜보고 계시더니 윤경이 돌아왔다는 걸 안 순간 갑자기 확 변했다. 혹시 아들이 회사를 욕심이라도 낼까 노심초사하는 것 같은 느낌도 살짝 받았다.

"으흠."

강석은 묵직한 신음을 흘리며 턱을 이리저리 쓸었다. 최 회장과 부친이 유언장 작성 이후 따로 만났다는 소리는 듣지 못했는데, 혹시 그가 모르는 다른 이유라도 있는 건가.

지봉은 차로 모셔다 드린다는 것도 버스터미널까지 태워다 준다는 것도 거절했다. 그런데 오늘은 다들 작정이나 한 듯 윤경이까지 애를 태웠다.

만약 오피스텔에 없으면 서울에 있는 호텔은 다 확인할 생각이었다. 주차장에 차를 세우자마자 그는 곧장 승강기로 향했다.

"……."

승강기에서 내려 오피스텔 문을 열고 들어선 순간 강석은 소파에 누워 있는 윤경을 보고 나직이 한숨을 내쉬었다. 보일러도 틀지 않고 창문까지 열어놔서 거실 공기는 싸늘했다. 곧장 창문을 닫고 보일러의 온도를 높였다.

"이걸 혼자서 다 마신 거야?"

테이블 위는 엉망이었다. 빈 와인 병 두 개와 찌그러진 맥주 캔 여러 개가 아무렇게나 뒹굴고 있었다.

"최윤경, 윤경아."

아무리 흔들어도 윤경은 눈을 뜨지 않았다. 발음도 정확하지 않은 말을 중얼거리고는 동그랗게 몸을 말았다.

하는 수 없이 윤경을 번쩍 안아 들고 방으로 들어와 침대에 눕혔다. 이불을 덮어주고 그냥 나오려다 이마에 꿀밤을 통 때렸다. 인상을 찌푸리며 돌아눕는 모습을 보니 기가 막혀서 헛웃음이 다 나왔다.

'남의 것 욕심내서 잘되는 사람 못 봤다. 네가 해야 할 일은 이제 끝난 거야. 내 말 무슨 뜻인지 알아들었어?'

윤경을 바라보는 그의 시선은 어둡게 가라앉았다. 욕심내지 않으려고 했었다. 그가 할 일은 윤경이 돌아올 때까지 회사를 지키는 것뿐, 다른 건 그의 몫이 아니다. 알고 있는데도 불구하고 그는 윤경의 손을 잡았다. 잡고 나니 놓고 싶은 생각이 없어졌다. 어쩌면 처음부터 그녀를 곁에서 지켜보고 있겠다는 생각조차 다 거짓인지도 모르겠다.

강석은 잠든 윤경을 한참 바라보다 거실로 나왔다. 테이블을 정리하다 말고 싱크대에 시선이 닿자 짙은 눈썹이 꿈틀 움직였다. 새삼스럽게 싱크대 정리를 한 것도 아닐 텐데 컵과 그릇이 한 무더기 나와 있었다. 식탁 의자도 삐딱하게 놓여 있었다.

"도대체 뭘 한 거야?"

정리를 하면서 그는 몇 번이나 닫힌 방문을 쳐다보았다. 아무리 생각해도 이 상황이 이해가 되질 않았다. 점심시간에 뜨겁게 사랑을 나눌 때도 별다른 기색이 없었는데 그사이 무슨 일이 있었단 말인가.

"나쁜 놈이라고? 내가?"

물론 착하지는 않지. 강석은 입술을 시니컬하게 비틀었다. 싱크대를 거의 정리했을 때쯤 핸드폰이 울렸다. 시간은 벌써 12시가 가까워지고 있었다. 이 시간에 용 비서가 전화를 했다는 건 꼭 해야 할 말이 있다는 뜻일 것이다.

"뭐 좀 알아냈어?"

[네, 지난번 만났을 때도 그렇고 낮에 찾아갔을 때도 그런 일 없다고 딱 잡아떼더니 속이 타는지 전화가 왔었습니다. 최 부장님이 꽤 여러 명한테 돈을 빌렸답니다.]

짐작했던 거라 놀랍지도 않았다. 건물을 팔고 집을 저당 잡힌 거로도 어림도 없는 돈이었으니까. 아무리 말솜씨가 뛰어나다고 해도 그렇지 도대체 무슨 말을 어떻게 했기에 사람들이 그 많은 돈을 빌려주었을까.

강석은 고개를 절레절레 흔들었다. 말하는 것만큼 일도 잘하면 좋으련만.

[두 달 정도는 이자를 줬는데 요즘은 전화도 잘 받지 않고 어쩌다 통화가 되면 조만간 공사 들어갈 거라고 했답니다. 낮에 말씀드렸다시피 은행에서도 독촉을 받고 있는 상태고요. 그래서 알아

봤는데 아무래도 회사 돈을 쓴 것 같습니다.]

"회사 돈을? 어떻게?"

강석은 냉장고에서 생수를 하나 꺼내 들고 베란다 창가로 향했다. 문을 열자 차가운 바람이 마치 작정하고 달라붙는 것처럼 밀고 들어왔다. 눈을 부릅뜨고 어두운 하늘을 노려보자 눈가가 시큰할 정도였다.

[경주하고 태안, 두 군데 모두 제 날짜에 입금을 했답니다.]

"그런데 어째서 서류에 미입금으로 나와?"

[다른 사람 명의로 된 통장으로 입금을 했기 때문입니다.]

"다른 명의라니, 그게 무슨 말이야?"

[혹시 지금 사…… 모님과 함께 계십니까?]

회사 이야기를 하다가 갑자기 왜 윤경이와 함께 있는 걸 묻는지 모르겠다. 생수병으로 이마를 툭툭 건드렸다.

"괜찮아. 말해."

윤경은 술에 취해서 잠들어 있고 설사 듣는다고 해도 상관없었다. 어차피 그녀도 곧 알아야 할 테니까.

[입금한 통장이 사모님 명의랍니다.]

"윤경이 통장? 확실해?"

[네, 제가 입금 내역서 팩스로 받았습니다.]

"믿을 수가 없군."

강석은 머리를 한 대 얻어맞은 것 같은 충격에 생수병이 손에서 툭 떨어지는 줄도 몰랐다. 그는 한참 동안 아무 말도 할 수 없었다. 머리가 지끈거렸다. 문득 낮에 윤경이 한 말이 떠올랐다.

'혹시 이상한 말 같은 거 들었어요?

회사에 돌고 있는 소문이라고 생각하고 모른 척했었다. 그런데 소문 따위가 아니었단 말인가.

[사장님.]

"한 번도 개인 통장으로 입금을 한 적이 없는데 그게 말이 돼?"

[최 부장님이 직접 찾아가서 회사하고 이야기가 되었다고 했답니다.]

강석은 지근거리는 이마를 손가락으로 쭉 밀었다. 초창기에 몇 번 문제가 있어서 회사 돈은 절대 개인 통장으로 입금을 하지 못하게 했었다. 그건 강석이 회사를 맡고 난 후에도 몇 번 주의를 줬기 때문에 지금껏 이런 적은 없었다.

[그리고 몇 군데 더 있습니다.]

"더 있다니 뭐가?"

[지금 알아보고 있는데 입금했다는 금액과 서류상 금액이 다릅니다. 아무래도 눈치를 못 채게 하려고 돈을 조금씩 빼돌린 것 같습니다.]

"최 부장, 도대체 무슨 짓을 하고 다니는 거야?"

[어느 정도 친분이 있는 사람들만 찾아가서 밖으로 말이 새어나가지 않은 것 같습니다.]

빌어먹을 친분, 핏줄. 강석은 속으로 욕설을 뱉어내며 짧은 머리카락을 거칠게 쓸어 넘겼다.

"지금까지 알아낸 것 모두 내 메일로 보내."

[이미 보내놨습니다. 그리고 제가 내일 몇 군데 돌아볼 생각입니다.]

"그렇게 해. 그리고 명단에 있는 사람들 함부로 입 놀리지 않게

단속하고 월요일에 호텔 하나 잡아서 하나도 빠짐없이 오라고
해."

[회사가 아니라 호텔로 말씀입니까? 아, 무슨 뜻인지 알겠습니
다.]

그가 알고 있다는 걸 최 부장이 눈치를 채면 시끄러워질 게 뻔
했다. 되도록 빨리 그리고 철저하게 마무리를 해야 한다는 생각이
들었다.

[사모님은 어떻게 하실 생각이신지……]

"뭘 어떻게 해?"

무슨 뜻으로 묻는 말인지 알지만 강석은 이 일에 윤경이 직접
관여했다고는 믿지 않았다. 그럴 리가 없다. 만약 그랬다면 자신
에게 말을 하지 않았을 리 없을 테니까.

[사모님을 믿으시는 겁니까?]

"지금 나보고 그 질문에 대답을 하라는 거야?"

[아, 아닙니다. 전 다만 확인을 해보시는 게……]

"당분간 윤경이한테는 말하지 않을 생각이야."

그러니 용 비서도 입 다물어, 라는 뜻을 알아들었는지 금세 대
답이 들려왔다. 강석은 전화를 끊고 한참 동안 허공을 노려보고
서 있었다.


윤경은 깨질 것 같은 머리를 부여잡고 침대에서 일어나 앉았다.
태어나서 처음 그렇게 많은 술을 마셨다. 와인만 몇 잔 마시려고
했는데 먹다 보니 맥주 캔까지 모두 비운 기억이 났다.

"아우, 머리야."

지근거리는 머리를 꾹꾹 누르며 침대에서 내려서자 아직 술이 다 깨지 않았는지 몸이 휘청거렸다. 어느새 밖은 환하게 밝아 있었다.

"도대체 몇 시나 된 거야?"

헝클어진 머리를 쓸어 넘기며 거실로 나온 윤경은 뭔가 달라진 분위기에 우뚝 멈춰 서서 주변을 둘러보았다. 테이블을 정리하고 잤었나? 식탁의자도 가지런히 놓여 있고 싱크대 위도 말끔했다. 처음 들어왔을 때처럼 모든 게 제자리에 있었다.

"그렇게 마셔놓고도 할 건 다 했나 보네."

피식, 웃음이 나왔다. 일단 씻고 정신 좀 차려야지 생각하고 욕실 문을 벌컥 열었을 때였다.

"어?"

홀딱 벗고 샤워를 하고 있는 강석과 눈이 마주치자 윤경은 눈을 커다랗게 뜨고 쩍 벌린 입을 다물지도 못했다. 술이 확 깨는 기분이었다.

"나쁜 놈 샤워하는 거 처음 보는 것도 아닌데 뭘 그렇게 넋을 놓고 봐?"

"아니, 어떻게……."

버벅거리면서도 시선은 군살 하나 없는 튼실한 그의 몸을 훑었다. 강석은 그녀에게 시선을 고정시킨 채 태연히 샤워를 계속했다.

머리 위로 쏟아지는 물줄기가 그의 몸을 타고 바닥으로 쉴 새 없이 흘러내렸다.

"그렇게 보고 있으면 나쁜 놈이 착한 놈이 되나?"

"……."

"나쁜 놈이라도 괜찮다면 들어오든가."

비웃는 것 같기도 하고 놀리는 같기도 한, 이상한 말투였다. 윤경은 강석이 왜 자꾸 나쁜 놈이라는 말을 하는지 이해를 하지 못했다. 혹시 어제 취해서 전화를 했었나.

퍼뜩 떠오른 생각에 문을 닫지도 않고 소파로 달려가 핸드폰을 꺼내 들었다. 부재중 전화가 꽤 많이 왔는데 다행히 통화를 한 것 같지는 않았다.

"소미하고는 언제 통화를 했지?"

분명 통화한 기록이 있는데 기억은 나지 않았다.

"핸드폰은 왜?"

묻는 목소리와 함께 손에 들고 있던 핸드폰이 휙 사라졌다. 그 사이 샤워를 마쳤는지 강석은 바지만 입은 채 핸드폰을 들고 달랑 달랑 흔들었다.

"남의 핸드폰을 왜 가져가요?"

"확인 좀 할 게 있어서."

"확인은 무슨 확인을 한다는 거예요? 핸드폰 이리 줘요."

손을 내밀자 그는 돌려줄 생각은 않고 액정을 터치한 뒤 빤히 쳐다보기만 했다.

"나쁜 놈이라고 저장하지는 않았군."

"지금 내가 강석 씨 이름을 나쁜 놈으로 저장했나 그거 확인한 거예요?"

대답을 하지 않는 걸 보니 그런가 보다.

어제 일을 생각하면 나쁜 놈 아니라 더한 욕이라도 해주고 싶은 마음이지만 그렇다고 대놓고 말할 정도로 간이 크지는 않았다.

"얼른 씻고 나와. 코가 삐뚤어지도록 술을 마신 누구는 속이 쓰리겠지만 어제 저녁도 못 먹은 나는 배고파."

"나 코 삐뚤어지게 마시지 않았거든요? 그리고 누가 저녁을 먹지 말라고……."

윤경은 톡 쏘아대다 강석이 뒤를 홱 돌아보는 바람에 입을 꾹 다물었다. 눈썹을 쓰윽 끌어 올리며 쳐다보는 시선이 마치 다 알고 있다는 눈빛이었다.

정리까지 말끔하게 하고 잤는데 알긴 뭘 알겠어. 시치미를 뚝 떼고 고개를 빳빳이 들었다.

"저녁을 먹지 못할 정도로 바빴던 거예요?"

"바쁘기도 했고 다른 일도 있었지."

"다른 일 뭐요?"

"글쎄. 그건 오히려 내가 묻고 싶은 말인데. 어제 무슨 일 있었어?"

대답을 하지 않자 강석은 그녀의 핸드폰으로 턱을 이리저리 쓸며 다가왔다. 윤경은 슬그머니 뒤로 물러났다. 그 잠깐 동안 사무실에서 지봉과 나눈 이야기를 들었다고 할까 말까 고민했다.

"일은 무슨. 아무 일도 없었어요."

"그런데 술을 그 정도로 마셨단 말이야?"

"내가 마시는 거 봤어요?"

이왕 시치미를 떼기로 한 거 끝까지 밀고 나가자고 결심했다.

"와인 두 병, 맥주 캔 다섯 개."

헉, 알고 있었어? 분명 정리까지 다 하고 잤는데 어떻게 알았지? 설마 냉장고를 열어보기라도 했나?

"여, 여기는 언제 온 거예요?"

"그게 궁금해?"

"어젯밤에…… 왔어요?"

대답이 없는 걸 보니 그런가 보네. 그럼 같이 잔 건가. 분명 술 냄새가 진동을 했을 테고 그래서 냉장고를 확인해 봤겠지.

윤경은 눈을 가늘게 뜨고 강석을 쳐다보았다.

"나랑 같이 잤어요?"

"정말 궁금한 건 같이 잤느냐가 아니라 아무 일도 없이 그냥 잤는지가 궁금한 거 아니야?"

이 남자 또 남의 생각을 읽는 능력이 발동했나 보다. 술이 꽤 취하긴 했나 보다. 어젯밤 강석을 본 기억은 없었다. 어질러 났던 걸 정리한 것도 소미와 통화한 기억도 나지 않았다.

"널 좋아하지만 술 취해서 정신도 없는 사람을 안는 취미는 없어. 난 침대에서 일방적인 걸 별로 좋아하지 않거든. 함께 즐기고 느끼는 걸 좋아하지."

얼굴이 화륵 달아올랐다. 그동안 함께 사랑을 나눴던 뜨거운 장면들이 영화의 한 장면처럼 확 스쳐 지나갔다.

"그보다 식탁 의자도 그렇고 그릇은 왜 다 꺼내놓은 거야?"

"……"

"그런 취미가 있는 줄은 몰랐네."

그런 거 없거든요? 발끈할 정신도 없었다. 강석이 다 알고 있다는 생각에 기운이 쭉 빠졌다.

아무래도 정리는 그녀가 한 게 아닌 모양이다. 어쩐지 이상하다

했었다. 고작해야 와인 몇 잔이 주량인데, 그보다 훨씬 많이 마셔 놓고 정리까지 했을 리 없었다.

윤경은 머리를 또르륵 굴렸다. 그러다 그래서 뭐? 내가 마신 게 아깝다는 거야? 어쩐지 오빠한테 혼나고 있는 동생 같은 기분이 들자 슬그머니 화가 치밀어 올랐다.

"내가 마신 거 똑같은 걸로 고대로, 아니, 두 배로 사다 놓을게요."

"뭐?"

"나 그만 씻어야겠어요."

아닌 척 시치미를 뗀 것도 민망하고 처음부터 다 알고 있으면서 말을 빙빙 돌린 강석에게도 화가 났다.

쌩하니 그를 지나쳐서 걷는데 손목이 잡히고 몸이 홱 돌려졌다. 윤경은 손을 거칠게 뿌리쳤다.

"주인도 없는 곳에 마음대로 들어와서 술 마시고 자고 어질러 놔서 미안해요. 기분 나빴다면 사과하죠."

"무슨 그런 말이 다 있어?"

"그러니까요. 이런 말을 할 때도 있네요."

"지금 나하고 네 것 내 것 선을 긋자는 소리야?"

"아무리 부부 사이지만 분명하게 하는 게 좋죠. 더군다나 우리 는 진짜 부부는 아니잖아요."

"진짜 부부가 아니면 가짜라는 거야?"

"글쎄요. 그건 나보다 문강석 씨가 더 잘 알고 있지 않나요?"

참으려고 했는데 속에서 뜨거운 것이 울컥 솟구쳤다. 쓸데없이 술 마시고 누가 정리를 했는지 이야기를 하느라 진짜 중요한 걸 놓치고 있었다는 생각이 들었다.

강석은 지봉의 말대로 한다고 했었다. 솔직하지 못한 사람은 그녀가 아니라 강석이었다. 윤경은 강석의 표정이 딱딱하게 굳는 걸 보고도 홱 돌아섰다. 한 걸음을 내딛기도 전에 어깨가 잡히고 몸이 다시 홱 돌려세워졌다.

"문강석 씨, 앞으로 허락 없이 내 몸에 손대지 말아요."

"왜 그래야 하는데?"

"다시 상기시켜 줄까요? 우린 진짜 결혼을 한 게 아니라 혼인신고만 한 사이예요."

"정말…… 그렇게 생각해?"

묻는 목소리가 전에 없이 살벌했다. 윤경은 심장이 철렁 내려앉았지만 숨을 크게 들이켜고 싸늘하게 말했다.

"내 생각이 중요한 줄은 몰랐네. 그럼 이왕 말이 나왔으니까 한마디만 더 하죠."

팔짱을 끼고 뒤로 한 걸음 물러나서 마치 경계하듯 그를 쳐다보았다.

"월요일부터 회사 인수인계 제대로 해줘요."

"아, 회사?"

그가 시니컬하게 미소를 지으며 입술을 비틀었다.

"어차피 이럴 거면서 기획실은 그냥 쇼한 건가?"

"마음대로 생각해요."

"딱히 인수인계할 건 없을 거야. 그동안 살펴본 서류로도 충분할 테니까. 그래도 혹시 필요하다면 며칠 내로 확실히 마무리는 해주지."

"고맙다는 인사는 마지막 날 하죠."

욕실로 들어온 윤경은 문을 닫고 바닥에 주저앉았다. 강석이 밉고 이런 상황이 서러웠다. 이제 강석은 떠난다. 그녀의 곁에 없다.

그 생각만 하면 가슴이 미어졌다. 턱이 덜덜 떨리고 설움이 복받쳐 올랐다. 그녀는 소리가 문밖으로 들릴까 봐 손등으로 틀어막고 눈물을 펑펑 쏟았다.

겨우 일어나서 샤워를 하는데도 눈물이 자꾸 흘렀다. 뜨거운 물이 온몸으로 쏟아지고 있는데도 한기가 든 것처럼 오들오들 떨렸다.

차라리 솔직하게 말해달라고 할 걸 그랬나 하는 생각도 들었다. 하지만 직접 듣게 되면 더 절망스러웠을 것이다. 그땐 정말 끝일 테니까.

미운데, 미워 죽겠는데 온전히 미워지지가 않는다. 그래서 가슴이 꼬챙이로 쑤시는 것처럼 더 아팠다.

"난 괜찮아."

윤경은 이를 악물고 다시 일어섰다. 살이 데일 것처럼 뜨겁게 물을 틀어놓고 천천히 샤워를 했다. 옷을 입은 채 잠을 잤던 터라 엉망으로 구겨졌지만 갈아입을 옷이 없으니 어쩔 수 없이 도로 입었다.

욕실을 나왔을 땐 강석은 가고 없었다. 언제 갔다 놨는지 소파 위에 그녀의 옷이 가지런히 놓여 있었다.

빨갛게 익은 볼에 뜨거운 눈물이 주르륵 흘렀다.

"진짜 나쁘네."

어쩌라고 이렇게 잘해주는 거야. 나보고 어쩌라고.

어릴 때도 강석은 대놓고 표현은 하지 않았지만 늘 그녀를 챙겼다. 돌아와서도 마찬가지였다. 바쁘기도 했지만 그녀가 함께 있는 걸 불편해할까 봐 일찍 출근하고 늦은 시간에 퇴근했다는 것도 나중에야 알았다. 서로 마음을 확인한 후에는 일할 때를 제외하고는 오로지 그녀에게 집중했다.

자다가 목이 마르다고 하면 물을 떠다 주었고, 갑자기 아이스크림이 먹고 싶다는 말 한마디에 귀찮은 기색도 없고 나가서 사 들고 왔다.

강석은 뜨거운 남자면서 한없이 다정했다. 행복했는데, 그 행복한 시간이 끝이 정해져 있을 거라는 생각은 바보처럼 하지 못했다.

윤경은 우울한 눈빛으로 소파에 놓인 옷을 한참 동안 쳐다보았다.


주말 내내 강석은 집에 들어오지 않았다. 혹시 연락이 올까 봐 핸드폰을 하루 종일 손에서 놓지 않았는데 문자도 전화도 없었다. 기다리는 전화는 오지 않고 소미한테는 정말 별일 없는 거냐면서 두 번이나 전화가 걸려왔다.

'말도 마. 목소리가 어찌나 살벌한지 얼굴 보고 말했으면 나 얼음 되었을 거야. 심장이 다 서늘하더라니까. 그럴 리는 없겠지만 혹시나 해서 묻는 건데 사장님이 너한테 몹쓸 짓이라도 한 거야?'

도대체 몹쓸 짓이 뭐냐고 물었더니 조금 망설이다 말도 안 되는 소리를 해댔다.

'술주정이 심하거나 너한테 폭력을 쓴다던가 아니면 변태?'

듣고 있자니 기가 막혀서 말도 안 나왔다. 술주정은커녕 함께 있으면서 취해서 휘청거리는 모습은 본 적이 없었다. 그리고 어딜 봐서 강석이 폭력을 쓰거나 변태 같은 행동을 할 사람처럼 보이냔 말이다.

네버, 결코, 절대 그런 일은 없다고 했더니 혹시 만나는 여자가 있는 거냐고 물었다.

'강석 씨한테 여자는 나 하나야. 전에도 그랬고 앞으로도 그럴 테니까 그런 쓸데없는 생각할 시간 있으면 잠이나 자.'

딱 잘라 말하면서도 가슴이 뻐근하게 아팠다. 그건 오로지 그녀의 희망사항일 뿐 이젠 현실이 될 수 없다는 걸 아니까.

월요일 아침 윤경은 기획실로 출근했다. 여느 때처럼 일하고 식구들끼리 점심도 먹었다. 정신없이 일을 하다 보니 어느새 퇴근 시간이었다. 직원들이 모두 퇴근한 후 혼자 남아 커피를 한잔 마셨다.

"그래. 부딪쳐 보자."

일부러 천천히 마셨는데도 커피 잔이 금세 비어졌다. 정리를 하고 곧장 사장실로 향했다.

"아, 사모님. 오셨습니까?"

싫은 소리를 들었는지 잔뜩 인상이 굳은 용 비서가 그녀를 보자마자 얼른 다가와서 알은체를 했다.

"사장님 혼자 계신가요?"

"네? 아, 아닙니다."

"함께 있는 사람이 누군지 물어봐도 될까요?"

들어가도 되는지 아니면 기다려야 하는지 알고 싶어서 물었는데 용 비서는 조금 난처하다는 표정이었다.

"용 비서님."

"네, 사모님."

"제가 기획실에서 근무하는 거 알고 계시죠?"

"당연히 알고……."

"그럼 호칭 바꿔주세요."

"네?"

"회사잖아요. 앞으로는 이름으로 불러주세요."

"죄송합니다. 제가 생각이 짧았습니다."

그럴 의도는 아니었는데 목소리가 편하게 나가지 않았다. 최윤경, 왜 이러니. 좋게 말할 수도 있는 거잖아.

윤경은 나직이 한숨을 내쉬었다.

"제 말투가 불쾌했다면 사과드릴게요."

"아, 아닙니다. 전혀 불쾌하지 않습니다."

"혹시 다른 직원들 앞에서도 사모님이라고 부를까 봐 말한 거예요."

"네, 무슨 말씀인지 알아들었습니다."

다행히 용 비서는 그다지 기분 나쁜 표정은 아니었다. 혼인신고가 되어 있다는 걸 숨기고 싶어서가 아니다. 안 그래도 기획실 직원들이 전 회장 딸과 같이 근무한다는 걸 불편해할까 봐 출근하면서 똑같이 대해달라는 말을 했었다. 처음엔 어색해하고 일도 잘 시키지 않더니 이젠 다른 직원들과 별반 차이가 없었다. 팀의 막내다 보니 복사도 하고 커피도 타고 회의 준비도 그녀가 한다. 그런데 사람들 앞에서 그녀를 문강석 사장 아내, 사모님이라고 부르면 편하게 일을 하기가 힘들 것 같았다.

"이야기가 길어질 것 같은데 다시 내려갔다가 올까요?"

"아닙니다. 금방 나갈 거라고 했는데……. 제가 말씀드리고 오겠습니다."

"급한 거 아니니까 그럴 필요는 없어요. 그럼 여기서 잠깐 기다릴게요."

소파에 막 앉으려고 하는데 사장실 문이 열리고 강석이 나왔다. 얼굴은 잔뜩 굳어 있고 한 손엔 여자 코트가 들려 있었다.

"좋아한다고요!"

안에서 여자가 바락 소리를 질렀다. 용 비서는 어찔할 줄 몰라 했고 강석은 표정의 변화가 없었다.

"나도 내 마음을 어떻게 할 수가 없는데 나보고 어쩌라고요. 그냥 좀 받아주면 안 돼요?"

거의 울먹이는 목소리였다. 윤경은 눈도 껌벅이지 않고 강석만 쳐다보았다.

"용 비서, 이소윤 씨 밖으로 내보내."

"네, 알겠습니다."

용 비서가 안으로 들어가고 잠깐의 실랑이를 벌이는 것 같더니 여자를 끌어내다시피 하고 데리고 나왔다.

"놔요. 이거 놓으란……."

윤경을 본 소윤의 표정이 묘했다. 처음엔 놀란 것 같더니 이내 표독스럽게 그녀를 노려보았다.

"이게 다 당신 때문이야. 당신만 없으면 강석 씨가……."

"용 비서님, 남편이 데리고 나가라는 소리 못 들었어요?"

윤경은 소윤의 말을 가차 없이 잘랐다. 지금은 아무것도 눈에 들어오지 않고 생각도 하기 싫었다. 강석과 자신의 문제에 그 누구도 끼어드는 건 원하지 않는다. 설사 강석의 마음 한구석에 저 여자가 있다고 해도 말이다.

용 비서가 잡아끄는데도 소윤은 완강히 버티며 소리쳤다.

"남편? 정식으로 결혼 한 것도 아니고 혼인신고만 한 거라던데 누구보고 남편……."

"잠깐만요, 용 비서님."

윤경은 또각또각 구두 소리를 내며 소윤의 앞으로 다가갔다. 씩씩대며 노려보는 시선을 되받아치며 입술 끝을 매끄럽게 끌어 올렸다.

"뭘 착각하고 있는 것 같아서 알려주려고요. 이소윤 씨, 강석 씨와 나 혼인신고만…… 한 게 아니라 혼인신고를 이미, 오래전에 한 거예요. 내 말 이해돼요?"

"뭐라는 거야?"

"못했나 보네. 이래서 머리 나쁜 사람하고 대화하기 힘들다는 거겠지."

"뭐? 너 지금 나보고 머리 나쁘다고 한 거니?"

"맞아요. 너님은 예의도 없고 개념도 없고 머리도 나쁘고……. 아, 이렇게 말하면 또 못 알아들을라나? 잘 들어요, 이소윤 씨. 문강석 씨는 내 남편이고 난 저 사람 아내예요. 결혼한 사람한테 좋아한다고 고백하는 거, 너님 마음 알아달라고 질척대는 거. 그거 싸가지 밥 말아먹는 것보다 더 나쁜 거거든. 충고 하나 할까요? 남의 남자한테 추근대지 말고 그 열정, 다른 곳 가서 알아봐요. 아니면 우리가 더 이상 부부가 아니게 될 때까지 얌전히 구석에 찌그러져 있던가."

눈은 생글생글 웃고 있는데 말투는 결코 곱지 않았다. 용 비서는 놀랐는지 눈만 껌벅이고 있었고 등 뒤에 서 있는 강석의 표정은 볼 수가 없었다. 너무 심하게 말했다는 생각은 들지 않았다. 마음을 알아달라고 소리치는 여자가 이소윤이라는 걸 안 순간 아무리 침착해지려고 해도 잘되지 않았다. 좀 더 강력한 홈키퍼가 필요하다는 생각만 들었다.

"더 말을 해야 알아듣겠어요?"

"그럴 필요 없어."

등 뒤에서 강석의 목소리가 들리고 이내 그녀의 어깨에 다정한 손길이 닿았다. 윤경은 강석을 돌아보지 않았다.

"이소윤 씨, 다시 한 번 분명히 말하죠. 난 내 아내 외에 다른 여자한테 관심 없습니다. 앞으로 한 번만 더 이런 식으로 내 앞에 나타난다면 그땐 말로 끝나지 않을 겁니다. 내가 직접 부친인 이 사장님을 찾아가는 일이 생긴다면, 결코 유쾌한 일은 없을 거라고 장담하죠."

진심이 아니라고 해도 강석의 단호한 말투에 속이 다 후련했다. 이렇게까지 말을 했는데 못 알아듣는다면 자존심이 없거나 진짜 머리가 나쁜 거겠지.

윤경은 보란 듯이 강석의 손에 그녀의 손을 얹었다.

주먹을 꽉 쥐고 턱까지 바르르 떨던 소윤이 쌩하니 사무실을 나갔다. 문이 쾅 하고 닫히는 소리에도 아무도 움직이지 않았다.

"흠흠."

용 비서가 힐끔 눈치를 보다 슬그머니 사무실을 나갔다.

"들어……."

"오늘."

두 사람은 동시에 입을 열다 서로를 마주 보았다. 윤경은 뒤로 한 걸음 물러났다.

"무슨 말 하려고 했어요?"

"넌?"

"내가 먼저 물었잖아요."

"들어가서 일할 거냐고 물으려고 했어."

"난 오늘은 일하고 싶지 않다고 말하려고 했어요."

"그럼 나가자."

나란히 승강기를 타고 내려올 때까지 두 사람은 아무 말도 하지 않았다. 윤경은 고개를 살짝 돌려 벽에 비친 강석의 모습을 보았다. 정면을 응시하고 있는 그는 언제나처럼 표정이 없었다. 날카로운 눈매. 쭉 뻗은 콧날, 고집스럽게 다물고 있는 입술까지. 마치 눈에 새기듯 시선을 떼지 않았다.

'정말 나를 떠날 거예요?'

묻고 싶었다. 그게 강석 씨 진심이냐고, 정말 원하는 게 날 떠나는 거냐고.

하지만 목구멍까지 올라온 말은 결국 목소리로 나오지 못했다. 강석이 어떤 대답을 할지 겁이 나기도 했고, 이미 알고 있는 걸 굳이 확인까지 하고 싶지는 않았다.

'곧, 그렇게 할 겁니다.'

윤경은 다시금 그날 들었던 강석의 목소리가 떠오르자 눈을 질

319

끈 감았다 떴다. 차라리 듣지 않았으면 좋았을걸. 어차피 깨어날
꿈이라면 꿈을 꾸는 동안이라도 행복했을 텐데.

"어디 가는 거예요?"

"저녁 먹으러."

그녀의 차는 회사 주차장에 두고 강석의 차로 움직였다. 어둠이
서서히 내려앉고 있는 거리에 불빛들이 들어찼다. 훈훈한 온기가
느껴지는 차 안과 달리 저 밖은 찬바람이 몰아치고 있을 텐데 고
작 유리창 하나 사이로 완전히 단절된 느낌이었다.

몸은 따뜻한데 마음은 도로 한가운데 훌딱 벗고 서 있는 것처럼
한기가 느껴졌다. 그녀가 몸을 웅크리자 강석이 말없이 차 안의
온도를 높였다. 그 작은 동작이 오히려 가슴을 더 시리게 했다.

함께 있는 동안 강석은 늘 그녀를 먼저 챙겼다. 사랑을 나눌 때
조차 그는 혼자 즐기는 법이 없었다. 그녀가 쾌락에 흠뻑 젖어 절
정에 도달하기 전에는 결코 자신을 풀어놓지 않았다. 윤경은 아픈
시선으로 창밖을 멍하니 쳐다보았다.

"먹고 싶은 거 있어?"

"아무거나 먹어요."

"속은 괜찮아?"

참 일찍도 물어보네. 오피스텔에 돌아와서 하루 종일 토했다.
물만 먹어도 속이 뒤틀리고 나중엔 식은땀까지 흘리며 헛구역질
을 했었다. 주말 내내 고생을 했더니 술 생각만 해도 신물이 올라
오는 것 같았다.

"국물 있는 거 먹었으면 좋겠어요."

"아직 힘든 거야?"

"아니요. 괜찮아요. 그냥 따뜻한 국물이 먹고 싶어서 그래요."

강석은 더 이상 묻지 않았다. 차가 멈춘 곳은 커다란 복어 그림이 있는 식당이었다. 식당 주인은 강석을 아는지 꽤 반가워하는 눈치였다.

"복지리로 주세요."

묻지도 않고 강석이 주문을 했지만 윤경은 아무 말도 하지 않았다. 오래 기다리지 않아 나온 복지리는 국물이 시원하면서 깔끔했다. 점심도 입이 깔깔해서 겨우 먹었는데 밥 한 공기를 다 비울 정도로 입맛이 돌았다.

"이제 어디로 갈 거예요?"

"집."

짧게 대답을 한 강석은 그녀가 차에 올라타서 안전벨트를 매는 걸 확인한 후 출발했다. 그사이 어둠은 더 짙어지고 도시의 불빛들은 요란할 정도로 휘황찬란해졌다.

윤경은 휙휙 지나가는 창밖 풍경을 보며 차가 주차장에 도착할 때까지 말없이 앉아 있었다. 시동은 끈 강석은 움직이지 않았고 윤경은 안전벨트를 풀었다.

"안 들어갈 거예요?"

"……."

"할 이야기 있으니까 들어가요."

대답도 듣지 않고 윤경은 차에서 내렸다. 그녀가 주차장을 빠져나와 계단을 오를 때까지도 강석이 움직이는 소리는 들리지 않았다. 현관문을 열고 곧장 주방으로 향했다. 커피를 내리고 양손에 컵을 들었다가 도로 내려놓았다. 강석이 들어오지 않는다면 굳이 두 개가 필요 없을 테니까. 그렇다고 하나만 달랑 준비하기는 그래서 조금 기다리기로 했다.

커피가 다 내려질 때까지 현관문은 열리지 않았다.

"안 들어오려나 보네."

윤경은 입술을 비틀며 서럽게 웃었다. 마치 그의 마음을 다시 확인한 것 같아 심장이 뻐근하게 조여들었다.

잔을 꺼내서 커피를 따르는데 문소리가 들렸다. 희미하게 그가 움직이는 게 느껴지는 순간 윤경은 잔을 하나 더 꺼내서 커피를 따랐다. 거실로 나오자 강석은 소파에 앉아 있었다.

"그냥 돌아간 줄 알았는데 생각이 바뀐 거예요?"

"모임이 있어서 나간다고 했는데 취소했어."

"그럼 말을 하지 그랬어요. 난 굳이 오늘이 아니어도 되는데."

"별로 중요한 모임은 아니야. 친구들하고 가볍게 술 한잔하는 자리니까."

"그럼 다행이구요."

그가 커피 잔을 드는 걸 보고 윤경도 한 모금 마셨다. 커피를 평소보다 더 넣은 건지 조금 쓰다는 생각이 들었다. 어쩌면 마음이 쓴 건지도 모르지.

"할 이야기가 뭐야?"

"빠르면 한 달, 늦으면 두 달."

"뭐가?"

"회사요. 나한테 그 정도 시간 내줄 수 있어요?"

"굳이 그럴 필요 있나? 지금도 충분할 텐데."

주말 내내 생각하고 내린 결정이었다. 강석은 하루라도 빨리 정리를 하고 싶겠지만 그녀는 아니다. 시간을 더 갖고 싶었다. 할 수만 있다면 세 달 네 달, 아니, 1년 2년까지도.

"기획실에서 일한 지 얼마 되지 않았잖아요. 이럴 줄 알았으면 차라리 출근을 하지 말 걸 그랬나 봐요."

당신 진심을 몰랐으니까. 언제든 훌훌 털고 떠날 생각을 하고 있는 줄 정말 몰랐으니까. 그런 줄도 모르고 마음을 고스란히 드러내 보인 자신이 한심하다는 생각까지 들었다. 후회하느냐고 묻는다면 단호히 아니라고 말할 수 있다. 그만큼 강석을 좋아하니까. 사랑하니까.

그러니까 당신이 참아. 고작 한두 달밖에 되지 않잖아.

"어려워요?"

"원하는 대로 해."

"고마……."

"인사는 마지막 날 한다고 하지 않았나?"

그랬었다. 화가 나는데도 그와의 마지막을 생각하기 싫었으니까. 윤경은 쓴 커피를 입안 가득 머금고 꿀꺽 삼켰다.

"아까 회사에서요. 내가 너무 심했다는 거 알아요. 사과할게요."

"사과할 필요도 이유도 없어."

"그 여자 강석 씨를 꽤 좋아하는 것 같던데."

강석은 물끄러미 윤경을 쳐다보았다. 태연함을 가장하고 있지만 속은 분노와 열기가 뒤섞여 제멋대로 끓어 넘치고 있었다. 회사는 언제든지 윤경이 원할 때 돌려줄 수 있었다. 그게 조건이었으니까. 하지만 오피스텔에서 그 말을 할 때 윤경의 표정은 회사

뿐 아니라 그와의 관계도 끝을 내고 싶어한다는 걸 느꼈다. 얼음물을 뒤집어쓴 느낌이었다.

욕실로 들어가는 그녀를 붙들고 갑자기 왜, 라고 묻고 싶은 걸 겨우 참았다. 그리고 그녀가 씻는 사이 먹을 걸 사러 나갔다가 돌아갔는데 윤경은 가고 없었다.

"그래도 정리를 다 할 때까지 다른 여자는 안 돼요. 그건……."

"그런 일은 없을 거야."

전에도 없었고 앞으로도 없을 거다. 강석은 그 말까지는 하지 않았다. 시간이 많지 않다는 건 알고 있다. 최 회장과의 또 다른 계약서. 완전히 무시할 수도 없는 조건.

윤경의 마음을 확인하고 하루하루 시간이 지날 때마다 가슴에 돌덩이가 점점 커지는 기분이었다. 그럼에도 불구하고 놓고 싶지 않았다. 약속한 시간이 더디게 다가오기를 간절히 바란 적도 있었다.

"회사는 그렇게 하기로 하고 집은…… 어떻게 하고 싶어요?"

"어떻게 하고 싶은데?"

"내가 원하는 대로 하겠다는 거예요?"

"그럴게."

"그럼 전처럼 여기서 같이 살아요."

강석은 팔짱을 끼고 소파 뒤로 몸을 기댔다. 같이 살자는 말을 해놓고 윤경은 그와 시선도 마주치지 않았다.

"전처럼 어떻게?"

"……."

"넌 2층 난 1층. 우리 그렇게 살지 않았잖아."

강석은 날카로운 시선으로 윤경의 표정을 놓치지 않고 집요하게 살폈다. 얼굴은 핏기 하나 없이 창백하고 긴 속눈썹이 파르르 떨렸다.

"내 맘대로 해석해도 되나?"

"나와 침대를 같이 쓰고 싶은 거예요?"

"거절해도 돼. 전처럼이라고 말을 해서 물었을 뿐이야."

"왜 말을 할 때마다 내가 원하는 대로 해주겠다고 하고 나보고 선택하라고 하는 거예요? 강석 씨는 생각 같은 거 안 해요? 그거 배려라고 착각하는 거 같은데 전혀 아니에요. 마치 강석 씨는 그럴 마음이 없는데 나만……."

강석은 내내 조용히 말하던 윤경이 갑자기 발끈하는 모습을 가만히 쳐다보았다. 상처 입은 아이처럼 모든 걸 체념한 얼굴을 하고 있는 것보다 훨씬 보기 좋다는 기막힌 생각을 하면서.

"나만 뭐?"

"나만 강석 씨를 좋아하는 것 같아서 기분…… 더러워."

"날 좋아해?"

"지금 그게 중요한 게 아니잖아요."

"난 중요해. 말해봐. 날 정말 좋아해?"

윤경은 고집스럽게 입술을 꾹 다물고 있었다. 눈을 매섭게 치켜뜨고 노려보는 시선에 그는 입술 끝이 간질거렸다.

말해. 네 마음을 네 진심을 말하란 말이야. 다그치고 싶은 마음을 꾹 누르고 강석은 덤덤하게 말했다.

"난 널 좋아하지 않아."

윤경의 입술이 파르르 떨리는 게 보였다. 하지만 강석은 태연히 팔짱을 풀고 커피를 한 모금 마셨다.

"좋아한다는 말은 혼인신고하고 같은 침대에서 잠을 자고 서로의 몸을 완벽하게 알고 있는 사이에 어울리지 않으니까."

"……."

"난 최윤경을…… 사랑해."

이제 윤경은 울고 싶은 얼굴로 앉아 있었다. 당장이라도 눈물이 뚝뚝 흘러내릴 것만 같았다. 그러나 끝내 울지는 않았다.

"거짓말."

"믿고 싶지 않으면 믿지 마."

"사랑한다면서 어떻게 그럴 수 있어요?"

"내가 뭘 어떻게 했는데?"

"날 떠날 생각이잖아요."

강석은 질문도 아니고 확신에 찬 윤경의 말에 잠시 입을 다물었다. 도대체 저 작은 머리로 무슨 생각을 하고 있는지 알 수가 없었다.

"내가 그런 말을 했던가?"

"난 분명히……."

그때 강석의 핸드폰이 울렸다. 그 소리에 팽팽하게 당겨진 긴장감이 뚝 끊어지는 느낌이었다. 강석은 아예 받을 생각이 없는지 호주머니 쪽으로는 손도 대지 않았다.

"전화 안 받아요?"

"신경 쓰지 말고 말해."

전화가 끊겼다가 다시 울렸다. 그래도 강석은 꼼짝도 하지 않았다. 한참 울리던 벨 소리가 끊기자마자 식탁 위에 올려놓은 그녀의 핸드폰에서 진동음이 들렸다.

윤경은 벌떡 일어나서 식탁으로 걸어갔다. 핸드폰을 꺼내 액정을 확인하고 고개를 갸웃했다.

"용 비서님이 무슨 일이지?"

"용 비서?"

혼자서 중얼거린 말을 들었는지 강석이 자리에서 일어나 다가왔다. 통화버튼을 누르자 다급한 용 비서의 목소리가 들렸다.

## 11

핸들을 잡고 있는 강석의 손에 힘이 잔뜩 들어가 있었다. 속도가 너무 빨라 걱정은 되지만 천천히 가라는 말을 할 수가 없었다.

'용 비서입니다. 혹시 사장님과 같이 계시나요?'

그녀가 대답을 하기도 전에 강석이 핸드폰을 홱 낚아채 갔다. 잠시 후 강석의 표정이 무섭게 굳어졌다.

'지금 바로 출발할게.'

전화를 끊은 강석은 평택 공사현장에서 사고가 났다며 가봐야겠다고 했다. 윤경은 멍하니 서 있다 같이 가겠다고 따라나섰다. 평택 현장은 4,000평이 넘는 부지에 6층 건물로 총 공사비가 200억 원에 달하는 큰 공사였다. 진입로를 넓히고 바닥 기초 공사는 끝나서 얼마 전부터 건물이 올라가기 시작했다. 그동안 강석은 틈만 나면 평택을 다녀왔다. 그녀도 두 번 함께 간 적 있는데 넓은 땅에 사람들과 중장비만 오고 가고 있었다.

"사고가 크게 났대요? 혹시 누가 다치거나 그런 건 아니죠?"

"한 명은 머리를 다쳐서 수술 중이고 또 한 명은 어깨와 다리에 부상을 입었다는군."

"도대체 어쩌다가……."

"건물에서 사람이 떨어졌는데 중장비 기사가 그 밑에 있었다나 봐. 자세한 건 가봐야 알 것 같아."

강석은 답답한지 넥타이를 거칠게 풀어내서 의자 뒤로 던졌다. 공사 진행 과정은 설명을 들었지만 강석이 알아서 했기 때문에 그녀가 아는 건 별로 없었다.

윤경은 걱정 가득한 시선으로 강석을 쳐다보았다. 문득 강석이 없는 상태에서 이런 사고가 났다면 하는 생각이 들자 안 그래도 놀란 심장이 더 크게 요동을 쳤다.

"병원…… 부터 갈 거예요?"

"그래야지."

안 그래도 머리가 복잡할 텐데 조용히 있는 게 낫겠다는 생각이 들었다. 윤경은 창밖으로 시선을 돌린 채 차가 병원 주차장에 멈춰 설 때까지 꼼짝도 않고 앉아 있었다.

병원 로비로 들어서자 용 비서와 함께 한 남자가 걸어오는 게 보였다.

"용 비서?"

강석이 황급히 용 비서를 향해 다가갔다.

"다친 사람은? 수술은 어떻게 됐어?"

"다행히 크게 걱정할 정도는 아니랍니다. 좀 전에 수술 끝나고 지금 회복실에 있습니다."

후우, 강석은 길게 한숨을 내쉬며 옆에 서 있는 남자와 시선이 마주치자 얼른 옷매무새를 고치고 고개를 숙여 인사했다.

"이런 일로는 만나지 말아야 하는데 유감입니다."

"죄송합니다."

"문 사장이 죄송할 일은 아니죠. 사고에 대해서는 우리 쪽에서 알아서 할 겁니다."

"아닙니다. 저희가 최선을 다해 신경 쓰겠습니다."

"장비 대여만 한 게 아니라 공사현장에 대해서 전적으로 우리한테 일임했으니 내가 할입니다. 우리 기사 일인데 문 사장한테 맡길 수는 없죠. 일단 난 올라갔다가 내일 다시 내려오겠습니다."

"용 비서가 모셔다 드릴 겁니다."

"번거롭게 뭐 하러 그럽니까. 나 운전 실력 좋아요."

강석은 그린토건 욱태건 사장과 함께 주차장까지 걸었다. 그러지 말라고 했지만 인사만하고 보내는 건 도리가 아닌 것 같았다.

최 회장 때부터 서운에서 하는 공사는 모두 그린토건에서 맡아 했었다. 전부터 욱태건 사장에 대해서 소문은 들었지만 직접 만난 건 그가 기획실에서 근무를 하고 얼마 지나지 않았을 때였다. 최 회장과 저녁 식사를 하고 있는데 우연히 봤다면서 직접 인사를 하러 왔었다. 첫 느낌은 단단함이었다. 소문대로 태건은 과하지 않을 정도로 꽉 차서 어디 한군데 빈틈이 없어 보였다.

'참, 대단한 사람이야. 부친이 운영하던 그린중기를 지금의 그린토건으로 만들 수 있었던 건 오로지 욱 사장의 불도저 같은 경영 능력 때문이지. 현장에서 일하는 걸 몇 번 본 적 있는데 누가 사장이고 누가 직원인지 모르겠더군. 오너가 그렇게 발로 뛰니까 직원들이야 말할 것도 없겠지. 저런 아들 하나 있으면 세상 부러울 게 없을 텐데.'

칭찬에 인색한 최 회장이 태건에 대해서 이야기할 때는 거침이 없었다. 진심으로 부러워하는 게 느껴질 정도였다. 그래서 평택 공사를 결정하면서 고민도 않고 태건을 찾아갔었다.

"문 사장."

"네, 사장님."

차에 타기 전 태건이 그를 돌아보며 희미하게 웃었다.

"의사 말로는 치료만 잘 받으면 아무 문제 없다고 했으니 너무 걱정하지 말아요. 현장이 수십 군데가 되다 보니 사고 났다는 소식만 들으면 나 또한 심장이 철렁하지만 그때마다 해결할 방법은 생기더군요. 제일 좋은 건 사고 없이 현장 일이 끝나는 거지만 어쩔 수 없이 일어난 일은 수습하면 됩니다."

그러니까 걱정하지 말라고 태건이 그의 어깨를 두드렸다. 강석은 말없이 고개를 숙여서 인사했다. 처음 사고가 났다는 전화를 받고 어찌나 놀랐는지 심장이 뚝 떨어지는 기분이었다. 사고는 현장이 아니더라도 어디서든 일어날 수 있다. 지난번 태안에 있는 물류센터에서도 화재가 났고, 물건을 옮기는 과정에서 다치는 경우도 종종 있었다.

강석은 태건이 한 말이 사고에 국한된 이야기가 아니라는 걸 알고 있었다. 인생을 먼저 산 선배로서 경험자로서 그의 걱정을 덜어주고, 앞으로 살면서 부딪쳐야 할 수많은 벽들은 뛰어넘거나 돌아가거나 방법은 있다고 말을 하고 있는 거였다.

"죄송하고 고맙습니다."

"문 사장이 죄송할 일이 아니라니까 그러네. 내일 공사는 차질 없이 진행될 겁니다. 병원에 오래 있지 말고 돌아가요. 문 사장보다 더 놀란 사람이 있는 것 같던데."

태건이 떠나고 강석은 잠시 그 자리에 서 있다가 병원으로 들어갔다. 윤경은 의자에 앉아 있고 용 비서가 자판기에서 커피를 뽑아 들고 다가오고 있었다.

"욱 사장님은 가셨습니까?"

강석은 고개를 끄덕이며 윤경을 쳐다보았다. 하얗게 질린 얼굴로 용 비서가 건넨 커피를 두 손으로 꼭 감싸고 있었다.

"현장에서 욱 사장님께 먼저 연락이 갔답니다. 병원에서 일 처리하는 거 보고 저 진짜 깜짝 놀랐습니다. 그래서 그린토건에서 한 번 일을 한 사람은 다른 곳으로 절대 안 가는구나 하는 생각이 절로 들었다니까요."

용 비서가 쉴 새 없이 태건의 칭찬을 하는 동안 강석은 윤경만 빤히 쳐다보고 있었다. 숨은 쉬고 있는 건지 꼼짝도 하지 않았다. 그가 어깨에 손을 얹자 움찔하는 게 느껴졌다.

"병실에 올라갔다 올 테니까 차에 가서 기다려."

"그냥, 여기에 있을게요."

"그래. 그럼."

강석은 따라오려는 용 비서를 만류하고 병실이 어디인지 물어본 뒤 혼자서 승강기에 올라탔다.


윤경은 강석의 뒷모습을 쳐다보다 나직이 한숨을 내쉬었다. 얼마나 놀랐는지 지금도 심장이 급하게 펌프질을 하는 것 같았다. 다행히 다친 사람들이 심각한 게 아니라고 했지만 여전히 진정이 되지 않았다.

"많이 놀라셨죠?"

"그렇게 티나요?"

"아니…… 라고는 못할 것 같습니다. 너무 걱정 마세요. 아까 욱 사장님 하시는 말씀 들으셨죠? 물론 그렇다고 저희 사장님이 그냥 계실 분도 아니고 잘 해결될 겁니다."

윤경은 고개를 끄덕였다. 오는 내내 걱정을 하면서도 강석이 곁에 있어서 얼마나 다행인지 모른다는 생각을 했었다. 이럴 때 만약 그녀 혼자였다면, 운전을 하고 여기까지 달려오지도 못했을 것이다.

"이런 말 사장님한테는 한 번도 한 적 없지만 전 사장님 존경합니다. 제가 부모님 다음으로 좋아하는 분이죠. 일은 말할 것도 없고 남자답고 거기다 순정남이고."

"순정남이요?"

"한 사람을 그렇게 오랜 시간 좋아한다는 게 결코 쉬운 일은 아니잖아요. 그런데 사장님은 변함없이 한결같잖아요. 멀리 떨어져 있을 때도 계속 지켜보고, 이제는……."

"그게 무슨 말이에요?"

"네?"

주절주절 이야기를 하다 말고 용 비서는 움찔했다. 많이 놀란 것 같아서 달래주려다 하지 말아야 할 이야기까지 덜컥 하고 말았다.

"계속 지켜봤다는 게 무슨 뜻이에요?"

"아니, 그러니까 제 말은……."

"강석 씨한테 다른 여자가 있었어요?"

"네? 아닙니다. 그건 절대 아닙니다."

다른 여자라니. 문강석 사전에 절대 있을 수 없는 일이라는 걸 정녕 모른단 말인가.

용 비서는 여기서 멈춰야 하나, 말이 나온 김에 조금 더 이야기를 해야 하나 망설였다.

"내가 한국에 있을 때 말고…… 아, 그래서 혹시 제임스를 알고 있던 거였어요?"

"그게……."

"설마 했는데 정말 내가 영국에 있을 때도 지켜봤단 말이에요?"

이럴 땐 그렇게 충격받은 얼굴을 할 게 아니라 감동해야 하는 거 아닌가.

용 비서는 이 상황을 어떻게 넘겨야 하는지 속으로 쩔쩔맸다.

"말해주지 않으면 내가 직접 강석 씨한테 물어볼게요."

"아, 안 됩니다."

정색을 하며 손사래까지 치자 윤경이 눈을 가늘게 뜨고 쳐다보았다. 아, 이건 절대 일생일대의 실수다. 친형처럼 따르고 좋아했는데 말도 없이 사라지더니 몇 년이 지난 어느 날 강석에게 전화를 받고 얼마나 기뻤는지 모른다. 그리고 얼마 지나지 않아 거짓말처럼 강석이 찾아왔다. 통화를 하고 메일을 주고받으며 보고 싶다고 사진 좀 보내달라고 했지만 들은 척도 하지 않더니 짠 하고 나타나서 여자아이 사진 한 장을 툭 내밀었다.

'그냥 지켜보기만 해. 가끔 사진도 찍어서 보내주고. 혹시 나서야 할 상황이 생겨도 내 이름은 말하면 안 돼.'

그때부터 그는 틈만 나면 윤경의 곁을 맴돌았다. 몇 번 들킬 뻔도 했지만 다행히 윤경과 직접 얼굴을 마주친 적은 없었다. 강석이 돌아오고 윤경이 영국으로 떠난 뒤엔 부모님을 따라 몇 년 전에 이민을 간 친구에게 부탁을 했다. 당연히 강석은 수고비를 친구의 통장에 따박따박 입금을 해주었다. 윤경이 다시 돌아오고 난 뒤에는 다시 그의 몫이 되었지만 그걸 모두 말을 할 수는 없었다.

"용 비서님."

"어쨌든 분명한 건 사장님한테 다른 여자는 전에도 없었고 지금도 절대 없다는 겁니다."

"대단한 믿음이네요."

"그럼요. 전 사장님이 팥으로 메주를 쑨다고 해도 믿을 수 있습니다."

그렇다고 뭘 또 그렇게 기막힌 표정이신지.

용 비서는 잠시 뿌듯한 표정을 짓다 윤경과 시선이 마주치자 얼른 표정을 갈무리했다.

"강석 씨한테 전에 다른 여자가 없었다는 건 저도 알아요."

당연한 말이라 절로 고개를 끄덕였다. 벌써 몇 달을 함께 살고 있는데 그 정도 믿음이 안 생겼을까.

강석은 그동안 사진을 받아봤을 때를 제외하고는 윤경의 이야기를 전혀 하지 않았다. 심지어 묻기 전에는 먼저 말을 꺼내지 말라고 했기 때문에 솔직히 엄청 궁금했지만 물어볼 수도 없었다. 학생이었을 땐 동생처럼 아끼는 줄만 알았고, 나중엔 분명 사진을 보는 시선이 여자를 보는 눈이긴 한데 도통 말을 하지 않으니 살짝 오해를 한 적도 있었다.

스토커 증상이 너무 심한 게 아닌가 하고.

"영국에 있을 때도 사람을 붙였다니, 이건 뭐 화를 내야 하는 건지 아닌지 갈피를 잡을 수가 없네."

화라니, 그냥 지켜보기만 한 게 아니란 말입니다. 근처에 남자가 얼씬거리기만 해도 조용히 찾아가서 협박까지는 아니더라도 신경 끄라고 정중하게 말까지 했는데.

한국에 있을 땐 그의 몫이었고 영국에서는 친구가 알아서 해결했다. 물론 이건 강석에게는 말하지 않았다. 괜히 신경 쓰게 하고 싶지 않아서였다. 그러고 보면 자신은 참 괜찮은 남자라는 생각이 들었다. 시키지도 않았는데 알아서 척척 해주는 센스라니.

용 비서는 입꼬리가 간질거려서 차마 소리는 내지 못하고 빙그레 웃었다.

"용 비서님 입 무거운 거 인정할게요. 대신 강석 씨한테는 내가 직접……."

"안 됩니다. 그랬다가는 사장님이 단박에 아실 겁니다."

"용 비서님한테 들었다는 말은 안 한다니까요."

"그게, 이 일은 저밖에 모릅니다. 그러니 사장님 귀에 들어가면 당연히 제가 말한 줄 아신다는 거죠."

"그렇다고 못 들은 걸로 할 수는 없잖아요. 감시를 당한 사람은 난데."

"절대 감시 아니었습니다. 그냥 지켜보기만……."

"……."

"사실 가끔 사진을 찍어서 보내주기도 했었습니다."

어쩔 수 없이 사실대로 말을 할 수밖에 없었다. 용 비서는 말을 하다 말고 혹시나 강석이 돌아올까 봐 주변을 둘러보기도 하고, 절대 말하면 안 된다고 몇 번이나 다짐을 받았다.

이야기를 모두 들은 윤경의 표정은 참 묘했다.

화가 난 것 같기도 하고 울 것 같기도 하고.

"용 비서님, 강석 씨 차 키 가지고 있죠?"

"네."

"주세요."

"제가 차까지⋯⋯."

"아니요. 그냥 키만 주세요. 차에 가 있을게요."

차 키를 건네자 윤경은 마시지도 않은 커피를 쓰레기통에 버리고 병원을 나갔다. 용 비서는 윤경의 모습이 보이지 않자 머리를 쥐어박고 입술을 툭툭 치며 자책했다.

그러다 슬그머니 변명 아닌 변명을 중얼거리며 밀려오는 자책감을 한쪽으로 쑥 밀어냈다.

"이젠 부부잖아. 같이 살면서 할 거 다 할 텐데 그동안 난 널 지켜보고 있었다라고 말하면 좀 좋아."

이건 누가 들어도 감동받을 이야기지 그렇게 꽁꽁 숨겨둘 게 아니란 말이지.

어쩌면 사장님도 은근히 말해주기를 바라지 않았을까. 내가 오래전부터 널 이렇게 좋아했었다. 이 말을 차마 낯 뜨거워서 못했을지 모른다. 그래, 그랬을지도 몰라.

그나저나 정작 제일 감동을 받아야 할 당사자의 표정은 왜 저런

지 이해가 가지 않았다.

"둘 다 이해 불가라니까."

"뭐가 이해 불가야?"

등 뒤에서 들린 목소리에 용 비서는 주변을 서성이다 우뚝 멈췄다.

"윤경이는?"

"차에, 차에 계신답니다."

"왜 말을 더듬어?"

"제, 제가 그, 그랬습니까?"

강석의 눈매가 가늘어졌다. 안 그래도 놀란 심장이 속을 꿰뚫어 볼 듯이 쳐다보고 있으니 오금이 다 저렸다. 차라리 이실직고를 할까 하는 생각도 들었지만 이내 마음을 고쳐먹었다. 모시고 있는 상사의 성격을 누구보다 잘 알고 있었다. 괜히 섣불리 고해성사를 했다가 잔소리 정도가 아니라 벼락이 바로 머리 위로 떨어질 게 뻔했다.

용 비서는 고개를 절레절레 흔들었다.

"무슨 일 있는 거야?"

"아무…… 일도 없습니다."

"할 말이 있는 건 아니고?"

"없습니다."

딱 잘라서 말하자 강석은 뭔가를 더 묻고 싶은 표정이더니 그대로 몸을 돌렸다. 몇 걸음 걷다 말고 돌아서서 물었다.

"안 갈 거야?"

"근처에 이모님 댁이 있습니다. 그곳에서 자고 아침에 병원 들렀다가 상황 보고 올라가겠습니다."

강석이 고개를 끄덕이고 병원을 나가자 용 비서는 어깨까지 들썩이며 숨을 크게 들이켰다. 계시지도 않는 이모님 핑계를 댄 자신이 기특하다는 생각이 들었다.

강석은 사무실 책상에 앉아서 서류를 꼼꼼히 살피고 만년필로 사인을 했다. 다시 다른 서류를 펼쳐 들다 말고 문득 고개를 들었다. 반쯤 내려온 블라인드 사이로 하늘이 보였다. 가슴이 꽉 막힌 것처럼 답답했다.

만년필을 내려놓고 창가로 걸어가 블라인드를 끝까지 올렸다. 확 파고드는 햇볕이 눈이 부셨다. 그는 잠시 눈을 감았다 떴다. 저 멀리 빌딩 위로 펼쳐진 하늘은 하얀 솜털 같은 구름을 군데군데 품고 있었다.

강석은 창문을 열고 숨을 깊게 들이마셨다. 얼마 전만 해도 봄도 겨울도 아닌 애매한 날씨더니 이젠 봄기운이 완연하다.

가슴을 철렁하게 했던 평택 사고는 육태건 사장이 두 사람 모두 각자의 집하고 가까운 곳으로 병원을 옮겨서 치료를 받게 했고. 다음 주부터 다시 현장에 참여할 수 있게 되었다. 태건은 병원비와 그동안 일을 하지 못한 직원들 손해까지 꼼꼼히 챙겼다.

그가 직접 찾아가서 봉투를 내밀었지만 태건은 정중히 거절했다. 서운에서까지 그럴 필요 없다면서.

무엇보다 중장비 기사는 가장 기본인 안전모를 차에 두고 내려서 쓰지 않고 있던 상태였고, 건물에서 떨어진 직원은 핸드폰을 받다가 발을 헛딛는 바람에 사고가 났기 때문에 본인들의 잘못도 있다고 했다.

수많은 현장을 겪은 오너의 판단은 어찌 보면 매정한 것 같지만 강석은 다시 한 번 태건이 사람들에게 존경받는 이유를 알 것도 같았다. 직원들을 아끼고 챙기는 건 누구보다 적극적이지만 맺고 자르는 것 또한 과하지도 부족하지도 않고 정확했다.

강석은 넥타이를 느슨하게 푼 뒤 두 손을 호주머니에 찔러 넣었다.

'빠르면 한 달 늦으면 두 달.'

그날 사고가 났다는 소식에 끊긴 대화는 병원에 들렀다가 다시 돌아온 후에도 계속되지 않았다. 그다음 날도 그리고 지금까지도.

윤경은 그를 좋아한다고 했고, 강석은 윤경을 사랑한다고 했다. 그는 요즘 믿음과 약간의 불신이 양면으로 붙어 있는 동전 하나를 가슴에 품고 사는 기분이었다.

정말 자신을 좋아하는 게 맞는 건지, 그가 사랑한다는 말을 윤경이 믿는 건지. 명확하지도 않고 흐릿하지도 않는 어떤 경계선에서 오락가락하느라 늘 신경이 팽팽하게 긴장된 상태였다.

그의 시간에 맞추면 윤경의 출근 시간이 너무 빨라 요즘은 각자 움직인다. 가끔 집에서 저녁을 같이 먹을 때도 있지만 그가 바쁜 탓에 손에 꼽을 정도였다.

변하지 않은 건 딱 하나, 둘은 여전히, 전보다 더 뜨겁게 서로를 탐닉하는 열락의 밤을 보내고 있다는 거였다. 달라진 게 있다면 윤경의 변화였다. 먼저 다가올 때도 있고 꽤 적극적인 움직임에 한두 번 놀란 게 아니었다. 그 순간만큼은 다른 생각 따위 파고들 틈도 없었다. 열기에 뜨거워진 눈동자, 쾌락에 겨운 달뜬 신음, 서툴지만 좀 더 닿고 싶어하는 간절함이 담긴 몸짓. 생각만 하는데도 허리 아래가 뻐근하다 못해 아플 지경이었다.

그런데 그 폭풍 같은 시간이 지나고 나면 윤경은 그의 곁을 떠난다. 집안 곳곳 어디에서도 서로를 탐하지만 잠은 함께 자려고 하지 않았다. 처음엔 잠긴 방을 두드려도 보고 이유가 뭐냐고 다그쳐도 봤지만 싫으면 섹스를 하지 말란다. 그 말을 할 때 윤경은 도저히 그가 알고 있는 여자가 아닌 것 같았다.

"후우."

강석은 느슨하게 푼 넥타이를 아예 잡아 뺐다. 손에 들고 있는 것도 귀찮아 목에 대충 걸쳤다. 윤경이 말한 한 달은 지났고 이제 2주밖에 남지 않았다. 그동안 윤경은 기획실 일에만 충실했다. 퇴근 후에도 사무실로 오지 않아 서류를 집에 들고 가기도 했는데 보는 것 같지 않았다. 도대체 어쩌려는 건지 알 수가 없었다.

"2주라."

그의 입가에 씁쓸한 미소가 걸렸다. 시간은 자꾸 흐르는데 넌 도대체 무슨 생각인 거냐. 이대로 2주 후면 모든 게 끝나기를 바라는 걸까.

어차피 최 회장과 약속한 시간도 얼마 남지 않았다. 고작해야 윤경이 말한 시간과 몇 달 차이만 있을 뿐, 결국 두 사람 사이의 끝은 오게 되어 있다.

그런데도 놓고 싶지 않다. 아무 일도 없던 것처럼 살아갈 수 없을 것 같다. 나의 꼬맹이 그리고 사랑하는 내 아내. 윤경아, 널 어쩌면 좋을까.


똑똑, 노크 소리에 강석은 넥타이를 고쳐 매며 돌아섰다.

"박 변호사님 오셨습니다."

"들어오시라고 해."

넥타이 끈을 반듯하게 조이는 동시에 박 변호사가 안으로 들어왔다. 어쩐지 얼굴이 핼쑥해 보였다.

"몸이 안 좋으신 거 아닙니까?"

"봄을 타는지 요즘 입맛이 통 없네."

"그러게 저녁에 뵙자고 했잖습니까. 좋아하시는 곤드레밥 맛있게 하는 집도 알아뒀는데."

"다음에 따로 날 잡아서 한번 가자고. 오늘은 선약이 있으니 어쩔 수 없고."

용 비서가 따뜻한 생강차를 테이블에 내려놓자 강석은 김이 모락모락 올라오는 찻잔을 힐끔 쳐다보았다.

"갑자기 웬 생강차야?"

"사장님 감기 기운이 있다고 하셔서요."

"내가?"

아무리 생각해도 그런 말을 한 기억이 없었다.

"아, 저한테 직접 말씀을 하신 게 아니라 최윤, 아니, 사모님이 각종 차를 가져와서 하신 말씀입니다."

"윤경이가?"

"네, 생강차 모과차 도라지하고 배를 넣은 즙에다 요즘 체력이 달리는 것 같다면서 홍삼까지 무려 7가지를 들고 왔습니다. 집에도 있다고……."

"체력이 달린다고?"

강석의 눈썹이 확 꺾였다. 무슨 말도 안 되는 소리냐며 용 비서를 쳐다보았다.

"그게 제 말이 아니라 사모님이……."

"용 비서 보기에 내가 어디 아픈 사람처럼 보여?"

"아닙니다."

"그럼 체력이 부족해서 비실거리는 것 같아?"

"그건 제가 판단할 수 있는 게 아니라서……."

말꼬리를 길게 늘이는 용 비서가 난처한 얼굴로 힐끔 눈치를 살폈다. 갑자기 박 변호사가 호탕하게 웃음을 터트렸다.

"사람마다 만족하는 기준이 다르니까. 그거야 당사자들만 알겠지."

용 비서는 벌게진 얼굴로 흠흠, 헛기침을 하고 강석은 불만스럽게 괜히 차를 노려보았다.

"용 비서 그만 나가봐. 문 사장과 둘이 할 이야기가 있거든."

"네, 그럼 말씀 나누십시오."

용 비서가 나가자 박 변호사의 웃음이 더 짙어졌다.

"너무 웃으시는 거 아닙니까?"

"그러게. 요즘 웃을 일이 별로 없었는데 여기 오니까 웃게 되네."

50을 넘은 박 변호사는 벌써 흰머리가 제법 보였다. 언젠가 왜 염색을 하지 않느냐고 물은 적이 있었다. 귀찮기도 하고 머리를 아예 하얗게 하고 다니는 것도 나쁘지 않을 것 같다고 했다. 그러기엔 나이가 너무 젊다고 했더니 요즘은 일부러 탈색도 하는데 무슨 상관이냐고도 했었지.

박 변호사 생강차를 한 모금 마시며 고개를 끄덕였다.

"음, 맛있네. 마셔봐."

"전 됐습니다."

같이 식사를 할 때도 묻는 말 외에는 하지도 않더니 갑자기 웬 차?

어제부터 살짝 한기가 든 것처럼 으슬으슬 춥기는 했지만 감기가 걸린 건 아니었다. 더구나 감기 기운이 있다고 말한 적도 없는데 그건 또 어떻게 알았을까.

다른 말은 그렇다고 하더라도 체력이 달린다는 말은 수긍할 수 없었다.

"문 사장."

생강차를 노려보며 생각에 잠겨 있던 강석은 문득 고개를 들었다. 웃음기를 싹 지운 박 변호사가 그를 물끄러미 쳐다보고 있었다.

"하실 말씀 있으면 하세요."

"2주 전인가. 윤경이가 찾아왔더군."

2주 전이면 윤경이 말한 한 달이 되는 날이었을 것이다. 무슨 이야기를 했을지 궁금했지만 그는 조용히 기다렸다.

"유언장에 대해서 더 해줄 이야기가 없느냐고 하더군."

"그래서 말씀하셨습니까?"

"아니. 내가 해줄 수 있는 말은 다 했다고 했지."

강석은 고개를 끄덕였다. 아무도 모르는, 박 변호사와 자신만

알고 있는 이야기. 윤경이가 끝까지 몰랐으면 했지만 혹시나 알게
되더라도 이젠 어쩔 수 없다.

알게 되면 그를 원망하겠지.

"윤경이는 회사를 맡지 않으면 문 사장이 떠나지 않을 거라고
생각하고 있는 것 같아."

"……."

"그 기한이 1년까지라는 말은 못하겠더군."

"박 변호사님, 저와 윤경이……."

"굳이 말하지 않아도 돼. 나도 그 정도 눈치는 있으니까."

긴 침묵이 흘렀다. 강석도 박 변호사도 찻잔만 뚫어지게 쳐다보
고 있었다.

"난 자네 마음이 궁금해."

"그게 중요한 건 아니잖습니까."

"중요하지. 지금 윤경이 곁에는 자네밖에 없으니까."

친척들이 있다는 말은 해봐야 소용없다는 걸 누구보다 잘 알고
있었다. 윤경은 아직 부족하다고 했지만 회사를 맡는다면 잘해낼
것이다. 그런데도 그녀는 한발 뒤로 물러선 채 그 자리에 머물고
있었다. 그는 오로지 기다리는 일밖에 할 수 있는 게 없었다. 회사
는 아무 상관 없지만 윤경은 또 다른 문제였다. 이미 너무 깊이 심
장에 박혀 있어서 빼낼 수도 없다. 그런 날이 온다면 아마 피를 철
철 흘리겠지.

더 견딜 수 없는 건 윤경이 힘들어하고 아파하는 거였다. 그런
윤경의 모습은 절대 보고 싶지 않았다.

회사를 떠나면 더는 윤경이 곁에 있을 수가 없다. 어느 땐 돌덩

이가 아니라 바위를 지고서라도 시간이 멈췄으면 하고 바란 적도 있었다.

유언장, 모든 조건은 윤경이 돌아오고 1년이 되는 날 끝난다는 계약서.

그 1년은 마치 시한부 인생을 사는 기분이 들게 했다.

"회장님은 이제 안 계셔. 두 사람이 어떤 결론을 내리든 상관없다는 소리야."

"저 그날 밤에 있었습니다."

"그날이라면……."

"혼인신고 때문에 저희 부모님이 올라오신 날 말입니다. 핸드폰을 놓고 나가서 다시 돌아왔는데 아버지께서 회장님 앞에 무릎을 꿇고 계시더군요."

살짝 열린 문틈으로 그 광경을 봤다. 윤경이와 혼인신고를 한다고 했을 때도 부친은 아무 말도 하지 않았다.

결혼 전부터 회장님 운전기사로 일했다고 했다. 지금의 모친을 만나 별채에 살면서 부친은 운전기사로 모친은 안채 일을 도와주며 그렇게 살았다. 그런 부모님을 보면서 한 번도 부끄럽다고 생각한 적은 없었다. 윤경이를 그림자처럼 따라다닐 때도 가끔 귀찮기는 했지만 싫지는 않았다. 오히려 학교가 빨리 끝나기를 기다렸다. 강아지처럼 졸졸 따라다니는 윤경이가 너무 예뻤으니까. 사랑스러웠으니까.

"대화 내용을 들은 거야?"

"아닙니다."

부친의 목소리는 너무 작았고 간간이 최 회장의 음성이 들리기는 했지만 알아듣지는 못했다. 그리고 그는 충주로 내려가는 부친에게 두 분이서 무슨 이야기를 했는지 묻지 않았다.

박 변호사도 그 자리에 있었지만 지금껏 그날 일을 입에 올리지는 않았었다.

"나도 자세한 건 몰라. 문 기사님이 꼭 이렇게까지 해야겠냐고 물었을 때 회장님께서는 그날에 대한 대가라고 생각하라는 말씀만 하셨거든."

"그날…… 일이라니 무슨."

"글쎄, 짐작이 가기는 하지만 확실한 건 아니야."

"말씀해 주세요."

박 변호사는 한참 동안 침묵했다. 확실하지 않은 이야기를 해야 하는 건지 고민을 하는 것 같았다.

"전 꼭 들어야겠습니다."

마침내 박 변호사가 입을 열었을 때 강석은 온몸에 흐르는 긴장감을 조용히 눌렀다.

"사모님 그러니까 윤경이 어머님 일이야. 사고가 나던 날 회장님은 출장을 가셨고 문 기사는 사모님 때문에 집에 있었지. 우울증이 심했는데 병원은 안 가시겠다고 하시니 혹시 몰라 지켜보라고 했었어. 전에 한 번 손목을 그은 적이 있었거든."

처음 듣는 이야기였다. 그의 기억 속 윤경의 모친은 늘 지하실에 있는 화실에서 시간을 보냈다. 가끔 최 회장과 큰소리가 날 때는 매번 그림 때문이었다. 어린 윤경이를 따듯하게 안아주는 걸 본 적이 없었다.

"사고로 돌아가신 거 아니었습니까?"

"사고였어. 회장님이 출장을 가면서 지하실 문을 잠가 버렸는데 화가 난 사모님은 문을 열려다 안 되니까 집 안의 물건을 부수고 난리를 부렸지. 그때 하필 강석이 네가 열이 나서 병원을 데려가는 바람에 집에는 순천댁밖에 없었거든. 연락을 받고 왔을 땐 사모님이 술을 마시고 차를 몰고 나간 뒤였지."

"……."

"순천댁은 사모님을 말리다 다리를 다쳤고 찾아 나선 문 기사도 그날 사고가 나서 다쳤는데 저녁에 연락이 온 거야. 사모님의 차가 절벽으로 굴러떨어져서 돌아가셨다고."

강석은 눈을 질끈 감았다. 어렴풋이 기억나는 게 있었다. 장례식을 치른 날 검은 양복을 입고 한 손에 깁스를 한 부친은 그날 저녁 늦게까지 안채에 있었다. 모친은 밖에 나가지 말라고 했지만 몰래 방에서 나갔었다.

차마 들어가지는 못하고 주변을 서성이고 있었는데 살짝 열린 베란다 창문으로 두 분의 모습이 보였다. 자세히는 볼 수 없었지만 두 분 모두 거실 바닥에 앉아 있었다.

'죄송합니다. 죄송합니다.'

너무 목소리가 작아서 잘 들리지는 않았지만 부친은 죄송하다는 말을 수도 없이 했었다. 어느 순간 최 회장이 벌떡 일어나 부친에게 하는 소리도 중간중간 말이 끊겨서 들렸다.

'평생 내 곁에서 일해. 만약 내 앞에서 사라지면…… 식구들…… 내 말 허투루 듣지…… 평생이야. 평생. 알았어, 문 기사?'

그날 저녁 집으로 돌아온 부친은 밤새 잠을 이루지 못했다. 잠이 들었다 깨어나 방문을 열고 내다보면 거실에 우두커니 서 있기도 했고 주저앉아 한숨을 푹푹 내쉬고 있었다.

"그럼 회장님은 윤경이 어머님이 저희 아버지 때문에 돌아가셨다고 믿고 계신 겁니까?"

"그건 아닐 거야. 나 또한 꽤 오랫동안 회장님을 곁에서 지켜봤지만 한 번도 사고에 대해서 말씀을 하신 적은 없었거든. 자네 부친도 마찬가지였고."

"……."

"그건 사고였어. 회장님도 그렇게 알고 계셨을 거야. 다만, 문 기사는 평생 마음에 담고 있었겠지. 생각해 보면 회장님은 문 기사의 그런 마음을 이용한 건지도 모르지. 꼭 이렇게까지 해야겠느냐고 물었을 때 회장님이 그러셨거든. 나한테 그 정도도 못해주느냐고."

강석은 주먹을 불끈 쥐었다. 최 회장이 온전히 자신을 믿지 않은 건 알고 있었다. 안전장치가 한정 기간 1년이라는 계약서라고 생각했는데 사실은 부친이었던 거다.

그가 회사를 욕심내고 윤경이와 진짜 부부가 되는 걸 죄책감 때문에 막을 거라고 생각했을 테니까.

'어차피 결정된 일이니 더는 왈가왈부하지 않겠다. 하지만 한 가지는 명심해. 회사는 네 것이 아니야. 아가씨가 돌아오면 모든 걸 정리하고 나와.'

최 회장의 장례가 끝나고 부친은 그 말만 하고 떠났다. 강석은 답답한 마음에 손도 대지 않던 생강차를 들고 단숨에 들이켰다. 미지근하게 식었지만 생강의 매운맛 때문인지 목구멍이 따끔거렸다.

"중요한 건 과거가 아니라 지금 현재야. 돌아가신 회장님도 아니고 문 기사도 아닌 윤경이와 자네 두 사람의 문제란 뜻이야."

"곧 정리할 겁니다."

"윤경이가 고등학교를 졸업하고 얼마 지나지 않아 그런 소리를 하더군. 시간이 정말 더디게 흐른다고. 빨리 지나갔으면 좋겠다고."

"……."

"뭘 기다리느냐고 물었지. 모른다고 하더군. 대학 입학 선물을 전해주려고 갔는데 지갑 속에 그 답이 있다는 걸 알았지."

"지갑이요?"

박 변호사는 빙그레 웃으며 고개를 끄덕였다.

"지갑 속에 뭐가 있었는지 물어보면 대답 안 해주실 겁니까?"

"당연하지. 절대 비밀을 누설하지 않겠다고 손가락까지 걸었는데."

강석은 처음으로 박 변호사가 마음에 들지 않았다. 그가 회사를 맡은 후 박 변호사는 가끔 늦은 시간 회사로 먹을 걸 사 들고 오기도 했었다. 지나가다 혹시나 하고 들렀다고는 하지만 일부러 찾아온다는 걸 알고 있었다. 오래 머물지도 않고 먹을 걸 전해주고 어느 땐 차 한 잔도 마시지 않고 돌아갔다. 그 또한 늦게까지 일하는 사람에게 방해가 될까 염려했기 때문이리라.

"윤경이를 만났다는 이야기를 하기 위해 일부러 오신 것 같지는 않고, 진짜 하실 말씀은 따로 있는 거 아닙니까?"

"난 변호사야."

강석은 새삼스럽게 그 말을 왜 하는지 모른다는 표정으로 박 변호사를 쳐다보았다.

"어떤 일을 하나 맡으면 짧게 끝나는 것도 있지만 몇 년을 가야 하는 경우도 있지."

박 변호사는 잠시 말을 끊고 다 식은 생강차를 느긋하게 마셨다. 찻잔을 내려놓은 뒤에도 잠시 침묵했다.

"가끔은 지루하기도 하고 도통 앞이 보이지 않아 답답해서 빨리 끝났으면 할 때가 있는데 최 회장님 유언장이 나한테는 그래."

"……"

"사실 이건 유언장이라고 하기도 뭐하지. 일종의 계약이니까."

강석의 표정이 무겁게 가라앉았다. 도장을 찍은 이후 두 사람은 계약서 이야기를 한 적이 없었다. 그건 일종의 무언의 약속 같은 거였다.

계약서는 딱 한 장밖에 없다. 처음부터 최 회장도 강석도 아닌 박 변호사만 갖고 있기로 하고 작성했으니까.

"그러고 보면 회장님은 문 기사뿐만 아니라 나, 아니, 내 직업 또한 이용하신 것 같아. 변호사라는 직업 말이야. 의뢰인과의 약속을 지키는 건 변호사의 의무라는 걸 너무도 잘 알고 계셨을 테니까."

"비밀 준수라는 의무는 지키지 못하신 듯합니다."

"무슨 소리. 사고에 관한 이야기는 비밀 준수 사항이 아니었어. 내가 변호사라는 걸 모독하는 말은 하지 말게."

"죄송합니다."

"그렇다고 무슨 사과까지. 농담이야. 그렇게 심각한 표정을 지으면 내가 미안해지잖아."

박 변호사가 소리까지 내며 호탕하게 웃는 바람에 강석은 주먹 쥔 손으로 턱을 문지르며 피식 웃었다.

"자, 이제 이건 문 사장한테 돌려줘야겠어."

"이걸 왜 저한테……."

강석은 박 변호사가 테이블에 내려놓은 봉투를 빤히 쳐다보며 말끝을 흐렸다.

"내가 갖고 있기엔 너무 무거워서 말이야."

"박 변호사님."

"어제 회장님께 갔다 왔는데 내 결정이 마음에 안 들면 말씀하시라고 했더니 아무 대답이 없더군."

"……."

"나보고 변호사 자질이 없다고 해도 어쩔 수 없네. 마음에 안 들면 다른 변호사 알아보든가."

박 변호사는 더는 할 말이 없다는 듯 자리에서 일어섰다. 강석은 봉투만 뚫어지게 쳐다볼 뿐 따라 일어나지도 못했다.

"아, 이건 인생을 먼저 산 사람으로서 한마디 하자면 모든 건 때가 있는 법이지. 똑같은 기회가 또 온다는 보장은 없다는 소리야. 그리고 내가 의뢰인과의 약속을 어긴 건 지금이 처음이라는 것만 알아두게."

문이 닫히고 박 변호사가 나간 뒤에도 강석은 오랫동안 꿈쩍도 않고 그 자리에 앉아 있었다.

12

　박 변호사가 놓고 간 서류를 강석은 꺼내보지 않았다. 내용을 알고 있어서가 아니라 생각을 정리해야 할 것 같아서였다. 책상 서랍에 넣어두고 일에 열중했다. 일하다 잠깐씩 틈이 나면 닫힌 서랍만 물끄러미 쳐다보기만 했다.

　"사장님."

　평택 공사 현황에 대한 서류를 보고 있는데 용 비서가 노크도 없이 벌컥 문을 열었다. 강석은 다급한 표정이면서 금세 말을 하지 않는 용 비서를 힐끔 쳐다보고는 다시 서류에 시선을 돌렸다.

　"찾았습니다."

　"뭘?"

　"최 부장님이요. 어디 있는지 알아냈습니다."

　시큰둥하게 물어보던 강석은 고개를 번쩍 들었다. 입단속을 시컸는데도 누군가 말을 해줬는지 최 부장은 벌써 한 달 가까이 회사에 출근을 하지 않았다. 집은 경매에 들어갔고 지인들과 친척들도 찾고 있다고 했는데 땅으로 솟았는지 흔적도 없이 사라졌다. 아내와 아이는 친정에 머물고 있지만 몇 번을 찾아가도 모른다는 말뿐이었다.

그동안 윤경은 최 부장에 대해서 말을 하지 않았고 강석 또한 묻지 않았다.

"어디에 있는데?"

"거제도에 있답니다."

"멀리도 갔군."

"어떻게 할까요?"

"조만간 올라오겠지."

"그냥 두신다고요?"

"우리가 아니더라도 누군가 찾아가서 끌고 올 거야. 일단 오면 그때 만나보면 되겠지."

강석은 책상 위를 손가락으로 톡톡 두드리며 생각에 잠겼다. 어차피 토지 매입에 모든 돈을 쏟아부은 상태라 다른 방법으로 돈을 받아낼 수도 없다. 오산 땅은 최 부장 이름으로 된 건 다른 채권자들보다 먼저 가압류를 신청해 놓은 상태였다.

"관계된 사람들한테 최 부장이 있는 곳을 알려줘."

"그럼 저희 쪽 사람들은 어떻게 할까요?"

"지켜보라고만 해. 올라와서도 마찬가지고."

"네, 알겠습니다."

대답을 하고도 용 비서는 나가지 않고 가만히 서 있었다.

"왜, 할 말이 더 있는 거야?"

"그게 사모님 말입니다."

"윤경이가 왜?"

"오늘 출근 안 하신 거 혹시 아시나 해서요."

"출근을 안 했다고?"

강석은 눈썹을 휙 추켜 뜨며 놀라서 물었다. 요 며칠 윤경의 얼굴을 제대로 보지 못했다. 아침에 일찍 출근하고 퇴근도 늦게 해서 서로 말을 할 기회가 없었다. 기획실도 바쁜 터라 꽤 피곤해하는 것 같았다. 곤히 자고 있는데 깨워서 품에 안을 수도 없어서 어제는 슬쩍 기획실 근처를 지나가기도 했었다. 용무도 없는데 들어가 볼 수도 없고, 우연처럼 마주치기를 바라면서 갔는데 그런 행운은 오지 않았다.

"모르셨어요?"

"나한테 모든 걸 보고하고 다닐 이유는 없으니까."

"보고가 아니라…… 부부잖습니까?"

"부부는 사생활도 없어야 하는 거야?"

말을 하고 나니 기분이 더 좋지 않았다. 함께 사는 동안은 아무리 사생활 어쩌고 해도 월차를 내는 건 말을 해야 하지 않은가.

핸드폰은 됐다가 뭐 해.

아무리 내색을 하지 않으려고 해도 입술이 실룩거렸다.

"전화를 해보시는 게……."

"저녁에 만나서 물어보면 되겠지."

"안 들어오시면요?"

불난 집에 부채질을 하나. 강석은 용 비서를 매섭게 노려보며 툭 말을 던졌다.

"지금까지 외박은 한 적 없어."

"오늘도 하지 말라는 법은…… 없지 않을까요?"

"용 비서?"

"네? 아, 죄송합니다. 전 걱정이 돼서."

"네가 왜 윤경이를 걱정해?"

"그야 사장님……. 아닙니다. 그럼 전 나가보겠습니다."

용 비서가 나가자 강석은 자리에서 벌떡 일어섰다. 월차를 냈다
고?

당당하게 한두 달 시간을 달라고 해놓고, 집에서 함께 살면서
전처럼 지내자고 해놓고.

원하는 대로 다 해주고 있는데. 도대체 무슨 생각을 하고 있는
지 머릿속을 들여다봤으면 좋겠다.

"최윤경."

말썽쟁이 꼬맹이도 아니고 널 어쩌면 좋을까.

강석은 핸드폰을 들고 창가로 걸어가 섰다. 액정을 한참 노려보
다 통화버튼을 눌렀다.

"아주머니, 접니다. 혹시 윤경이 집에 있습니까?"

순천댁은 질문이 뜬금없는지 잠시 아무 말도 없다가 출근한 사
람이 이 시간에 집에 왜 있겠느냐고 오히려 되물었다.

어쩔 수 없이 회사에도 없고 혹시 집에 갔나 해서 전화를 했다
고 말했다.

[어유, 일 때문에 잠깐 외출을 한 거겠지. 그새 보고 싶은 거
야?]

놀리는 말투에 픽, 웃음이 다 나왔다. 보고 싶기는 하지. 이건 뭐 한집에 살면서도 얼굴도 제대로 볼 수가 없으니.

전화를 끊은 강석은 다시 또 핸드폰을 뚫어져라 노려보았다. 괜히 엉뚱한 곳에 전화를 할 게 아니라 윤경한테 직접 해봐야겠다는 생각이 들었다.

전원이 꺼져 있었다. 순간 짜증도 나고 걱정이 밀려왔다.

"어디 갈 거면 간다고 말이라도 하고 갈 것이지."

괜히 엄한 핸드폰을 노려보며 짜증스럽게 말을 뱉는 순간 노크 소리와 함께 용 비서가 고개만 빼죽 내밀었다.

"물론 궁금하지 않으시겠지만 혹시 몰라서 말씀드리는데, 방금 전에 복도에서 이소미 씨를 만났었습니다."

"⋯⋯."

"말하지 말까요?"

"해."

그냥 하면 되지 뭘 물어봐? 화를 낼 수도 없고 강석은 표나지 않게 숨을 깊게 들이마셨다.

"슬쩍 떠봤는데 사모님이 출근 안 하신 건 모르는 것 같았습니다. 제가 좀 돌려서 묻기는 했는데 이제라도 다시 물어볼까요?"

"됐어. 그리고 퇴근 시간까지 급한 일 아니면 들어오지 마."

"어차피 전 지금 나가면 퇴근 시간 전에 못 들어올 것 같습니다."

"그럼 곧장 퇴근하든가."

"네. 알겠습니다."

오늘따라 용 비서가 왜 저렇게 눈치가 없는지, 일부러 약을 올리는 것 같기도 하고.

강석은 닫힌 문을 노려보며 넥타이를 거칠게 풀어냈다.

❖

"아니, 연락도 없이 어떻게……."

마당 안으로 들어서는 윤경을 보자 순자가 주방에서 나오다 말고 놀라서 달려왔다. 들고 있는 짐을 받아 들고는 손을 꼭 잡고 안으로 이끌었다.

"그동안 잘 계셨어요? 너무 늦게 찾아와서 죄송해요."

"무슨 그런 소리를 해? 안 그래도 왔다는 소식 듣고 궁금했었어."

"진작 오고 싶었는데 그게……."

"알아. 정신없었겠지."

다 이해한다는 표정을 보니 괜히 울컥했다. 유학을 가기 전에는 가끔 전화도 하고 찾아오기도 했는데 돌아온 뒤 생각은 했지만 선뜻 몸이 움직여 주지를 않았다.

안 그래도 자신 때문에 강석과 멀리 떨어져 살았는데 혼인신고로 옭매고 있으니 얼굴을 볼 자신이 없었다. 이제 강석하고 약속한 시간이 얼마 남지 않았다. 내색은 하지 않았지만 하루하루가 피가 마르는 기분이었다.

"아저씨는요?"

"약속이 있어서 시내에 나갔어. 오는 줄 알았으면 가지 말라고 할걸."

"혹시 그러실까 봐 전화 안 드리고 온 거예요. 제가 뭐라고……."

죄지은 사람처럼 고개를 푹 숙이자 순자가 손을 토닥이다 어깨를 가만가만 쓸어주었다. 그 따뜻한 손길에 윤경은 눈시울이 불거졌다.

"무슨 그런 말을 해. 아가씨는 어떨지 모르지만 우리한테는 딸이나 마찬가지였어."

"아주머니."

결국 윤경은 순자의 품에 얼굴을 묻고 흐느꼈다. 단단히 각오하고 왔는데 이렇게 따뜻하게 반겨줄 거라고는 생각 못했다. 그동안 꾹꾹 눌렀던 서러움이 한꺼번에 터졌는지 좀처럼 눈물이 멈추지를 않았다.

"괜찮아. 잘될 거야."

등을 쓰다듬는 손길이 더 설움을 복받치게 했다. 윤경은 아이처럼 소리까지 내며 펑펑 울었다. 아무것도 바라는 건 없었다. 그저 강석만 곁에 있다면, 그 사람 곁에만 있을 수 있다면.

마음이 깊어질수록 심장은 더 아프다. 너덜너덜해지는 기분이었다.

매일 그녀는 강석의 품에서 해진 심장을 바늘로 꿰매고 그가 방으로 돌아가고 나면 혹시나 꿰맨 곳이 다시 터질까 노심초사했다.

"아주머니, 저 어떡해요? 어떡하면 좋아요?"

누군가 대답을 해줬으면 좋겠다. 방법을 알려줬으면 좋겠다. 강석과 헤어질 생각만 하면 심장에 구멍이 뚫린 것처럼 아프고 시렸다. 시간은 자꾸 흘러가는데, 아무것도 할 수 있는 게 없다는 사실이 절망스러웠다. 그런데 강석은 아무렇지 않아 보였다. 여전히 열심히 일하고 사랑을 나눌 땐 뜨겁고 정열적이다. 그 순간만큼은 아무 생각도 할 수 없을 정도로.

"많이 힘든 거야?"

네, 힘들어요. 힘들어서 죽을 것 같아요.

윤경은 목이 메어서 말은 못하고 고개만 끄덕였다.

"어쩌나. 우리 아가씨를 어쩌면 좋을까."

얼마나 울었을까. 토닥토닥, 달래는 따뜻한 손길에 조금씩 진정이 되어갔다. 그래도 눈물이 쉬이 멈추지를 않았다.

"회사 때문에 그래?"

고개를 작게 흔들자 조용히 한숨을 내쉬며 그녀의 머리를 부드럽게 쓰다듬었다.

"그럼 우리 강석이가 힘들게 해?"

윤경은 대답하지 않았다. 고개를 흔들지도 않았다.

"혹시 못되게 구는 거야?"

차라리 그랬으면 이렇게 가슴이 아프지 않을지도 모른다. 그러나 강석은 떠날 준비를 하면서도 여전히 다정하고 여전히 뜨겁다.

"내가 혼내줄까?"

"아니요."

겨우 목소리를 내서 대답하자 머리 위로 피식 웃는 소리가 들렸다.

"힘들게 한다면서 혼나는 건 싫은 거야?"

혼내지 말고 그냥 내 곁에 있으라고 해주면 안 돼요? 진짜 부부처럼 살게 해주면 안 돼요? 어리광이라도 부리고 싶었다.

"어느 부모든 마찬가지겠지만 난 우리 강석이가 어떤 예쁜 여자와 결혼을 하게 될까 무척 궁금했었어."

"……."

"언젠가 강석이가 나중에 결혼할 여자를 데리고 오면 무조건 예뻐해 달라고 하더라. 예쁜 여자를 데리고 오면 당연히 그러지 않겠느냐고 했더니 자기가 데려오는 여자는 분명 예쁠 거라나? 그러더니 여자는커녕 결혼할 생각을 하지 않아 은근히 걱정했는데……."

"죄송해요."

아들의 여자, 예쁜 며느리를 기대하고 있었을 텐데 그러기를 바랐을 텐데, 결국 그녀가 그의 발목을 잡고 있는 꼴이 되고 말았다.

알고 있는데 그래도 강석과 헤어지기는 싫다. 할 수만 있다면 방법만 있다면 그를 보내고 싶지 않았다.

"나한테 죄송할 게 뭐야. 선택은 강석이가 했는데. 강석이 아버지는 걱정이 많은 것 같은데 난 우리 아들 믿어. 그리고 윤경이 너도 믿는다."

윤경은 눈물로 흠뻑 젖은 얼굴을 천천히 들었다. 순자가 빙그레 웃으며 손등으로 그녀의 눈물을 닦아주었다.

"아가씨가 아니라 이름 불러서 서운해?"

"아니요."

고개를 세차게 흔들자 젖은 머리카락을 쓸어 넘겨주며 한없이 따뜻한 시선으로 그녀를 바라보았다.

"이렇게 예쁘게 자란 모습을 사모님이 봤어야 하는 건데."

"아시잖아요. 저한테 엄마에 대한 기억 별로 없는 거. 그래도 아주머니가 곁에 계셔서 지금 제가 여기 있는 거예요. 늘 고맙게 생각하고 있어요."

"내가 한 게 뭐가 있다고. 공짜로 일한 것도 아닌데."

"그런 말씀 마세요. 제가 아주머니를 어떻게 생각하는지 아시잖아요."

"그래. 그래."

아플 때도 초등학교 입학할 때도 졸업할 때도 첫 생리를 시작할 때도 늘 그녀의 곁에 순자가 있었다. 그런 분들께 철없는 행동으로 마음을 아프게 했다.

"강석이는 여기 내려온 거 알아?"

"아니요. 요즘 바빠서 얼굴 보기도 힘들어요."

"오피스텔에 혼자 있으면서 식사는 제대로 하는지 모르겠네."

그녀가 돌아온 후 강석이 오피스텔로 옮긴 줄 알고 있나 보다. 윤경은 뜨끔했지만 함께 산다는 말은 차마 할 수가 없었다.

"내 정신 좀 봐. 멀리서 왔는데 마실 것도 안 줬네."

"괜찮아요. 오면서 마셨어요."

"그래도 그러는 게 아니지. 잠깐만 기다려. 맛있는 진달래 차 끓여줄게."

그녀의 만류에도 순자는 주방으로 향했다. 윤경은 가방에서 휴지를 꺼내 얼굴을 닦다가 세수를 해야 할 것 같아 욕실로 들어갔다. 눈물 때문에 얼굴이 엉망이었다.

세수를 하고 밖으로 나오자 예쁜 찻잔 두 개가 놓여 있었다.

"진달래로도 차를 끓여요?"

"꽃을 먹기도 하는걸. 며칠 말려서 그냥 끓여서 마셔도 되고 꿀에 재어놓았다가 끓여 마시면 몸에도 좋아."

"음, 맛있어요."

"괜찮지?"

"네. 달콤하고 향도 나는 것 같고."

"갈 때 싸줄 테니까 가져가. 귀찮으면 순천댁한테 끓여달라고
하고."

"힘들게 만드신 걸 저까지 주시게요?"

"힘들 게 뭐 있어. 운동도 할 겸 산에 올라간 김에 조금씩 따오
는 건데. 내가 이것저것 차 만드는데 재미를 붙여서 건조기도 샀
잖아. 몇 개 싸줄게."

윤경은 마치 친정에 온 기분이 들었다. 학생 때도 찾아오면 순
자는 조금이라도 더 먹여서 보내려고 배가 불러 더 이상 못 먹겠
다고 해도 자꾸 먹을 것을 내왔다.

"에궁, 예쁜 얼굴이 울어서 금붕어가 됐네."

"걱정 끼쳐 드려서 죄송해요."

"뭘 자꾸 죄송하다고 그래. 사람은 힘들면 힘들다고 하고, 아프
면 아프다고 하면서 그렇게 사는 거야. 어렸을 때도 잘 울지 않더
니 우리 강석이가 그렇게 힘들게 해?"

"아니요. 그냥 아주머니를 보니까 괜히 눈물이 나서……."

"살다 보면 더 힘든 일도 있을지 몰라. 그럴 땐 망설이지 말고
찾아와. 말뿐이 아니라 진짜 딸 같아서 하는 소리야."

"네, 그럴게요."

"힘든 일은 지나가게 되어 있어. 너무 속 끓이지 마."

정말 그럴까. 강석이 없는 회사에서 집에서 숨을 쉬고 그렇게

살아가게 될까.

윤경은 뜨거운 차를 한 모금 마시고 멀지 않은 곳에 있는 낮은 산등성이 쪽으로 시선을 돌렸다. 작은 산이 나무들로 꽉 차 있었다. 초록빛 사이로 듬성듬성 분홍빛 진달래 무리가 보였다.

"들어가서 좀 쉬고 있어. 나 윗집에 잠깐 다녀와야 해."

"같이 갈까요?"

"아니야. 몇 집이 모여서 생선을 같이 시킨 게 있어서 손질해서 올 거니까 그냥 쉬고 있어."

"그럼 전 동네 한 바퀴 돌고 올게요."

"그래 그럼. 멀리 가지 말고."

"네."

진달래 차를 다 마신 윤경은 마당을 가로질러 밖으로 나왔다. 마을 어귀 느티나무를 지나 산으로 오르는 길로 향했다. 늘 여름 겨울방학 때만 왔는데 봄기운이 완연해서 산책하기에 좋았다. 따스한 햇살, 시원한 바람이 피부를 스치는 느낌이 기분을 상쾌하게 했다.

방금 펑펑 울어놓고 언제 그랬냐는 듯 얼굴에 살포시 미소까지 머금었다.

"아, 좋다."

출근을 하기 위해 집을 나올 때만 해도 생각 못했는데 내려오기를 잘했다는 생각이 들었다. 밤새 잠을 설쳤더니 몸도 뻐근하고 왠지 출근이 하기 싫었다.

요 며칠 강석은 얼굴을 볼 수가 없었다. 전에는 출근 시간이 달라도 아침에 일어나서 나가는 걸 지켜봤는데 요즘은 그렇게 하지 않는다. 새벽에 잠이 들어서 일어나지 못할 때도 있지만 깨어 있어도 침대에 누워 있었다. 저녁에는 아무리 늦게 들어와도 기다렸는데 일부러 깊이 잠든 척했다. 그녀가 자고 있는 걸 확인하면 강석은 볼에 가볍게 키스를 하고 그의 방으로 돌아갔다. 함께할 수 있는 시간이 얼마 남지 않은 걸 생각하면 단 일분일초도 아깝지만 그래서 더더욱 그를 마주 보는 게 힘들었다.

"후우."

강석을 떠올리자 상쾌한 기분이 거짓말처럼 싹 사라졌다. 깊은 우물 속으로 풍덩 빠진 것처럼 두렵고 겁이 난다.

'최윤경 바보네. 혼자서 끙끙댄다고 뭐가 해결돼? 차라리 솔직하게 말을 해. 헤어지기 싫다고, 함께 살고 싶다고 하면 사장님도 무슨 말이든 할 거 아니야. 유언, 그거 말 그대로 유언이야. 반드시 꼭 지켜야 한다고 법으로 정해진 것 것도 아니고……. 가만, 정해졌나? 아무튼 모든 결정은 살아 있는 사람이 하는 거야. 헤어지고 나서 후회하지 말고 있을 때 잡아. 놓친 고기는 잡는 거 더 힘든 것 몰라?'

소미는 그녀가 답답하다고 했다. 아무것도 하지 않으면서 걱정만 한다면서.

그래서 할 수 있는 게 뭘까 생각했다.

'유언장에 대해서는 네가 알고 있는 게 다야. 뭘 더 알고 싶은 게 있는 거야?'

며칠 전 박 변호사를 찾아갔었다. 전에 만났을 때와 똑같은 말뿐이었다. 뭔가 더 할 이야기가 있는 것도 같은데 사무실을 나오기 전까지 아무 말도 없었다.

"꼭 이렇게까지 하셔야 했어요?"

윤경은 고개를 들고 하늘을 올려다보았다. 회사가 뭐라고 자신을 이렇게 힘들게 하는지 최 회장이 원망스러웠다.

다른 방법도 있었을 텐데, 그랬다면 이런 식으로 강석과 엮이지 않았겠지. 남들처럼 평범한 사랑을 했었을지도 모른다. 그래도 그녀가 사랑하는 사람은 강석이었을 거다. 그리움이 쌓이고 쌓여 결국 사랑이 되었을 테니까. 아주 오래전부터 강석은 그녀에게 사랑이었다. 지갑 속에 꽁꽁 숨겨놓은 사진처럼 혼자서 씨앗을 심고 물을 주고 새싹을 키웠다. 막연히 언젠가는 활짝 핀 꽃이 열매를 맺을 거라는 희망을 품고서.

비록 마주 보는 사랑이 되지 못했을지라도 강석에 대한 마음은 변함이 없었을 것이다. 처음으로 마음에 담은 사랑이었으니까.

윤경은 산길을 돌아내려와 느티나무 그늘 아래 몸을 쪼그리고 앉았다. 무릎에 얼굴을 기대고 작은 돌멩이 하나를 들고 그림을 그리기 시작했다. 살짝 각이 진 듯한 턱 선과 이마를 살포시 덮은 짧은 머리카락, 굵게 눈썹을 그리고 눈 코 입을 완성하고 나니 눈을 감고도 선명한 강석을 닮았다.

"진짜 많이 그렸었는데."

놀이터 모래 위에, 학교 운동장에 그리고 스케치북에. 틈만 나면 강석의 얼굴을 그렸다. 최 회장이 그림 도구를 모두 치워 버린 뒤에는 따로 노트를 만들어서 공부하다 잠깐씩 쉴 때 그리기도 했었다. 스케치북은 최 회장이 버렸고 노트는 지금도 책꽂이 한쪽에 고스란히 모아두었다.

"오랜만에 그렸는데도 너무 잘 그렸네."

아마도 강석의 얼굴을 그리지 않은 건 유학을 가서부터였을 것이다. 늘 생각은 했지만 그림을 그리지는 않았다.

'내가 원했어. 돌아오는 대신 널 유학 보내라고.'

문득 강석이 한 말이 떠오르자 입술이 삐뚜름해졌다.

"그때는 멋모르고 갔지만 이젠 아니야."

곧이 보내줄 거라고 착각하고 있나 본데 어림도 없지. 통통거리며 그림을 망가뜨리려고 손을 내밀다 멈칫했다. 왠지 그래서는 안될 것 같았다.

"아가씨."

그림을 눈에 새기듯 보면서 방그레 웃고 있는데 지봉이 부르는 소리가 들렸다. 윤경은 고개를 들고 자리에서 벌떡 일어섰다. 너무 오래 쭈그리고 앉아 있어서인지 갑자기 어지럼증이 밀려와 몸이 휘청했다.

"괜찮아? 어디 아픈 거야?"

"아프기는요. 좀 오래 앉아 있었더니 그런가 봐요. 잘 지내셨어요?"

"왔다는 소리 듣고 동네를 두 바퀴나 돌았는데 안 보여서 놀랐잖아. 핸드폰은 꺼져 있고."

"산 아래까지 갔다 왔어요. 핸드폰은 배터리가 다 되었나 봐요."

지봉은 걱정과 반가움이 가득한 얼굴이었다. 윤경은 활짝 웃으며 지봉의 손을 꼭 잡았다.

"진작 찾아왔어야 했는데 죄송해요."

"죄송은 무슨. 안 그래도 돌아왔다는 소식 듣고 보고 싶었는데 잘 왔어."

"건강은 어떠세요?"

"나이를 거꾸로 먹는지 요즘은 기운이 펄펄 나."

정말 다행이라는 생각이 들었다. 윤경은 얼굴 가득 미소를 머금고 지봉의 품으로 안겨들었다. 넉넉한 품에 얼굴을 묻고 두 팔로 지봉을 껴안았다.

"건강하셔서 다행이에요."

멋쩍게 웃던 지봉이 가만히 안아주며 그녀의 등을 토닥토닥 두드려 주었다.

"아저씨."

"응, 왜?"

"저 부탁드릴 거 있어요."

"무슨 부탁인데?"

윤경은 지봉의 품을 벗어나 뒤로 한 걸음 물러났다. 조용히 무릎을 꿇고 앉았다.

"왜 이래? 일어나. 어서."

지봉이 놀라서 일으켜 세우려고 했지만 윤경은 고개를 흔들고 두 손을 꼭 쥐었다. 지금껏 한 번도 누군가한테 무릎을 꿇어본 적은 없었다. 최 회장은 엄하게 꾸짖을 때도 겁을 먹거나 주눅 들어 하는 모습을 질색했다. 함부로 고개를 숙이거나 무릎을 꿇지 말고 언제 어디서든 당당해야 한다고 했다.

지금 무릎을 꿇는 건 비겁해서가 아니라 간절하기 때문이다.

"제 부탁 들어준다고 약속해 주세요."

"도대체 무슨 일인데 그래?"

"아시잖아요. 제가 무슨 부탁을 하려는지."

지봉의 표정이 단박에 어둡게 가라앉았다. 그녀를 바라보는 눈빛이 불안하게 흔들렸다.

"저 강석 오빠와 진짜 부부가 되고 싶어요. 오빠가 아니라 남편으로 함께 살고 싶어요."

"그건……."

"안 된다고 하지 말아주세요. 제 곁에 아무도 없다는 거 아시잖아요. 이젠 저한테 오빠, 아니, 강석 씨뿐이에요. 강석 씨 없으면……."

말을 하다 보니 강석이 곁에 있을 땐 느끼지 못했던 감정들이 한꺼번에 끓어올라 가슴이 먹먹해졌다. 눈물이 핑 돌았다.

지봉은 그녀를 일으켜 세우지도 그만하라고 말리지도 못하고 어쩔 줄을 몰라 했다.

"저 정말 못 살 것 같아요."

"그런 말 함부로 하는 거 아니다."

"저 벼랑 끝으로 내몰고 싶지 않으시면 강석 씨한테 그만두라고 떠나라고 하지 말아주세요."

"윤경아."

"이렇게 부탁할게요. 한 번만, 한 번만 제 부탁 들어주시면 안 돼요? 저 싫어하시지 않잖아요. 예뻐하셨잖아요. 앞으로 제가 잘할게요. 두 분한테도 강석 씨한테도 정말 잘할게요. 그러니까 제발."

윤경은 두 손을 꼭 잡고 애원했다. 너무 정신없이 말을 하느라 무슨 말을 어떻게 했는지 지봉이 그녀를 아가씨가 아닌 윤경아,

라고 불렀다는 것도 몰랐다. 어떡하든 지봉의 마음을 돌려야 한다는 생각밖에 없었다.

"일단 일어나. 들어가서 이야기하자."

"제가 강석 씨와 함께 있는 게 싫으신 거예요?"

"그런 거 아니야. 그럴 리가 없잖니."

"그런데 왜, 안 된다고 하시는 거예요? 저 강석 씨 좋아해요. 강석 씨 없으면 안 될 것 같아요. 그러니까 아저씨……."

"윤경아, 이러지 마. 들어가서 이야기하자. 응?"

"싫어요. 제 부탁 들어준다고 할 때까지 여기서 꼼짝도 하지 않을 거예요."

아이처럼 떼를 쓰고 있다는 걸 알지만 그녀의 진심이 전해지기를 간절히 바랐다. 강석의 마음도 다르지 않다는 걸 알기에 내려오면서 솔직하게 말씀드려야지 결심했었다.

그러나 지봉은 안타까운 눈빛을 하면서도 선뜻 그녀가 원하는 대답을 해주지 않았다.

꾹꾹 참고 있었는데 눈물이 볼을 타고 주르륵 흘렀다.

"저 포기 안 해요. 안 된다고 하시면 열 번 스무 번이라도 찾아와서 무릎 꿇고 사정할 거예요."

"이게 사정한다고 될 일이 아니잖아."

"제가 행복한 게 싫으세요?"

"누구보다 네가 행복하기를 바란다는 거 알잖니."

"전 강석 씨 곁에 있으면 행복해요."

그러니까 아저씨가 마음을 돌려줘요. 강석 곁에 있게 도와주세요. 윤경은 간절한 눈빛으로 지봉을 바라보았다. 살면서 이렇게 간절했던 적이 없었다. 눈을 뜨고 감아도 강석만 떠올랐다.

"그만 일어나. 누가 보면 내가 널 혼내는 줄 알겠다."

"저 고집 센 거 아시잖아요."

"이게 고집부린다고……. 안 일어나면 나 혼자 들어갈 거다."

그래도 꼼짝도 않자 지봉이 나직이 한숨을 내쉬며 그녀의 손을 꼭 잡았다.

"일어나면 해줄 이야기가 있어. 내 이야기를 다 듣고도 마음이 변하지 않으면……."

"무슨 말씀이신데요?"

"일단 일어나서 저쪽에 가서 앉자."

어쩔 수 없이 윤경은 자리에서 일어섰다. 무릎이 꺾일 정도로 다리가 아팠지만 꾹 참고 지봉을 따라 벤치로 가서 앉았다. 지봉이 호주머니에서 손수건을 꺼내 그녀의 앞으로 내밀었다.

"자, 눈물 닦아."

"……."

"닦아줄까?"

"아니요."

손수건을 얼른 받아 들고 눈물을 닦자 지봉이 그녀를 안쓰러운 시선으로 쳐다보다 희미하게 웃었다.

"그 손수건 기억나?"

"……."

"언제였더라. 초등학교 입학하고 얼마 지나지 않아서였을 거야. 펑펑 울면서 들어오기에 무슨 일이냐고 물었더니 짝꿍이 엄마 없다고 놀렸다고 하더군."

그런 일이 있었는지 가물가물했다. 생각해 보면 강석과 함께했던 시간들은 거의 기억을 하는데 다른 건 그다지 선명하지 않았다. 강석과 손잡고 동네를 돌고 따라오라며 도망치고 등에 업히고, 동화책을 읽어주고 학교에 입학했을 땐 준비물을 챙겨주고 숙제도 함께할 때도 있었다.

　윤경은 물기가 묻은 손수건을 쫙 펴서 곱게 접었다.

　"그때 내가 손수건을 줬었지."

　"그럼 이게 그 손수건이라는 말씀이세요?"

　"아니. 눈물 다 닦았으면 달라고 했더니 코도 풀었다면서 빨아야겠다고 안 줬어. 어린데도 기특한 면이 있었지. 그리고 잊고 있었는데 내 생일날 새 손수건과 함께 가져왔었더구나. 다음부터 이 손수건 쓰세요. 하면서 주는데 어찌나 예쁘던지."

　"제가 그랬어요?"

　"그래. 아까워서 못 쓰고 있었는데 이곳으로 이사 와서 정리를 하다 보니 그게 보이더구나. 그때부터 갖고 다녔어."

　"아직도 새것 같은데."

　십 년도 훨씬 넘은 손수건인데 꽃무늬도 선명하고 해진 데도 없이 말끔했다. 그녀를 아끼는 지봉의 마음처럼.

　"호주머니에 넣고만 다니고 쓰질 않았거든. 그럴 거면 뭐 하러 갖고 다니냐고 강석이 엄마한테 몇 번 잔소리도 들었지."

　"왜 갖고만 다니셨어요?"

　"왠지 쓰기 아깝더라고. 태어나는 것도 걸음마를 하는 것도 다 지켜봤잖아. 우리 강석이처럼."

　"아저씨."

"회장님 들으시면 펄쩍 뛰시겠지만 딸, 같았어. 나한테도 강석이 엄마한테도."

"딸 할게요. 그리고.……."

"윤경아."

윤경은 손수건을 어루만지다 고개를 들고 지봉을 쳐다보았다. 햇볕에 그을린 피부에 촘촘히 주름살이 보였다. 인자한 모습 속에 얼핏 강석의 얼굴이 보였다. 먼 훗날 강석이 나이가 들면 이런 모습이지 않을까 하는 생각이 들었다.

"이 말은 평생 하지 않게 되기를 빌었는데, 나한테는 무거운 짐이고 너한테는 또 다른 아픔을 주게 될 걸 아니까. 그래서 하고 싶지 않았는데 해야 할 것 같다."

지봉이 이야기를 하는 동안 윤경은 반듯하게 접었던 손수건을 손에 꽉 쥐고 있었다. 간간이 불어오는 바람이 그녀의 긴 머리카락을 흔들고 지나갔다. 햇살이 더 이상 찬란하지도 눈부시지도 않았다.

강석은 거실을 서성이다 정원을 나와 몇 바퀴를 돌고 있는지 몰랐다. 퇴근 시간이 되기 전 사무실을 나와서 곧장 집으로 왔는데 윤경은 없었다. 혹시 몰라 윤경의 방에 들어가 옷장을 열어보고 메모라도 해놓은 게 있을까 봐 꼼꼼히 살폈다.

옷은 그대로 있는데 아무것도 없었다. 핸드폰은 여전히 전원이 꺼져 있었다.

"도대체 월차까지 내고 어디를 간 거야?"

후우, 들어오기만 해봐. 아니, 들어와라. 제발.

씩씩거리다 간절히 바라다 화가 나서 정원의 감나무를 툭툭 걷어찼다. 차 소리만 들리면 귀를 쫑긋 세우고 신경을 곤두세웠고, 멈추는 소리가 들리면 계단을 뛰어 내려가 대문 밖으로 달려가면 옆집이거나 앞집이었다.

어느새 시간은 8시가 넘었다. 밤 운전하는 거 싫다더니 이 시간까지 어디서 뭘 하느라 들어오지 않고 있는지 걱정도 되고 화가 나서 애먼 감나무 이파리만 잡아 뜯었다.

그때 핸드폰의 진동음이 울렸다. 강석은 황급히 호주머니에서 꺼내 들고는 인상을 팍 구겼다.

"왜?"

대뜸 짜증스럽게 말을 하자 핸드폰이 조용했다.

"용 비서, 할 말 있어서 전화한 거 아니야?"

[그렇기는 한데, 무슨 일 있으십니까?]

있다고 하면 꼬치꼬치 물을 것이고 그러다 윤경이 이야기를 하면 회사에서처럼 약 올리는 말만 할 것 같아 없다고 퉁명스럽게 말했다.

[있는 것 같은데…….]

"용건 없으면 끊어. 있어도 급한 거 아니면 내일 이야기해."

[최 부장님 이야기인데 할까요?]

"또 숨었어?"

[아닙니다. 방금 서울에 도착했다고 연락이 왔습니다.]

"그런데?"

[네? 그런데, 라고 하시면 제가 할 말이…….]

"잡혀왔으면 한동안 사람들한테 시달리겠지. 실컷 당하라고 해. 어차피 우리는 오산에 있는 토지 정리되는 대로 돈 받아내면 그만이야."

회사 돈을 함부로 사용한 것도 그렇지만 윤경의 이름으로 통장 개설까지 한 걸 생각하면 다른 채권자들보다 제일 먼저 찾아가고 싶었다. 그렇다고 윤경의 숙부한테 주먹을 휘두를 수는 없지 않은 가.

지켜보다가 지칠 대로 지쳐 있는 그 상태 그대로 법의 심판을 받게 할 생각이었다. 죄를 지었으면 당연히 죗값을 치러야지.

[미래식품에서 제일 먼저 도착했답니다. 사장님이 아니라 이소 윤 씨 어머님이 몰래 돈을 빌려줬는데 금액이…….]

"됐어. 그런 이야기는 듣고 싶지 않아. 더 할 말 있어?"

[없습니다. 그런데 사모님은 들어오셨습니까?]

없다면서 왜 물어보는 거야. 목소리 들으면 모르나?

사적으로는 친동생과도 같지만 그래도 아랫사람인데 너무 짜증을 낸 게 아닌가 하는 생각이 들던 차였다. 그런데 용 비서가 또 윤경에 대해서 묻자 말투가 저절로 퉁명스럽게 튀어나갔다.

"왜 그렇게 신경을 쓰는데? 혹시 다른 쪽으로 관심 있어?"

[네? 서, 설마요. 사모님은 절대 제 스타일 아닙니다.]

"……."

[아니, 그러니까 제 말은.]

"용 비서."

[네, 사장님.]

"도장에서 한번 만날까?"

[아닙니다. 전화 끊겠습니다.]

띠릭, 통화 종료음이 들렸다. 강석은 핸드폰을 노려보다 한숨을 푹 내쉬었다.

"제 스타일이 아니라고? 핫."

이걸 좋아해야 하는 거야. 나빠해야 하는 거야. 용 비서를 오해해서 한 말은 아니지만 뭔가 기분이 묘했다.

"뭐 해요?"

혹시나 그사이 핸드폰의 전원이 켜져 있지 않을까 다시 윤경에게 전화를 걸려고 하는데 목소리가 들렸다. 고개를 확 돌리자 윤경이 양손에 커다란 종이 가방을 몇 개나 들고 서 있었다.

"이럴 땐 와서 좀 들어줘야 하는 거 아니에요?"

"……."

"진짜 무거운데."

꽤 무거워 보이기는 했다. 다른 때라면 얼른 다가가서 들어줬겠지만 강석은 짙은 눈썹을 쓰윽 끌어 올리고 뚫어지게 쳐다보고만 있었다.

"매너가 꽝이네."

"……."

"싫으면 말아요. 어차피 기대도 안 했으니까."

"왜 기대를 안 해?"

"말도 안 붙일 것 같은 표정이더니 기대 안 한다는 말은 신경이 쓰였나 보네. 어휴, 아무래도 하나씩 들고 가야겠다. 팔이 떨어질 것 같아."

강석은 윤경이 종이 가방을 내려놓고 팔을 주무르는 모습을 지켜보다 성큼 걸어가서 집어 들었다. 팔이 떨어질 정도로 무겁다고 하더니 부피만 컸지 의외로 가벼웠다.

"속았죠? 그러게 진작 와서 들어주면 좋았잖아요. 그럼 나 먼저 들어갈게요."

혀까지 날름 내밀며 들어가는 모습을 보고 있자니 기가 막혀서 말도 나오지 않았다. 오후 내내 사람 속을 시커멓게 태워놓고 전혀 모른다는 표정이었다.

"안 들어오고 뭐 해요?"

윤경은 현관문을 활짝 열어놓고 기다렸다. 뭔가 불만이 가득해 보이는 모습에 웃음이 나오려는 걸 겨우 참았다.

"그럼 나 씻을 거니까 천천히 들어와요."

그대로 있다가는 정말 웃음이 터질 것 같아 곧장 욕실로 향했다. 충주에서 올라와 강석을 찾아갈까 하다가 백화점에 들렀다. 즐거운 마음으로 쇼핑을 하고 돌아왔더니 늘 늦게 퇴근하던 강석이 정원에 있는 게 아닌가.

반가운 마음에 달려가서 품에 안기고 싶은 마음은 굴뚝같았지만 꾹 참고 무겁다고 투정을 부렸다.

"흥, 앞으로 매일 골려먹어야지."

내일도 모레도 앞으로 쭉 강석과 함께 있을 수 있다. 그 생각만 하면 미소가 절로 지어졌다. 따뜻한 물줄기 아래 서 있자니 피곤도 절망스러웠던 마음도 모두 씻겨 내려가는 기분이었다.

'그건 사고였잖아요.'

교통사고였다는 것만 알았지 엄마가 심한 우울증을 앓고 있었다는 건 몰랐었다. 어리기도 했지만 돌아가신 이후 아무도 엄마 이야기를 해준 사람이 없었으니까.

'내가 집에 있었어야 했어. 병원을 가는 게 아니었는데.'

자책감과 후회가 가득 담긴 목소리에 윤경은 지봉의 손을 꼭 잡고 아니라고, 그건 아저씨 잘못이 아니라고 말했다.

지켜보라고 했는데 집에 없는 사이 엄마를 막지 못했다고 해서 사고의 책임이 지봉에게 있다는 생각은 들지 않았다. 오히려 그동안 무거운 짐을 안고 산 지봉이 안쓰럽게 느껴졌다. 최 회장은 그런 지봉의 마음을 이용한 거다. 강석이 그녀와 진짜 부부가 되는 걸 원하지 않았을 테니까.

"강석 씨가 어때서."

부족함 없이 너무 넘치는 사람인데, 사랑하는 사람인데. 강석이 없는 시간은 이제 상상할 수도 없었다.

'나중에 아주 나중에 제가 아빠 만나면 말씀드릴게요. 제가 원해서 강석 씨 잡은 거라고. 회사도 잘 지키고 딸도 행복하게 살았다고 하면 아빠도 분명 좋아하실 거예요.'

아무리 회사를 더 중요하게 생각하신 분이라지만 딸이 불행한 걸 원하지는 않을 거라는 말도 했다. 지봉은 강석이가 그렇게 좋으냐고 물었다. 무릎을 꿇을 정도로 그렇게 좋아하냐고. 윤경은 망설이지 않고 네, 라고 대답하면서 지봉의 품에 안겼다.

'앞으로 아저씨는 제 편만 들어주셔야 해요. 며느리 사랑은 시아버지라고 하잖아요. 딸 며느리 다 할 테니까 아저씨는 무조건 제 편. 아셨죠?'

지봉은 허허, 웃기만 했지만 마치 든든한 백이 생긴 기분이었다. 몇 시간 사이로 기분이 확 바뀌는 걸 보면 사람 마음이 참 간사한 것 같다. 내려갈 때는 어떻게 말을 해야 하나 걱정이 한가득이었는데 돌아올 때는 콧노래까지 불렀다.

샤워를 마친 뒤 가운만 걸치고 거실로 나오자 강석이 가방에서 박스를 모두 꺼내놓고 노려보고 있었다. 꽤 궁금했나 보네. 윤경은 피식 웃으며 다가갔다.

"박스 뚫어지겠어요."

"이게 다 뭐야?"

"선물 산 거예요."

"선물?"

"강석 씨 거 아니니까 기대하지 말아요. 물론 내 것도 아니에요."

"그럼 누구 줄 건데?"

"내가 아주아주 좋아하는 사람."

"나 말고 좋아하는 사람이 있단 말이야?"

"어머, 우리가 좋아하는 사이였어요?"

사랑하는 사이지. 그 말은 꾹 참고 윤경은 놀란 듯 눈을 커다랗게 떴다. 강석의 눈썹이 불만스럽게 추켜올라 갔다. 모른 척 주방으로 향했다. 커피 내릴 준비를 하고 머그잔을 집으려고 하는데 어깨가 잡히고 몸이 확 돌려졌다.

"1미터 안으로 접근 금지."

"뭐?"

"그만큼 떨어져 있으라는 소리예요. 설마 못 알아들은 건 아니죠?"

"최윤경."

"네, 문강석 씨. 나 커피 마실 건데 한잔 줄까요? 아, 저녁은 먹었죠? 물론 먹었겠지. 요즘 계속 밖에서 먹고 들어왔으니까."

"갑자기 왜 그래?"

"뭐가요?"

시치미를 뚝 떼고 돌아서서 잔 두 개를 싱크대 위에 올려놓았다. 등 뒤로 숨을 크게 몰아쉬는 소리가 들렸다.

"월차 내고 어디 갔다 온 거야?"

"그 말은 일개 직원이 월차를 내는데 사장님 허락까지 받아야 한다는 소리예요?"

"그런 뜻이 아니잖아?"

"그럼 무슨 뜻인데요? 어차피 회사는 내가 맡을 거고 내 회사 내 맘대로 출근을 하든 말든 떠나실 분이 왜 그렇게 관심이 많은지 모르겠네."

윤경은 조만간 강석이 폭발할지 모른다는 생각이 들었다. 돌아보지 않아도 표정이 상상이 갔다. 분명 딱딱하게 굳은 표정으로 그녀를 노려보고 있을 테지.

"회사 사장이 출근하고 싶을 때 하고, 싫으면 안 해도 되는 자리인 줄 알아? 다른 직원들보다 더 열심히 일……."

"그럼 그렇게 열심히 일하는 강석 씨가 계속 맡으면 되겠네."

"최윤경."

"와, 오늘따라 내 이름을 왜 그렇게 부르는지 몰라. 그러다 이름 닳겠어요."

"너 정말."

"커피 단거 싫어하지만 오늘은 좀 달달하게 마실 건데, 강석 씨는요? 대답 안 하면 설탕 많이 넣을 거예요."

대답이 없기에 강석의 것은 설탕을 두 스푼이나 가득 넣었다. 잔을 들고 식탁에 내려놓고 의자에 앉는 순간 강석의 핸드폰이 울렸다. 못마땅한 표정으로 핸드폰을 꺼내서 액정을 잠시 바라보던 강석이 그의 방으로 들어갔다.

윤경은 커피를 한 모금 마셨다가 너무 달아서 인상을 쓰며 일어섰다. 달달하게 마시려고 했는데 이건 달아도 너무 달다. 결국 버리고 새로 따랐다. 강석의 것도 다시 준비할까 하다가 그대로 두었다. 딱 보니 그녀와 나란히 앉아서 커피를 마실 것 같지 않았다.

강석은 통화를 꽤 오래 하는지 한참 동안 방에서 나오지 않았다. 무슨 좋지 않은 일이 있는 건가. 걱정이 되어서 들어가 볼까 하던 차에 강석이 나왔다. 표정은 좀 전보다 더 딱딱하게 굳어 있었다.

"무슨 일 있어요?"

대답은 않고 강석은 맞은편 의자에 앉자마자 잔을 들고 커피를 한 모금 마셨다. 생각보다 단맛이 심한지 인상을 찌푸렸다.

"다시 줄까요?"

"아니, 마실 만해."

둘 다 커피는 달게 마시지 않는다. 한 스푼 넣은 것도 단데 두 스푼이나 가득 넣었으니 싫기도 하겠지.

마시지 말라고 했지만 강석은 뜨거운 걸 쭉 들이켰다.

윤경은 괜히 미안해서 슬그머니 일어나 냉장고에서 생수를 따라 강석의 앞에 내려놓았다. 기다렸다는 듯이 물을 마시는 걸 보니 웃음이 피식, 새어 나왔다.

"왜 웃어?"

"먹기 싫은 걸 억지로 먹고 나서 사탕 받아먹는 아이 같아서요."

"그 정도는 아니야."

"그럼 앞으로도 설탕 넣어줄까요?"

"꽤 즐거워 보이네?"

윤경은 어깨를 으쓱해 보였다. 무슨 말을 더 할 것 같더니 강석은 팔짱을 끼고 의자 뒤로 몸을 느긋하게 기댔다. 이내 물끄러미 쳐다보기만 했다. 시선을 슬며시 돌렸다가 다시 쳐다봐도 생각에 잠긴 표정으로 한참 동안 말을 하지 않았다.

마침내 그가 먼저 말을 하자 반가울 정도였다.

"저 많은 걸 좋아하는 사람 줄 거라고?"

"네."

너무 자극했나. 그냥 솔직히 말을 할까 살짝 고민도 되었다. 일주일에 하나씩 사용하라고 손수건을 넉넉히 샀고 넥타이, 와이셔츠, 티셔츠. 순자 것도 몇 개 샀다. 조만간 충주에 다시 내려갈 생각이었다.

윤경은 따뜻하게 손을 잡아주던 두 분의 손길이 떠올라 방그레 웃으며 손을 만지작거렸다. 그런데 왜 이렇게 조용하지? 누구냐고 물을 법도 한데 강석은 빤히 쳐다보기만 하고 입을 꾹 다물고 있었다.

"커피 다 마셨으면 일어날까요?"

"나보고 회사를 계속 맡으라고? 그럼 윤경이 넌 뭘 한 건데?"

"……."

"물론 일을 하지 않아도 충분히 먹고살기는 하겠지. 월세도 매달 들어오고 회사에서도 지분만큼 돈이 입금될 테니까."

"그렇다고 놀고 있지는 않을 거예요. 기획실에서 일하는 거 나쁘지 않았거든요."

"나쁘지 않다라."

가끔은 힘이 들긴 하지만 나쁘지 않았다. 열심히 일하면서 보람도 느꼈고 사람들과 어울려서 무언가를 할 수 있다는 게 즐거웠다.

"직원으로 계속 일을 한다는 거야?"

"일단은 그럴 생각이에요."

"언제까지?"

"음, 서른 살까지? 그 이후의 일은 그때 가서 생각하려고요."

"그럼 아이는 안 낳을 거야?"

"아이는 뭐…… 아이요?"

윤경은 무심결에 말을 하다 말고 놀라서 눈을 커다랗게 떴다. 회사 이야기를 하다 말고 갑자기 아이 이야기가 왜 나온단 말인가.

"아이라니, 그게 무슨 소리예요?"

"아이 몰라?"

설마 몰라서 물었겠는가. 뜬금없는 말에 놀랐다가 윤경은 사납게 눈을 치켜떴다. 좋아하는 사람이 있다는 말에 아무리 화가 나도 그렇지 어떻게 저런 말을 할 수 있을까.

"누구 아이를 말하는 거예요?"

"그런 질문이 어디 있어? 당연히 최윤경 네 아이지."

"그걸 왜 강석 씨가 걱정하는데요? 남이야 아이를 서른 전에 낳든 말든 무슨 상관……."

"왜 상관이 없어. 내 나이가 몇인지 알아?"

발끈하던 윤경은 눈도 껌벅이지 못하고 강석을 쳐다보았다. 8살 차이니까 그녀가 서른이 되면 강석은 서른여덟. 아니, 지금 그런 계산을 할 때가아니지.

"지금 그 말 무슨…… 뜻이에요?"

"하나부터 열까지 다 설명을 해야 하는 거야? 아직 덜 자란 거 맞네."

순간 눈가가 뜨끈해지고 눈물이 핑 돌았다. 덜 자랐다는 말에 투덜댈 생각은 하지도 못했다. 강석은 지금 떠나지 않겠다고 말하는 거였다. 그녀의 곁에 있겠다고, 아이 낳고 함께 살자고 말하는 거다.

아, 강석을 닮은 아이는 얼마나 예쁠까. 눈앞이 뿌예져서 강석의 얼굴이 잘 보이지 않았다.

"이리 와."

"당신이…… 와요."

"고집쟁이."

거의 울먹이는 목소리였다. 강석이 빙그레 웃으며 그녀에게 다가와 품으로 꼭 끌어안았다.

"미워. 미워 죽겠어."

윤경은 주먹으로 강석을 때리며 울음을 터트렸다.

"오늘까지만 미워해."

"몰라. 계속 미워할 거야."

"그래도 내 옆에 있어줄 거지? 내 곁에서 평생 내 아내로 살아줄 거지?"

밉다고 하면서도 윤경은 고개를 힘차게 끄덕였다. 간절히 원한다. 평생 강석의 아내로 살아가는 것. 그의 아이를 낳고 함께 늙어가는 것. 다른 건 아무것도 바라지 않는다. 그것만으로도 넘치도록 충분하다.

"그런데 갑자기 마음이 왜 바뀐 거예요?"

고개를 들고 눈물 가득한 시선으로 쳐다보자 강석이 그녀의 이마에 입술을 꾹 눌렀다.

"네 곁에 다른 사람이 있는 건 상상할 수도 없어서."

"내가 좋아한다는 사람 있다고 한 말 때문인 거예요?"

"잔머리 굴리는 소리가 다 들리는데 내가 그 말을 믿었을 것 같아?"

"치잇, 아까는 화냈으면서."

"말도 없이 출근도 안 하고 전화도 안 받으니까 화가 났지. 핸드폰은 왜 꺼놓은 거야?"

"배터리가 없는 걸 나중에 알았어요."

"앞으로는 그러지 마. 어디 있는지 실시간으로 알려줘."

실시간으로 알리려면 하루 종일 전화만 붙들고 있어야겠네.

윤경은 물기 젖은 얼굴로 픽, 웃었다. 손으로 강석의 턱을 부드럽게 쓸며 물었다.

"솔직히 말해봐요. 아까 내가 한 말 때문 아니죠?"

강석은 아니라고 말하지 않았다. 말없이 월차를 낸 것도 화가 나는데 한 보따리 들고 온 것들이 좋아하는 사람을 줄 거란다. 그 말을 듣는 순간 화가 치밀어 올랐지만 꾹 참았다.

윤경이 돌아오기를 기다리는 동안 생각하고 또 생각 했었다. 정말 이대로 끝낼 수 있을까. 떠나고 난 뒤 아무렇지도 않게 살아갈 수 있을까.

그런데 마침 부친한테 전화가 왔다. 조만간 내려가서 진지하게 이야기를 해볼 생각이었는데 마침 잘됐다 싶었다.

주말에 내려갈 거라고 말하자 지봉이 생각지도 못한 말을 했다.

[올 거면 함께 오지 뭐 하러 따로 내려와?]

윤경이가 충주에 내려갔었냐고 물었더니 정말 몰랐냐고, 일부러 둘이 번갈아가면서 내려와 무릎을 꿇을 생각 아니었냐면서 오히려 되물었다.

[윤경이가 너보다 낫더라. 물론 넌 회장님 말씀을 거역할 수 없어서 그랬을 거라는 생각은 한다. 다 됐고 너한테 해줄 이야기가 있어서 전화했다.]

강석은 부친이 하는 말을 조용히 듣고만 있었다. 이미 박 변호사한테 들어서 알고 있지만 듣는 내내 가슴이 먹먹했다.

'그건 사고였습니다.'

[알아. 회장님도 그렇게 생각하셨어. 그렇다고 아무렇지 않을 수는 없었지. 윤경이한테도 사고 이야기했다. 너와 똑같은 말을 하더구나. 한 가지만 묻자. 너도 윤경이와 같은 생각인 거냐? 단지 혼인신고를 해서가 아니고 진심으로 좋아하는 게 맞는 거야?]

'네, 좋아합니다. 아니, 사랑합니다.'

[됐다 그럼. 두 사람 마음이 그렇다면 하고 싶은 대로 해.]

강석은 너무 기뻐서 고맙다는 말을 몇 번이나 했다. 전화를 끊고도 벅차오르는 감정을 억누를 수가 없었다. 최 회장과의 약속도 부담스러웠지만 너무 강경한 부친 때문에 고민이 많았었다. 이제 더는 꺼릴 게 없다는 생각에 소리라도 치고 싶었다.

"왜 아무 말도 안 해요?"

"좀 전에 아버지 전화였어."

"나 왔다 갔다는 말 하셨어요?"

"응. 협박도 하시고."

"협박이요?"

"공주님처럼 받들어 모시래. 딸이라면서."

윤경은 배시시 웃었다. 강석은 자신도 아들인데, 라며 불만스럽게 말을 하면서도 서운한 표정은 아니었다. 오히려 더할 수 없이 사랑스러운 눈길로 그녀를 바라보았다.

"낮에 박 변호사님도 다녀가셨어."

"무슨 말을 했는데요?"

"나보고 기회가 있을 때 잡으라고 하더군."

"그래서 잡기로 했어요?"

"당연하지. 이렇게 예쁜 아내를 놓치면 평생 후회하면서 살 텐데, 그런 바보 같은 짓을 할 리가 없잖아."

윤경은 와락 강석을 껴안았다. 두 팔을 그의 목에 두르고 절대 떨어지지 않겠다는 듯 매달렸다.

"나 그동안 얼마나 힘들었는지 알아요?"

저도 모르게 눈물이 핑 돌았다. 오는 내내 생각했지만 정말 충주에 내려갔다 오기를 정말 잘했다는 생각이 들었다.

"앞으로 다시는 힘들게 하지 않을게."

"그 약속 꼭 지켜요. 그리고 나 많이 사랑해 줘요."

"당연하지. 내 예쁜 아내인데."

강석이 그녀를 번쩍 안아 들고 성큼 걸어서 방으로 향했다. 침대에 내려놓기도 전에 윤경은 그의 입술에 키스했다. 맞닿은 입술 사이로 혀가 다급하게 엉켰다. 입술을 떼지 않은 채 두 사람은 급하게 각자의 옷을 벗었다. 샤워 가운만 벗어도 되는 그녀와 달리 강석은 와이셔츠 단추를 푸느라 시간이 걸렸다. 그가 와이셔츠를 벗는 동안 윤경은 강석의 바지를 벗겼다.

"으읏."

애무도 없이 그가 곧장 파고들었지만 윤경은 환영하듯 강석을 받아들였다. 더 깊이 들어오라고 몸을 활짝 열었다. 이내 열락과도 같은 밤이 그들을 찾아왔다. 강석은 그 어느 때보다 뜨겁고 강렬하게 휘몰아치는 폭풍처럼 거침없이 그녀를 안았다.

쾌락에 흠뻑 젖은 그녀의 귓가에 달콤한 목소리가 들렸다.

"사랑해. 사랑한다, 윤경아."

## 에필로그

    윤경은 젖을 먹고 잠든 아이를 순자에게 맡기고 황급히 가방을 챙겨 들었다. 냉장고에 넣어둔 모유를 데울 시간도 없이 석경이 보채는 바람에 출근 준비를 다 해놓고도 늦게 생겼다. 주차장에 도착하니 벌써 지봉이 시동을 걸어놓고 기다리고 있었다.

    "제가 운전한다니까요."

    "어서 안전벨트나 매."

    가까운 지인들만 불러서 결혼식을 올리고 충주에 있는 두 분과 함께 산 지 2년이 다 되어간다. 안채에서 같이 지내자고 했지만 지봉은 별채가 편하다며 식사도 쉬는 날이나 일주일에 한두 번만 같이 먹었다. 석경이 태어나고 나서야 짐은 별채에 두고 1층 강석의 방에서 지내고 계신다. 출근을 하고 나면 두 분이 아이를 봐주셔서 일하는 건 한결 편안했다. 힘들다고 아이 돌보는 아주머니를 따로 두겠다고 해도 싫다고 하시니 늘 미안하고 고마웠다. 그런데다 지봉은 임신을 하고부터 아침마다 강석은 놔두고 그녀를 회사까지 태워다 주었다. 하지 말라고 해도 막무가내였다. 출산 휴가를 끝내고 다시 출근을 하기 시작하자 또 운전을 해준다고 하는 걸 결사반대했다.

'내가 불편한 거야?'

그런 거 아니라는 걸 뻔히 알면서도 은근히 약한 마음을 흔들었다. 그렇다고 물러날 최윤경이 아니지.

'자꾸 이러시면 불편해질지도 몰라요.'

결국 지봉이 딱 한 걸음만 물러났다. 일주일에 한두 번 데이트 겸 운동도 할 겸 운전을 해주는 것까지 말리지 말라고 하는데 안 된다고 할 수가 없었다. 운전하는 게 운동이 될 리 없고 데이트는 차라리 따로 시간을 잡아서 하자고 해도 들은 척도 하지 않았다.

"힘들지?"

"제가 힘들 게 뭐가 있어요. 석경이도 다 봐주시고 집에 오면 잠만 자는데."

"강석이가 힘들게는 안 하고?"

힘들게 하기는 하지. 아이가 태어나고 그동안 참았던 걸 다 해야 한다면서 밤마다 그녀를 괴롭히고 있으니까.

그렇다고 지봉에게 그런 말까지 할 수는 없었다.

"잘해주는 거 아시잖아요. 아버님이 감시를 하고 계시는데 못 하면 혼나죠."

절대 그런 이유 때문은 아니지만 혹시나 간밤에 이상한 소리를 들었을까 봐 지레 찔려서 지봉의 핑계를 댔다. 방음이 잘돼서 얼마나 다행인지.

윤경은 발그레해진 볼을 감추기 위해 화장품을 꺼내서 볼을 톡톡 두드렸다.

"아버님, 저 예뻐요?"

"당연히 우리 딸 예쁘지."

"한 말씀 더요."

"내 며느리가 세상에서 제일 예뻐."

"에이, 그건 좀 오버죠. 어머님도 계신데."

"음, 그런가?"

유쾌한 웃음소리가 차 안을 가득 채웠다. 윤경은 행복한 미소를 지으며 편안하게 의자 뒤로 몸을 기댔다.

"석경이가 얼마나 착한지 밤에 잠도 잘 자고 아주 기특해."

"다 아버님 어머님 덕분이에요."

"애가 엄마를 닮아서 순해서 그래."

"저도 아기 때 그랬어요?"

"배부르면 자고 혼자서도 잘 놀곤 했지."

"아버님, 그 말씀 강석 씨한테도 꼭 해주세요. 좋은 건 다 자기 닮았다고 하는 거 있죠?"

"좋은 점밖에 없는데 그럼 아빠만 닮았다는 거야?"

"그러니까요. 저 닮은 것도 많죠?"

"그럼 그럼. 열 달 동안 뱃속에 있었는데 당연히 엄마를 닮았지."

"역시 우리 아버님 최고."

윤경은 활짝 웃으며 엄지손가락을 쑥 들어 올렸다. 지봉은 무조건 그녀의 편이다. 어쩌다 늦게 들어가면 집 앞에서 기다릴 때도 있었다. 강석은 좀 지나치신 것 같다며 퉁퉁거리기도 하지만 더 좋을 수 없을 정도로 행복했다.

부모님 사랑도 듬뿍 받고 남편 사랑도 넘치게 받고 있으니까.

"오늘은 강석 씨하고 같이 퇴근할 거예요. 차는 아버님이 가져가세요."

아침에 태워다 주는 날은 저녁에 데리러 올 때도 있고 차를 놓고 버스를 타고 돌아가실 때도 있었다. 좋아서 하는 거라고는 하지만 미안한 마음이 드는 건 어쩔 수 없었다.

다행히 늦지 않게 회사에 도착했다. 윤경은 승강기를 타고 곧장 기획실로 향했다.

"좋은 아침입니다."

활기찬 목소리로 인사를 하고 자리에 앉은 지 얼마 지나지 않아 팀장이 각자 커피 들고 회의실로 모이라고 했다. 그녀가 대리 직함을 달기 전 새로 입사를 한 남자 직원이 오늘은 특별 서비스를 하겠다며 직접 커피를 준비하겠다고 나섰다. 모두들 땡큐, 라고 합창을 한 뒤 자료를 챙겨서 회의실로 향했다.

윤경은 대리가 되자마자 커피 심부름과 책상 청소는 사무실 막내가 아닌 각자 하자고 제안했다. 혹시 기분 나빠할까 봐 걱정했는데 다행히 팀장을 비롯한 다른 직원들이 흔쾌히 호응을 해줬다.

"자. 오늘 하루도 파이팅합시다."

1시간 넘게 이어진 회의가 끝나고 윤경은 완성된 보고서를 다시 살피는 것부터 하루 업무를 시작했다. 혹시 숫자를 잘못 쓰지는 않았는지 오타가 있는 건 아닌지 꼼꼼히 살폈다.

점심시간 때쯤 강석에게 문자가 왔다.

「점심 같이하자. 12시까지 주차장으로.」

곧장 답장을 보냈다. 콜.

윤경은 직원들이 모두 나간 뒤 주차장으로 향했다. 강석이 미리 와서 기다리고 있었다.

"팀장은 10분 전에 나가던데 왜 이렇게 늦었어?"

"10분은 무슨 5분도 안 될 텐데."

"시간을 보기는 했나 보네. 그럼 사장이 부르는데 대리가 숨도 안 쉬고 달려와야지 왜 이렇게 늦게 나와?"

"늦기는 뭐가 늦어요? 그래 봐야 몇 분이라고. 높은 자리에 있는 사장님이야 눈치 볼 사람이 없지만 난 아니거든요?"

"눈치 안 보게 해줘?"

"어떻게요?"

"높은 자리로 올라와. 언제든지 환영할 테니까."

또 그 소리. 강석은 잊을 만하면 귀찮은 걸 떠넘기고 싶은 사람처럼 사장 자리를 놓고 손가락을 까닥거렸다. 그때마다 윤경은 실력으로 가겠다고 큰소리를 쳤다.

이제는 사장 자리를 놓고 편안하게 말을 한다. 누가 그 자리에 있든 아무 상관 없으니까. 회사는 여전히 승승장구하고 있고 그녀 또한 열심히 일을 하고 있으니까 그걸로 됐다.

"호텔 건은 어떻게 됐어요?"

"모두들 긍정적인 반응이야. 그래도 시간이 걸리는 문제니까 신중해야지."

"문강석 사장님은 늘 신중하죠."

"칭찬이야?"

"당연하죠."

"칭찬까지 받았는데 뭐로 보답해야 하나?"

"맛있는 식사."

"오케이. 더불어 후식까지 풀로 성심성의껏 모실게."

"뭘 또 그렇게까지."

"기대해."

윤경은 오피스텔 주차장으로 차가 들어가자 기가 막힌 표정으로 강석을 쳐다보았다.

"우리 지금 식사하러 온 거 맞아요?"

"식사 후식 모두 다."

"설마 후식만 먹는 건 아니죠?"

"무슨 소리. 아주 맛있는 식사가 준비되어 있으니까 얼른 내리기나 해."

태연히 말을 하더니 오피스텔 문을 열고 안으로 들어가자마자 강석은 그녀를 벽으로 밀어붙였다. 당연히 키스로 끝날 거라고 생각했기 때문에 윤경은 밀어내지 않고 그의 뜨거운 키스에 열렬히 호응했다.

"강석 씨, 지금 뭐…… 읍."

다시 입술이 삼켜지고 스커트 속으로 들어온 그의 손이 허벅지 안쪽을 꽉 움켜잡고 주물러 댔다. 윤경은 바동대다 손가락이 은밀한 숲 속을 가르고 들어오자 결국 포기하고 그의 목에 두 팔을 둘렀다. 언제나 이런 식이다. 그가 다가오면 거부할 수가 없다.

강석은 너무 멋진 남편이니까. 사랑하는 사람이니까.

질척한 소리가 너무 야하게 들렸다. 윤경은 엉덩이를 들썩이며 그의 손가락을 따라 함께 움직였다. 연신 내벽을 훑고 클리토리스를 자극하는 강석 때문에 그녀는 금세 달아올랐다. 발끝에서 시작한 뜨거운 열기가 온몸으로 빠르게 퍼졌다.

"본격적인 식사를 시작해 볼까?"

"그럼 식사가……."

"서로를 먹는 거지. 후식은 식탁에서 먹게 해줄게."

윤경은 기가 막혀서 눈을 흘겼지만 강석이 번쩍 안아 들고 입술을 삼키자 쿡쿡 웃고 말았다. 후식이 진짜 식사라고 말하는 이런 남자를 어떻게 미워한단 말인가.

성큼 걸어서 방으로 들어온 강석이 그녀를 침대 앞에 내려놓고 양복 재킷을 벗으며 말도 안 되는 소리를 했다.

"점심시간을 늘릴까?"

"됐거든요?"

"너무 짧잖아."

"후식을 빨리 먹으면 되죠."

"식사는 천천히 느긋하게 즐기고?"

"아니요. 뜨겁고 강렬하게."

"마음에 쏙 드는 말이네."

스타킹을 벗기도 전에 그가 그녀를 침대 위로 눕혔다. 가슴을 덥석 베어 물고 희롱하듯 톡 튀어 오른 정점을 간질였다.

"으응."

윤경은 나른한 신음을 토해내며 그의 짧은 머리카락을 어루만졌다. 귓불을 만지고 목을 타고 내려와 탄탄한 등을 부드럽게 쓸었다.

잠시 후 까슬한 수풀 주변에 그의 뜨거운 숨결이 느껴졌다. 이 내 축축한 혀가 숲 속을 갈랐다.

"아읏."

그는 이미 흥건히 젖은 숲 속을 아주 달게 물고 빨았다. 스타킹을 돌돌 말아 벗기며 허벅지와 무릎까지 꼼꼼히 입을 맞췄다.

마침내 그가 그녀의 안으로 깊숙이 파고들었을 때 윤경은 짜릿한 전율에 더운 숨을 훅 뱉어냈다. 퍽퍽, 치고 들어오는 힘이 버거울 정도로 그는 뜨겁고 강렬했다.

매일 밤 그와 사랑을 나누고 그의 품에서 잠이 드는데 강석은 마치 오랫동안 헤어져 있다 만난 사람처럼 그녀를 탐한다. 늘 새로운 사랑을 하는 것처럼.

"하아, 윤경아."

열정에 젖은 그의 목소리가 좋다. 최고의 쾌락에 흠뻑 취해 있는 순간 그의 목소리만큼 달콤한 것도 없다. 윤경은 자지러지는 비명을 연신 토해내며 그에게 매달렸다.

갑자기 그가 움직임을 멈추고 몸을 돌려서 순식간에 그녀는 강석의 몸 위에 앉고 말았다.

"내가 위에 있는 게 좋아요?"

"아니, 위에 있든 아래에 있던 다 좋아. 어느 게 더 좋다고 할 수 없을 정도로."

윤경은 열기 가득한 시선으로 강석을 바라보며 요염하게 웃었다. 그의 가슴에 손을 얹고 엉덩이를 들었다 힘껏 내려앉자 그가 나른하게 신음을 흘렸다.

"음, 좋아."

"우리 식사를 너무…… 거하게 하는 거 아니에요?"

"잘 먹어야지 일도 열심히 하지."

그녀 또한 그와 함께하는 은밀하고 맛있는 식사는 언제든지 환영한다. 윤경은 그에게 더 깊이 닿고 싶어 엉덩이를 힘차게 들었다 났다를 반복했다. 내벽을 쓸어내리는 아찔한 감각이 온몸으로 번져 입술이 저절로 벌어지고 달뜬 신음이 터져 나왔다. 그의 손이 그녀의 풍만한 가슴을 움켜잡고 주물러 댔다.

"아, 강석 씨."

"아쉽지만 후식도 먹어야지."

강석이 그녀를 번쩍 안아서 침대에 내려놓았다.

"꽉 잡아."

뒤에서 굵은 불기둥이 밀고 들어왔다. 윤경은 침대 모서리를 잡고 그를 따라서 허리를 움직였다. 퍽퍽, 부딪혀 오는 힘이 견딜 수 없을 정도로 힘찼다.

"아흑. 아아."

눈부시게 화려한 불꽃들이 폭발하기 시작했다. 행복한 비상 넘치는 행복 그리고 충만한 사랑. 서로에게만 허락된 은밀한 시간들.

끝도 없이 몰아치던 강석이 움직임을 멈추고 그녀를 품으로 꼭 끌어안았다. 뜨겁게 키스하며 속삭였다. 사랑해, 윤경아.


연신 폭염 특보가 쏟아지던 한여름이 지나고 아침저녁은 선선한 바람이 불었다. 강석은 현장 소장과 함께 기초 공사가 끝나고 건물이 올라가고 있는 주변을 둘러본 뒤 약속 장소로 향했다. 신호등 앞에 차가 멈췄을 때 핸드폰이 울렸다. 액정을 확인한 그는 빙그레 웃으며 통화버튼을 눌렀다.

"이 시간에 전화를 다 하고 사장님이 꽤 한가하신가 보네."

서른한 살이 되던 작년, 윤경은 서운 사장에 취임했다. 그리고 강석은 본사 일에 완전히 손을 떼고 호텔 사업을 추진 중이다. 내년 봄쯤 오픈할 호텔은 서산 바닷가 근처였다.

최 부장 소유로 된 오산도 나쁘지 않았지만 최종적으로 서산으로 결정이 났고, 공사를 맡고 있는 그린토건 욱태건 사장과 무건은 장소 선정을 잘한 것 같다며 고개를 끄덕였다.

[내가 얼마나 열심히 일하는 줄 알아요? 지금 잠깐 차 한잔 마시면서 전화한 건데 귀찮으면 끊을까요?]

가끔 윤경은 칭찬에 목마른 아이처럼 투덜댈 때가 있었다. 그럴 때면 강석은 진심을 담아 넘치게 칭찬을 해준다.

"귀찮을 리가 있나. 사장님이 정말 열심히 일하는 건 나도 잘 알지. 반가워서 그냥 해본 소리야. 점심은 먹었어?"

[초밥하고 우동 먹었어요.]

"잘했어. 바쁘다고 대충 먹지 마. 김 실장님은?"

[여전하시죠. 어찌나 빡세게 일을 시키는지 소미가 죽으려고 해요.]

말투에 웃음기가 잔뜩 묻어났다. 윤경이 사장으로 취임하면서 김 실장이 2년만 일을 하겠다는 조건으로 비서실로 돌아왔다. 아직 약속한 2년이 되려면 몇 달이 남았는데 한 달 전, 일 잘하는 비서는 하늘에서 뚝 떨어지는 게 아니라며 직원 채용을 제안했다.

윤경을 걱정해서라는 걸 알기에 강석도 좋은 생각이라며 소미를 추천했다.

[참, 이번 주말에 정말 시간 되는 거예요? 바쁘면 무리하지 말아요.]

"없어도 만들어야지. 모처럼 아내하고 여행을 가는 날인데."

며칠 전 지봉이 석경을 데리고 충주에 간다면서 둘이 오붓하게 여행을 다녀오라는 말에 갑자기 스케줄을 잡았다. 윤경이 사장으로 취임하고 처음 가는 여행이라 사실 그도 은근히 기대하고 있었다.

[좀 전에 어머님이 전화를 하셨는데 준비 다 해놓으셨대요.]

"준비할 게 뭐 있어. 어차피 도착하면 옷은 다 벗고 있을 거고, 먹는 거야……."

[이 사람이 진짜. 주변에 아무도 없는 거예요?]

"욱태건 사장님 만나러 가는 중이야."

[그럼 운전 중이란 말이에요? 말을 하지. 얼른 끊어요.]

"왜? 아직 조금 더 가야 하는데."

[운전하면서 통화하는 거 위험해요. 그리고 나도 이제 일해야죠.]

"조금 더 놀아주면 안 돼?"

[안 돼요.]

핸드폰을 들고 통화를 하는 것도 아닌데 윤경은 운전하면서 전화하는 걸 질색했다. 전화를 하더라도 운전 중이라고 하면 금세 끊어버렸다.

[이따가 집에서 봐요.]

"그냥 끊는 거야?"

[어휴, 꼭 석경이 같아. 문강석 씨, 사랑해요. 쪽. 쪽. 쪽.]

전화가 뚝 끊겼다. 강석은 쿡쿡 웃음을 터트렸다. 늘 사랑을 속삭이고 뜨겁게 서로를 안지만 배고픈 사람처럼 사랑을 갈망하게 된다. 부족해서가 아니라 그로 인해 더 충만해진다는 걸 아니까. 매일 매 순간마다 사랑을 듬뿍듬뿍 퍼서 주고 나면 그의 심장엔 마르지 않는 화수분이 있는지 준 것보다 더 많은 사랑이 채워진다.

강석은 기분 좋은 미소를 지으며 턱을 어루만졌다. 쭉 뻗은 도로를 차가 거침없이 달렸다. 그의 사랑처럼, 아내의 사랑처럼.

THE END✚